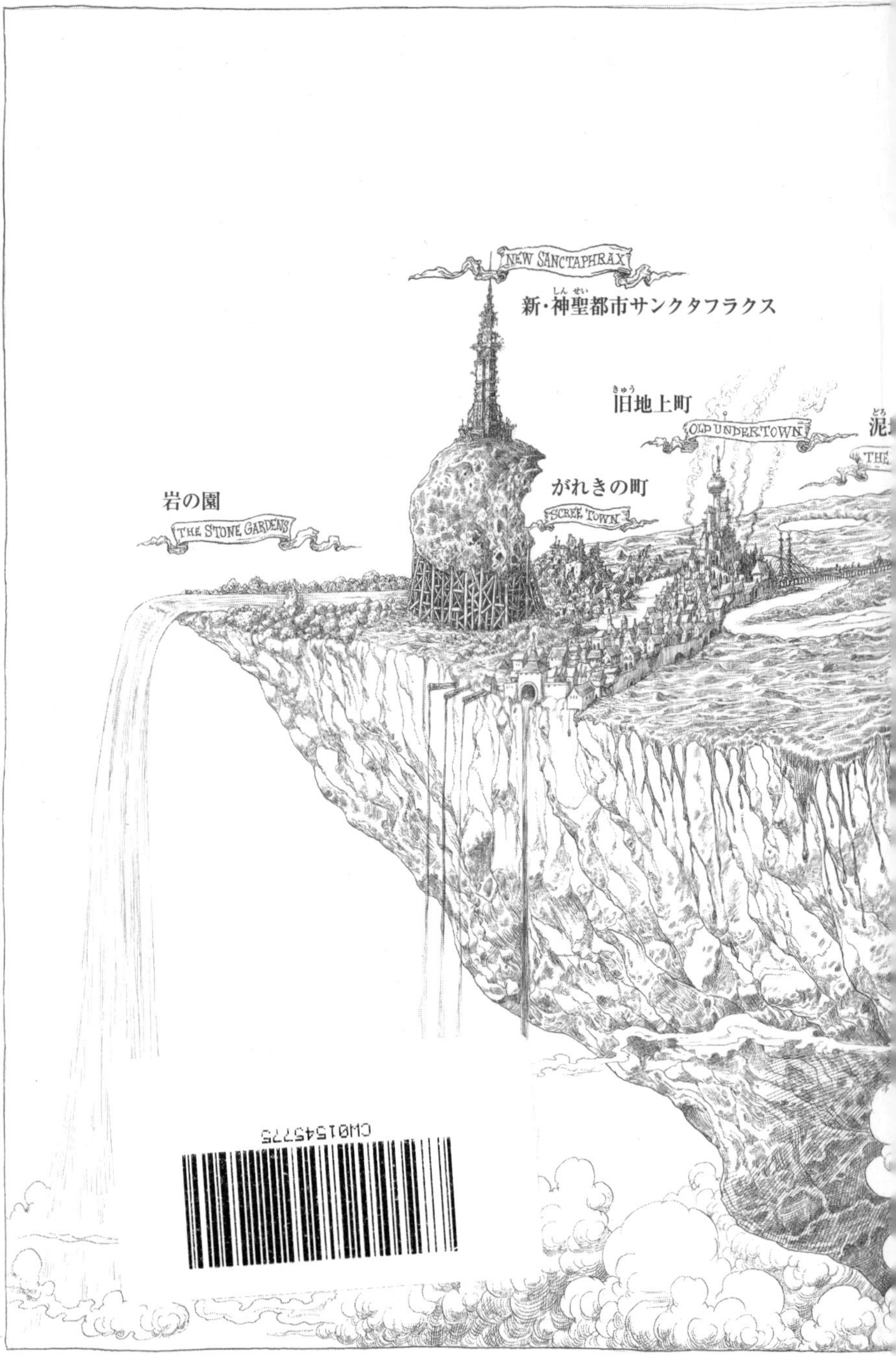
NEW SANCTAPHRAX
新・神聖《しんせい》都市サンクタフラクス
旧《きゅう》地上町
OLD UNDERTOWN
がれきの町
SCREE TOWN
岩の園
THE STONE GARDENS

The Edge Chronicles 5

崖《がい》の国物語

最後の空賊《くうぞく》

The Last of the Sky Pirates

ポール・スチュワート＝作　クリス・リデル＝絵
唐沢則幸＝訳

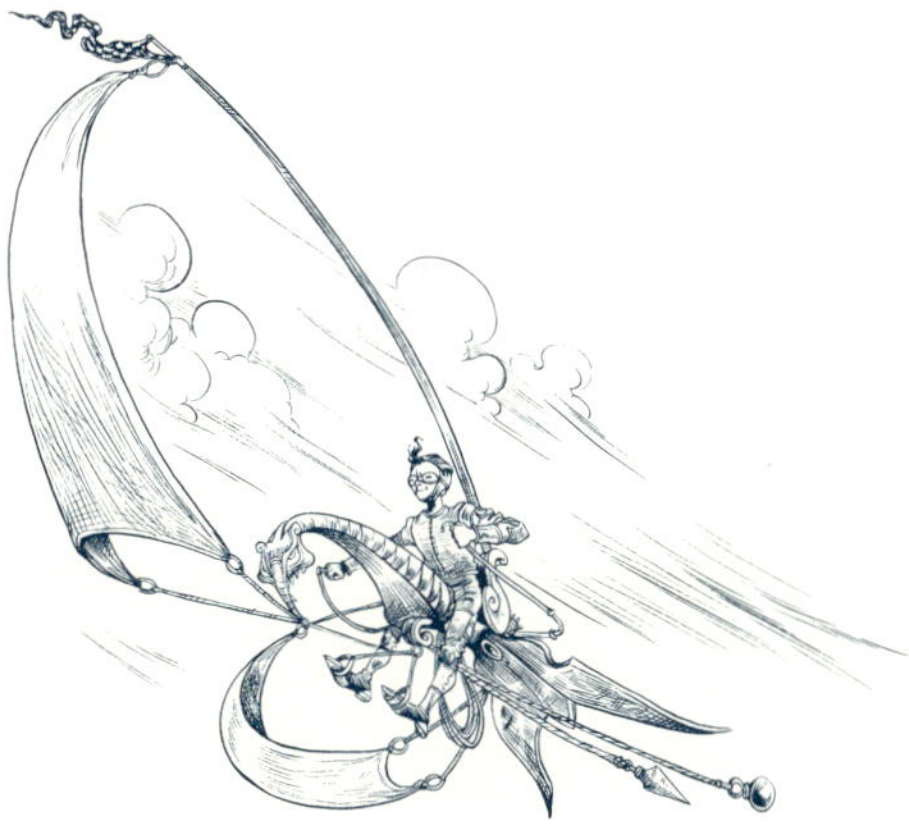

POPLAR

The Edge Chronicles: THE LAST OF THE SKY PIRATES
by Paul Stewart and Chris Riddell

First Published in the United Kingdom by Transworld Publishers.
This book has been designed and produced by Transworld Publishers,
a division of The Random House Group Ltd.
through The English Agency (Japan) Ltd.

崖《がい》の国物語5

最後の空賊《くうぞく》

崖《がい》の国物語5／最後の空賊《くうぞく》○目次

THE FREE GLADES
自由の森
ホフリ族の野営地《やえいち》
THE SLAUGHTERERS CAMP
THE IRONWOOD GLADE
テツノキ林
南湖
SOUTH LAKE
WOODTROLL TIMBER YARDS
ウッドトロル
の材木置き場
THE GREAT LAKE
大きな湖
LAKE LANDING
湖上発着場
WAIF GLEN
マヨイ族の谷
北湖
NORTH LAKE
LULLABEE ISLAND
ナゲキの島
NEW UNDERTOWN
新地上町
CLODDERTROG CAVES
デクトログ洞窟群《どうくつぐん》
THE FREE GLADES
自由の森

THE DEEP WOODS SETTLEMENTS
深森《ふかもり》の居留地《きょりゅうち》
THE FOUNDRY GLADE
鋳物工場地帯《いものこうじょうちたい》
THE GOBLIN NATIONS
ゴブリン共《きょう》
THE EASTERN ROOST
東オオモズ市場
THE SILVER PASTURES
銀の牧場

《主な登場人物・動植物》

ルーク・バークウォーター　主人公。十三歳《さい》の孤児《こじ》の少年。「図書館司書学会」下級司書。

アルクウィクス・ヴェンヴァクス　司書学者の長老。

ヴァリス・ロッド　高名な司書勲士《ししょくんし》。幼《おさな》いルークを深森《ふかもり》で拾った恩人《おんじん》。

フェリックス・ロッド　司書助手。ルークの親友で、ヴァリスの弟。

フェンブラス・ロッド　「図書館司書学会」上級司書学者。ヴァリスとフェリックスの父。

ストブ・ラムス　司書勲士に選ばれた青年。やや知識《ちしき》を鼻にかけるところがある。

マグダ・バーリクス　司書勲士に選ばれた少女。率直《そっちょく》できっぱりとした性格《せいかく》。

トーラス・ペニタクス　闇博士《やみはかせ》。「夜の守護聖団《しゅごせいだん》」の無法ぶりに怒《いか》りをおぼえて「図書館司書学会」に加わる。

アルバス・ヴェスピウス　光博士。闇博士とともに、「新サンクタフラクス」を出て「図書館司書学会」に加わる。

テーガン　司書勲士の旅の案内役（ノクゴブリン族）。

パーティフュール　司書勲士の旅の案内役（ヨマヨイ族）。

ヘックル　司書勲士の旅の案内役（オスのオオモズ）。

デッドボルト・ヴァルプーン　元空賊《くうぞく》船長。オオモズたちにとらえられた。
コブシ　飛翔機《ひしょうき》〈モリスズメバチ〉をたくみに扱《あつか》う飛翔機乗り（ホフリ族）。
パーシモン　自由の森の「湖上発着場」最高指導者《しどうしゃ》（ノクゴブリン族）。
オークリー・グラフバーク　飛翔機作りの教官（ウッドトロル族）。
トウィーゼル　飛翔機のニスがけの教官（アシナガバッタ）。
ブリスケ　飛翔機の帆《ほ》の張《は》り方とロープさばきの教官（ホフリ族）。
オービクス・ザクシス　「夜の守護聖団」最高守護者。神聖都市《しんせいとし》「新サンクタフラクス」の事実上の支配者《しはいしゃ》。
ザンス・フィラーティン　「夜の守護聖団」オービクス・ザクシスの弟子《でし》。
ヴォックス・ヴァーリクス　「新サンクタフラクス」の最高位学者。策略《さくりゃく》でその地位についたが、オービクス・ザクシスに実権《じっけん》を奪《うば》われる。
トウィッグ　伝説の空賊船長。
カウルクエイプ　元「新サンクタフラクス」最高位学者。ヴォックスに地位を奪われた。
ウーメル　まだ若《わか》いメスのオオハグレグマ。
ウラーロ　メスのオオハグレグマ。鋳物《いもの》工場地帯で奴隷《どれい》として働かされていた。

ガーラ　年老いたメスのオオハグレグマ。賢者《けんじゃ》・長老のなかの長老と呼《よ》ばれる。
ウィーグ　肩《かた》に大きな傷《きず》あとのあるオオハグレグマ。かつて空賊船《くうぞくせん》に乗り組んでいた。
ラメル　黒くて大きなオオハグレグマ。オオハグレグマたちの代表格《だいひょうかく》。
ミール、ルーム　双子《ふたご》のオスのオオハグレグマ。かつて材木運搬船《うんぱんせん》に乗り組んでいた。
モリーン　年老いたメスのオオハグレグマ。浮遊石《ふゆうせき》を扱《あつか》うストーン・パイロットの助手をしたことがある。

オオグチハイカイ　車引きや護衛《ごえい》、騎士《きし》の乗り物として好まれる動物。
ウィグウィグ　オレンジ色の毛玉のような外見とは裏腹《うらはら》に鋭《するど》い牙《きば》を持ち、群《む》れで獲物《えもの》に襲《おそ》いかかって食いつくす獣《けもの》。

テツノキ　鉄の代わりとして用いられる、利用価値《りようかち》の高い樹木《じゅもく》。
シズノキ　熱すると浮《う》きあがる性質《せいしつ》を持つ深森《ふかもり》の浮揚木《ふようぼく》の一種。
ヌマノキ　浮揚木の一種。モグラニカワをぬると大きな浮力《ふりょく》を得、飛翔機《ひしょうき》を作ることができる。

序

はるかはるか遠い世界。とてつもなく巨大《きょだい》な岩船の船首像《せんしゅぞう》が虚空《こくう》にはりだすようにして、「崖《がい》の国」はあった。その先に下くちびるのようにつきだした岩を伝って、大いなる崖の河《かわ》がとうとうと流れおちていた。しかし、常《つね》にそうだったわけではない。五十年ほど前から今日にいたるまで、川はすっかり干上《ひあ》がっていた。

これは偶然《ぐうぜん》ではなく、あらかじめ定められた出来事だった。川が干上がることは、母なる嵐《あらし》の先触《さきぶ》れだった。母なる嵐は五、六千年ごとに「虚空《こくう》」より襲《おそ》い来たりて、崖の国に新たな生命の種をまいていくのだ。

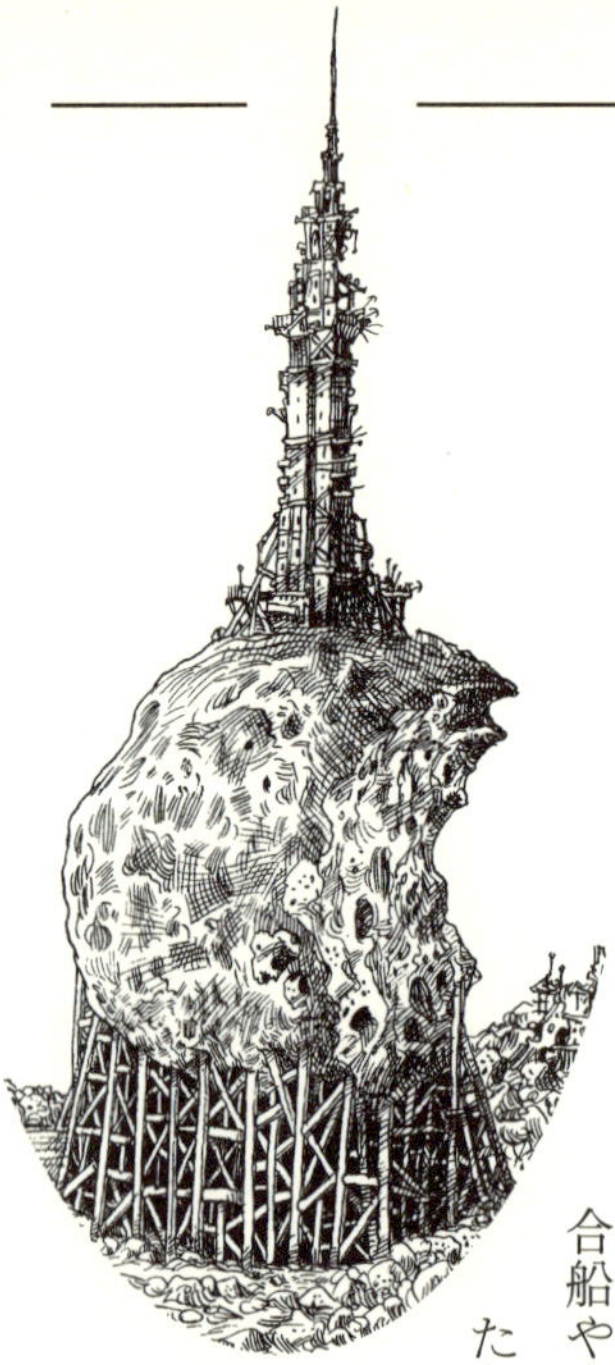

嵐《あらし》の針路《しんろ》に立ちはだかる「浮遊都市《ふゆうとし》サンクタフラクス」は、係留鎖《けいりゅうさ》を断《た》ち切られていずこともなく上昇《じょうしょう》していき、母なる嵐はぶじに大河《たいが》の源《みなもと》へとたどりついた。そこで膨大《ぼうだい》なエネルギーを解放《かいほう》して大河をよみがえらせ、かけがえのない新たな生命の種を植えつけた。

崖《がい》の大河はふたたび流れはじめ、「大河の源」には緑が芽吹《めぶ》いた。新たにサンクタフラクスを作るための浮遊石《ふゆうせき》が生まれた。しかし、万事順調というわけにはいかなかった。というのも、このときすでに、「岩《いわ》の園《その》」におそろしい異変《いへん》が広がりはじめていたのだ。

それは、「石《いし》の巣病《すびょう》」と呼《よ》ばれた。その名前は、たちまち人々の口に上るようになった。

この病《やまい》により、岩の園では、何世紀にもわたり岩の園に芽を出して大きく成長し、商人連合船や空賊船《くうぞくせん》の浮力の源となってきた浮遊石が育たなくなった。石の巣病は飛空船から飛空船へと伝染《でんせん》し、商人連合船も空賊船も等しく浮遊石がくずれて浮力を失い、次々に空から落ちていった。「新サンクタフラクス」が建設《けんせつ》されつつある巨大《きょだい》な浮遊石までも、ぼろぼろとくずれて地に落ちてしまった。

ある者は、母なる嵐が虚空《こくう》からおそろしい病気を運んできたといった。ある者は、かつて母なる嵐にのみこまれて消えた、勇敢《ゆうかん》なる空賊船長、雲のオオカミが、母なる嵐になんらかの影響《えいきょう》を与《あた》えたと主張《しゅちょう》した。ほかの者は同じように確信《かくしん》を持って、石の巣病は母なる嵐とはなんの関係もなく、悪しき生き方を一向にあらためない崖の国の人々に対する罰《ばつ》なのだと主張した。

一言でいえば、だれにも真相はわからなかったのだ。一つだけたしかだったのは、崖の国の世界は今までどおりではいられないということ。

商人連合船が地上に釘《くぎ》づけにされると、空の貿易《ぼうえき》は終わりを告げた。今や「地上町」と「新サンクタフラクス」の交通はとだえた。かつての「雲見師《くもみし》」であり、新サンクタフラクスの「最高位学者」の地位を奪《うば》いとったヴォックス・ヴァーリクスは、この二つの都市と「深森《ふかもり》」をつなぐ「大湿地街道《だいしっちかいどう》」の建設を命じた。この大事業を成功させるために、ヴォックスはおそろしい「オオモズ族」と、「図書館司書学会」に協力を要請《ようせい》した。図書館司書学会というのは、大地学者と、自分たちの学問に幻滅《げんめつ》して大地学に転向した大空学者の作る連合だ。その結果は驚《おどろ》くべきものだった。

深森《ふかもり》のなかに、史上初めて定住地が誕生《たんじょう》しはじめたのだ。オオモズの支配《しはい》する「東オオモズ市場」、「鋳物《いもの》工場地帯」、「ゴブリン共和国《きょうわこく》」、そして、はるかはるか北西の「銀の牧場」と「深森百湖《ふかもりひゃくこ》」の間には「自由の森」。泥地《どろち》にも、新しい居留地《きょりゅうち》が一夜のうちに誕生した。空賊《くうぞく》たちが、空賊船を寄《よ》せ集めて砦《とりで》を作り上げたのだ。

一方、地上町と新サンクタフラクスでは、一時にらみ合いが続いていた、大空学者が母体の組織《そしき》「夜の守護聖団《しゅごせいだん》」と、「図書館司書学会」との覇権争《はけんあらそ》いがかつてないほど大きなものになっていた。

夜の守護聖団は、石《いし》の巣病《すびょう》の治療法《ちりょうほう》は、嵐《あらし》の持つ癒《いや》しの力のなかにあると主張《しゅちょう》した。新サンクタフラクスに立つ「夜の塔《とう》」のてっぺんにある、「真夜中の避雷針《ひらいしん》」が通りすぎる嵐の電気エネルギーをひきよせて、おそろしい病《やまい》を退治《たいじ》してくれるというのだ。それに対し図書館司書学会は、治療法《ちりょうほう》は深森《ふかもり》のどこかにかくされているばかりでなく、避雷針に雷が落ちるようなことがあれば、治療どころか災害《さいがい》をひきおこしかねないと反論《はんろん》した。

年がたつにつれて、夜の守護聖団は勢力《せいりょく》を拡大《かくだい》していった。残虐非道《ざんぎゃくひどう》な最高守護者オービクス・ザクシスに率《ひき》いられた夜の守護聖団は、商人連合を意のままにあやつり、地上町の人々を奴隷《どれい》にしてこき使い、図書館司書学会を文字どおり地下の下水道に追いやった。

暗くじめじめした、水のしたたり落ちるこの地下の洞窟《どうくつ》に、ひかえめながら野心にあふれた若《わか》き下級司書が暮《く》らしていた。その少年は十三歳《さい》で、孤児《こじ》だった。だれもいないとき、少年は、宙《ちゅう》に浮《う》いたかぞえきれないほどのヌマノキの「浮遊書見台」で、論文《ろんぶん》の巻物《まきもの》を読みあさるのがなにより好きだった。下級司書の分際《ぶんざい》では固《かた》く禁《きん》じられた行為《こうい》ではあったが。

少年は、だれにも見られていないものと思いこんでいた。ところが、少年の背反行為《はいはんこうい》はしっかり見張《みは》られて記録されていた。それどころか、その行為が予想もできない事件《じけん》へと発《はっ》展《てん》していくことになる。

深森《ふかもり》、崖《がい》の地、薄明《はくめい》の森、泥地《どろち》、岩《いわ》の園《その》。地上町と神聖都市《しんせいとし》サンクタフラクス。崖《がい》の河《かわ》。それらはすべて、地図に記された名前にすぎない。

だが、その名前の裏《うら》には幾千《いくせん》の物語が眠《ねむ》っている——それは、いにしえの巻物《まきもの》に記された物語、幾世代も人々により口から口へと伝えられてきた物語であり、今なお語りつがれる物語である。
これから始まる物語も、そんな物語の一つにすぎない。

第一章　嵐《あらし》の間大図書館

若《わか》き下級司書は汗《あせ》ぐっしょりで目を覚ました。地下下水道のトンネルのいたるところから、朝を告げるドブネズミの合唱が響《ひび》いてくる。下級司書ルーク・バークウォーターは、ドブネズミたちがどうやってはるか地上に日が昇《のぼ》るのを知ることができるのか、不思議でしかたなかった。とはいえ、起こしてもらえること自体は助かっていた。ほかの十九人の下級司書たちは、せまい寝《ね》間《ま》のなかで身じろぎしたり、寝返りをうったりしたが、目は覚まさなかった。ティルダーの角笛が吹《ふ》き鳴らされるまで、まだ二時間ほどあるようだ。それまでは、下水道すべてが自分のものだ。

ルークはハンモックから下りると、急いで着《き》替《が》えをすませ、冷たい床《ゆか》を忍《しの》んでいった。通りす

ぎるとき、こけむしてしめった壁《かべ》で、獣脂《じゅうし》ランプの炎《ほのお》がゆらめいた。一番奥《おく》のハンモックで、ミルウィストがなにやら寝言《ねごと》をいった。ルークはギクリとして足を止めた。見つかるわけにはいかない。

「頼《たの》むから、目を覚まさないでくれよ」

ルークがつぶやくと、ミルウィストは鼻をぽりぽりとかいた。そして、なにやらいきりたったようなうなり声を上げて寝返りをうつと、ふたたび眠《ねむ》りこんだ。

寝間《ねま》をぬけだしたルークは、うす暗くせまい通路に出た。空気はひんやりとしめっていた。長靴《ながぐつ》が床《ゆか》にたまった水をピチャリとはね散らし、首すじにしずくが落ちてきた。

地上町に雨が降《ふ》ると、地下下水道には水があふれ、図書館司書たちは、自分たちが家と呼《よ》ぶ入り組んだ下水道から排水《はいすい》するのにやっきになる。それでも、水は壁からしみだし、天井《てんじょう》からしたたり落ちてくる。しずくは壁にとりつけられたランプにも落ちて、ジュッと音を立てたり、ときには炎を消してしまう。しずくは、マットレスにも、毛布《もうふ》にも、服にも、武器《ぶき》にも、そして図書館司書の体にも落ちてくる。

ルークはぶるっとふるえた。頭のなかでは夢《ゆめ》がまだ続いてい
るようだ。最初はオオカミ、いつでもオオカミだ。白首モリオ
オカミ。毛を逆立《さかだ》て、歯をむきだしている。暗い森のなかで、
黄色いおそろしい目がらんらんと光っている……。

父親がかくれろとさけぶ。母親が悲鳴を上げる。ルークはど
うしていいかわからない。あちらへこちらへと逃《に》げまどうばか
りだ。いたるところに黄色い目が光り、奴隷《どれい》商人の鋭《するど》い号令が
飛びかっている。

ルークはゴクリとつばをのみこんだ。いやな夢だ。でも、そのあとにくるものにくらべたらたい
したことはない。

暗い森のなかで、ルークはひとりぼっちだった。奴隷商人たちの率《ひき》いる、白首モリオオカミの群《む》
れのほえ声が遠のいていく。奴隷《どれい》商人たちは行ってしまった――父さんと母さんも連れていかれた。
その後、二人に会うことは二度となかった。四歳《さい》のルークは、はてしない深森《ふかもり》のなかでひとりぼっ

ちだった。そのうえ、なにかが近づいてくる。なにか大きなものが……。

そして……。

耳をつんざくドブネズミの群《む》れの鋭《するど》い鳴き声に、ルークは汗《あせ》びっしょりで目を覚ました。この前と同じだ——いつもいつも同じ夢《ゆめ》。悪夢《あくむ》は何週間かごとにやってくる。思い出せるかぎり、いつでもまったく同じ夢だった。

ルークは通路のはしまで来ると、左に枝分《えだわ》かれした通路に入り、すぐにまた左に曲がった。そして五十歩ほど歩くと、右に鋭角《えいかく》に曲がり、天井《てんじょう》の低いせまいトンネルにもぐりこんだ。

地下下水道に初めて入りこんだ者は、網《あみ》の目のように複雑《ふくざつ》に入り組んだトンネルや排水管《はいすいかん》のなかで、まちがいなく迷子《まいご》になってしまう。しかし、ルーク・バークウォーターはちがった。貯水槽《ちょすいそう》という貯水槽、区画という区画、水路という水路をすべて知っていた。今入りこんだトンネルが、『嵐《あらし》の間大図書館』への近道であることもわかっていた。初めてそれを見つけたころとくらべるとすっかり背《せ》が高くなり、今では背をかがめてよろよろと進まなくてはならなかったが、それでも役に立っていた。

配水管の出口に姿《すがた》を現《あらわ》すと、ルークはあたりを見まわした。右手には、広い下水本管が闇《やみ》のなかへと続いている。うまいぐあいにだれもいないようだ。左手には、トンネルのはずれに彫刻をほどこされた巨大《きょだい》な橋が架《か》けられている。その向こうに目的の部屋《へや》が広がっていた。

足をふみだすと、目の前に図書館の景色が開け、ルークの胸《むね》は躍《おど》った。この十年というもの、ほぼ毎日ながめていたにもかかわらず、その光景は決して見飽《みあ》きることがなかった。

木材燃焼炉《ねんしょうろ》で暖《あたた》められた空気が、音もなくまわる何百という風転機によってゆっくりとかきまわされて流れてくる。無尽蔵《むじんぞう》とも思える図書館の貴重《きちょう》な巻物《まきもの》や、装丁《そうてい》された学術論文《がくじゅつろんぶん》を収《おさ》めた『浮遊《ふゆう》書見台』が、空中にふわふわと「群れ」をなして浮《う》かんでいる。浮遊書見台が鎖《くさり》でつなぎとめられた巨大《きょだい》なクロノキの橋は、彫刻《ちょうこく》をほどこされ、中央大トンネルの向かい合う壁《かべ》をつなぐように、丸天井《てんじょう》の巨大な部屋に架《か》けわたされている。その少し下には、古いシズノキの橋と壁からつきだしたいくつもの橋脚《きょうきゃく》があり、さらに下を地下下水道のなかで最も大きな下水が流れていた。

ルークはひとしきり図書館の入り口に立ったまま、ぬくもりが体のすみずみに広がる感触《かんしょく》を味わっていた。ここでは、貴重な蔵書《ぞうしょ》をそこなうおそれのある水の一滴《てき》も、わずかな水もれも許《ゆる》されない。この図書館を作り、そして守るために、数多くの大地学者が尊《とうと》い犠牲《ぎせい》になったのだ。

ルークの脳裏《のうり》に、司書学者の長老アルクウィクス・ヴェンヴァクスの言葉がよみがえってきた。

「覚えておくがいい。われらが偉大《いだい》なる図書館に蓄《たくわ》えられた知識《ちしき》は、あの深森《ふかもり》に眠《ねむ》る知識のほんの一部にすぎない。だが、非常《ひじょう》に貴重《きちょう》なものだ。忘《わす》れるでないぞ、ルーク。世の中には、司書学者をきらい、大地学を曲解《きょっかい》している人間たちがいる。そういう連中がわれらをおとしいれ、迫害《はくがい》し、石の巣病の原因《げんいん》をわれらに押《お》しつけて、こんな日光も届《とど》かない場所に追いやったのだ。論文《ろんぶん》のどれひとつとっても、一人の司書が大変な苦労をして書き上げ、それを別の司書が命をかけて守ってきたものだ。だが、われらはあきらめまいぞ。選ばれし司書勲士《ししょくんし》はこれからも深森に分け入り、かけがえのない情報《じょうほう》を持ち帰って、崖《がい》の国に関するわれらの知識を豊《ゆた》かにしてくれるだろう。ルーク、いずれはおまえの番だからな」

ルークはトンネルからはいだすと、欄干《らんかん》にかくれるように背《せ》をかがめてクロノキの橋の上に立った。こんなに朝早い時間だというのに、もう一つの橋の上にだれかいる——おそらくは掃除《そうじ》をしているシャフトロルだろうが、危険《きけん》を冒《おか》したくはなかった。

ルークは歩きながら、自分でも気がつかないうちに、浮遊《ふゆう》書見台を鎖《くさり》でつなぎとめている係留《けいりゅう》環《かん》の数をかぞえていた。下級司書ならだれでもすることだ。というのも、どの浮遊《ふゆう》書見台がどの鎖《くさり》につながっているのかをまちがえた者は、いずれ嵐《あらし》の間から追い出されることになったから。

THE GREAT STORM CHAMBER LIBRARY

嵐《あらし》の間大図書館

長い経験《けいけん》から、ルークはあやまたずに十七番目の書見台に行きついた。そこに目的の論文《ろんぶん》がある。『自然環境《かんきょう》におけるオオハグレグマの生態《せいたい》の研究』だ。図書館に所蔵《しょぞう》されたかぞえきれないほどの革綴《かわと》じの論文のなかでも、これは特別だった。といっても、そう思うのは一人だけだったが。

ルーク・バークウォーターは、この論文のおかげで生きがいを見つけることができた。そのことはとうてい忘《わす》れられない。

シャフトロルに見られていないことを確《たし》かめると、ルークは巻《ま》き上げ機のハンドルをつかんでゆっくりまわしはじめた。一巻き一巻き、鎖が回転軸《かいてんじく》にまきとられていき、浮揚木《ふようぼく》であるヌマノキでできた書見台がゆっくりと降《お》りてきた。昇降台《しょうこうだい》と同じ高さになると、ルークはブレーキレバーを巻き上げ機にひっかけ、書見台に乗りこんだ。書見台が左右にゆれながら、ぐっと沈《しず》みこむ。

「気をつけろ！」

ルークは小声でつぶやきながら、長いすに腰《こし》を下ろして机《つくえ》をしっかりつかんだ。バランスをくずして、背中《せなか》からよどんだ下水のなかに落ちるのだけはごめんだ。朝のこの時間ではまだ、落ちてもひきあげてくれるイカダ漕《こ》ぎはいなかったし、ルークはまったくの金づちだった。

書見台のハチミツ色の木肌《きはだ》は、温かくなめらかな感触《かんしょく》だった。図書館の暖《あたた》かい乾《かわ》いた空気のなか

では、十分乾燥《かんそう》させたヌマノキは空気よりも軽くなる。といっても、最上級の浮揚木でも、気温や湿度《しつど》がわずかに変化するだけで不安定になってしまうぐらいだから、ヌマノキ製《せい》の書見台は始終上下したり、ふらふらゆれたりしていた。そこにほんのしばらくの間すわっていられるだけでも、まさに超人技《ちょうじんわざ》だった。

「ぐらぐらするなよ、こいつ」

ルークは書見台をしかりつけながら、体の位置をずらした。はげしいゆれは収《おさ》まった。

「よし、それでいい。じっとしていてくれよ、ぼくが……」

頭上《ずじょう》の球形の明かりに目をこらすようにして、ルークは最上段《さいじょうだん》の棚《たな》から大きな書物をひきだした。オオハグレグマの論文だ。それを机の上に置くと、おそれとも興奮《こうふん》ともつかないおなじみの感覚が押《お》し寄《よ》せてきた。ルークは適当《てきとう》なページを開いた。

その頭が前かがみになり、目がらんらんと輝《かがや》きだす。すでにルークは、地下下水道の広間で浮遊《ふゆう》書見台にすわっているのではなかった。今ルークがいるのは、はてしなく広大で謎《なぞ》めいた深森《ふかもり》のなかだった。周囲には壁《かべ》も、トンネルも、天井《てんじょう》もない。どこまでも広がる空があるばかりだ。空気はひんやりとして、鳥の声や、げっ歯類のかん高い鳴き声があふれかえり……。

ルークは論文《ろんぶん》に目をもどした。

『オオハグレグマの遠ぼえは、特定の個体《こたい》に向けて行われる。自分以外の個体に向けられた遠ぼえには、たとえそれがすぐ近くであっても、答えることはない。この点に関していうなら、まるでその遠ぼえは名前を呼《よ》んでいるかのようである。しかしながら、わが探求《たんきゅう》の旅において、その言語を解読《かいどく》できるほど近づくことはついにかなわず、確《たし》かめることはできなかった』

ルークは顔を上げた。頭のなかでオオハグレグマの遠ぼえが響《ひび》いている。まるで、自分の耳で聞いたことがあるとでもいうように……。

『一つだけたしかなことがある。あるオオハグレグマが別のオオハグレグマに対して、自分を偽《いつわ》るのは不可能《ふかのう》ということだ。オオハグレグマが孤独《こどく》な動物であるのは、そのことが原因《げんいん》なのだろう。その独立独歩《どくりつどっぽ》の性質《せいしつ》は、群《む》れのなかの一頭であることではなく、群れから切り離《はな》されていることから生じるのである。

わが探求の旅は続く……』

ルークは、きれいな字で書かれた論文からもう一度顔を上げ、宙《ちゅう》を見つめた。『わが探求の旅は続く……』という一節が心をとらえていた。自分もはてしない深森を探検《たんけん》できたらどんなにいいだろう。オオハグレグマとともにすごしたり、満月の夜、哀調《あいちょう》を帯びた遠ぼえを聞いたりして……。

ルークははっとした。

そうだった！　今日は特別な日なんだ。ルークはさびしげに笑った。今日の『選任《せんにん》の儀《ぎ》』において、はるか遠い深森の『湖上発着場』で修行《しゅぎょう》の仕上げを行うべく、三人の下級司書が司書勲士《ししょくんし》に選ばれるのだ。

ルークは、選ばれるのが自分だったらと心から思った。しかし、アルクウィクス・ヴェンヴァクスがどれほどはげましてくれようと、選ばれることは絶対《ぜったい》にない。自分は捨《す》て子だ。身よりはなにもない。たった一人で、あてもなく深森をさまよっているところを、偉大《いだい》なるヴァリス・ロッドによって発見された。人からはそう聞かされていた。ヴァリスというのは、上級司書博士《はかせ》フェンブラス・ロッドの娘《むすめ》にして、今ルークが手にしている論文《ろんぶん》の著者《ちょしゃ》だった。

もしも、ヴァリスがオオハグレグマの研究のために深森《ふかもり》に入りこんでいなければ、記憶《きおく》らしい記《き》憶《おく》も持たないみなしごに出くわすこともなかった。その子どもが覚えていたのは、自分の名前と、何度となくくり返される奴隷《どれい》商人と白首モリオオカミの悪夢《あくむ》、そして……。

そう、ルーク・バークウォーターはまさしくこの論文のおかげで生きられたのだ。

ヴァリス・ロッドはオオハグレグマの論文とともに、ルークを地下下水道に連れ帰り、司書学者に育てさせた。司書学者の長老アルクウィクス・ヴェンヴァクスは身よりのない幼子《おさなご》の友となり、なにくれとなく世話を焼いてくれた。しかし、ルークにはよくわかっていた。家族のうしろ盾《だて》のない孤児《こじ》は、どうあがいても下級司書より上にはあがれない。自分の運命は、地下の大図書館で浮遊《ふゆう》書見台をみがいたり、博士や司書たちの世話をすることなのだ。

でも、フェリックスはちがう。ルークはにっこり笑った。自分は湖上発着場に行けなくても、代わりにフェリックスが行ってくれる。

フェリックス・ロッドはヴァリス・ロッドの弟だ――年はずいぶん離《はな》れていたが。年のわりには背《せ》が高く、体つきも頑丈《がんじょう》で、スポーツ万能《ばんのう》だった。よく笑い、怒《おこ》ることはめったになく、知力で劣《おと》る分は心の広さで十分補《おぎな》っていた。

フェリックスは司書助手だったが、姉が連れてきた孤児のめんどうを見ることにした。ひょっとしたらフェリックスは、崇拝《すうはい》している姉が、ルークを一人司書学者のなかに置き去りにしたことを後ろめたく思っているのかもしれない。ときどきそんなふうに思うこともあったが、気にはならなかった。フェリックスは友だちだ。親友なのだ。フェリックスは、ルークをいじめる下級司書を放《ほう》ってはおかなかったし、ルークは、年長の者でもむずかしいと思うフェリックスの勉強を手伝ってやった。二人は最強の組み合わせだった。そして今、つらい勉学の日々も報《むく》われようとしていた。フェリックスは、学問の仕上げに湖上発着場におもむく司書勲士《ししょくんし》の最有力候補《こうほ》の一人だったのだ。ルークは胸《むね》をはりたい気分だった。いつか、フェリックスの論文を手に、この書見台にすわる日がくるかもしれない。

ルークが論文を棚《たな》にもどそうとしたとき、広い図書館じゅうにどなり声が響《ひび》きわたった。

「おい、おまえ！」

ルークは凍《こお》りついた。見つかるわけにはいかない。特に今日は。きっと、シズノキの橋で掃除《そうじ》しているシャフトロルをどなりつけたんだ。

「ルーク・バークウォーターだな！」

ルークはうめいた。覚悟《かくご》を決めて論文《ろんぶん》を棚《たな》にもどし、ゆっくりとふり向く。そのとき初めて、自分がどれほど高いところにいるかに気づいた。さっき乗りこんだとき、書見台が大きくゆれた拍子《ひょうし》に、ブレーキレバーが動いたにちがいない。浮遊《ふゆう》書見台をつないでいる鎖《くさり》がすっかりのびきっていた。つまり、クロノキの橋につながれたほかのどの書見台よりも高いところに浮《う》かんでいたのだ。これでは見つかるのも当然だ。ルークは下をのぞき見て、不安そうにゴクリとつばをのみこんだ。どうして、よりによってレドマス・スクウィンクスに見つかるんだ？

口やかましく、でっぷりと太り、小さなピンク色の目と、もしゃもしゃと生やしたほおひげが印《いん》象的《しょうてき》なスクウィンクスは、多種多様な図書館の下級司書博士《はかせ》の一人だった。生徒たちからは好かれていなかったが、それにはちゃんとした理由があった——横柄《おうへい》で独《ひと》りよがりなのだ。秩序《ちつじょ》を好み、自分は楽をすることが好きで、年（と体重）が増《ふ》えるにつれて、さかんにいばりちらすようになった。

「さっさとおりてこんか！」

ルークは丸々と太った、赤ら顔のスクウィンクスを見おろした。両手を腰《こし》に当て、くちびるに意地悪そうな笑いを浮かべている。二人とも、スクウィンクスの助けがなければおりられないことはわかっていた。

「お、おりられません、博士」

「だったら、はなからそんなところに上らなければいい。ちがうかね？」

スクウィンクスが勝ち誇《ほこ》ったようにいうと、ルークはがっくりとうなだれた。スクウィンクスはしつこくいった。

「どうなんだ？」

「は、はい、博士」

ルークはいった。

「はい、ではない！　上ってはいかんのだ。いったいいくつの規則《きそく》を破《やぶ》ったか、わかっておるのかね、ルーク？」

そういうと、スクウィンクスは左手の指を折りながら、一つずつ挙げていった。

「一つ。消灯からティルダーの角笛までの時間は、浮遊書《ふゆう》見台を使ってはならない。二つ。浮遊書見台は、巻《ま》き上げ機を操作《そうさ》する者がいないときは使ってはならない。三つ。いかなる場合でも、下級司書は、浮遊書見台に、上ってはならない」

三つ目を、低い声で一語一語区切りながらいうと、スクウィンクスはいやらしい笑いを浮《う》かべた。

「まだ続けるかね？」

「いえ。すみませんでした。でも……」

「だまっておれ」

スクウィンクスはぴしゃりというと、わざとらしくあえぎながら、巻き上げ機のハンドルをまわしはじめた。やがて書見台は、昇降台《しょうこうだい》と同じ高さまで降《お》りてきた。

「さあ、おりたまえ」

ルークはクロノキの橋におり立った。スクウィンクスはルークの両腕《りょううで》をつかむと、鼻と鼻がくっつきそうなほど顔を近づけた。

「わたしはこういう規則破《きそくやぶ》りはがまんならんのだ。実に反抗的《はんこうてき》なうえに、秩序《ちつじょ》をないがしろにすることはなはだしい」

スクウィンクスは大声でいうと、大きく息を吸《す》った。

「ルーク、おまえの振《ふ》る舞《ま》いはとうてい受け入れがたい。論文《ろんぶん》を読みたいと思うどころか、実際《じっさい》に手を触《ふ》れるとは！　あれはおまえのような輩《やから》が読むものではない。下級司書ふぜいが！」

スクウィンクスは軽蔑《けいべつ》したようにいった。

「で、でも、博士《はかせ》……」

「だまらっしゃい！」

スクウィンクスは金切り声を上げた。

「図書館の最も重要な規則をこけにしたかと思えば、今度は厚《あつ》かましくも口答えをするとはな！　ずうずうしいにもほどがある！　おまえは懲罰房《ちょうばつぼう》送りだ。鉄枷《てつかせ》をはめて、むち打ちにしてやる。わたしは……」

「なにか問題でもあったのかな、スクウィンクス君？」

ひかえめだが迫力《はくりょく》のある声がさえぎった。

下級司書博士がふり返り、ルークも顔を上げた。司書博士の長老、アルクウィクス・ヴェンヴァクスだった。骨《ほね》ばった指で鼻の上のメガネを押《お》し上げながら、スクウィンクスをのぞきこむように見ている。

「なにか問題でも？」

アルクウィクスはくり返した。

「いえ、ご心配にはおよびません」

スクウィンクスは胸《むね》をはって答えた。

アルクウィクスはうなずいた。

「それを聞いて安心したよ、スクウィンクス君。実によろしい……。ただ、気がかりなことがあってな」

「なにか？」

「ああ、ちょっと耳にしたのだが。懲罰房《ちょうばつぼう》送りとか、鉄枷《てつかせ》とか。それから、なんだったかな……？

ああ、そうだ、むち打ちだ！」

スクウィンクスの肉のたるんだ顔が、赤から紫《むらさき》に変わり、毛穴《けあな》という毛穴から大粒《おおつぶ》の汗《あせ》が吹《ふ》き出した。

「いえ、そ、それは……」

アルクウィクスはにっこり笑っていった。

「わざわざ思い出させるまでもないかとは思うが、スクウィンクス君。下級司書博士《はかせ》である君は、懲罰を加える立場にはないのだがね。それどころか、君のその行為《こうい》こそ、懲罰の対象になるのではないかと……」

そういいながらアルクウィクスは、考え深げに右の耳をぽりぽりとかいた。

「で、ですが……わたしはただ……」

汗だくで言《い》い訳《わけ》しようとするスクウィンクスを見て、ルークは笑いをかみ殺さなければならなかった。横暴《おうぼう》な下級司書博士がちぢみあがる姿《すがた》を見るのはそう快《かい》だった。

スクウィンクスは気を取り直したのか、猛然《もうぜん》と抗議《こうぎ》しはじめた。

「お言葉を返すようですが、彼《かれ》は次から次へと規則《きそく》を破《やぶ》ったのです。あろうことか、わたしが見つけたとき、彼は浮遊《ふゆう》書見台に上っていました。学術論文《がくじゅつろんぶん》を読んでいたのです。そのうえ……」

その声には、しだいに自信がもどってきた。

アルクウィクスはルークに目を向けた。

「なにをしていたと？　論文《ろんぶん》を読んでいたというのか！　そうなると、話はまったく別だな」

そういうとアルクウィクスは、勝《か》ち誇《ほこ》った表情《ひょうじょう》の下級司書博士《はかせ》に向き直った。

「スクウィンクス君、この件《けん》はわしが処理《しょり》する。行っていいぞ」

でっぷりと太ったレドマス・スクウィンクスが歩き去ると、ルークはアルクウィクスが自分の方に視線《しせん》をもどすのを、びくびくしながら待った。司書博士は明らかに腹《はら》を立てている。今までこんなことはなかった。ルークは、今度ばかりは自分がやりすぎたのではないかと不安になった。ところが、ようやくふり向いた博士の目はいたずらっぽく輝《かがや》いていた。

「ルーク、ルーク！　また論文を読んでいたのだな？　さて、どうしたものかのう？」

「すみませんでした、博士。ぼくはただ……」

「わかっておる、ルークよ。わかっておるとも」

博士がさえぎった。

「知識《ちしき》への飽《あ》くなき欲求《よっきゅう》は実に強いものだからな。だが、この次は……」

博士は言葉を切って、何度か首をふった。ルークは息をつめて待った。

「この次は……つかまるでないぞ！」

そういうと博士はくすくすと笑った。ルークも笑った。次の瞬間《しゅんかん》、博士は真顔にもどった。

「それはともかく、こんなところにいてはいかんではないか。今日は、浮遊《ふゆう》書見台は使用禁止《きんし》だぞ。選任《せんにん》の儀《ぎ》が執《と》り行われることを忘《わす》れたのか？」

ちょうどそのとき、ガランとした図書館じゅうに、ティルダーの角笛が響《ひび》きわたった。七時を告げる笛の音だ。

「しまった。今日はフェリックスの大切な日だった。したくを手伝うって約束したんだ。がっかりさせるわけにはいかない」

「落ち着くのだ、ルークよ。わしの知るかぎりでは、フェリックス・ロッドはまだハンモックで熟睡《じゅくすい》しているはずだ」

「そうだった！　起こしてやるっていったんだ！」

「そうなのか？」

博士《はかせ》はやさしくほほえんだ。

「ならば行くがいい。急げば、二人ともなんとか間に合うだろう」

「ありがとうございます、博士」

ルークは礼をいうと、クロノキの橋を急ぎ足でもどっていった。

「それとな、ルーク！　おまえさんも少しは身なりを整《ととの》えてくるのだぞ」

アルクウィクスが後ろから呼《よ》びかけた。

「はい、博士。ありがとう、博士」

ルークはさけび返した。そして嵐《あらし》の間を出ると、頭を低くして細い土管にもぐりこんだ。体が闇《やみ》に包みこまれると、ルークの気分も暗くなった。

また、あの悪夢《あくむ》を思い出した。モリオオカミのうなり声と、奴隷《どれい》商人のさけび声。そして、ひとりぼっちの心細さ、おそろしさ……。

これでフェリックスが行ってしまったら、またひとりぼっちになってしまう。心のどこかで、小さな声がささやきかけた。

『もしもフェリックスが選ばれなかったら？　もしも寝《ね》すごしたら……？』

「だめだ！」

ルークはこぶしで自分のこめかみをゴツンとなぐった。

「そんなのだめだ！　フェリックスは親友なんだぞ！」

第二章　地下下水道

ルークは、戸口にかけられたケナガオオツノの厚《あつ》い毛皮をかきわけて、寝室《しんしつ》に入った。質素《しっそ》でじめじめとした下級司書の寝間《ねま》とちがい、その部屋《へや》は暖《あたた》かくて快適《かいてき》だった。フェリックス・ロッドは司書助手だったため、なにかと恵《めぐ》まれていたのだ。すみには薪《まき》のストーブが赤々と燃《も》えており、壁《かべ》には手織《てお》りの壁掛《かべか》けがかけられ、床《ゆか》にはわら編《あ》みの敷物《しきもの》がしかれている。ルークが、ふかふかの枕《まくら》と暖かい毛布《もうふ》の備《そな》えられた綿《わた》入れのハンモックに近づいていくと、起床《きしょう》を告げる最後のティルダーの角笛が響《ひび》きわたった。

ルークは友の顔を見つめた。なんの悩《なや》みもなさそうな、満ち足りた寝顔《ねがお》だ。くちびるのはしに笑《え》みが浮《う》かんでいるところからすると、なにか楽しい夢《ゆめ》でも見ているのだろう。起こすのがかわいそうなぐらいだ。

「フェリックス。フェリックス、起きなよ」

ルークはフェリックスの両肩《りょうかた》をつかんでゆさぶった。

目がパチッと開いた。

「なに、どうしたって?」

ルークだとわかると、フェリックスはにっこり笑って体をぽりぽりとかいた。

「ルークか。今、何時だい?」

「もう朝だよ、フェリックス……」

ルークが答えようとすると、フェリックスがさえぎった。

「すごい夢を見たんだ。ルーク、おれ、飛んでたんだ。深森《ふかもり》の上をな! 考えてみろよ! 澄《す》みきった空をぐんぐん上昇《じょうしょう》していくんだぞ! その気持ちよさったら——あっちへ飛んではこっちへもどり、木々の梢《こずえ》をかすめていくんだ……。ところが、乱気流《らんきりゅう》につかまって、きりもみを始めてさ、そのとき、おまえに起こされたんだ」

フェリックスはそのときのことを思い出すように目を細めた。

ルークは首をふった。

「忘《わす》れちゃったのか？」

「忘れちゃったって、なにを？」

フェリックスはあくびをしながらきいた。

「今日がどんな日なのかをだよ！　今日は選任《せんにん》の儀《ぎ》の日じゃないか」

「選任の儀だって！　明日だとばかり思ってた」

フェリックスは枕《まくら》やクッションをはねとばしてハンモックから飛び出し、はずみで小さな装飾《そうしょく》ランプをひっくり返した。

「まったく、なんて場所だ！」

寝室《しんしつ》を見まわして毒づくと、フェリックスはハンモックの下にある重たいナマリノキの衣装箱《いしょうばこ》から長衣をひっぱりだした。

「夜なのか朝なのか、まるでわかりゃしない。ここの連中は、どうやって時間を知るんだ？」

ルークはフェリックスを安心させようとしていった。

「だいじょうぶ、最後の角笛はたった今鳴らされたところだから。急げば、闇博士《やみはかせ》が宣誓《せんせい》を始める前に、シズノキの橋に着けるよ――いい場所はとられちゃっているだろうけど」

「そんなのかまわないさ」

フェリックスは正装用の飾《かざ》り帯を必死にほどきながらいった。

「どれだけ選任の儀を待ちかねたことか。早く、この水浸《みずびた》しの下水道から逃《に》げ出して、顔に風を受けながら、澄《す》んだ空気を胸《むね》いっぱい吸《す》いたいよ……」

「貸《か》してごらんよ」

ルークはフェリックスの手から飾り帯をとり、器用にほどいてやった。ルークがそれを返してやると、フェリックスは、今度は重たい司書助手の長衣と格闘《かくとう》しはじめた。

ルークはさびしげにほほえんだ。親友の手助けをしてやれるのもこれが最後だ。今日フェリックスは、修行《しゅぎょう》の仕上げのために湖上発着場に向かう者に選ばれるだろうから。向こうに行けば、自分の面倒《めんどう》は自分で見なくてはならない。教練を予定どおりにこなし、自分の長衣を常《つね》にきれいに整《ととの》え、重要な集まりには寝《ね》すごさずに駆《か》けつけなければならない。手伝ってくれるルークはいないのだ。

でも、自由の森に行っても、フェリックスならすぐに新しい友だちを作るだろう。どこへ行こう

と、なにをしようと、だれからも好かれ、注目を集めてしまうやつだから。姉のヴァリスと同じように、フェリックスもまた大いなる冒険《ぼうけん》にふみだして、澄《す》んだ大気と太陽の光のもとで名を上げることになるだろう。そしてルークは、一人とり残されるのだ。

フェリックスは飾《かざ》り帯を腰《こし》にまくと、すっくと立った。ルークはしげしげと見つめた。そして、あらためて目をみはった。ついさっきまで、ハンモックで高いびきだったのに。今はこうして儀式《ぎしき》用の正装《せいそう》に身を包み、目の前に堂々と立っている。まるで、したくに何時間もかけたかのようだ。

「どうだい?」

フェリックスにきかれて、ルークはにっこり笑った。

「いいよ」

「大地と大空に栄えあれ！」

フェリックスはランタンを二つとると、一つをルークにわたした。

「よし。それじゃ、シズノキの橋に出発だ。みんな待っているぞ」


「静かに、フェリックス！　なにか聞こえる」

ルークはトンネルの入り口で立ち止まり、てのひらでフェリックスを制《せい》した。

「たしかに、なにか聞こえたんだ。あっちの方だ」

そうささやくと、ルークはランタンで、右手の水のしたたり落ちる細い土管を指し示した。

「ひょっとして……ドロワニか？」

近づいてきたフェリックスが警戒《けいかい》するように目を細め、いまわしい名前を口にした。

「たぶんね」

ルークは小声で答えた。

フェリックスはうなずいた。まちがいないだろう。入り組んだ下水道にひそむ寄生《きせい》動物や捕食《ほしょく》動物の判別《はんべつ》にかけては、ルークの右に出る者はいなかったから。フェリックスは剣《けん》をぬいて、ルークをわきに押《お》しのけると、土管のなかに入っていった。

「でも、フェリックス……儀式《ぎしき》は？」

頭を低くしてあとに続きながら、ルークがいった。

「あとまわしだ。こっちの方が大事だからな」

フェリックスはずんずん進んでいき、最初の枝分《えだわ》かれで一度立ち止まって耳をすませてから、ふたたび歩きだした。

ルークは必死にあとを追ったが、フェリックスが三つ目の角を曲がろうとしたとき、たまらずにあえぎながら呼《よ》びかけた。

「ちょっと待って。フェリックス……」

「声を出すなよ、ルーク！　もしも『がれきの町』からドロワニが下水道にまぎれこんだんだとしたら、みんなが危険《きけん》にさらされることになるんだぞ」

フェリックスは声を殺していった。

「下水道警備隊《けいびたい》にまかせるわけにはいかないのかな？」

「下水道警備隊だと？　あんな役立たずな連中、血に飢《う》えた大人のドロワニどころか、ドブネズミでさえ追いはらえやしないさ」

フェリックスは鼻を鳴らした。

「でも……」

「シーッ！」

トンネルが四つに分かれているところで、フェリックスは足を止めてしゃがみこんだ。冷たくしめった場所だ。あたりには、水のしたたり落ちる音が響《ひび》いている。そのとき、フェリックスがささやいた。

「聞こえる」

ルークは耳をそばだてた。たしかに聞こえる——生き物が息をするかすかなシューシューという音。そして、ピチャリ、ピチャリと歩く音。かなり大きそうだ。

フェリックスはランタンを高くかかげると、音の聞こえる正面のトンネルに入っていった。ルークも続いた。なさけないほどぶるぶるふるえている。フェリックスのいうとおりだったらどうしよう？　そいつが、『血の狩《か》り』をしているとしたら？

もともと地上町をすみかとするドロワニは、追いつめられれば攻撃的《こうげきてき》になるものの、泥地《どろち》のものにくらべればおとなしい方だった。それはおそらく、直射日光《ちょくしゃにっこう》が当たらないせいだろう。あるいは、食の好みが変化したせいか。地上町のドロワニがエサにしているドブネズミは、泥地《どろち》の骨《ほね》ばかりのシッチウオよりもはるかに肉付きがよく、数も多かった。理由はどうあれ、地上町のドロワニはほとんど人を襲《おそ》うことはなかった。ところが、ごくたまに、血の味を覚えるものがいて、より大きな獲物《えもの》を求めて下水道の本管に姿《すがた》を現《あらわ》す。それが『血の狩《か》り』だ。そういうドロワニがもたらす災厄《さいやく》の物語は、学者たちの間でしきりにうわさされていた。

「こっちだ。においがする」

フェリックスは低い声でいうと、だしぬけに右に曲がった。

「でも、フェリックス、このトンネルは……」

いいかけたルークを、フェリックスは無視《むし》した。ドロワニがすぐ近くにいるのはたしかだ。今ここで、追いつめてやる。フェリックスは剣《けん》を前につきだしたまま、小走りにトンネルを進んでいった。図書館司書の血の味を覚えたいまわしい怪物《かいぶつ》を、きれいさっぱり退治《たいじ》してやる。

ルークはついていくだけで精一杯《せいいっぱい》だった。顔を上げると、フェリックスはトンネルの出口にたどりつくところだった。

「フェリックス、気をつけろ！　そっちは行き……うわっと！」

ルークは足をすべらせて足首をひねり、トンネルの床《ゆか》に尻《しり》もちをついた。

「……止まりだ」

つぶやきながら立ち上がると、ルークは「フェリックス？」と呼《よ》びかけた。しかし、答えはない。

「フェリックス？」

もう一度、もう少し大きな声で呼びかける。やはり、返事はない。

「フェリックス、どうしたん……」

「このあたりにいるはずだ！」

フェリックスの声は、いら立ちのあまりとげとげしかった。

「フェリックス？　ちょっと待って！　すぐ追いつくから……」

ルークはさけぶと、足を少しひきずりながら、必死に進んでいった。吐《は》く息が白い。首

すじに水がしたたり落ちる。ルークは鞘《さや》から短剣《たんけん》をぬき、不安そうにいった。

「フェリックス、だいじょうぶかい？」

「完全に行き止まりだ。どこへ行きやがった？」

フェリックスは低い声でいった。

ルークもトンネルの一番奥《おく》にたどりつくと、その先にある貯水槽《ちょすいそう》をのぞきこんだ。フェリックスが貯水槽の向こう側で、こちらに背《せ》を向けて立っていた。

「フェリックス！　気をつけろ！　上だ！」

ルークはさけんだ。

フェリックスはさっとふり返り、頭上《ずじょう》に目を向けた。その目に映《うつ》ったのは、黄色い目とよだれをたらす真っ赤な口、ドロワニだ。

それも巨大《きょだい》なやつだ。ふくれあがった腹《はら》、長いむちのような尻尾《しっぽ》、六本の足。今にも飛びかかりそうなようすで天井《てんじょう》にへばりついている。鋭《するど》い刃《やいば》のような爪《つめ》がギラリと光る。

「よし、かかってこい、このみにくいばけものめ」

フェリックスは食いしばった歯の間から、いどむように言葉をしぼりだした。

　ドロワニの飛び出した鼻がひくひくと空気のにおいをかぎ、長い舌《した》が口のまわりをべろりとなめる。その目がすっと細くなる。今にも飛びかかってきそうだ。
　フェリックスはおどすように剣をふった。
「出口をふさげ、ルーク。こいつは絶対《ぜったい》に逃《に》がさない」
　ルークはトンネルの出口に陣《じん》どり、短剣をぎりぎりとにぎりしめた。とはいえ、ドロワニが六本足それぞれに生えた、四本の爪をふりかざして自分の方に向かってきたら、短剣がどれほど役に立つかはわからなかった。ドロワニは、フェリックスの剣を見ると、おずおずとあとずさりを始め、うしろ向きにゆっくりと天井《てんじょう》を横切っていった——ペチャリ、ペチャリ、ペチャリ。ルークはゴクリとつばをのみこんだ。ドロワニが目指しているのは出口、つまりルークのいる方だった。

「だいじょうぶだ、ルーク。おれがつかまえる。でも油断するな……」

フェリックスが安心させるようにいったちょうどそのとき、ドロワニが天井からジャンプして、空中でくるりと体をひねると、ルークの目の前に着地した。管状《くだじょう》の鼻を怒《いか》りにふくらませ、しきりに大きな音を立てながら、ルークをにらみつける。

フェリックスが貯水槽《ちょすいそう》の向こうから飛びかかり、剣《けん》を空中でなぎはらった。ルークも短剣をにぎりしめて足をふんばったが、ドロワニのむちのような尻尾《しっぽ》のはげしい一ふりに吹《ふ》きとばされ、床《ゆか》にしたたかにたたきつけられた。ドロワニはルークのわきをぬけて、するするとトンネルに入っていった。

「逃《に》がすな！」

フェリックスがさけんだ。

ルークはさっと起きあがり、逃げていくドロワニに向かって短剣を投げつけた。短剣はザクッという音とともに自在《じざい》に動く長い尻尾を切断《せつだん》し、右後足のつけ根につきささった。

ドロワニはその場に立ち止まり、苦悶《くもん》の声を上げた。それから、くるりとふり向いた。怒《いか》りに満ちたその目は、ルークの体を焼きつくすかと思うほどだった。

「よくやった、ルーク。よし、そこをどいてくれ。おれが片《かた》づけてやる」

背後《はいご》からフェリックスの声がした。

しかし、足に傷《きず》を負ったとはいえ、五本足でも六本足と速さは変わらなかった。フェリックスが十歩あまり進む間に、ドロワニはトンネルの出口にたどりつき、姿《すがた》を消した。

「今回は見逃《みのが》してやる！　だが、この次も運がいいと思うなよ！　よく覚えておけ、このけだものめ！」

ルークは、切りとられたドロワニの尻尾を足でつっついた。でも、「この次」なんてあるのか？　だいたいフェリックスは湖上発着場に旅立ってしまい、血に飢《う》えたドロワニのことなど思い出しもしないだろう。

そのとき、下水道のどこか奥《おく》深くから、人々のよろこびにわく声が聞こえてきた。歓声《かんせい》はトンネルじゅうに反響《はんきょう》して、水のしたたる音はかき消されてしまった。フェリックスがルークに向き直った。

「選任《せんにん》の儀《ぎ》が始まったんだ。急げ、ルーク！　名前が呼《よ》ばれるのに間に合わなかったら、悔《く》やんでも悔《く》やみきれないからな」

二人はようやく、せまいトンネルの出口にたどりついた。フェリックスはそこから左右に延《の》びているトンネルに目をやった。

「左、だと思う」

「いや、右に行こう。近道を知っているんだ。ついてきて」

ルークはいうと、走り出した。そして、左に急カーブを切って、今は使われていない真っ暗な排水管《はいすいかん》に飛びこんだ。フェリックスもあとに続いた。

排水管は古く、ひび割《わ》れていて、いたるところに水たまりやとがった石の破片《はへん》が散らばっていた。二人が水をはね散らしながら進んでいくと、ぐっしょりと水をふくんだ太いヤミグモの巣が顔にかかった。

「これ、ほんとに――うっぷっぷ――正しい道か？　歓声《かんせい》が聞こえなくなったぞ」

フェリックスがクモの巣を顔からひきはがしながらいった。

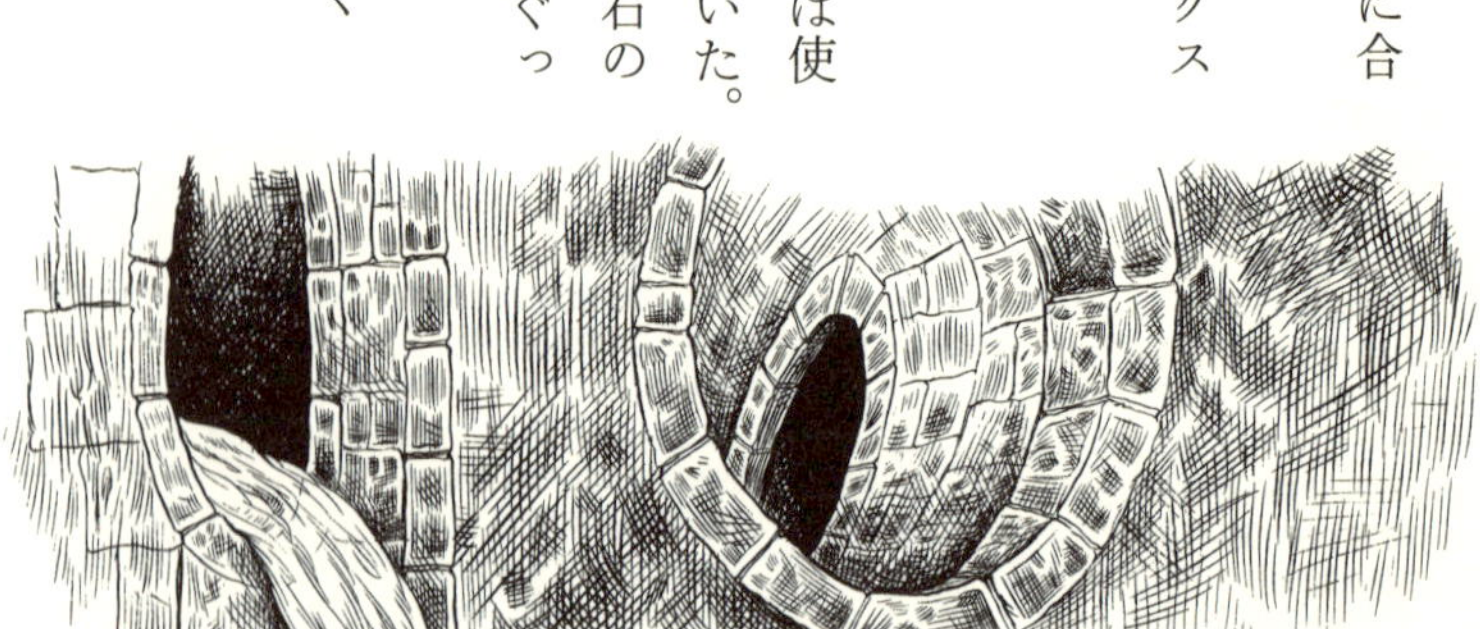

「歓声がやんだからだよ。君の父さんが宣誓《せんせい》を始めたんだろう。だいじょうぶだよ、フェリックス。ぼくが君を失望《しつぼう》させたことがあったかい？」

「いや、一度もない」

フェリックスはゆっくりと首をふった。

「おまえに会えなくなるとさびしいよ」

ルークは答えなかった。いや、答えられなかった。のどにかたまりがせりあがってきて、言葉にならなかったのだ。

しばらくして、上級司書の深く豊《ゆた》かな声が排水管に響《ひび》いてくると、フェリックスは声を上げた。

「おまえのいうとおりだ！　あの声、どこにいたってわかるよ」

フェンブラス・ロッドの大きな声が響いてくる。

「司書学者の諸君《しょくん》！　嵐《あらし》の間大図書館にようこそ！　この選任《せんにん》の儀《ぎ》にあたり……」

「声が近くなってきた」

フェリックスはいった。

「ぼくたちが近づいたんだよ。もうすぐ……ほら、着いた」

ルークは広いトンネルに向かってだっと走り出し、五十歩ほど行ったところで、とつぜん中央大トンネルに飛び出した。ルークはほっと息をついた。間に合った。目の前には、嵐《あらし》の間へのアーチ型《がた》の入り口がそびえている。

「行こうぜ。立ち見席しか残っていないだろうけどな」

フェリックスは少し不満顔でいった。

ルークは、選任《せんにん》の儀《ぎ》を間近で見ようと集まってきた群衆《ぐんしゅう》に目を向けた。人々は嵐の間を埋《う》めつくし、いい場所をとろうと押《お》し合いへし合いしている。

「扉《とびら》の向こうに行けたらみっけものだ」

ルークがいうと、フェリックスは「まかせろ」といってから陽気な声を上げた。

「道を開けてくれ！　新しい司書勲士《ししょくんし》のお通りだ！」

第三章　選任《せんにん》の儀《ぎ》

　嵐《あらし》の間は、今までにないほど暖《あたた》かかった――クロノキの橋にも、つきだした橋脚《きょうきゃく》にも、不安定な浮遊《ふゆう》書見台の上にも、人々が鈴《すず》なりになっていたためだ。フェリックスもルークも、すぐに汗《あせ》だくになってしまった。その汗が乾《かわ》くにつれて、今度は湯気が立ちのぼりはじめた。

　クロノキの橋の上にひしめく人々をかきわけて前に出ると、ルークとフェリックスは丸みを帯びた低い手すりの上に立ち、一段《いちだん》低いところにあるシズノキの橋を見おろした。その下には、地表の川のような勢《いきお》いはない運河《うんが》がよどみ、見物人をぎっしり乗せて今にも沈《しず》みそうなイカダの群《む》れがひしめいている。どのイカダも、イカダ漕《こ》ぎの鉤竿《かぎざお》でいたるところに固定されている。

「もう、みんなそろっている」

フェリックスは、シズノキの橋の方をあごでしゃくってみせた。

ルークはうなずいた。聴衆《ちょうしゅう》に語りかける上級司書学者フェンブラス・ロッドの両わきで、背《せ》の高いいすに腰《こし》かけているのは、光博士《ひかりはかせ》のアルバス・ヴェスピウスと、闇《やみ》博士のトーラス・ペニタクスだ。二人ともかつては大空学者だったが、夜の守護聖団《しゅごせいだん》のあまりの無法ぶりに憤慨《ふんがい》して、図書館司書学会と運命をともにする決心をした。その両側にそれぞれ六人ずついならぶ面々は、司書学者の長老たちだ。

静まりかえった嵐《あらし》の間に、フェンブラス・ロッドの声が響《ひび》きわたる。

「われら三名の委員は、今回ほど湖上発着場におもむく者たちの選出に悩《なや》まされたことはない。といっても、ふさわしい候補《こうほ》がいなかったというのではない。その反対だ。ここにいる司書学者たちは、おのおのすばらしい候補者を挙げてくれた。そして、おのが候補者が選ばれるよう、熱心に議《ぎ》論《ろん》を重ね……」

ルークは十二人の司書学者を順々に見つめた。その経歴《けいれき》は、一人一人まるでちがう。新しい地下図書館を援助《えんじょ》するために、流刑地《るけいち》からもどってきた優秀《ゆうしゅう》な大地学者がいるかと思えば、光と闇の両

博士のように、かつてはすぐれた大空学者だったが、邪悪《じゃあく》な夜の守護聖団がサンクタフラクスを乗っ取ったのを機に転向した者もいる。なかには、素性《すじょう》がまるでわからない者までいた。ルークの目がアルクウィクス・ヴェンヴァクスの上に止まった。自分を常《つね》に守ってくれる心やさしい博士もその一人だ。博士の過去《かこ》はだれも知らない。

フェンブラス・ロッドのあいさつは続いている。

「いつもと同じく、われら三名の委員は、候補者を厳《げん》正《せい》に審査《しんさ》したうえで、この先に待ち受ける任務《にんむ》に最も適《てき》した三名を選び出し……」

ルークがフェリックスに目をやると、その顔は期待に輝《かがや》いていた。二人はよく、司書勲士《ししょくんし》に選ばれるとどんなことができるのかを話し合っていた。まずは、旅。

地上町を出て、司書学者に忠実《ちゅうじつ》な同志《どうし》の助けを得ながら大湿地街道《だいしっちかいどう》をぬけ、深森《ふかもり》を目指すのだ。次に、短期集中教練を受けて（それについては、フェリックスはあまり気が進まないようだった）、自分専用《せんよう》の飛翔機《ひしょうき》を作る。ついに、空を飛ぶというフェリックスの夢《ゆめ》がかなうのだ。

「神聖《しんせい》だが、困難《こんなん》をともなう任務《にんむ》だ」

上級司書学者は声を落として続けた。

「そして、非常《ひじょう》に危険《きけん》でもある。選ばれた者たちは、自らの過信《かしん》と戦わねばならぬ。すなわち、それこそが最も危険な敵《てき》だからだ。自分の身は常《つね》に自分で守らなければならぬ。地上の世界は危険な場所なのだ」

ちょうどそのとき、ルークとアルクウィクス・ヴェンヴァクスの目が合った。若《わか》き下級司書を認《みと》めたしるしに、アルクウィクスは軽くうなずいてみせた。ルークもうなずき返しながら、顔が赤くなったことに気づかれないようにと願《ねが》っていた。聞いたところによると、博士はルークがちょうどいい年齢《ねんれい》になったら、博士付きの助手にするつもりらしい。そのことをよろこぶべきなのはわかっていた――それこそ、ほとんどの下級司書が望《のぞ》むことだった。しかし、ルークにとっては、生涯《しょうがい》を風も太陽もない地下の部屋やトンネルですごすことは、悪夢《あくむ》以外のなにものでもなかった。

「それでは、崖《がい》の国の学者諸君《しょくん》、これより選任《せんにん》の儀《ぎ》を始める」

フェンブラス・ロッドは、重々しい声で告げた。

部屋じゅうが静まりかえった。聞こえるのは、どこかでしたたる水が丸天井《まるてんじょう》に反響《はんきょう》する音と、大きな翼《つばさ》を羽ばたくように、風転機がぱたりぱたりとまわる音ばかりだ。すべての目は、上級司書学者フェンブラス・ロッドがひもとこうとしている巻物《まきもの》にそそがれていた。

「一人目の司書勲士《ししょくんし》は、ストブ・ラムス」

　フェンブラスが名を読み上げると、司書助手や下級司書たちは拍手《はくしゅ》や歓声《かんせい》を上げ、伝統的《でんとうてき》なホーホーホーというかけ声で答えた。司書学者たちも満足げにうなずいている。ストブ・ラムスは聡明《そうめい》な司書だったから、だれもが選ばれて当然と思った――ただ、年長でより賢明《けんめい》な何人かの学者たちは、いずれストブも、書物を学ぶことだけが成功のカギではないことを知るだろうという思いをいだいていたが。
　橋の上のルークとフェリックスは、背中《せなか》が広く、豊《ゆた》かな黒い髪《かみ》のがっしりした青年を見おろした。青年はきざったらしく、前髪をはね上げた。

「あいつだ」

フェリックスがいった。よく見ようと身を乗り出しながらも、自分が最初でなかったことがちょっと気になった。

「ストブ・ラムス。知らないな」

フェリックスは肩《かた》をすくめた。

ルークは眉《まゆ》をひそめ、考えこむようにいった。

「たしか、東流域《りゅういき》出身だ。下水道警備隊《けいびたい》のばかでかい隊員の息子《むすこ》だったと思う——ほら、体に傷《きず》のある……」

「警備隊員の息子だって？」

そういうとフェリックスは、自分の父親に目をやった。高名な学者を父に持つことでひいきされているると、ほかの司書助手や下級司書たちからやっかまれたこともあった。フェリックス自身は、そんなつもりはなかったが。それどころか、上級司書学者の父と、有名なヴァリス・ロッドを姉に持つことで、周囲からは常《つね》にいい結果を期待されてきた。何事においても、人の倍の成績《せいせき》を求められてきたのだ。ときどき、自分はそれに答えられないのではないかと不安になることもあった。指《し》導《どう》教官の目に、失望《しつぼう》の色が浮《う》かぶのを見ることもたびたびだった。ただルークだけは、どんなときでも変わらず忠実《ちゅうじつ》な友でいてくれた。

「次は君だよ」

ルークはささやいた。

フェリックスはうなずいたが、なにもいわなかった。ストブ・ラムスが演壇《えんだん》のわきまで来ると、フェンブラス・ロッドはもう一度巻物《まきもの》をとりあげた。あたりはふたたび、期待にうちふるえるような静寂《せいじゃく》に包まれた。

「二人目の司書勲士《ししょくんし》は……」

フェリックスはごくりとつばをのみ、ルークは下くちびるをかんだ。

「マグダ・バーリクス」

つめかけた人々の間から、いっせいに息をのむ音が聞こえ、周囲の壁《かべ》に反響《はんきょう》した。次の瞬間《しゅんかん》、名前を呼《よ》ばれた人物が姿《すがた》を現《あらわ》すと、人々の反応《はんのう》はまっぷたつに割《わ》れた。かたやこぶしをつきあげ、喝《かっ》采《さい》するかと思えば、こなたポケットに手をつっこみ、となり同士で驚《おどろ》きの表情《ひょうじょう》を浮《う》かべるというぐあい。

　イカダの一つから岸に上がってきたマグダ・バーリクスは、つらぬくような緑色の目をして、髪《かみ》を三本のおさげにした背《せ》の高い少女だった。マグダは人々の助けでシズノキの橋によじ登ると、ストブ・ラムスのとなりに立った。

　後ろの方から、ブーブーと不満そうな声が上がった。しかし、大きな拍手《はくしゅ》の音にかき消されてしまった。中央トンネルのあたりから、だれかがさけんだ。

「第二のヴァリス・ロッドだ！」

　この決定に賛同《さんどう》する者たちは大よろこびで拍手喝采《はくしゅかっさい》し、反対する者たちはだまりこんだ。ヴァリスほど優秀《ゆうしゅう》で、勇敢《ゆうかん》で、頭脳明晰《ずのうめいせき》な司書勲士《ししょくんし》の名前を出されては、マグダ・バーリクスを認《みと》めざるをえないではないか。

　フェリックスは、今にも涙《なみだ》があふれてきそうになるのをこらえて、正面を見すえた。これほどの父と姉を持っていて、自分が選ばれないわけにはいかないではないか？　もしも選ばれないなどということにでもなれば、とうてい二人に合わせる顔がない。フェリックスはルークに向き直ると、

服のそでをつかんだ。

「おれ、選ばれないのかな、ルーク？　おれの名前、呼《よ》ばれないのかな？」

「もちろん、呼ばれるさ。君よりもましなやつなんて、ほかにはいないよ、フェリックス。一対一の闘《たたか》いなら君は無敵《むてき》だし、剣《けん》の立ち合いだって最高じゃないか。それに、ポンメルボールや飛行槍《ひこうやり》試合《じあい》だって……」

ルークがいうと、フェリックスは首をふった。

「勉強の方だよ、おれが苦手《にがて》なのは。学んだり、覚えたりすることさ。おまえがいてくれなかったら、おれはここまで来ることだってできなかったよ」

「そんなことない。それに、君みたいに戦えたら、書物なんか必要ないじゃないか」

ルークは力づけるようにいった。

フェリックスはうなずくと、ルークをじっと見つめた。

「そうだよな。おれって、馬鹿《ばか》みたいだよな？」

「馬鹿なもんか。ただ、無用な心配をしているだけさ。君の名前がまだ呼ばれていないのには、それだけの理由があるんだよ」

「そうなのか？」

「うん。一番優秀《ゆうしゅう》な者は最後に呼《よ》ばれるのさ」

ルークはにっこり笑った。

そのとき、嵐《あらし》の間はもう一度なにかを期待するように静まりかえった。上級司書はもじゃもじゃのあごひげをしごくと、巻物《まきもの》に目をもどした。

「三人目の司書勲士《ししょくんし》……」

フェンブラスは言葉を切って、あたりをながめわたした。つかの間、その視線《しせん》がクロノキの橋に立つ二人の上で止まった。

ルークはさびしげにため息をついた。やっぱり。すぐにフェリックスの名前が呼ばれ、兄弟のように暮《く》らしてきた二人は、永久《えいきゅう》に別れ別れになるのだ。夜には、フェリックスは湖上発着場に向かって旅立ち、ルークは地下に残されるのだ。ルークは小さな声でいった。

「さびしくなるよ」

「おれもさ」

フェリックスはささやき返した。

フェンブラス・ロッドは、目の前の巻物に目をもどした。

「その名は……」

全員がいっせいに息をのんだ。フェンブラスはせきばらいをすると、顔を上げた。

「ルーク・バークウォーター」

一瞬《いっしゅん》、嵐《あらし》の間がしんと静まりかえった。だれ一人として、たった今聞いたことが信じられなかった。

ルーク・バークウォーターだって？

あいつは司書助手ですらないじゃないか！　単なる下級司書だ。書見台整備士《せいびし》で、巻《ま》き上げ機係で……。そんな身分の低いやつが、名誉《めいよ》ある司書勲士に指名されるというのか？　まさに前代未聞だ。とうてい信じられない。

あちこちでひそひそ話が始まり、やがて嵐の間全体にどよめきが広がった。橋脚《きょうきゃく》や橋はゆれ、空気がむっとするほど熱気を帯び、浮遊《ふゆう》書見台ははげしくゆれ動いた。年長の司書助手が何人か水に落ち、イカダ漕《こ》ぎにひきあげられた。

ルークはなにがなんだかわからないまま、シズノキの橋にずらりとならぶ司書学者たちをながめた。闇博士《やみはかせ》のトーラス・ペニタクスが、眉《まゆ》をひそめ腕組《うでぐ》みをして、こちらを無表情《むひょうじょう》に見ていた。アルクウィクス・ヴェンヴァクスがしきりにうなずいている――そういえば、身なりを整《ととの》えておけといわれたっけ。こういうことだったのか。ドロワニを追いかけていたせいで、整えるどころかふだん以上に情《なさ》けない姿《すがた》だったが。今さらどうしようもない。

ルークは低い欄干《らんかん》から降《お》りた。頭がくらくらし、足はがくがくふるえている。そして、クロノキの橋をもどりはじめた。人々ががやがやいいながら道を開ける。どの顔も驚《おどろ》きと不信感をあらわにしていたが、ルークの目には入らなかった。進んでいくにつれて、ひそひそとささやきかわす声がしだいに大きくなった。

「下級司書だと！　次はなんだ？　下水道清掃人《せいそうにん》か？」

「あんなやつ、聞いたこともないぞ」

「いや、たしかあいつはヴァリス・ロッドが拾ってきた捨《す》て子だぞ」

だれかがさげすむようにいった。

「それに、上級司書の馬鹿息子《ばかむすこ》の友だちだ！」

別のだれかがつけ加えた。

やっとのことでシズノキの橋にたどりつくと、ルークは光博士のアルバス・ヴェスピウスと闇博士のトーラス・ペニタクスを後ろに従《したが》えた、フェンブラス・ロッドの待ち受ける演壇《えんだん》へとのろのろと近づいていった。そして、ストブとマグダにならって、一人一人の学者の前に立った。高徳《こうとく》なる学者たちは、任命《にんめい》されたばかりの司書勲士《ししょくんし》一人一人に祝《いわ》いの言葉を述《の》べ、この先に待ち受ける任務《にんむ》を遂行《すいこう》するのに役立つ品々を贈《おく》った。

アルバス・ヴェスピウスが差し出したのは、うす黄色の二つの石だった。アルバスはルークにいった。

「空水晶《そらすいしょう》だ。別々のポケットに入れておくがよい。いっしょ

にすると、光を発するでな。また、たがいにこすり合わせれば、火花を散らすのだ」

「ありがとう。ありがとうございます」

ルークは礼をいって、となりに移《うつ》った。

次は闇博士《やみはかせ》だった。闇博士はマグダを祝福《しゅくふく》すると、恐縮《きょうしゅく》するルークの方を向いた。

「おめでとう」

闇博士はぶっきらぼうにいうと、身を乗り出して、たたんであった黒い布《ぬの》のようなものをルークの首にスカーフのようにまいてくれた。

『闇の布』は、最上のヤミグモの糸で織《お》られている。かくれたり、人に見られずに旅を続けたりする必要があるときに、これを広げて体をおおうのだ」

ルークは礼をいって移動《いどう》し、嵐《あらし》の間大図書館の上級司書学者フェンブラス・ロッドの前に立った。

「おめでとう、若者《わかもの》よ」

フェンブラスは、ルークの首にお守りをかけてくれた。

「これはチスイガシの歯だ――おぬしの名を刻《きざ》みこんである。深森《ふかもり》で危機《きき》におちいったときに身を守ってくれるはずだ」

ルークは、ランプの光を反射《はんしゃ》する、とがった爪《つめ》のようなものを見つめると、困《こま》ったようにいった。

「ありがとうございます。でも……」

「でも?」

「すみません。でも……フェリックスではないんですか? ぼくなんかじゃなくて。これは、絶対《ぜったい》になにかのまちがいです」

フェンブラスは一歩足をふみだして、ルークの両腕《りょううで》をとった。

「まちがいではない。フェリックスはわが子ではあるが、この先の任務《にんむ》にふさわしいとはとうてい思えんのだ。たしかに、勇敢《ゆうかん》ではある。勇気も力も備《そな》えておる。しかし、学問に対する適性《てきせい》となると、欠けているといわざるを得ない。それなくしては、ほかのすぐれた資質《ししつ》も役には立たないのだよ」

「でも……」

ルークはもう一度いいかけた。

「もうよい」

フェンブラスはさえぎった。そして、にっこり笑いながらいった。

「決定は全員一致《いっち》でなされたのだよ。強力な推薦《すいせん》があったことは事実だが、それも驚《おどろ》くにはあたらない」

ルークはうなずいた。

「ヴェンヴァクス博士《はかせ》はいつでもぼくを認《みと》めてくれました」

フェンブラスは眉《まゆ》をひそめた。

「そうだろうとも。だが、おぬしを推《お》したのはヴェンヴァクスではない」

「そうなんですか?」

ルークはとまどった。

「ああ、そのとおりだ」

背後《はいご》で声がした。ルークがふり返ると、当のアルクウィクス・ヴェンヴァクスが立っていた。

「実のところ、わし一人にまかせてもらえたなら、おまえはわしの助手になっていたはずだ……」

「おまえさんを推薦したのはわたしだよ」

闇《やみ》博士のトーラス・ペニタクスが進み出た。儀式《ぎしき》用の長衣をまとった姿《すがた》は、ぴったりしたズボンと胴着《どうぎ》という、ふだんの飛翔機乗《ひしょうきの》りの服装《ふくそう》とはずいぶんちがって見えた。神経質《しんけいしつ》そうな黒い目が、なにものも見逃《みのが》すまいと小刻《こきざ》みに動いている。

「博士が？」

ルークは驚いて声を上げたが、すぐに失礼に聞こえたかもしれないと顔を赤らめ、あわててつけ加えた。

「いえ、あの……ありがとうございました」

闇博士はうなずいた。

「わたしはずいぶん前から、おまえさんに目をつけていたのだ、ルークよ。おまえさんの忍耐《にんたい》と努力にはいたく心を打たれた——まあ、ちょくちょく規則《きそく》を破《やぶ》って、驚かせてもくれたがな」

ルークは目を丸くした。ぼくが論文《ろんぶん》を読んでいたこと、知っていたんだ。

「覚えておくがよい、ルーク。そのような行動も下級司書なら許《ゆる》されるが、司書勲士《ししょくんし》はそうはいかぬ。おまえさんのことは常《つね》に目にとめておくからな。わたしを失望《しつぼう》させないでくれよ」

闇博士は眉根にぐっと力をこめて、ルークを見すえた。

「はい、肝《きも》に銘《めい》じて」

ルークは約束した。

闇《やみ》博士は大きくうなずいた。

「この先には、長く困難《こんなん》な旅が待ち受けている。おまえさんが書き上げるだろう論文《ろんぶん》はかけがえのないものになる。なぜなら、司書学者のおかげで豊《ゆた》かになっていく崖《がい》の国の知識《ちしき》こそが、無知で邪《じゃ》悪《あく》な夜の守護《しゅご》聖団《せいだん》を押《お》しとどめてくれるからだ。そして、いずれは、大地と大空の加護《かご》により、石の巣病の治療法《ちりょうほう》も発見されるだろう。おまえさんたちが首尾《しゅび》良く、そして無事にもどるためには、隠密《おんみつ》に旅をし、何人《なんぴと》も信用してはならん。不用意な一言が、致命的《ちめいてき》になると知れ！」

そのとき、十あまりのティルダーの角笛が高らかに吹《ふ》き鳴らされた。三人の前途《ぜんと》ある若者《わかもの》が学者の誓《ちか》いを述《の》べるのだ。ルークはほかの二人と肩《かた》をならべて立った。

上級司書学者が顔を上げていった。

「ストブ・ラムス、マグダ・バーリクス、そしてルーク・バークウォーター、なんじらは大地と大空を問《と》わず、崖の国の学問に誠心誠意《せいしんせいい》その身を捧《ささ》げることを誓うか？」

ルークはフェンブラスの顔に目を向けながらも、自分のことで頭がいっぱいだった。自分の口から言葉が発せられるのが聞こえた――いつかいえたらいいなと思いつつ、その日が来ようとは思ってもみなかった言葉だ。

三人は声をそろえて答えた。
「全身全霊《ぜんれい》をかけて、誓います」

夜の守護聖団最高守護者のオービクス・ザクシスは、『夜の塔《とう》』の最上階の出窓《でまど》に立っていた。背《せ》が高く、堂々とした体格《たいかく》だ。正装《せいそう》である黒く重たい長衣をまとっている。そして、個人的《こじんてき》な理由から黒いメガネと、金属《きんぞく》の網《あみ》でできたマスクをつけている。メガネは、邪悪な目で呪《のろ》いをかけようとするものをはね返すため、神聖砂《しんせいさ》のフィルターがついたマスクは、ばい菌《きん》だらけの空気を浄化《じょうか》するためだ。

下の方からは、回転式台座《だいざ》にとりつけた望遠鏡《ぼうえんきょう》をあちらこちらへ動かす、ゴロゴロギーギーいう音が響《ひび》いてくる。衛兵《えいへい》たちが、違法《いほう》な飛翔機《ひしょうき》がいないか、早朝の空を監視《かんし》しているのだ。サンクタフラクスおよび地上町では、宙駆《そらが》けは固く禁《きん》じられていた。

オービクスは虚空《こくう》に目をこらした。前の日に観測された強風と横なぐりの雨は、またしても収《おさ》まっていた。

「嵐《あらし》は近いうちにきっと来るはずだ」

オービクスは、夜の塔《とう》のてっぺんから空を指してそびえ立つ、優雅《ゆうが》な『真夜中の避雷針《ひらいしん》』を見上げて首をふった。

「五十年間、嵐は来なかった。だが、もうすぐだ。もうすぐ嵐は来る。そして、サンクタフラクスを乗せた大浮遊石《ふゆうせき》の石の巣病は癒《いや》され、よみがえるのだ。そのときこそ……」

黒メガネの奥《おく》で、その目が不気味に輝《かがや》いた。

そのとき、扉《とびら》がノックされた。オービクスは長衣のすそをひるがえしてきびすを返すと、応接《おうせつ》室《しつ》にもどった。

「入れ」

威圧的《いあつてき》なその声は、マスクのせいでいくらかくぐもっていた。

扉が開いて、夜の守護聖団の黒い長衣をまとった若者《わかもの》が入ってきた。やせて顔色は青白く、す

MIDNIGHT'S SPIKE

真夜中の避雷針《ひらいしん》

み色の目のまわりにはくまができ、髪《かみ》は短く刈《か》られている。

若者《わかもの》を見ると、オービクスはいった。

「ああ、ザンスか。どうしたというのだ？　処刑《しょけい》は終わったのか？」

「はい、終わりました。しかし、そのことではありません」

ザンスは言葉を切った。なにか気がかりなことでもあるのか、最高守護者《さいこうしゅごしゃ》の顔を見ることができないでいる。なにを考えているのかは、そのかすれた声の調子からかろうじてわかるだけだ。

「では、なんなのだ？」

オービクスが問いただすと、ザンスはそっけなくいった。

「お伝えすることがあります」

オービクスはうなずいた。ザンス・フィラーティンは疑《うたが》いなく、近年まれに見る将来有望《しょうらいゆうぼう》な弟子《でし》だ。あの太ったにやけ男のヴォックス・ヴァーリクスからひきはなして以来、よりいっそう鋭《するど》さを増《ま》してきた。

「伝えること？　して、それはなんだ？」

「司書勲士《ししょくんし》に関することです」

そういうと、ザンスは床《ゆか》につばを吐《は》いた。

「最近とらえた者を尋問《じんもん》したところ、司書勲士に関して興味深《きょうみぶか》い事実を明らかにしました」

「それで？」

手袋《てぶくろ》をはめた手をこすり合わせながら、オービクスはいった。

「やつらは、またもや三人の司書学者の卵《たまご》を深森《ふかもり》へ送り出すようです。明日の朝……」

「ならばとらえるまでだ。絞首台《こうしゅだい》に三人の反逆者《はんぎゃくしゃ》が新たに送られるというわけだ」

オービクスは金属《きんぞく》のマスクの奥《おく》でにやりと笑った。

「そのことですが、わたしにいい考えがあります」

ザンスは鼻にかかる声で、ささやくようにいった。

オービクスはザンスをにらみつけた。おのれの計画に口をはさまれるのが気にくわないのだ。

「いい考えだと？」

「いえ、それほどいいわけではないのですが。しかし、考慮《こうりょ》には値《あたい》するのではないかと」

ザンスはいいなおした。

「いってみろ」

「はい。ひそかにその司書勲士《ししょくんし》たちのあとをつけることができれば、念願《ねんがん》であった反逆者《はんぎゃくしゃ》どもの全《ぜん》組織《そしき》をあばきだすことができます。地上町と、いわゆる『自由の森』の間に広がる、夜の塔《とう》に歯向かうすべての敵《てき》をあぶりだせるのです」

「だが……」

オービクスが口をはさもうとしたため、ザンスはあわてて続けた。

「つまり、こういうことです。今日の三人の下《した》っ端《ぱ》が、明日は反逆者組織全体になるのです」

オービクスの片方《かたほう》の眉《まゆ》がピクッと上がった。

「それで、だれがその任務《にんむ》を行うのだ？」

ザンスは静かに頭を下げた。

「わかった」

オービクスはいうと、考えこむように、骨《ほね》ばった指の先でマスクの鼻の部分をトントンとたたいた。

これはおもしろい。実におもしろい。ずいぶん長いこと、二人の裏切《うらぎ》り者、アルバス・ヴェスピウスとトーラス・ペニタクス、すなわち光と闇《やみ》の両博士《はかせ》をとらえることを夢見《ゆめみ》てきた――寝返《ねがえ》ったことを悔《く》いて、命乞《いのちご》いをするまで痛《いた》めつけてやるのだ。もちろん、許《ゆる》してやろう。自分に従《したが》う者はだれでも許してやるつもりだ。たとえフェンブラス・ロッドでも。そのあとで、処刑《しょけい》してやる。

「よくわかった、ザンスよ。思うとおりにやってみるがいい」

オービクスはいった。

「ありがとうございます。本当にありがとうございます。絶対《ぜったい》に後悔《こうかい》させるようなことはしません。約束します」

このとき初めて、ザンスは熱のこもった口調になった。

すると、冷たい答えが返ってきた。

「それがいい。だが、一つだけいっておく。もしもわしを失望《しつぼう》させるようなことになれば、おまえが後悔することになるのだぞ」

オービクス・ザクシスの不吉《ふきつ》な言葉をかみしめながら、ザンスは部屋を出て階段《かいだん》を下りていった。フードを目深《まぶか》にかぶり、黒い長衣の前をかき合わせ、人目をさけるように闇を縫《ぬ》っていく。監視塔《かんしとう》をすぎ、衛兵詰《えいへいつ》め所《しょ》、大会堂、実験室、厨房《ちゅうぼう》の前を通り、やがて不気味な夜の塔のなかでも、ひと

きわ暗く陰気《いんき》な牢獄《ろうごく》の一画へと入っていった。
周囲のいたるところから、囚人《しゅうじん》たちの低いうめき声が聞こえてくる。何百という数だ——大地学者、空賊《くうぞく》、スパイや謀反《むほん》の容疑者《ようぎしゃ》、オービクスの不興《ふきょう》を買った夜の塔《とう》の衛兵《えいへい》もいる。みな独房《どくぼう》に閉《と》じこめられて、何年もの間裁《さば》かれるのを待っている。そして、ほとんどが処刑《しょけい》されることになる。その間ずっと、独房から出されることはないのだ。塔の中心部をつらぬく大きな空洞《くうどう》の壁《かべ》から内側につきだした、壁のない無数の棚《たな》を独房と呼《よ》ぶならばだが。

ザンスは、階段《かいだん》が二つに分かれる踊《おど》り場まで下りてくると、扉《とびら》の前に立った。丸いのぞき穴《あな》のおおいをずらして、なかをのぞきこむ。囚人は、二時間近く前、ザンスがそこを離《はな》れたときと、まったく同じ姿勢《しせい》ですわっていた。

「わたしです。今もどりました」

ザンスは声を殺していった。

こちらに背《せ》を向けてうずくまった囚人は、身じろぎもしなかった。

「うまくいきました。あなたのいうとおり」

もう少し大きな声でいっても、囚人は動かない。ザンスは眉《まゆ》をひそめた。

「よろこんでいただけると思っていたのに」

ザンスはがっかりしたようにいった。

すると、囚人はふり向いて、のぞき穴から見つめ返した。かなりの年だ。目は落ちくぼみ、頰《ほお》はこけている。白髪《しらが》まじりのもじゃもじゃのあごひげと、うすくなった髪《かみ》の毛は、何年も手入れをしていないせいでうすよごれている。ふさふさの眉の片方《かたほう》がピクッと上がる。

「よろこぶ？　ああ、よろこんでいるとも、ザンスよ」

囚人はいうと、牢獄を見わたして弱々しく首をふった。四角形の巨大《きょだい》な空洞の内側につきだした小さな棚の三方に壁はなかったが、それでも脱獄《だつごく》は不可能《ふかのう》だった。外からしっかりとかんぬきをかけられている扉を別にすれば、逃《に》げ出す道は下だけ――つまり、はるか下の床《ゆか》にたたきつけられて死ぬ以外にない。囚人はのぞき穴に目をもどした。

「だが、言葉にならぬほど悔《くや》しくもある」

ザンスは気まずそうにつばをのみこんだ。こんな悪臭《あくしゅう》のたちこめる空洞《くうどう》の牢獄《ろうごく》に閉《と》じこめられているのがどれほど悲惨《ひさん》なことか。この囚人《しゅうじん》は学者であるため、牢獄には机《つくえ》が置かれ、夜の守護聖団《しゅごせいだん》の仕事をさせられていた。ほかにはきたないわらの敷物《しきもの》が一枚《まい》。それだけだ。ザンスが生まれてからこのかた、いや、生まれる何十年も前から、この牢獄が囚人の全世界だった。

「す、すみません。考えなしでした」

ザンスがあやまると、囚人はつぶやいた。

「たしかにな。皮肉なものだな、ザンスよ。わしには考えること以外はなにもできないのだからな。わしは、今までに起こったことにいつでも思いをはせておる——わしが失ったもの、奪《うば》いとられたもの……」

囚人は言葉を切った。そして、顔を上げたときにはほほえみを浮《う》かべていた。

「深森《ふかもり》を楽しんでおいで、ザンス。おまえさんならできるとも。もちろん、危険《きけん》もある。おまえさんの想像《そうぞう》をはるかに超《こ》えるほどのな。それでも、あそこはすばらしい場所だ——刺激的《しげきてき》で、美しくて……」

ザンスはうんうんとうなずいた。だいたい、最初にザンスが深森に興味《きょうみ》を持ったのは、囚人からこうした話をえんえんと聞かされたことがきっかけだった。ウッドトロルの道の話、アシウナギの巣の話、マヨイ族の国の話、そしてはるか遠い山脈の高みにあるという聖《せい》なる『大河《たいが》の源《みなもと》』の話（ザンスの一番のお気に入りだった）。しかし、そこは、もはや囚人が記憶《きおく》のなかでしか訪《おとず》れることのできない場所だった。あまりに重要人物であるために、最高守護者が解《と》き放つことはありえなかったから。それに、今まで夜の塔《とう》の牢獄《ろうごく》から逃《に》げ出した者は一人もいない。

そのとき、うすよごれた二羽のネズミドリが、囚人の寝床《ねどこ》のすみにおり立った。囚人がやせ細ったあかまみれの手ではらいのけると、ネズミドリはキイキイ鳴きながら飛んでいった。囚人のどなり声があとを追った。

「二度と近づくな！　わしはまだ死んどらんぞ。だが、仮《かり》にそうなっても、わしの骨《ほね》を拾ってくれるな？　ザンスよ」

若《わか》き守護聖団員はつらそうに顔をしかめた。

「そんなこと、いわないでください。助かりますから。

きっと……」

「よしなさい、ザンス。それは反逆《はんぎゃく》の罪《つみ》に値《あたい》するのだぞ。おまえさん自身がこの牢獄《ろうごく》につながれたくないならば、言葉には気をつけることだ」

四人《しゅうじん》はザンスに警告《けいこく》すると、巻物《まきもの》に目をもどした。

「おまえさんのことは気にかけておるからな」


次の朝、ルーク・バークウォーターは持ち物を背《はい》のうにつめこんで――といっても、多くはなかったが――冷たくしめった寄宿舎《きしゅくしゃ》の床《ゆか》に立った。首にまいた黒いスカーフをほどいて、また結び直す。お守りを確《たし》かめる。二つの空水晶《そらすいしょう》をこすり合わせると、火花が床の上に散り、シュッといって消えた。

「フェリックスはどこだろう?」

シズノキの橋で自分の名前を呼《よ》ばれたとき以来、ルークはフェリックスの姿《すがた》を見ていなかった。寝室《しんしつ》のハンモックには、寝《ね》た形跡《けいせき》がなかった。フェリックスの同期生たちも見かけていないようだ。ルークはとまどった。落胆《らくたん》のあまり、ルークにさよならをいうつもりもないのだろうか。

本当に？

わずかな荷物をすべてつめこんで、背のうのひもをしめながら、ルークはさびしそうにため息をついた。そのとき、細長い部屋の向こう側で物音がして、扉《とびら》がバタンと開いた。ルークはさっとふり返った。

「フェリックス、来てくれたんだね！　ぼくはまた君が……」

入ってきた人物を見ると、ルークの言葉はとぎれた。フェリックスではなかった。

「急げよ、ルーク。まだ準備《じゅんび》できないのか？」

ストブ・ラムスがせかすようにいった。

「今まで待ってあげてたけど、出発前にやることはまだいくらでもあるのよ」

マグダ・バーリクスがつけ加えて、口をきゅっと結んだ。

ルークはひもを結ぶと、背のうを肩《かた》にかけた。そのとき、ハンモックの上、背のうを置いてあったところになにか光るものが見えた。ルークははっとした。フェリックスの儀式用《ぎしきよう》の剣《つるぎ》だった。

「ありがとう、フェリックス」

腰《こし》のベルトに剣を下げると、ほかの二人に続いて部屋を出ながら、ルークは小さな声でいった。

「さよなら。いつまでも元気で」

第四章　大湿地街道《だいしっちかいどう》

三人の若《わか》き司書勲士《ししょくんし》のしたくが整《ととの》うころには、午後も遅《おそ》くなっていた。まず、それぞれ、自分の扮装《ふんそう》を整えなければならなかった。マグダ・バーリクスは、流れるようなケープ。ピカピカ光るピンやさまざまな大きさの指ぬきの束のなかに、まばゆい飾《かざ》りが山ほどぶらさがっている。

「地上町の店で一番上等な絹《きぬ》よ」

マグダは鏡の前でくるりとまわりながらいった。

「オオモズの奥方《おくがた》どなたにもお似合《にあ》いですよ。いかがですか、奥様？　最上のモリグモの絹を二十反《たん》ほど？」

ルークはほほえんだ。ストブ・ラムスはそっぽを向いた。

「大湿地街道《だいしっちかいどう》でオオモズの衛兵《えいへい》にかこまれたら、そんなこといってられなくなるぞ、マグダ」

ストブはきついいい方をすると、材木業者のかぶる山高帽《やまたかぼう》を直し、古めかしいティルダー革《がわ》のコートをひっぱった。コートの下には、さまざまな材木の見本がずらりとぶらさがったチョッキを着ている。

「それに、おまえもだ！　マグダにおべっかを使うなよ、下級司書が！」

ストブはこげ茶の目にあからさまな軽蔑《けいべつ》の色を浮《う》かべ、口をゆがめていった。

ルークは顔を赤くして横を向き、道具類をぶらさげた革ベルトをもじもじといじった。

「まさに生まれついてのナイフ研《と》ぎ職人《しょくにん》だな。血が流れてんだろ」

ストブがあざけるようにいった。

ルークは挑発《ちょうはつ》には乗らなかった。よくフェリックスがいってくれた。「おまえはみんなと同じどころか、よっぽどすぐれているぐらいだよ」と。ありがとう、フェリックス！

親友フェリックスのことを思うと、ため息が出た。今まで、何度自分を助けに駆《か》けつけてくれただろう。横柄《おうへい》な博士《はかせ》や、意地悪な同僚《どうりょう》たちから——とかく、いじめる輩《やから》には事欠かなかったのだ。

「したくはできたかな？」

闇博士《やみはかせ》は緊張《きんちょう》のせいで疲《つか》れ気味のようだった。

「これが君たちの書類だ。ストブ、君は鋳物《いもの》工場地帯の材木業者だ。マグダ、君は東オオモズ市場に見本を持っていく絹《きぬ》商人だ。そして、君は……」

そういいながら、闇博士はルークの肩《かた》に手を置いた。

「下層《かそう》のナイフ研ぎ職人だ。さあ、音を立てぬように出発するのだ。そして、チスイガシの首飾《くびかざ》りを捜《さが》すのだ。その首飾りをかけている者は司書勲士《ししょくんし》の友であり、君たちを守り、導《みちび》いてくれる。最初の味方は、大湿地街道の通関所で姿《すがた》を現《あらわ》すことになっているからな。道中《どうちゅう》無事を祈《いの》る。大地よ守りたまえ」

ストブが前に出た。

「いや、ルークが先頭に立つのだ。だれよりも下水道のトンネルにくわしいからな」

闇博士にいわれて、ストブがむっとした顔でルークを見た。

「こっちだよ」

トンネルの迷路《めいろ》に入ってしばらくしてから、ルークはほかの二人にいった。今目指しているのは、荷揚《にあ》げ用のトンネルのなかにある水抜《みずぬ》き用トンネルだ。大雨が降《ふ》ると、このトンネルから崖《がい》の河《かわ》に水が流れ出すようになっていた。大湿地街道《だいしっちかいどう》への近道ではなかったが、頭上《ずじょう》にはりだした突堤《とってい》にかくされているため、闇《やみ》博士の考えでは最も安全なはずだった。

三人は一人ずつ、かたむきかけた日差しと忍《しの》び寄《よ》る闇が作り出す、奇妙《きみょう》な明るさのなかへと足をふみだした。ルークは、空気の冷たさに驚《おどろ》き、胸《むね》いっぱいに吸《す》いこんだ。自分たちがあとにしてきた下水道の生ぬるい空気とくらべると、なんてさわやかなんだろう——それも、まだよどんだ河《かわ》のぬかるんだ岸にいるというのに。

右手には、高い柱が立っている。そのなかほどに釘《くぎ》で打ちつけられた布《ぬの》きれが、強まりはじめた風にパタパタとはためいている。

「あれは?」

ルークがつぶやくと、ストブが眉《まゆ》をひそめていった。

「掲示柱《けいじちゅう》だろ。なにかで読んだことがある。崖の国に石の巣病が広がる前、飛空船の寝台《しんだい》に空きのある船長が広告を……」

「ちがう、それじゃない」

ルークはさえぎっていうと、柱の向こうで深紅色《しんこうしょく》に脈打つ、大きな太陽に向かってうなずいた。そして、おそれおののくようにつぶやいた。

「あれだ……最後に見てからもうどれぐらい……」

同じように口をぽかんと開けて立っていた、マグダが首をふった。

「信じられないよね？　だって、太陽はずっとずっと空にあったのに、こうやって自分の目で見たり……感じたりすることが……」

「でも、直接《ちょくせつ》見ちゃいけないんだぞ。絶対《ぜったい》に。沈《しず》みかけていても、長い間見つめてると、目が見えなくなるって読んだことがある」

ストブはもったいぶった口調でさえぎった。

「あの雲の色。あんなふうに輝《かがや》くなんて！　なんて美しいんだ」

ルークはたたえるようにつぶやいた。

「あれにくらべたら、あたしのモリグモの絹《きぬ》なんてくすんで見えるわ」

マグダはうなずきながらいった。

「くだらない。夕焼けっていうのは、上空の細かいちりやほこりに……」

「それもなにかの受け売りでしょ？」

ストブの言葉を、マグダが軽く受け流した。

「知りたいなら教えてやるけど、すごく古い大空学者の巻物《まきもの》で、おれがそれを見つけたのは……」

うなずいていいかけたストブは、マグダのいらだたしげなため息に口を閉《と》じた。そして、「さっさと行こうぜ」といいながら、ふり返りもせずにドスドスと歩きだした。

そのあとにマグダが続き、やさしくルークに呼《よ》びかけた。

「行くわよ、ルーク。はぐれないでね」

「今、行くよ」

ルークは答えると、あざやかな夕焼け空にしぶしぶ背《せ》を向けた。

心のなかが燃《も》えるようだった。二人について、埠頭《ふとう》の遊歩道へと続く、くさりかけた木の階段《かいだん》を上り、くねくねと曲がりくねる路地をぬけ、大湿地街道《だいしっちかいどう》の起点へとつながる大通りへと出る間も、ルークはさまざまな景色や音やにおいの洗礼《せんれい》を浴びていた。そして、遠い記憶《きおく》をかきたてられていた。上空からひんやりとした夜の空気がおりてきた。気の早い星々がチカリチカリとまたたきだす。ゴおんぼろの屋台を通りすぎざま、肉の焼けるにおいと風変わりなスパイスの香《かお》りが漂《ただよ》ってきた。ゴブリンが通りすがりのデクトログに声をかけ、せまい路地をひかれていく材木馬車がギシギシと音を立て、石畳《いしだたみ》に長靴《ながぐつ》の音がカツカツと響《ひび》く。大湿地街道の門の両側にそびえ立つ、明かりの点《とも》された橋脚塔《きょうきゃくとう》が目前にせまってくるころには、ストブ、マグダ、ルークは、しだいに増《ふ》えてくる人ごみのなかを歩いていた。巨大《きょだい》な門は、行き来する人々でごったがえしている。

「今夜はせわしいやな、マズよ?」

背後《はいご》で声がした。

「あんだって?」

答えが聞こえた。

「だからよ、今夜はせわしいなって……」

「あんだ、シサル、せわしいのはおめえだろ！」

ルークがふり向いてみると、ハンガーに通したさまざまな服や長衣やフロックコートを左手にかけた二人のモブノームが、にやつきながらせかせかと通りすぎていくところだった。その左には、ノクゴブリンがオオグチハイカイにまたがっている。オオグチハイカイがひく低い荷車には、「最高級ピューター食器」と書かれた箱がいくつも積まれている。その後ろでは、一巻《ま》きの赤と紫《むらさき》の長くて重そうな壁掛《かべか》けをかついで、よろよろ歩く六人のデクトログの一団《いちだん》を、横柄《おうへい》な顔つきのシャフトロルが大声で指図している。そのまた後ろには、カモシゴブリンの一団が、板に載《の》せたピカピカのビンやグラスやかめを、頭の上にさしあげて続く……。

むっつり顔の材木業者と、うら若《わか》い絹《きぬ》商人と、そのあとをぴったりついてくる下層《かそう》のナイフ研《と》ぎ職人《しょくにん》には、だれも目もくれない。ルークは、ひしめき合う人の群《む》れにまきこまれて、圧倒《あっとう》されると同時に興奮《こうふん》もしていた。地上町のすみずみから、商人や買い付け人がぞくぞくと大湿地街道《だいしっちかいどう》に集まってくる。燃料《ねんりょう》の材木も労働者の賃金《ちんぎん》も安いため、重工業は今では鋳物《いもの》工場地帯に移《うつ》っていたが、多くの生産品は、いまだに地上町の昔ながらの工場や作業場で作られていた。それを大湿地街道の終点にある東オオモズ市場まで運んでいって物々交換《こうかん》したり売ったりするのだ。

「道を開けろ！　通してくれ！」

門の近くで、荒々《あらあら》しい声がした。

ルークが前方に目をやると、人波が二つに分かれて、その間をケナガオオツノにひかれた馬車が近づいてくるのが見えた。長くて平らな荷馬車で、後ろに同じ馬車が二台続いている。どの荷馬車の最前列のシートにも商人連合員が二人ずつすわり、御者台《ぎょしゃ》に立つ浅黒い平頭ゴブリンは、片手《かたて》で結び目を作った手綱《たづな》をにぎり、もう一方の手でむちを鳴らしている。ルークはのびあがって、大きな防水布《ぼうすいふ》の下になにが積まれているのか見ようとした。なにかの材料であるのはたしかだ。地上町で作られるものは、ブレスレットからレンガまでなんでも、外から運んできた材料から作られていたから。

「材木だ」

ストブが、えらそうな口調でマグダに話すのが聞こえた。

「見たところ、テツノキだろう。まちがいなく、サンクタフラクスの森に運んでいくな。おれにいわせりゃ、まったくばかげたことで……」

ストブは声を落とした。

「おっと、夜の守護聖団《しゅごせいだん》だ」

「シーッ！　どこにスパイがいるかわからないのよ」

マグダは小声でストブをたしなめた。

ストブの目がすっと細くなった。マグダのいうとおりだとしても、人に指図されるのはがまんならない。三台目のテツノキを積んだ荷馬車がガラガラと通りすぎ、人々がふたたび前進を始めると、ストブはほかの二人についてこいとでもいうように、ドスドスと歩きだした。

ルークの方を見たマグダは、くるりと目玉をまわしていたずらっぽく笑った。ルークはマグダに追いつこうと、足を速めた。

「夜の守護聖団は、ぼくたちのやろうとしてること、知ってると思う？」

ルークはささやきかけた。

「だとしても不思議はないわね。でも、知ってることと、見つかることとは別よ！」

マグダは肩《かた》をすくめてから、真顔でいった。

「最高位学者はどうなんだろう？　ゴブリンの部隊《ぶたい》をやとって、夜も昼も司書勲士《ししょくんし》を捜《さが》しまわらせているって……」

ルークがいうと、マグダはさげすむように、あごをつんとはね上げた。

「最高位学者って、あのオークワインの酒袋《さかぶくろ》みたいな、ヴォックス・ヴァーリクスのこと？　フン、あんなのもう終わりよ！」

そこで言葉を切ると、マグダは目の前にそびえ立つ橋脚塔《きょうきゃくとう》を指さした。

「もちろん、あんなものを建てたのはあの男だけどね」

「最高位学者があれを建てたって！」

ルークはあっけにとられた。

マグダはうなずいた。

「ええ、そうよ。石の巣病のせいで空の交易《こうえき》がとだえると、ヴォックスは大湿地《だいしっち》街道《かいどう》を建設《けんせつ》させて、地上町のしがない商人が深森《ふかもり》へ取引にいけるようにしたのよ。頭のいい人よね、ヴォックスって。少なくとも、以前はね。よすぎたぐらい！　でも今じゃ、マザー・スカブビーク率《ひき》いるオオモズシスターに牛耳《ぎゅうじ》られて、手も足も出ないんだから」

「ゴブリンの部隊はどうなってるの？」

ルークはたずねた。

「ゴブリンども？　オオモズよりずっとたちが悪いわ。もともとヴォックスが、大湿地街道《だいしっちかいどう》を建設《けんせつ》させるのに使った奴隷《どれい》たちを守るためにやとったんだけど、結局、ヴォックスを虜《とりこ》にして身代金をせしめてるわ。いわれるままにお金をはらわされてるの。はらわなければ、あのすてきな宮殿《きゅうでん》から追い出されるだけ――それは本人もよくわかってる。ゴブリンとオオモズは手を組んで、地上町と深森《ふかもり》の交易《こうえき》を独占《どくせん》していて、いわゆる最高位学者はやつらのあやつり人形以外のなにものでもないの。とにかく、あたしたちが用心しなくちゃならないのは、ヴォックスじゃない。本当に危険《きけん》なのは、夜の守護聖団《しゅごせいだん》よ」

マグダはおどすようにいった。

ルークはぞくっとして、背中《せなか》にしょった道具かけを直した。急にずしりと重くなったような気がした。

マグダは首をふりながらいった。

「夜の守護聖団のために夜の塔《とう》を建てたのもヴォックスよ。通りすぎる嵐《あらし》のエネルギーを吸収《きゅうしゅう》して、サンクタフラクスの浮遊石《ふゆうせき》の石の巣病を治すはずだったの」

マグダは言葉を切って、肩越《かたご》しにふり返った。

「遠くに見えるでしょ。いかにも邪悪《じゃあく》な化け物ね」

ルークはうなずいて、ふり返ってみた。そこには、地上町で最も高い建物よりもはるかに高く、他を圧《あっ》するような巨大《きょだい》な木造建築物《もくぞうけんちくぶつ》がそびえ立っていた。そのてっぺんには、真夜中の避雷針《ひらいしん》とよばれる細い尖塔《せんとう》が、大空を非難《ひなん》するようにつき立っている。

マグダは向き直りながら続けた。

「それから、サンクタフラクスの巨大《きょだい》な浮遊石がくずれはじめたとき、夜の守護聖団に強《し》いられて、材木で補強《ほきょう》しはじめたのもヴォックスよ。何百、何千というテツノキでね。それがサンクタフラクスの森なの」

「うん、それは知ってる」

勉強したことを思い出しながら、ルークはいった。

「浮遊石が地面に落ちないよう食い止めるために、柱と横木で組んだ巨大な足場だろ?」

「そのとおり。多くの学者たちによれば、浮遊石は絶《ぜっ》対《たい》に地面に落ちてはならないんだって。地面に落ちると、浮力《ふりょく》をとりもどすために必要なエネルギーを通りすぎる嵐《あらし》から得ることができても、そのエネルギーが浮遊石を通りぬけて地面に逃《に》げてしまうっていうの。だから、いわゆるサンクタフラクスの森は、夜の塔《とう》や大湿地街道《だいしっちかいどう》とはちがって、永久《えいきゅう》に補強《ほきょう》しつづけなければならないの。浮遊石が沈《しず》めば沈むほど、それを支《ささ》えるための材木が必要になるわけ。ストブのいうとおりよ。たしかにばかげたこと……ルーク、気をつけて！」

しかし、遅《おそ》すぎた。ルークは、近づいてくるフサミミゴブリンに、まともにぶつかってしまった。ドサッという音に続いて、ガチャンという音がした。それから、なにか丸いものが石畳《いしだたみ》に転がる音と、腹立《はらだ》たしげにののしる声が響《ひび》きわたった。暗さを増《ま》す空に浮《う》かび上がる、とがった夜の塔に見とれていたルークは、あわててふり返った。あおむけにひっくり返ったゴブリンが、目を見開いたまま、大声でののしっている。マグダがそのわきにしゃがみこんでいた。ひっくり返った箱からあふれでた、預《あず》かり販売《はんばい》用の厳選《げんせん》されたモリリンゴが、石畳の上をあらゆる方へところごろと転がっていく。ストブの姿《すがた》はどこにも見えない。

ルークはおろおろしはじめた。できるかぎり人目につかないように行動しなくてはならないというのに、自分ばかりでなく、マグダまで注目を集めてしまった。わめきたてるゴブリンのまわりには、小さな人垣《ひとがき》ができかけている。衛兵《えいへい》にかぎつけられでもしたら、まだ出発すらしていないというのに、旅そのものがあやうくなってしまう。

「ごめんなさい。ぼくの責任《せきにん》です。前を見ていなかったから」

ルークはあやまりながら、モリリンゴを拾い集めた。

「いや、まあ、それはいいいや」

そういいながらフサミミゴブリンは、割《わ》れたモリリンゴの赤くやわらかい果肉に、大げさに指をつっこんでみせた。

「だが、だめになっちまったやつはどうすりゃいい？　おいらはあわれな果物《くだもの》売りで……」

フサミミゴブリンは言葉をにごして天を仰《あお》いだ。

「も、もちろん……弁償《べんしょう》します。そうだよね？」

ルークはおたおたしながらいうと、マグダを見上げた。

マグダはなにもいわずに長衣のなかに手を入れて、革《かわ》の巾着《きんちゃく》をとりだし、口ひもをゆるめると、小さな金のかけら

をゴブリンのてのひらに落とした。

「ほらこれ、だめになったリンゴの分」

ゴブリンはずるそうに目を輝《かがや》かせてうなずいた。マグダは金のかけらをもう一つとりだした。

「それから、これはぶつかったときの打ち身やこぶの分」

そして、マグダは立ち上がってゴブリンを立たせると、釘《くぎ》を刺《さ》すように笑いかけた。

「これで文句《もんく》はないわよね」

「あ、ああ、そうだな。だが……」

「よかった」

マグダはゴブリンに背《せ》を向け、ルークをひき連れてさっさと人ごみのなかに入っていった。

「すごく……堂々としてるね」

ルークがいうと、マグダはおさげをうしろにはね上げて笑った。

「うちには兄貴《あにき》が三人いるの。だから、自然に覚えちゃった」

ルークはにっこり笑った。だんだん、この旅の仲間が好きになってきたのだ。最初のうちは、でしゃばりで、ぶっきらぼうで、いらいらさせられもしたが、今ではちがう目で見るようになっていた。実際家《じっさいか》で、率直《そっちょく》で、裏表《うらおもて》がなく、きっぱりとしている。今なら、マグダが選ばれた理由がわかる。それにひきかえ、ストブは冷たくて、高飛車《たかびしゃ》で、頭でっかちで……。

ルークは首をかしげた。

「ストブはどこ？」

マグダは首をふって、あたりを見まわした。

「あたしも今、そう思ったところ。離《はな》れちゃいけないのに」

二人はすでに、大湿地街道《だいしっちかいどう》の起点にさしかかっていた。二つの橋脚塔《きょうきゃくとう》が頭上《ずじょう》にそびえ

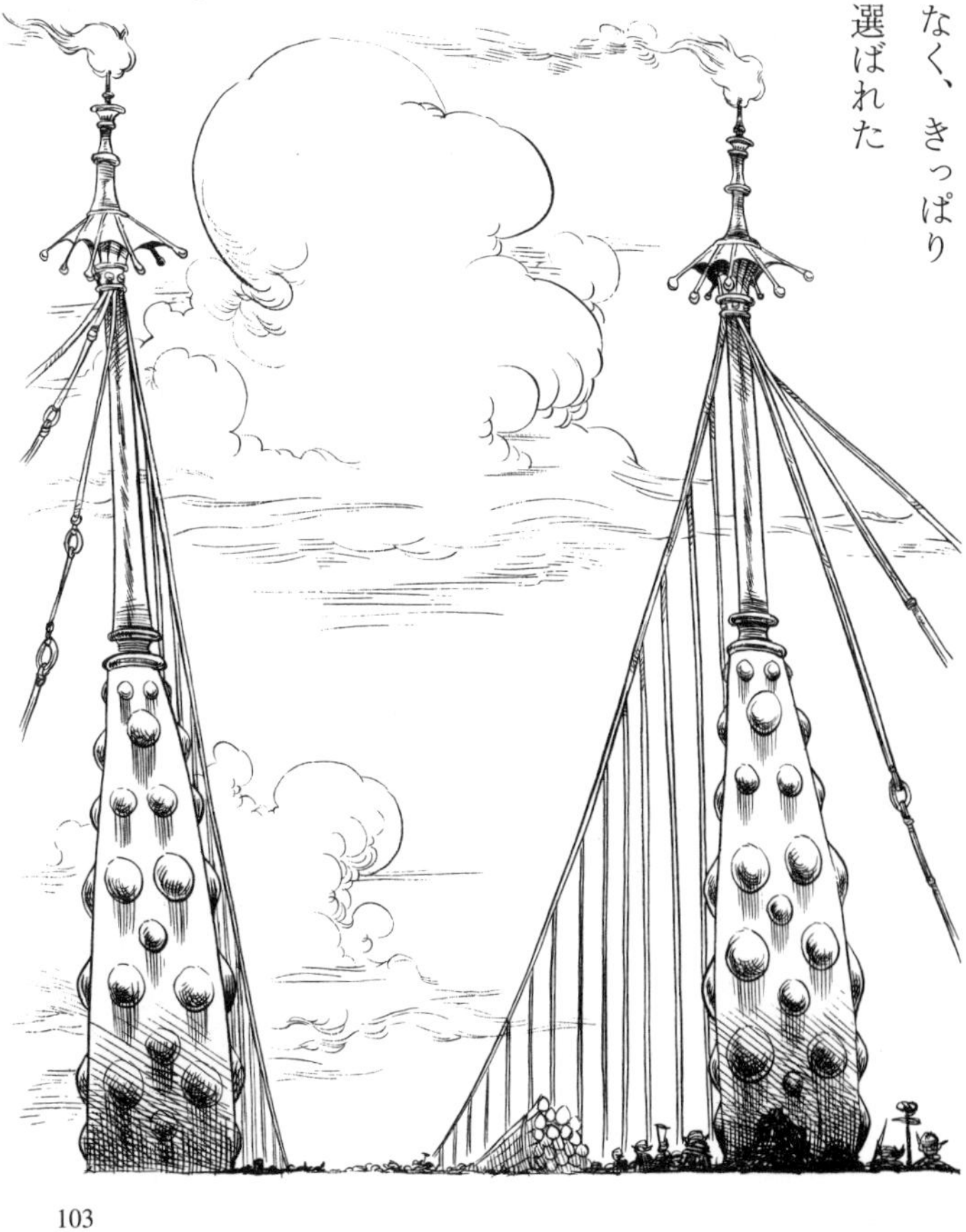

立っている。すべて計画どおりなら、だれかが姿《すがた》を現《あらわ》すはずだ——ルークたちを通関所まで安全に導《みちび》いてくれるだれかが。ルークはチスイガシの歯をいじりながら、同じものを身につけている者がいないかと、人ごみに目をこらした。

ストブの姿《すがた》はどこにもなかった。通関所の前の広場には、人だかりができている。そのうるささ、そのにおい！　酢漬《すづ》けのツマヅキソウの樽《たる》から立ちのぼる、鼻をさす酸《す》っぱいにおい。桶《おけ》に入ったキジャコウネコの香水《こうすい》の、胸《むね》の悪くなるような甘《あま》ったるいにおい。入ってくる者も、出ていく者も、みなこの一点を目指してくる。商人、行商人、オオグチハイカイ乗り、ケナガオオツノの御者《ぎょしゃ》、ありとあらゆる荷を積んだ荷馬車、乗合馬車。

武装《ぶそう》した衛兵《えいへい》やオオモズの料金徴収係《ちょうしゅうがかり》がいるかと思えば、密売人《みつばいにん》や奴隷《どれい》もいる。食べ物売りも、酒売りも、興業主《こうぎょうぬし》も、金貸《かねか》しもいる。崖《がい》の国のいたるところから、あらゆる人間や生き物が集まってきていた——シャフトロル、ペチャトロル、ウッドトロル、デクトログ、ヤシャトログ、ヨマヨイ、トビマヨイ、さまざまなゴブリンたち。そのなかに、背《せ》の高い荷積み起重機の陰《かげ》にかくれるようにして、ストブ・ラムスが立っていた。こちらに半分背《せ》を向けている。

「だれかと話してる。きっと、ぼくたちの案内役だよ」

ルークは声を殺していうと、近づこうとした。ところが、マグダにぐいっとひきもどされてしまった。

「わからないわよ。話を聞いてみましょ」

マグダはいった。

ルークは首をかしげて、物陰《ものかげ》から聞こえてくるくぐもった声に耳をそばだてた。

「なんだと？　チスイガシのなんだって？　もっとでかい声で話せよ！」

ストブの相手がいらいらしていった。

するとストブは、声をひそめながらも、相手に聞こえるようにいった。

「だから、それ、おもしろいお守りだなって。チスイガシの歯だろ、おれの思いちがいじゃなきゃ……」

「それがどうした？　てめえになんの関係がある？」

相手がいい返し、ルークの目に金属《きんぞく》がひらめくのが映《うつ》った。

マグダは首をふった。

「絶対《ぜったい》に、案内役じゃないわね」

「そのとおりだえ、おじょうちゃん。わしがそうだからの」

背後《はいご》で歌をうたうような声がして、ルークとマグダがふり返ると、長いマントをまとい、頭にスカーフをまいた、小太りのノクゴブリンが立っていた。太い腕《うで》には、おおいをかけた籐《とう》のかごを下げている。

その首には、周囲に装飾《そうしょく》をほどこし、中心にピカピカ光る赤いチスイガシの歯をはめこんだペンダントが光っている。

「わしの名はテーガン。どうやらあんたらの友だちは、おろかなとまではいわんが、不幸なまちがいを犯《おか》したよう……」

「別に友だちじゃないわ」

マグダがぴしゃりとさえぎった。

「友だち、仲間、道連れ、あんたらが自分たちの関係をどう呼《よ》ぶかは問題じゃない。今問題なのは、あいつが危険《きけん》だということだ」

テーガンは首をふりながら、心配そうに舌打《したう》ちした。

「こいつはやっかいだよ。ひどくやっかいだ。あいつがわしらのことを全部しゃべっちまう前に、

さっさと連れもどしておいで。ほら、急いだ」

マグダもルークも、一度聞けば十分だった。二人は広場を横切り、ごったがえす人ごみを縫《ぬ》い、荷積み起重機の陰《かげ》に駆《か》けこんだ。

「ここにいたのかい、ストブ！」

ルークはストブの片方《かたほう》の腕《うで》をつかんでいった。

「さんざん捜《さが》しまわったのよ。さあ、行くわよ！」

マグダがもう片方の腕をつかんだ。

「よせ、やめろ。最初の案内人を見つけたんだよ」

ストブは必死に腕をふりほどこうとしながら、いい聞かせるような口調でいった。

ルークとマグダは、わきに立つ年老いたウッドトロルに目をやった。小太りでがに股《また》の男で、編《あ》み上げたあごひげは真っ白だ。ウッドトロルは片方《かたほう》の耳に、ラッパ形補聴器《ほちょうき》を当て、その首には、さまざまな形や大きさの装身具やお守りを束にしてぶらさげている。そのなかに、白いひげにうずもれるようにして、くすんだ茶色のキバらしきものが革《かわ》ひもでぶらさげられている。

「いいえ、ちがうの」

マグダはいった。

「でも、困《こま》ったことに、ちょっと耳が遠いんだ」

ストブはいった。

「聞こえたぞ！」

ウッドトロルはむっとしたように声をはりあげた。

「あんたこそ、話を聞いてないじゃない、ストブ！　あたしは、この人は案内人じゃないっていってるの。ほら、行くわよ」

マグダは早口でささやくと、ルークとともに、腕《うで》を両側からしっかりつかんで、ストブをひっぱっていった。

「ほい！　こいつはいったいなんの真似《まね》だ？」

ウッドトロルが背後《はいご》から呼《よ》びかけた。

マグダは、問《と》いただすようにストブを見た。ストブは肩《かた》をすくめた。

「見ただろ？　あの首飾《くびかざ》り――革《かわ》ひもの先についてたのはチスイガシの歯だ……」

「チスイガシの歯なんかじゃないわ。白首モリオオカミのキバよ。それでよく、司書だなんていえるわね！」

マグダは舌打《したう》ちしていった。

そんなマグダの言葉を聞きながら、ルークは、自分も同じことをしていたかもしれないと思った。こんな人ごみのなかでちょっと見ただけでは、オオカミのキバなのか、チスイガシの歯なのかなんてすぐにはわからない。ストブの犯《おか》した大きなまちがいは、ウッドトロルが近づいてくるかどうかを待つよりも、自分から近づいてしまったことだ。

「それでも、間に合ったようだね。よくやった。気をもみはじめとったところだ」

三人がもどってくると、ノクゴブリンのテーガンがいった。

「ええ。でも、ほめられるようなことじゃ……」

「こいつはだれだ？　信用できるのか？」

ストブが割《わ》りこんできた。自分のまぬけさにむかっ腹《ぱら》を立てていたのだ。

テーガンはおだやかにうなずいた。

「疑《うたが》い深いのはいいことだ。長い旅の間、『何人《なんぴと》も信じるな』という格言《かくげん》が役に立つだろうて」

「だからって、あんたが信用できるかどうかとは別問題だ」

ストブは生意気な口調でいった。

テーガンはなにもいわずに、首にかけた彫刻《ちょうこく》をほどこしたチスイガシの歯をにぎると、ほかの二人に向かってうなずいた。

「同じ大地学のお守りを身につけているなんて、すごい偶然《ぐうぜん》だと思わないかい？　フェンブラス・ロッドがだれかれかまわずくれてやるようになったってなら、話は別だけどね」

「いいや。おれが知ってるかぎりじゃ、選ばれた司書勲士《ししょくんし》と、案内人にしか与《あた》えられないはずだ」

ストブは認《みと》めた。

「だったら、今までと変わらないね」

テーガンはいうと、自分のマントを開いて、チスイガシの歯の首飾《くびかざ》りを見せた。

「うそ？　あんたが案内人？」

ストブは驚《おどろ》いていった。

「驚いたかい？　わしはもう何年も、いろいろな学者や司書勲士の役に立つよう全力をつくしてきた。こちらでは相談役になり、あちらでは案内役になり……」

テーガンの口調がけわしくなった。

「とにかく、なんでもしてきたよ。崖《がい》の国が、夜の塔《とう》のやつらのせいで、闇《やみ》のなかに沈《しず》むのを防《ふせ》ぐためにね」

「よくいってくれたわ」

マグダはうなずいた。

「こうしてつっ立ってるだけでもあぶないんだよ」

テーガンは不安そうにあたりを見まわすと、三人に向き直り、にっこり笑った。

「この先あんたたちには、長くつらい旅が待ち受けてる。でも、わずかな幸運と、山ほどの忍耐《にんたい》があれば、かならずやりとげられるからね」

テーガンの自信に満ちたようすに、ルークは急に気が楽になり、笑い返した。すぐにでも出発したいぐらいだった。

「よし、それじゃあ、お守りを見せ合うのはこれぐらいにしてと。しっかりついておいで。話すのはわしにまかせておきな」

テーガンはいった。

一行が大湿地街道《だいしっちかいどう》の起点に近づいていくと、巨大《きょだい》な二つの塔の間に柵《さく》がはりわたされ、そのなかにいくつも通関所がもうけられていた。それぞれの前には長い列ができている。テーガンは三人を、まよわず左側の塔《とう》に一番近い通関所へと連れていった。

前方の彫刻をほどこされたりっぱないすには、豪華《ごうか》な衣装《いしょう》と宝石《ほうせき》で身を飾《かざ》り立てた、大きなメスのオオモズがすわっている。いすの両側には、行く手をさえぎるように、大きくて曲がったカニの爪《つめ》のような横木がつきだしている。オオモズは、商人を一人一人黄色い目でギロリとにらみつけては、差し出されるすり切れた書類に目を通している。

「通れ！」

オオモズはガラガラ声でどなると、見るからにおそろしげなカギ爪《づめ》で、わきにあるレバーを倒《たお》した。カニの爪のような横木がガチャンと音を立てて開き、商人が通りぬける。

「次！」

ガチャン。

「通れ！」

「次！　通れ！」

ガチャン。

「次！」

ルークは飛び上がった。驚《おどろ》いたことに、いつの間にかストブもマグダも通りぬけていた。今度はルークの番だ。心臓《しんぞう》が口から飛び出しそうだ。

「いいかい、わしが話すんだからね」

テーガンが耳元でささやいた。

「次！」

オオモズのいらだたしげな声が響《ひび》いた。テーガンがルークの背《せ》を押《お》した。ルークはどうにかこうにか足を動かして進み出ると、ふるえる手で偽《にせ》の書類を差し出した。黄色い目を見ないようにするのだが、視線《しせん》が額《ひたい》につきささるような気がする。書類にまちがいがあったらどうしよう？　オオモズに、仕事の内容《ないよう》を聞かれたらどうしよう？　ナイフの研《と》ぎ方なんてなにも知らないのに。腹《はら》の底から冷たいものがせり上がってくる。

「ナイフ研ぎ職人《しょくにん》だと？」

オオモズは大きな頭をかしげた。首の羽が逆立《さかだ》ち、宝石《ほうせき》がチャリチャリ音を立て、おそろしく曲がったくちばしが、ルークのうつむいた顔に近づいた。オオモズは意地悪そうにがなった。

「ナイフをおもちゃにするには、ちょいと若《わか》すぎるんじゃないかえ？　え、ぼうず？　ゴブリンに舌《した》をぬかれちまったか？」

するとテーガンが、にこにこしながら進み出た。

「なにしろ、これが初めての商《あきな》い旅なもんで。どうやら、あなたの羽の美しさに目を奪《うば》われてるようですよ、シスター・サグスプリット」

オオモズは笑った。

「テーガン、あいかわらず口がうまいのお。おまえの連れか？」

テーガンはうなずいた。

「だろうな。通るがいい」

オオモズはいいながら、レバーを倒《たお》した。ルークは書類と通行手形を受けとり、カニ爪《づめ》の横木を通りぬけた。反対側でマグダとストブが待っていた。

「なにぐずぐずしてたの？」

マグダはびくびくしながら聞いた。

「立ち話でもしてたんだろ」

ストブがすましていった。

「だまって、ストブ。だいじょうぶ？　顔が青いわよ」

マグダはルークの手をにぎった。ルークはふるえながらいった。

「だいじょうぶ。ただ、オオモズを見たの、初めてだったから。あれは……なんていうか……」

「あんたらが街道《かいどう》に出れば、いやでも見ることになるさ」

三人をうながしながら、テーガンはいった。

「あんたら？　あなたもじゃないの？」

マグダがいった。

「そうだよ、いっしょに来てくれると思ったのに」

ストブもいった。

「わしの居場所《いばしょ》はここだよ。わしの役目は、旅人が通関所を安全に通りぬけて、大湿地《だいしっち》街道に出られるようにしてやることとさ。道をたどっていけば、いずれほかの案内人が姿《すがた》を現《あらわ》すよ」

テーガンは、一人一人を軽く、けれど心をこめて抱《だ》きしめた。

「気をつけて行くんだよ。それじゃ、さよならだ」

そういうと、テーガンは立ち去った。

三人の司書勲士《ししょくんし》は、急に心細くなった。背後《はいご》から、バケツやふいごから鉄の手すりまで、ありとあらゆる金物を背負《せお》ったモブノームの一団《いちだん》が、ガチャガチャと音をさせながらにぎやかに近づいてきて、三人を追いぬいていった。三人ともなにもいわなかったが、本能的《ほんのうてき》に集団にまじる方が安全だと判断《はんだん》して、ストブとマグダが一団の後ろにつき、ルークがしんがりをつとめた。

嵐《あらし》の間大図書館の高い丸天井《まるてんじょう》のドームで、名前を呼《よ》ばれて若《わか》き司書勲士になって以来、ルーク・バークウォーターは夢《ゆめ》でも見ているような気がしていた。次々に起こることがとても信じられない思いだった。しかし、今こうして、テツノキの支柱《しちゅう》にシズノキの板で空中にかけられた、壮大《そうだい》な板の道が目の前にのびているのを見ると、興奮《こうふん》のあまり頭がくらくらし、体がチリチリしてきた。監視塔《かんしとう》、通関所の塔、そして、街道《かいどう》にそってくねくねとどこまでも続くたいまつの明かり。

ルークは小声でつぶやいた。

「いよいよだ。もうあともどりはできない。ぼくの人生最大の冒険《ぼうけん》が始まったんだ」

背後の通関所では、ガチャンという音とともにもう一度横木が開いた。そこを黒い長衣に身を

THE GREAT MIRE ROAD

大湿地街道《だいしっちかいどう》

包んだ、ほっそりした男が通りぬける。男がフードをはずすと、月明かりが高い頬骨《ほおぼね》と坊主刈《ぼうずが》りの頭を照らし出した。

第五章　デッドボルト・ヴァルプーン

三人はもう何時間も、すべりやすい板敷《いたじ》きの道を歩いていた。まわりには同じような仲買人や、商人や、季節労働者が、重荷に背《せ》をかがめ、前だけを見すえてとぼとぼと歩いている。言葉をかわすことはほとんどなく、あったとしてもささやき声だった。大湿地街道《だいしっちかいどう》で人目をひくのは危険《きけん》なことなのだ。

ルークは顔を上げた。前方には目の届《とど》くかぎり、板敷きの道が巨大《きょだい》なトビムシのようにうねうねと続いている。道の左右には、うすれゆく光に照らし出されて、泥地《どろち》がどこまでも広がっている。

「顔を上げるな！」

ストブが怒《おこ》ったように小声でたしなめた。

「忘《わす》れたの？　オオモズと目を合わせたりしたら、死をもって償《つぐな》うことになるのよ」

マグダはルークの肩《かた》に手を置いて、やさしくいった。

ルークはふるえあがった。そのとき、前方で、足の爪《つめ》がカチカチと板に当たる音と、殻竿《からざお》がジャラジャラいう音が聞こえた。オオモズの衛兵《えいへい》が近づいてくる。

ルークはビクッとした。

「落ち着け。目をつけられるな。だまって歩きつづけろ。とにかく……おまえは、自分のことだけ考えていればいいんだ！」

ストブはいうと、ルークの背中《せなか》を指でぐいっとついた。

「だいじょうぶよ。ほら、ルーク、あたしの手をにぎって」

マグダがささやいた。

ともすればまわれ右をして逃《に》げ出したくなる衝動《しょうどう》と戦いながら、ルークはありがたくマグダの手をにぎった。

足の爪の立てる音が近づいてきた。前方をのろのろと進む人の列は、百尋《ひろ》ごとに地上高く立てられた、たいまつの作り出す影《かげ》のなかに溶《と》けこんでしまったかのようだった。ルークはこらえきれずに、わずかに顔を上げた。

目の前に、まばゆいばかりにみがきこまれた金属《きんぞく》の胸当《むねあ》てと、曲がったくちばしに合わせた兜《かぶと》を身につけた、背の高いまだら色のオオモズが立っていた。オオモズの衛兵は、まばたきしない黄色い目で、こちらをじっと見つめている。と、カミソリのように鋭《するど》いカギ爪が革帯《かわおび》にのび、羽を飛び散らせながらおそろしげな殻竿をひきぬいた。ルークは恐怖《きょうふ》に凍《こお》りついた。あわてて下を向き、力いっぱいマグダの手をにぎりしめる。マグダがはっと息をのむのが聞こえた。

「この無礼者《ぶれいもの》が！」

かん高い声が空気を矢のように切りさいた。

ルークは固く目をつぶり、背を丸め、殻竿で打ちつけられるものと覚悟《かくご》を決めた。

「お慈悲《じひ》を、お慈悲を。そんなつもりでは……お許《ゆる》しください。あっしは……」

聞こえてきたのは、おびえたゴブリンのあわれっぽく泣きわめく声だった。

殻竿が夕方の空気をふるわせ、頭蓋骨《ずがいこつ》がくだける音があたりに響《ひび》きわたった。ルークは片目《かため》を開

けてみた。目の前の、オオモズの足元に、頭《ず》上《じょう》のたいまつの明かりに照らされて、小さなゴブリンが倒《たお》れていた。その周囲に、血だまりが広がっていく。

「ゴブリンのくずめが！」

オオモズが吐《は》きすてるようにいうと、うしろの二羽の衛兵《えいへい》が、さもおもしろそうにくちばしをカチカチ鳴らした。

オオモズは殻竿《からざお》を肩《かた》にかつぐと、ほかの二羽とともに歩きだした。マグダはルークを道のはしにひきよせた。ルークは気が遠くなりそうだった。暴力《ぼうりょく》なら以前にも見たことがあるし、経験《けいけん》もした——怒《いか》りくるった博士《はかせ》の悪意に満ちた言葉、ときたま司書助手と下級司書の間で起こるはげしい乱《らん》闘《とう》さわぎ……。

でも、これは別だ。まったく別物だ。これは残忍《ざんにん》な暴力だ。無慈悲《むじひ》で、冷酷《れいこく》で……それだけに、衝撃《しょうげき》はよけい大きかった。

「危機一髪《ききいっぱつ》だったな」

後ろで、ストブが静かにいった。

「それじゃ、行こうか。どんどん歩かないと、通関所の塔《とう》まで行き着けないぞ。そこまで行けば、休憩所《きゅうけいじょ》があるんだ」

ルークは道ばたに横たわる死体を見つめた。そして、その背中《せなか》に背負ったものに気づいてギクリとした。このゴブリンも、ルークと同じナイフ研《と》ぎ職人《しょくにん》だった。その間にも、いくつもの手がのびてきて、死体を暗がりへとひきずりこんだ。はるか下のやわらかい泥地《どろち》に、なにかが落ちるボスッという鈍《にぶ》い音がかすかに聞こえた。ゴブリンがそこにいたことを示すものは、現場《げんば》の板の道に残された小さな血の染《し》みだけだった。そのときふとルークは、ここに来るまでの間の街道《かいどう》ぞいに、同じような染みを見たような気がした。

ルークはマグダの方を向いて、弱々しい声でいった。

「ここはおそろしい場所だ」

「元気を出して、ルーク。休憩所に着けば眠《ねむ》れるから。きっとそこで、だれかが待ってるはずよ」

マグダはやさしくいった。

ルークは足を止めた。

「ここにいちゃだめかな？　もうすぐ夜だし、道もすべりやすくなってきたみたいだし……それに、おなかもぺこぺこだよ」

「通関所までは休みなしだ。着いたらなにか食べる。ルーク、遅《おく》れるなよ！」

ストブは冷たくいった。

ルークは身を固くしたまま、その場から動かなかった。目と口を大きく開いたまま、顔からは血の気が失《う》せている。ちょうど頭の上の、高いたいまつの支柱《しちゅう》になにかがぶらさがっていた。

「どうしたの？　ルーク、なにかあったの？」

マグダが聞くと、ルークは指さした。その方向に顔をめぐらしたマグダははっと息をのんで、手で口を押《お》さえた。

「大地と大空よ。なんなんだ……あの気味悪いものは」

ストブもまた、ルークの指さす方を見てうめいた。

ルークはふるえあがった。

「どうして、あんなことをするんだ？　だれがあんなことを許《ゆる》したんだ？」

ルークが見上げる先には、宙吊《ちゅうづ》り檻《おり》があった。これは鉄の帯を球形に編《あ》み上げた檻で、テツノキでできたたいまつの支柱のてっぺんからつきだした、腕木《うでぎ》の先端《せんたん》にぶらさげられている。なかにはなにかの生き物の死体があった。手足はねじれ、頭は影《かげ》になっていて見えない。しだいに数を増《ま》すシロガラスの群《む》れが周囲を飛びまわり、檻の上に降《お》りたり、檻のすき間からくちばしをつっこんだりしている。

とつぜん、死体が前のめりに倒《たお》れた。群れのなかで最も大きなシロガラスがグアアッと鳴いてほかのシロガラスたちを追い散らし、死体の頭を一回、二回とつついた。

ルークはとっさに目を閉《と》じたが間に合わず、あわれな生き物が目玉をえぐりだされるところを見てしまった。一つ。二つ。なにかがずるりとひっぱりだされ……黄色いたいまつの明かりにてらてらと光った。ルークは腹《はら》に一撃《いちげき》を食らったとでもいうように体を二つに折り曲げると、血の染《し》みのついた板の上をよろけながら、胃《い》が空っ

ぽになるまで吐《は》いた。

「しっかりして。さあ、行きましょう」

マグダはやさしくいうと、ルークに手を貸《か》しながら水筒《すいとう》を手わたした。

「これを飲んで。それでいいわ。次は深呼吸《しんこきゅう》。吸《す》って、吐いて。吸って、吐いて……」

少しずつ、ルークの足のふるえとはげしい動悸《どうき》が治まり、息苦しさがやわらいできた。

「あんたのいうとおりよ、ルーク。ここは本当におそろしい場所だわ」

マグダが声をふるわせるのがわかった。三人は、のろのろと進む旅人たちの列にもどり、だまって歩きだした。

通関所の塔《とう》まで百尋《ひろ》もないところまで来ると、風は西からに変わり、ティルダーの油を燃《も》やしているたいまつから、鼻をつく煙《けむり》が街道《かいどう》に向かって流れてきて、旅人たちの顔にもろに吹《ふ》きつけた。ルークの目に涙《なみだ》がにじみ、胸《むね》が苦しくなった。このまま、だれも現《あらわ》れなければ、自分たちだけで通関所のオオモズを相手にしなければならなくなる。オオモズがどんな連中か、今しがた見せつけられたばかりだというのに……。

ルークは息をひそめて練習した。

「おそれながら、わたしはナイフ研《と》ぎ職人《しょくにん》です。ゴブリンの森、いいえ、共和国《きょうわこく》、ゴブリン共和国のナイフ研ぎ職人です。そうだ。わたしは、ゴブリン共和国のナイフ研ぎ職人です」

ところが、いざその場になると、机《つくえ》の向こうの堂々としたオオモズが金を受けとり、書類に判《はん》を押《お》し、トサカ頭を上げようともせずに、手をふって「行け」と合図しただけだった。ルークは、何時間も歩きづめで痛《いた》みだした両足だけをじっと見つめていた。書類の提出《ていしゅつ》はあくまでも形式であって、問題になるのは書類が提出されなかった場合だけだ。抜《ぬ》き打ちで行われる検査《けんさ》を受けず、最新の判が押されていない書類を持つ商人がオオモズの衛兵《えいへい》に発見されれば、それに対する処罰《しょばつ》はすみやかに容赦《ようしゃ》なく行われた。

そのことについては考えたくなかった。ルークはほかの二人について、さまざまな屋台がひしめき合う、シズノキの板をはりわたした広場に向かった。屋台を出しているのは、モブノーム、ペチャトロル、ホフリ、ウッドトロル、ノクゴブリンなどで、だれもが、品物を売りつけようと、となり合う屋台と競《きそ》っていた。

ありとあらゆる品物があった。お守りや、魔《ま》よけの宝石《ほうせき》や、誕生石《たんじょうせき》などの小物類。いしゆみ、長弓、短剣《たんけん》、こん棒《ぼう》、財布《さいふ》、かご、袋物《ふくろもの》。飲み薬、湿布《しっぷ》、チンキ、膏薬《こうやく》。地上町の新参者用の街路図や、探検《たんけん》を望《のぞ》む者のためのはてしない深森《ふかもり》の地図（たいていでたらめもいいところだったが、どのみち文句《もんく》をいいにもどってくる者はいなかった）。

食べ物の屋台も出ていた。実にさまざまな種類があり、そのどれにも崖《がい》の国じゅうから集められたごちそうが山盛《やまも》りだった。ノクゴブリンのミートローフ、ウッドトロルのティルダーソーセージ、伝統的《でんとうてき》なデクトログ風の胸腺《きょうせん》料理。パイや、パンや、プディングや、タルト。蜂蜜《はちみつ》たっぷりのミルクケーキや、カシの蜜をかためたもののうす切り。一言でいえば、どんな好みにでも合うだけのものがそろっていた。あたりの空気はコンロの熱で暖《あたた》められ、さまざまなにおいがいっしょになってくらくらするほどだ——甘《あま》い香《かお》り、豊《ゆた》かな香り、肉汁《にくじゅう》のほとばしるようなにおい、クリーミィなにおい、香《こう》ばしい刺激的《しげきてき》なにおい。

しかし、ルークは空腹《くうふく》どころではなかった。肉をひきちぎられ、目玉をくりぬかれた、檻《おり》のなかの囚人《しゅうじん》を思い出したせいで、食欲《しょくよく》がなくなってしまったのだ。

「無理してでも食べないと」

マグダがいった。

ルークは無言で首をふった。

「だったら、なにかとってきてあげる。あとで食べられるように」

「どうぞ、お好きに」

ルークは力なくいった。今は食べるよりも、ひたすら眠《ねむ》りたかった。

「近くにハンモックとわらの寝床《ねどこ》の小屋があるよ。お望《のぞ》みとあらば、連れていってあげるけど」

すぐわきで、小さいけれどよく通る声がした。

ルークが下を見ると、背《せ》の低いすじばったマヨイ族が立っていた。うすくすきとおるような皮膚《ひふ》と、コウモリのような耳からして、ハイイロマヨイだろう。あるいは、ヨマヨイかもしれない……。

「ヨマヨイだ。ハイイロマヨイはたいていもっと大きいし……この辺に太いゴムのようなひげを生やしている……」

マヨイ族は、自分の口のあたりを指さしていうと、わずかに眉《まゆ》をひそめた。

「でも、まちがっちゃいないよ、ルーク。ごめんよ。おいらの名前はパーティフュール」

ルークは顔をしかめた。種類を問《と》わずマヨイ族に備《そな》わっ

ている心を読む能力《のうりょく》は、あまり気持ちのいいものではなかった。むきだしにされたような、無防備《むぼうび》な気にさせられるのだ。人をそんな気持ちにさせる生き物をどうやって信用しろっていうんだ？

パーティフュールはため息をついた。

「それが悩《なや》みの種さ。マヨイ族の国では、相手の心を読むことは生きていくのに必要なんだ。闇《やみ》を見通すことができる天からの贈《おく》り物なんだよ。でも、ここじゃ災《わざわ》いのもとでしかない――友だちは離《はな》れていくし、みんなスパイになって、この能力をできるだけ高く買ってくれる相手を探《さが》す始末さ」

それで、おまえは？　ルークはぞっとしながら思った。おまえは、ぼくたちをスパイするのにどれぐらいはらってもらったんだ？

パーティフュールはもう一度ため息をついた。

「おいらはただだよ。スパイじゃないからね。これを見れば信じてもらえるかな？」

そういってマントを広げると、シャツのひだにかくれるようにして、赤いチスイガシの歯が精巧《せいこう》な銀の鎖《くさり》にぶらさがっていた。

「おいらは、今夜、あんたたちが眠《ねむ》っている間の見張《みは》りをまかされたんだ。この先のことを考えて、たっぷり休まないとね」

そして、けげんな顔をしているルークに答えるように、つけ加えた。

「薄明《はくめい》の森さ」

ルークはほほえんだ。今日初めて、自分の気持ちが楽になるのがわかった。ストブとマグダが、食べ物を小さな包みにして屋台からもどってきた。マグダはその一つをルークに手わたし、ルークはそれをポケットにつっこんだ。

「こいつは何者だ？」

ストブは冷たく横柄《おうへい》な口調で問《と》いただした。

「パーティフュール、案内役だよ」

そういうとパーティフュールは、もう一度チスイガシの歯を見せた。

「今夜の寝床《ねどこ》に案内してくれて、ぼくたちが眠っている間、見張りをしてくれるんだって」

ルークが説明した。

「今はそういってても、おれたちが眠っている間に、のどをかき切ろうっていうんじゃないのか？」

「ストブ、彼《かれ》はチスイガシの歯を身につけてるのよ」

マグダはストブの態度《たいど》を怒《おこ》ると同時に恥《は》じ入りながらいうと、ヨマヨイ族に向き直り、しめって骨《ほね》ばった手をにぎりながらあいさつした。

「初めまして、パーティフュール。仲間が失礼な口をきいてごめんなさいね」

「あやまるより安全の方が大事だろ」

ストブがつぶやいた。

「ほんとだね。でも、もちろん、おいらが見はってるからにはゆっくり休んでもらわないとね、ストブ。仲間は大歓迎《だいかんげい》だよ」

パーティフュールがうなずいていった。

ストブは声に出してはなにもいわなかったが、パーティフュールの顔に愉快《ゆかい》そうな表情《ひょうじょう》が浮《う》かぶのを見て、ルークには、ストブがなにか頭に思い浮かべたことがわかった。

「それじゃ、行こうか。みんな、はぐれないで。すぐそこだから」

パーティフュールはいった。

一行は、屋台に群《むら》がる人ごみを縫《ぬ》って、広場の外へと出ていった。そこには、たて長に仕切られた屋根つきの区画があり、梁《はり》にハンモックがいくつもとりつけられていた。その区画の右側には、わらを厚《あつ》くしきつめた寝台《しんだい》がずらりとならんでいる。

「ハンモックがいい？　それとも寝台？」

マグダはルークに聞いた。

「そりゃもちろん、寝台さ。星空を見上げながら寝《ね》たいってどれだけ思ったことか……」

ルークが、星がチカチカまたたきだした暗い夜空を見上げていった。すると、パーティフュール
が口をはさんだ。

「だったら、ちょうどいい。さあ、もう休んだ方がいい。もうすいぶん遅《おそ》いし、明日もたっぷり歩かなきゃならないんだから」

三人ともいわれるまでもなかった。長く、疲《つか》れる一日だったのだ。パーティフュールが寝台で見《み》張《は》りの態勢《たいせい》をとるよりも前に、ストブ、マグダ、ルークは眠《ねむ》りについていた。

眠っている人々のせきやいびきにまじって、その声が聞こえたとき、ルークはうとうととまどろんでいた。

「み……ず。水を……くれ」

かすれ声はいった。

ルークはそっと起き上がると、寝台《しんだい》の間をぬけて踊《おど》り場のはずれに出てみた。目の前に、となり合うようにして二つの宙吊《ちゅうづ》り檻《おり》がぶらさがっていた。ルークの血が凍《こお》りついた。片方《かたほう》の檻には、さらされて真っ白になった骸骨《がいこつ》が入れられていた。片方の手が、なにかをほしがるように檻の間からつきだし、檻にもたれかかった頭蓋骨《ずがいこつ》は、にたりと笑っているようだ。もう一つの檻は空っぽらしい。

「み……ず」

ふたたび声がした。さっきよりも弱々しい。ルークはおそるおそる檻に近づいた。骸骨がしゃべるはずはない。ということは……。ルークはとなりの檻の暗がりをのぞきこみ、はっと息をのんだ。空っぽなんかじゃなかった。

「み……ず」

声がくり返した。

ルークは急いで腰《こし》に下げていた革水筒《かわすいとう》のふたをとって、わたそうとした。しかし、手をいっぱいにのばしても、檻に届《とど》かなかった。

「ほら。水だよ」

ルークは呼《よ》びかけた。

「水だと?」

声が答えた。

「うん、檻の下だよ」

しばらく、なにも起こらなかった。と、
太い腕《うで》が檻の下につき出され、水筒をガシッとつかんだ。

「どうぞ、飲んで」

水筒をつかんだ手が檻のなかに消えるのを見て、ルークはいった。

ゴクリゴクリとのどを鳴らして水を飲む音が聞こえ、そのあと大きなゲップの音が響《ひび》いた。空になった水筒が落ちてきて、足元に転がった。ルークはかがんで水筒を拾った。

「悪かったな。だが、のっぴきならない状態《じょうたい》だったんでな」

頭上の声は、まだ弱々しかったが、もうかすれてはいなかった。そして、檻の間からもう一度手がつきだされた。

「それと、なにか食い物があれば……」

ポケットを探《さぐ》ったルークは、マグダにもらった包みを見つけた。開けるのを忘《わす》れていたのだ。そのなま温かい包みを待ち受ける手にわたしてやる。すぐにガツガツとむさぼり食う音があたりに響《ひび》いた。

「うーん……んん……こりゃうまい。もうちょい塩がきいててもいいかな」

檻《おり》のなかの男は、ルークに向かってウィンクした。

「おまえは命の恩人《おんじん》だ、若《わか》いの。おれはまだ、あんなふうにくたばりたくはねえからな」

そういって、男はとなりの骸骨《がいこつ》の方にあごをしゃくってみせた。

その言葉にはうむをいわさぬ響きがあった。日ごろから命令することになれている人間だ。ルークは、うす暗い檻をのぞきこんだ。闇《やみ》のなか、チラチラとゆれるたいまつの明かりに照らされて、図体の大きな男の姿《すがた》が見えた。あまりに大きいために、うずくまらなければならないほどだ。男は、フロックコート、細身のズボン、ぼろぼろの三点帽《さんてんぼう》という出で立ちで、髪《かみ》は真っ黒でもじゃもじゃ、眉《まゆ》はぼうぼう、同じくびっしりと生えた真っ黒なあごひげには、ネズミドリらしい頭蓋骨《ずがいこつ》がいくつも編《あ》みこまれている。それに気がつくと、ルークはひっと声を上げた。飛び出した目が、ユキドリの巣に生みつけられた二つの卵《たまご》のように、もじゃもじゃの髪の毛のなかから、ぎょろりとにらみつけている。

興奮《こうふん》が高まってくるのを感じながら、ルークはおずおずとたずねた。

「あ、あなたは……空賊《くうぞく》なんですか？」

男は野太い声で笑った。

「そうとも、ぼうず。いかにもおれは、その昔、空賊船長だった」

男は言葉を切ってから、続けた。
「だが、今はもうちがう——崖《がい》の国に石の巣病が広まってからはな」
「空賊船長」
ルークはおそれいったようにつぶやいた。体を興奮がじんじんと駆《か》けめぐる。日差しを顔に浴び、風に髪をなびかせて、空賊船で空を駆けめぐるってどんな気分なんだろう？

よく真夜中の地下の図書館にもぐりこんで、巻物《まきもの》を読みあさったものだ。闇《やみ》に包まれた深森《ふかもり》で、さまざまな危険《きけん》に遭遇《そうぐう》する『大いなる探検《たんけん》の旅』。『虚空《こくう》への崇高《すうこう》なる宙駆《そらが》け』のシリーズ。そしてもちろん、空の自由な貿易《ぼうえき》を死守せんと、空賊船団《くうぞくせんだん》が悪徳《あくとく》商人連合とくり広げる、数々のはげしい戦闘《せんとう》にまつわる物語。

ゲイルライダー号、ストームチェイサー号、ウィンドカッター号、エッジダンサー号といった、数々の空賊船。それらをあやつる、氷のキツネ、風のジャッカル、雲のオオカミといった伝説の船長たち。なかでも最も有名なのは、偉大《いだい》なるトウィッグ船長だろう。

ルークは檻《おり》のなかの空賊船長をまじまじと見た。ひょっとして、これが伝説のトウィッグ船長？　かぞえきれないほど本で読んだ、あの有名な若《わか》き船長が、こんな毛むくじゃらのいかついい男になってしまったのか？

「あなたは……」

「ヴァルプーンだ。デッドボルト・ヴァルプーン。だが、これは秘密《ひみつ》だぞ」

空賊船長は低くかすれた声で名乗った。

ルークはおやと思った。ヴァルプーン。どこかで聞いたことがあるような……。

船長の目もとに、かすかに笑《え》みが浮《う》かんだ。

「どうやら、おれの名を聞いたことがあるようだな」

誇《ほこ》らしさをかくそうともせずにいうと、船長は声を落とした。

「あのノミだらけの羽毛《うもう》のかたまりどもは、網《あみ》にかかった魚がどれだけの大物か、まるで気づいていやがらねえ。もしも気づいてりゃ、おれは今こうしておまえと話しちゃいねえよ」

船長は笑った。

「やつらが、このくさい檻のなかに閉《と》じこめたのがデッドボルト・ヴァルプーンだと知ってりゃ、嵐《あらし》にまきこまれた三本マスト船よりも速く、おれを東オオモズ市場のウィグウィグ闘技場《とうぎじょう》にひったてていくだろうぜ。ところが、やつらときたら、このおれをそこら辺の湿地荒《しっちあ》らしみてえに扱《あつか》いやがった」

ヴァルプーン船長は、ひげに編《あ》みこんだ頭蓋骨《ずがいこつ》をもてあそびながらいった。

「お助けしましょうか？」

ルークは申し出た。

「ありがとうよ、ぼうず。気持ちはうれしいが、オオモズの女が持っている檻のカギがなきゃお手上げだ。地面に放《ほう》り出されたシッチウオみてえなものよ。ただ、一つ頼《たの》みがある……」

「いってみて」

「しばらく話につきあってくれ。おれは三日三晩《ばん》ここに閉《と》じこめられてるが、オオモズをおそれずに近づいてきたのはおまえが初めてだ」

船長は言葉を切ってから続けた。

「人の声を聞くのも、これが最後かもしれねえなあ」

「もちろん、よろこんで」

ルークは近くの物陰《ものかげ》にもぐりこんで、その場にうずくまった。

「あの、聞いていいですか？　宙駆《そらが》けって、どんな気分ですか？」

「宙駆けか？」

ヴァルプーン船長は思い出すように、深いため息をついた。

「この世で一番すばらしい体験だな。空中高く舞《ま》い上がり、大空を駆ける気分は、なにものにも代えがたいぞ。いっぱいにはった帆《ほ》がバタバタとはためき、船体錘《せんたいおもり》はギシギシときしみ、温度の変化に敏感《びんかん》な浮遊石《ふゆうせき》は上昇下降《じょうしょうかこう》をくり返すのよ。角度、スピード、バランス。それが宙駆けのすべてよ……石の巣病のせいで浮遊石が浮《う》き上がらなくなるまではな」

ルークは、がっくりとうなだれたヴァルプーン船長を見つめた。

船長は続けた。

「ひどい時期だった。もちろん、新サンクタフラクスの浮遊石になにが起きてるかは、しばらく前からわかっていた。浮力の減少《げんしょう》。ゆるやかな崩壊《ほうかい》……。だが、だれも、新サンクタフラクスの浮遊石の状態《じょうたい》と、飛空船の浮遊石とを結びつけて考えなかった。すぐに考えをあらためることになったがな。最初に、大きくて重たい交易船《こうえきせん》が墜落《ついらく》したという知らせが届《とど》きはじめた。次に、幅《はば》の広い引き船が飛べなくなり、すぐに商人連合船とパトロール船も使い物にならなくなった。商人連合は衰《すい》退《たい》しはじめ、地上町上空から飛空船が消えた。あれは、本当にひどかったぞ、ぼうず。

それでも最初のうちは、おれたち空賊《くうぞく》は実にうまく立ちまわっていた。毎晩毎晩、大湿地《だいしっち》街道《かいどう》に空から略奪《りゃくだつ》に出かけたのよ。だれにもじゃまされねえことがわかってたからな。それだけじゃねえ。おれたちは、地上町から逃《に》げ出す連中を運んでやる役目もになったのよ……もちろん、金をとってな」

船長は人差し指と親指をこすり合わせて、お金のしぐさをした。そして、大きなため息をついた。

「問題はそのあとだ」

ルークはどうなることかと、話の続きを待った。ヴァルプーン船長は、あごの下をぽりぽりとかいてから続けた。

「おれたちは、頭がいいと思っていた。新サンクタフラクスから十分離《はな》れていれば、石の巣病をさけられると考えていたんだ。だが、まちがいだった。風に乗って運ばれてきたのか、浮遊石《ふゆうせき》のなかに潜伏《せんぷく》していたのか、それはわからん……。第4四半期に入って三日目、クラウドブレーカー号――今まで建造《けんぞう》されたなかで一番古くて、一番みごとな二本マストのきれいな船だ――が、くしざしにされたネズミドリのように落ちてきて、深森《ふかもり》に不時着してな。ついに、おれたちも石の巣病につかまったってわけだ。

なにか手を打たなければ、すべての船が同じ運命をたどることになる。会議《かいぎ》を招集《しょうしゅう》しなければ。おれは、次の満月の夜、荒《あら》くれの巣で集会が開かれるという伝言を持たせて、ネズミドリの群《む》れを放った」

船長はため息をついた。

「そういうわけで、断崖《だんがい》の突先《とっさき》の下にカサガイの群れよろしく、空賊《くうぞく》の全船団《ぜんせんだん》を集結させた……」

「死者の艦隊《かんたい》だ」

ルークははっとしていった。

「おまえ、聞いたことがあるのか？」

「もちろんです。だれでも知ってます」

しかしルークは、その内容《ないよう》のことにまで触《ふ》れるつもりはなかった——その艦隊が、泥地《どろち》にひそむ反乱者《はんらん》や、逃亡者《とうぼう》や、より凶悪《きょうあく》な居住者《きょじゅう》をひきつける背教者《はいきょう》の前線基地《きち》になったこと。

ヴァルプーン船長は考え深げにうなずいて、つぶやいた。

「まったくすげえ夜だったぞ。おれたちは一つにまとまって、最後の宙駆《そらが》けをした。靄《もや》におおわれた崖《がい》の地から荒《あ》れはてた泥地《どろち》まで、大空をこえてな。おれたちのまわりをシロガラスの群れがとりまいて羽ばたき、大きな影《かげ》に向かってギャアギャアと鳴きたてた。おれたちは、ずぶずぶと沈《しず》むやわらかい泥地に船を着陸《ちゃくりく》させ……。それ以来、三十五年間というもの、おれたちはそこにいる」

船長は顔を上げた。

ルークは泥地の平原を見わたした。

「なんにもないみたいだ」

「それでも、なんとか生きてきた。飛空船の艦隊《かんたい》は、砦《とりで》の基礎《きそ》としては最適《さいてき》だった。そして、ないものは手に入れた」

ヴァルプーン船長がにやりと笑うと、歯よりもすき間の多い歯ぐきがむきだしになった。

「ときどき大湿地《だいしっち》街道《かいどう》に略奪《りゃくだつ》に出かけてな。オオモズどもと小競《こぜ》り合いになることもあったな……。おれ様の名前を聞いたことのないやつはそうはいないはずだ、空賊《くうぞく》船長デッドボルト・ヴァル……」

「サンダーボルトだ！」

いきなりルークが声を上げた。

「サンダーボルト・ヴァルプーン。通称《つうしょう》雷《いかずち》のヴァルプーン。ようやく思い出した」

すると、船長が静かな声でいった。

「おれの親父《おやじ》だ。オオモズどもに冷酷《れいこく》に処刑《しょけい》された——殺りく好きで、害虫のようにいまいましいやつらにな。望《のぞ》みがかなうならば、やつらの細っこい首を一本一本ねじり折ってやりたいところだ」

「オオモズに処刑されたのか……」

ルークはつぶやいた。

「そうだ、ぼうず。いまわしいウィグウィグ闘技場《とうぎじょう》でな。だが、それでも気高く、名誉《めいよ》ある死だっ

た──親父の死によって、ほかのやつが救われたんだからな」

「そうなんですか？」

デッドボルト・ヴァルプーンはうなずいて、目《め》尻《じり》の涙《なみだ》をぬぐった。

「おまえは知らないだろうが、オオモズたちの目当てが、本当はトウィッグ船長だったのはたしかだ」

「いえ、トウィッグ船長のことなら聞いたことがあります。捨《す》て子で、深森《ふかもり》のウッドトロルに育てられたんですよね。それで、空賊のなかで一番有名な船長になった。知らない人なんかいません」

「ああ、そうだ。だが、一番とはいえんだろうな」

ヴァルプーン船長は、檻《おり》のなかでできるかぎり胸《むね》をはった。

「とにかく、トウィッグ船長は凶悪《きょうあく》な罪《つみ》を犯《おか》したかどで、オオモズどもに死刑《しけい》の宣告《せんこく》を受けた。あわや血に飢《う》えたウィグウィグどものなかに放《ほう》りこまれようとしたとき、親父《おやじ》が飛びこんできて……わが身を犠牲《ぎせい》にしたのよ」

「すごく勇敢《ゆうかん》だったんですね」

ルークはいった。

ヴァルプーン船長は鼻をクスンといわせ、もう片方《かたほう》の目尻《めじり》もぬぐった。

「ああ、そうだ。本当に勇敢だった……。これで、ほんの少しでも埋《う》めるものが残っていれば、なにか形見の品でも残っていればな……。ウィグウィグのことはいうまでもないだろう。ウィグウィグがむさぼり食ったあとは、髪《かみ》の毛ひとすじ残っていなかった」

ルークは同情《どうじょう》するようにうなずき、しばしの間だまりこんだ。それから、知りたかったことをたずねた。

「それで、トウィッグ船長は？　どうなったんですか？　あなたといっしょに、死の艦隊《かんたい》に加わったんですか？　それとも……」

「それとも？」

「あの話は本当なんですか？　トウィッグ船長だけが艦隊に加わるのをこばんで、深森《ふかもり》にもどってしまったっていう話。今でも生きていて、ひっそりとだれにもじゃまされずに、昼はひたすらさまよい歩き、夜はシュゴ鳥の繭《まゆ》で眠《ねむ》るって」

ヴァルプーン船長は不機嫌《ふきげん》そうにうなずいた。

「たしかに深森に飛んでいった。あとのことは知らん。もちろん、いろんな話は聞いた。姿《すがた》を見たとか、声を聞いたとか——なかには、月に向かってうたっているのを見たという者もいたぐらいだ。だが、たいていはまゆつばものだ」

船長は肩《かた》をすくめた。と思うと、顔を上げて目をすっと細め、小声でささやいた。

「オオモズだ。もう行った方がいい」

「オオモズ！」

ルークがさっとふり返ると、けばけばしく着飾《きかざ》った三羽のオオモズが、こちらに向かって大またで近づいてくる。ルークは物陰《ものかげ》にいっそう身をちぢめた。

オオモズの一羽が、殻竿《からざお》を不気味に鳴らした。三組の黄色い目が闇《やみ》を切りさいて、ルークの体につきささるようだ。ルークは息をひそめた。

「もう長くはないな、湿地《しっち》のクズよ！　おまえの仲間は助けにきてくれないのかえ？」

先頭のオオモズがヴァルプーン船長をあざ笑い、頭をうしろにそらしてケタケタと意地悪く笑った。

そして、三羽は向きを変え、カツカツと音を立てながら来た道をもどっていった。

「ふうっ、ぼくはまた、てっきり……」

ルークがつぶやくと、ヴァルプーン船長がささやいた。

「今回は運がよかったな。だが、もう行け。食い物と水、ありがとうよ。それから、話を聞いてくれたこともな」

「どういたしまして。がんばってください」

ルークはぎこちなく答えると、重い足どりで寝床《ねどこ》にもどっていった。場ちがいな自分の言葉にあきれ返りながら。「がんばって」だと！　おまえはなにを考えてるんだ？　マグダが寝返《ねがえ》りをうちながら、なにか寝言をいった。そのとなりでは、ストブが大きないびきをかいている。ルークはやわらかなわら布団《ぶとん》に頭をのせると、おだやかな眠《ねむ》りに落ちていった。

第六章　空賊《くうぞく》の襲撃《しゅうげき》

初めのうち、ルークの眠《ねむ》りは深く、夢《ゆめ》も見なかった。厚《あつ》い毛布《もうふ》は暖《あたた》かで、わら布団《ぶとん》はふかふかだった。しかし、時間がたつにつれて、冷たい風が吹《ふ》きはじめた。風はルークの毛布をめくり上げ、吹き流された黒雲が月をおおいかくした。月が雲を出入りするたびに、ルークの顔を黒く染《そ》めたり、銀色に照らし出したりする。それにつれて、ルークのまぶたがぴくぴくふるえた。

ルークは飛空船に乗っていた。二本マストの巨大《きょだい》な船で、船首には大きな真ちゅうの銛《もり》がとりつけられている。ルークは舵輪《だりん》の前に立ち、風に髪《かみ》をなびかせながら、太陽の光を顔いっぱいに浴びている。

「空賊見習《くうぞくみなら》い、もっと浮力《ふりょく》だ」

声が聞こえた。船長だ。宝石《ほうせき》をちりばめた衣服でめかしこみ、口ひげをロウで固めている。ルークははっとした。船長は、自分に命令している。

「アイアイ、船長」

ルークは答えると、すばやく指をおどらせて、骨《ほね》の柄《え》のレバーを動かして、船体錘《おもり》をひき上げ、帆《ほ》のはりぐあいを調節した。実に手なれたしぐさだった。

「面舵《おもかじ》三十五度！」

船長がどなった。

飛空船はふわりと浮《う》き上がり、舵輪《だりん》をとりかこむ乗組員たちがいっせいに歓声《かんせい》を上げた。ルークは興奮《こうふん》で胸《むね》がいっぱいになった。空賊たちの歓声やさけび声はどこまでもどこまでも大きくなっていき……。

「起きろ！」

うむをいわさぬ声が響《ひび》いた。

ルークは身じろぎした。夢《ゆめ》が遠のいていく。いやだ。まだ目ざめたくない。ルークはぼんやりと思った。こんなに楽しいのに——空に舞《ま》い上がる快感《かいかん》、レバーをあやつる指先のなめらかな動き……。

「みんな起きろ！」

声がくり返した。

ルークの目がパチッと開いた。飛空船は消えた。ところが、乗組員の歓声はなおも大きくなるばかりだ。となりを見ると、パーティフュールが、いびきをかくストブの肩《かた》をしきりにゆさぶっている。

「な、なんだよ」

ストブはつぶやいた。

「襲撃《しゅうげき》だよ。空賊の襲撃だ」

ヨマヨイ族はささやいた。

「本当か？」

ルークはさっと立ち上がり、闇《やみ》に目をこらした。まちがいない。炎《ほのお》を上げるたいまつを手にした人影《ひとかげ》が、引っかけ鉤《かぎ》のついたロープをよじ登って、宙吊《ちゅうづ》り檻《おり》の近くに続々と降《お》り立っている。

「すごいや！　デッドボルト・ヴァルプーン船長を救い出しにきたんだ」

ルークは思わず声を上げた。

「あんたの友だちのヴァルプーンにとっちゃ、逃《に》げ出せればすごいんだろうけど、オオモズどもが怒《いか》りくるったら、おいらたちはすごいどころじゃなくなるんだよ。やつらときたら、なにかにとりつかれたみたいに、ギャアギャア鳴きながらつばを吐《は》きかけ、手当たりしだいに切り裂《さ》くんだから……ルーク！　だめだ、もどってきて！」

いきなり駆《か》けだしたルークを見て、パーティフュールはさけんだ。

「助けなきゃ！」

ルークはさけび返した。

「ルーク！」

宙《ちゅう》吊《づ》り檻《おり》のあたりで、闇《やみ》にまぎれてくり広げられるさわぎのなかへと飛びこんでいくルークに向かって、マグダはさけんだ。

その声にストブががばっと起きあがり、はれぼったい目で驚《おどろ》いたようにあたりを見まわした。

「なんだ？　なんだ？」

「あら、別になんでもないわよ。ちょっと空賊《くうぞく》の襲撃《しゅうげき》にまきこまれただけ。オオモズも怒りくるってるけどね。それと、ルークが見物に行っちゃっただけ」

ストブは寝台《しんだい》から飛び降《お》りるとどなった。

「どうしてだれも起こしてくれなかったんだ?」

マグダはうんざりしたように、目玉をぐるりとまわした。

「そんなことはいいから。できるだけ遠くに逃げて。みんないっしょに」

パーティフュールはそういうと、檻の方に顔を向けて耳をパタパタさせた。

「ル、ルークの心の声が聞こえないよ」

「だったら、放《ほう》っておけよ。だいたい、なんであんなやつが選ばれたのか、わからないんだから。生意気で、泣き虫で、いうことは聞かないし……」

ストブがいった。

「ストブ、いいかげんにして。あたしが連れてくる」

マグダはぴしゃりというと、止める間もなく走り去った。

自分が仲間割《わ》れをひきおこす原因《げんいん》になっているとはつゆ知らず、ルークは闇から闇へと走りぬけ

ていった。そのまわりでは、たけりくるった空賊《くうぞく》たちが、デッドボルト・ヴァルプーンの閉《と》じこめられた檻《おり》めがけて続々と上ってくる。そのうちの一人は、すでに溝《みぞ》の彫《ほ》られた柱をよじ登り、長い棒《ぼう》を鎖《くさり》の間につきさして、檻がゆれないように固定していた。もう一人が、柱のてっぺんで見張《みは》り役をつとめている。すると、二人の空賊が檻の真下に立った。一人はたくましい大男で、髪《かみ》はごわごわ、片《かた》方《ほう》の目には眼帯《がんたい》を当てている。その肩《かた》に乗ったもう一人は、やせていて、半月形の金属縁《きんぞくぶち》のメガネをかけている。二人を守るように、十人以上の空賊がとりかこんだ。ときおり顔を出す月明かりに、手にした武器《ぶき》が、方陣《ほうじん》を組んだケナガオオツノの角のようにキラリキラリと光る。襲撃《しゅうげき》は

用意周到《しゅうとう》に計画されていたにちがいない。

ルークは呪文《じゅもん》にかかったように、メガネの空賊がしきりにののしりながら、檻の扉《とびら》を細長いナイフの刃《は》でこじ開けようとする音を聞いていた。だしぬけに、カチリと音がした。

「やった！」

ルークは思わず声を上げたが、吹《ふ》き鳴らされるラッパと見張《みは》りのどなり声にかき消されてしまった。

「オオモズだ！」

その言葉が響《ひび》きわたると、あたりはにわかに大混乱《だいこんらん》におちいった。踊《おど》り場の野次馬《やじうま》たちは、空賊の脱獄劇《だつごくげき》に背《せ》を向け、ある者は物陰《ものかげ》にかくれ、またある者は逃《に》げだそうとするのだが、近づいてくるオオモズと鉢合《はちあ》わせするのがこわくて、右往左往《うおうさおう》するばかり。また、襲撃などどこ吹く風と眠《ねむ》っていた者たちも、夜具をかかえて命からがら逃げ出すしまつだ。

街道《かいどう》では、夜道を急ぐ商人や行商人たちがあわてふためいていた。徒歩の者は暗がりにもぐりこみ、わが身と商品をかくそうとする。乗合馬車や荷馬車の者は、馬車をひくケナガオオツノやオオグチハイカイをどなりつける。警笛《けいてき》やさけび声にまじって、ムチを鳴らす音が響《ひび》きわたる。あちこちで馬車がつっこんだり、馬車同士が衝突《しょうとつ》してひっくり返り、荷物が散乱《さんらん》し、罵声《ばせい》やとまどいの声が上がる。その間にも、大湿地街道《だいしっちかいどう》を踊《おど》り場に向かって駆《か》けつける、オオモズたちの規則的《きそくてき》な足音がしだいに大きくなってくる。

「あと五十尋《ひろ》。なおも接近中《せっきんちゅう》！　おれは逃《に》げるぜ！」

見張《みは》りがさけんだ。

ルークは、その場に根が生えたようにつっ立っていた。口をぽかんと開け、まばたきもせずに、檻《おり》の扉《とびら》がバタンと開いて、はいだしてきたデッドボルト・ヴァルプーンが、踊り場の板の上にドスンと降《お》り立つところをながめていた。自由になったんだ。ルークの胸《むね》は躍《おど》った。年老いた空賊《くうぞく》は自由になったんだ！

とつぜん、悲痛《ひつう》なさけび声が響《ひび》きわたった。警笛よりも、群衆《ぐんしゅう》のどよめきよりも、わめき立てるオオモズよりも大きな声だった。

「スパッチ！」

声の主は、眼帯《がんたい》をした巨漢《きょかん》の空賊だった。空賊は、ついさっきまで自分の肩《かた》に乗っていた、仲間の空賊のわきにひざまずいている。スパッチと呼《よ》ばれた空賊は死んでいた。一本のいしゆみの矢が、半月形のメガネの片方《かたほう》をくだいて、目玉をつらぬいていた。

「ああ、スパッチ、スパッチ！」

巨漢の空賊は泣きわめいた。

「行くぞ、ロッグ。もう死んでいる。さっさと逃《に》げないと、残った者たちまでオオモズの武器《ぶき》の味を思い知らされることになるぞ」

ヴァルプーン船長だった。ロッグの肩に手を置いている。

「スパッチを残しては行けねえよ。ちゃんと埋葬《まいそう》してやらねえと」

ロッグは大きな肩に、だらりとした死体をかつぎあげながら、反抗的《はんこうてき》にいいかえした。

「勝手にしろ」

ヴァルプーン船長は顔を上げて、命令を待っている空賊たちをながめわたした。

「なにをぐずぐずしている？　うすぎたねえドブネズミども。さっさとひきあげるぞ！」

空賊たちはいっせいに向きを変えた。そして、退路《たいろ》が断《た》たれていることに気づいた。オオモズの衛兵《えいへい》たちが踊り場を四方からとりかこみ、しだいに範囲《はんい》をせばめてくる。こうなっては迎《むか》え撃《う》つしかない。

「前言撤回《ぜんげんてっかい》だ！　野郎《やろう》ども、戦争だ！」

　ヴァルプーン船長がほえた。

　空賊《くうぞく》とオオモズがぶつかり合った瞬間《しゅんかん》、はげしい衝撃《しょうげき》にあたりの空気がビリビリとふるえた。オオモズは殻竿《からざお》をふりまわし、くちばしとカギ爪《づめ》でつきかかり、いしゆみを撃《う》ち、ギザギザの刃《は》のついた大鎌《おおがま》で斬《き》りかかってくる。それに対し空賊は、剣《けん》と、槍《やり》と、泥《どろ》を焼き固めた弾《たま》を発射《はっしゃ》する投石機で応戦《おうせん》する。発射された弾は、怒《おこ》ったトビムシのようにシューシュー風を切って飛んでいく。

　戦いははげしく、容赦《ようしゃ》なかった。

　いしゆみの矢が耳元をヒュンとかすめ、ルークはわれに返った。興奮《こうふん》が、胃《い》をかきむしられるような冷たい恐怖《きょうふ》に変わる。ルークは、ひっくり返った荷車の陰《かげ》に飛びこんだ。積み荷の重たい石の壺《つぼ》が、あたりにいくつも転がっている。

　目の前では、二人の空賊――一人はやせて背《せ》が高く、もう一人は小太りだった――が背中合わせになり、それぞれオオモズと戦っていた。空賊の剣が月明かりを反射してガキンと打ちつけられる。オオモズのカギ爪がさっとひらめき、くちばしがぎりぎりときしる。空賊の方は二人とも疲《つか》れているようだ。と、たがいに示し合わせたかのように、二人同時に打ちかかった。オオモズは二羽ともくしざしにされた。二人の空賊は剣をひきぬくと、新たな敵《てき》を迎《むか》え撃《う》った。

いたるところにオオモズの死体が転がっていた。ところが、だれかが倒《たお》されれば、いっそう怒《いか》り狂った新たなオオモズどもが、ラッパの音に応《こた》えるように押《お》し寄《よ》せてくるのだ。

「手すりを背にしろ！」

ルークの耳にヴァルプーン船長のどなり声が飛びこんできた。見れば、二羽のオオモズを同時に相手にしている。

「死守しろよ」

一羽目を倒し、二羽目も動かなくなると、船長はつぶやき、それから大声でさけんだ。

「おれが合図したら、全員脱出《だっしゅつ》するぞ！」

そのとき、赤と黄の羽がさっとひらめき、ヴァルプーン船長の背後《はいご》から、ひときわ大きくたくましいオオモズが姿《すがた》を現《あらわ》した。ピカピカの胸当《むねあ》てをつけ、飾《かざ》り羽根のついた兜《かぶと》をかぶっている。オオモズは、ギザギザのついた大鎌を頭の上にふり上げた。

「船長、あぶない！」

ルークはさけんで、さっと立ち上がった。

間一髪《かんいっぱつ》、ヴァルプーン船長はすばやく左に身をかわした。大鎌《おおがま》は木の床《ゆか》にグサリと刺《さ》さってぬけなくなった。ヴァルプーン船長は重たい空賊刀《くうぞくとう》を横になぎはらった。オオモズは、耳をつんざく金切り声を上げて、つばを吐《は》きかけた。ぬらぬらのつばのかたまりが宙《ちゅう》を飛んで、船長の顔にベチャッとはりついた。そのおぞましさに、船長はわめきながら荷車の方へ、よろよろとあとずさった。

ルークははっとした。こいつは普通《ふつう》の衛兵《えいへい》じゃない。はでな羽根飾《かざ》りとたくましい体つきからして、オオモズシスターと呼《よ》ばれる精鋭《せいえい》の一羽にちがいない。

「デッドボルト・ヴァルプーン！　偉大《いだい》なる空賊の首領《しゅりょう》よ！　おまえの手並《てな》みを見せてみやれ！」

オオモズシスターは一声さけぶと、むきだしのカギ爪《づめ》をシャーッとふりかざして飛びかかってきた。

ヴァルプーン船長はオオモズのつばで前が見えず、その場に立ちつくしている。オオモズシスターはあざけるかのように、船長の空賊刀をはじき飛ばした。そして、片足《かたあし》を軸《じく》にして、もう一方の足の爪で船長の腕《うで》に切りつけた。

「心臓《しんぞう》をえぐりだして、むさぼり食ってやるわ！」

船長の上着のそでから血が流れ出し、空賊刀《くうぞくとう》をにぎっていた手を伝い落ちた。船長は、ひっくり返った荷車の前にがくりと膝《ひざ》をついた。

万事休すだ。

空賊刀はない。オオモズは、目をギラギラさせ、カミソリのように鋭《するど》いカギ爪《づめ》を広げて近づいてくる。

「馬鹿《ばか》め。おまえの正体をわれらが知らぬとでも思ったか？　どうなんだ、偉大《いだい》なる船長よ。おまえは空賊どもをおびきよせるおとりだったのさ」

オオモズはかん高い声でそういうと、背後《はいご》の手すりぎわで続いている戦闘《せんとう》の方にくちばしをしゃくってみせた。

「おまえが死ねば、やつらもあきらめるだろう。それでおまえら空賊のクズどもは、永久《えいきゅう》に崖《がい》の国から消えてなくなるのさ」

ヴァルプーン船長は答えなかった。身を守ることすらできないのだ。そんな船長を、オオモズシスターはおもちゃにして楽しんでいるようだった。

「これであたしは、ただのオオモズシスターじゃなくなるんだ。凱旋《がいせん》して、ほうびを手に入れるんだからね……東オオモズ市場のマザー・ヒニータロンか。いい響《ひび》きだと思わないかえ？」

オオモズシスターは耳ざわりな声でけたたましく笑うと、ヴァルプーン船長をギロリとにらみつけ、カギ爪をふり上げた。

「だが、それにはじゃま者を片《かた》づけないとね。そう、おまえだよ」

「そうはさせない！」

ルークはふるえる手で、重たい壺《つぼ》を頭上《ずじょう》にさし上げて、荷車の陰《かげ》から飛び出した。荷車の方に目を向けたオオモズは、一瞬《いっしゅん》ひるんだ――それだけで十分だった。ルークはウンとうなって、重たい壺をオオモズの頭にたたきつけた。壺は兜《かぶと》に当たって粉々にこわれ、あたりに破片《はへん》が飛び散った。オオモズはよろよろとうしろによろめいた。

すかさずヴァルプーン船長は空賊刀に飛びつき、流れるような身のこなしで体を起こしながら、下からはね上げるようになぎはらい、たったひと太刀《たち》でオオモズの首をはねた。羽

根飾《かざ》りのついた兜《かぶと》がガランと落ち、今まで兜に守られていた頭が床《ゆか》の上をゴロンゴロンと転がっていった。くちばしがなかば開き、両目は驚《おどろ》いたように飛び出している。

ふり向いたヴァルプーン船長は、口をあんぐりと開けた。

「また、おまえか」

そのとき、別の声が呼《よ》びかけた。

「ルーク、急いで！」

マグダだった。マグダは歯を食いしばっていった。

「早く逃《に》げないと」

「おまえは二度、おれの命を救ってくれた。名前はなんといったかな？」

ヴァルプーンはいった。

「ルーク・バークウォーターです」

「うれしいぞ、ルーク・バークウォーター。今夜、おまえがしてくれたことは、生涯忘《しょうがいわす》れない。だが、おまえの友人のいうとおりだ。もう行った方がいい」

ヴァルプーン船長は、マグダの方に向かってうなずいた。

「船長、手すりは確《かく》保《ほ》しましたぜ。オオモズの後続部隊《ぶたい》が来る前に、急いで脱出《だっしゅつ》しましょう」

後ろで声が響《ひび》いて、がっしりした男が船長の腕《うで》をつかんだ。部下にひかれていくヴァルプーン船長と、マグダに反対方向にひっぱられていくルークの視線《しせん》が、最後にもう一度からまり合った。

「さらばだ、ルーク・バークウォーター」

船長が呼びかけると、ルークも答えた。

「さよなら、ヴァルプーン船長」

ルークとマグダが急いで寝床《ねどこ》にもどってみると、ストブとパーティフュールはすでに、頑丈《がんじょう》そうなケナガオオツノのひく荷車の御者台《ぎょしゃだい》にすわっていた。

「どこで手に入れたの？」

マグダは聞いた。

「その辺にあったんだ。横倒《よこだお》しで……」

ストブが説明しようとすると、パーティフュールが大声でせかした。

「早く乗って」

マグダとルークが荷台に飛び乗ると、ストブはムチを鳴らし、ケナガオオツノは精一杯《せいいっぱい》の速さで街道《かいどう》を進みはじめた。入り乱《みだ》れる空賊《くうぞく》とオオモズが遠のいていく。街道に連なる群衆《ぐんしゅう》は、あわてふためいて次々にわきに飛びのく。ところが、まだ戦いが続いている広場に駆《か》けつけるオオモズどもは、荷馬車には目もくれなかった。

荷馬車がガラガラと進んでいくにつれて、さけび声はしだいに遠のいていき、ラッパの音もやがて聞こえなくなった。それでも、一行は止まらなかった。闇《やみ》のなかを何キロもぶっとおしで進みつづけた。ようやく速度を落としたのは、のろのろと進む大きな乗合馬車の列に進路をはばまれたときだった。真夜中をまわり、暗い夜がゆっくりとすぎていった。日の出を告げるように地平線が明るくなると、やわらかな光が行く手を照らしはじめた。

ルークは頭がくらくらしてきた。一年分のできごとがたった一日で起こってしまったような気がする。でも、なんとか助かった。ルークはマグダを見て笑いかけた。

「これでもう、だいじょうぶだと思う？」

ストブがチラッとルークを見て、吐《は》きすてるようにいった。

「だからおまえはなにも知らないっていうんだよ、下級司書が。見ろ」

ストブは前方に向かってうなずいた。

ルークはよく見ようと立ち上がった。空のほとんどは、まだ文目《あやめ》も分かぬ闇《やみ》におおわれていたが、真正面だけは、巨大《きょだい》なティルダー油のランプでも点《とも》しているかのように不思議な金色にぼんやり光っている。

「あれは？」

「聞くまでもないだろ？」

ストブはいった。

「おいらたち、薄明《はくめい》の森に向かってるんだよ」

パーティフュールが、声をひそめ、神妙《しんみょう》にいった。

「いいかい、あんたたち、あそこは崖《がい》の国で一番油断《ゆだん》のならない危険《きけん》な場所だからね」

第七章　薄明《はくめい》の森

　ヨマヨイ族のパーティフュールがやさしく手綱《たづな》をひくと、大きくてのっそりしたケナガオオツノが、鼻を鳴らして足を止めた。そのまま太く曲がった角の生えた、毛むくじゃらの頭をふりながら、じっとしている。パーティフュールは御者台《ぎょしゃだい》から下りた。

　ルークははっと目ざめて体を起こし、あたりをキョロキョロと見まわした。見たこともない不思議な光が、なにもかも金色に染《そ》めている。頭をたれ、顔をゆがめたノクゴブリンの一団《いちだん》が、四苦八苦しながらガラガラと手押《てお》し車をひいていく。

「どうして止まったの？」

ルークはたずねた。

「さあてね」

かたわらでストブが、あくびをかみ殺しながらいった。

「ここでお別れだよ」

パーティフュールがいった。

マグダがはっと息をのんだ。パーティフュールはマグダの方を向くと、その手をとり、目をじっとのぞきこんで考えを読みとった。

「湖上発着場にはちゃんと着けるよ。それは保証《ほしょう》する。短い間だったけど、あんたたちの意志《いし》の固さと勇気には驚《おどろ》かされた……」

パーティフュールはルークに向き直った。

「それと、あんたの思いやりに」

「あなたの方こそ」

マグダは静かな声でいった。

パーティフュールはうなずいて、頭を下げた。

「おいらは、思ったよりも薄明《はくめい》の森に近づきすぎたよ」

そして顔を上げ、あやしげな金色の光に縁《ふち》どられた森を見つめた。泥地《どろち》はそこで終わり、心をまどわす森が始まるのだ。

「この距離《きょり》でも、あの金色の光が頭のなかに入りこんできて、奇妙《きみょう》な光景や声でいっぱいになって……。マヨイ族にとっては、これはすごく危険《きけん》なことなんだよ」

パーティフュールは首をふりながらいった。

「だったら、もう行って。本当にありがとう」

マグダはいった。

「本当に、ありがとう、パーティフュール」

ルークもいった。そして、二人はストブを見た。

「ありがとうよ」

ストブはぼそぼそといった。

パーティフュールは、三人に向かって一人ずつうなずいた。

「この先には、大きな危険《きけん》が待ち受けている。でも、あんたたちは一人じゃないからね。東オオモズ市場のなかで、案内人が待ってるから。案内人のなかでも、一番勇敢《ゆうかん》でりっぱな人物さ。きっとよくしてくれるから。ほんとだよ」

パーティフュールは黒い目に涙《なみだ》をいっぱいにためて、三人に背《せ》を向け、耳をふるふるとふるわせながら小さな声でいった。

「大地と大空のご加護《かご》がありますように。さよなら」

通関所に近づいていくと、街道《かいどう》が薄明の森のなかに消えているのがわかった。水中で見るようにゆらゆらとゆらめきながら、妖気漂《ようきただよ》ううす闇《やみ》のなかへと溶《と》けこんでいるのだ。そのあたりでは、板《いた》張《ば》りの街道そのものがゆらりゆらりとゆれているように見えた。

通関所の向こう側では、街道の幅《はば》はせまくなっていた。両側の手すりの間隔《かんかく》もせばまり、手すりの支柱《しちゅう》はまるで宙吊《ちゅうづ》り檻《おり》の鉄格子《てつごうし》のように上に向かって湾曲《わんきょく》している。それぞれの手すりの上には二本の渡《わた》り綱《づな》が、支柱に固定された索止《さくど》めに通されて、うねうねとどこまでも延《の》びている。

先ほどのノクゴブリンの一団《いちだん》が、それぞれ短いロープを手にして通関所から出てきた。そのロープを頭上《ずじょう》の渡り綱にとりつけられたフックにひっかけると、ロープの両端《りょうたん》をおのおののベルトに結びつけた。

「しっかり結べよ！　結んだら止まらずに進め！　痛《いた》い目にあわされたくないならな」

オオモズの衛兵《えいへい》がそのようすを見張《みは》りながら、かん高い声でわめいた。

崖《がい》の国の生き物のなかで、オオモズだけが心をまどわす薄明《はくめい》の森の影響《えいきょう》を受けなかった。まぶたが二枚《まい》あるために、オオモズには幻影《げんえい》も無力だったのだ。だからこそ薄明の森をぬける大湿地《だいしっち》街道《かいどう》を作ることができたのだ。森を無事に通りぬけたいと思う者はだれだろうと、無慈悲《むじひ》で気まぐれなこの化け物鳥にすがらなければならなかった。

「次！」

通関所の小屋から、ウリコドリのかすれ声が響《ひび》いた。

ルーク、ストブ、マグダは荷馬車を下りて、小屋に入った。うす明るい小屋のなかには、彫刻《ちょうこく》をほどこした受付台の向こうに、大きなまだらのウリコドリがすわっていた。

「三人かえ？　ならばロープ三本で九ゴールドと、荷馬車代としてあと三ゴールドだ。ほれ、急いだ、急いだ！　日が暮《く》れちまうよ……」

マグダが金をはらうと、ウリコドリは受付台のわきに下がった袋《ふくろ》のなかから、決まった長さのロープをとりだして、一人一人にわたした。それから、茶色のインクで印の描《えが》かれた一片《ぺん》の樹皮紙《じゅひし》も。

「荷車用だ！　次！」

ルークが樹皮紙を受けとると、ウリコドリは短くいった。

三人が小屋の外に出ると、オオモズの衛兵がルークの手から樹皮紙をもぎとった。そして、まばたきしない黄色い目で確《たし》かめてから、返してよこし、殻竿《からざお》をガチャリと鳴らした。別の衛兵が現《あらわ》れて荷馬車の御者台《ぎょしゃだい》に乗りこみ、手綱《たづな》をピシリと鳴らしてケナガオオツノに進めと命令した。荷馬車はガタゴトと板張《いたば》りの街道を進みはじめ、キラキラ輝《かがや》く粉をまきあげながら薄明の森へと入っていった。

「中央市場の待機所に置いておく。それで、なにをぐずぐずしているんだい？」

衛兵はキイキイ声でいうと、うながすように首をかたむけてみせた。

マグダが前に出て、ロープを投げ上げて渡《わた》り綱《づな》のフックにひっかけた。ストブとルークもそれにならったが、ルークの方は、命綱でもあるロープをベルトになかなか結べなくて、顔を紅潮《こうちょう》させていた。

「しっかり結べよ！　結んだら止まらずに進め！」

衛兵《えいへい》は号令をかけた。

ルークは大きなため息をついて、ほかの者を追ってゆらめく薄明《はくめい》のなかへと急いだ。ロープに体をひっぱられるようだ。必死に体を動かして前に進もうとすると、フックが渡り綱《わたづな》にこすれて、ナマリノキの錘《おもり》のようにひきもどされそうになるのだ。一歩一歩が重労働だった。一歩進むごとに一息つかなければならなかった。

ルークは必死に二人のあとを追った。その前方には、ノクゴブリンの一団《いちだん》がロープをゆらしながら、よろよろと手押《ておし》車を押していく。背後《はいご》では、デクトログの小さな一団が、通関所に群《むら》がっている。

「進め、進め！　一人が止まると、全員の迷惑《めいわく》なんだよ！　じゃま者は切り離《はな》すからね！　忘《わす》れるんじゃないよ！」

うしろから、衛兵がどなった。

ルークは自分にむち打って前に進んだ。すぐにのどはひりひりと焼けつき、両足は痛《いた》みだした。気がつくと、ねっとりとしめった空気をむさぼるように吸《す》いこんでいた。頭がくらくらしてきて、目の前にあるものがぐるぐるとまわりはじめた。もう歩けない！　胃《い》のなかで恐怖《きょうふ》がうずまいている。

後ろでは、デクトログがあえいだり、うめいたりしている。前を見れば、ストブの背中《せなか》がゆらゆらとゆらめいて、ときに近く、ときに信じられないほど遠く見える。そして、極度の疲労《ひろう》のあまり気を失って、あとから来るデクトログたちにふみつけにされるかと思ったとき、ルークの体から恐《きょう》怖《ふ》と疲労が急に消えたような気がした。手足に力がもどってきた。もはやロープは錘《おもり》ではなく、風船をつなぎ止めるひものようだ。体じゅうを高揚感《こうようかん》が走りぬけていく。

まるで、金色の温《あたた》かなお湯に首までつかって、体がぷかりぷかりと浮《う》かんでいるようだ。それは耳にも、目にも、鼻にも入りこんで、デクトログのうめき声をかき消し、煎《い》ったアーモンドのようなにおいのする空気を、キラキラ輝《かがや》く液体《えきたい》に変えてしまった。そして、しゃべろうとすると、口のなかに忘《わす》れていた幼《おさな》いころのさまざまな味がよみがえってきた——両親を奴隷《どれい》商人に連れ去られる前のことだ。カシ粉のラスク、いぶしたモリミツバチの蜜《みつ》、タニイチゴのシロップ……。

薄闇《うすやみ》の奥《おく》の方から声も聞こえてくる。ねっとりとした金色の光にふさわしい、甘《あま》ったるい声だ。

「おいで、ルーク。おいで！」

ルークの体がふるえだした。あの声、聞いたことがあるような……。のどの奥《おく》に焼けるように熱いものがこみあげてきた。ルークはふるえる声でいった。

「母さん？　母さんなの？」

その声は森にのみこまれた。前方で、ストブが両手をふりまわしながら笑いころげ、マグダがおうおうと泣いているのが、ぼんやりと見える。

「進むんだ。進まなきゃだめだ」

ルークは自分に言い聞かせた。頭をはっきりさせよう、声なんか無視《むし》して前だけを見ようと思うのだが、薄明《はくめい》の森に催眠術《さいみんじゅつ》でもかけられたかのように、まるでいうことをきいてくれなかった。

気がつくと、どこまでも続く金色の森を見つめていた。セピア色に輝《かがや》く奇妙《きみょう》な粉におおわれた古木の林が、枝をゆらすなま暖《あたた》かい微風《びふう》にギシギシときしんでいる。木々の間をすりぬける空気がため息のような音を立てる。なにか、それともだれかが、闇《やみ》に沈《しず》んだ木の幹《みき》の間をさっと横切る。

とつぜん、奇妙《きみょう》な亡霊《ぼうれい》のような人影《ひとかげ》が、薄闇のなかから現《あらわ》れた。街道《かいどう》に近づいてくる人影に気づくと、ルークは恐怖《きょうふ》に目を奪《うば》われた。オオグチハイカイにまたがった人影は、すっかり色あせ

た昔の飛空騎士《ひくうきし》のよろいを身につけている。まるで、図書館の巻物《まきもの》に描《えが》かれた挿絵《さしえ》が飛び出してきたかのようだ。目盛《めも》りや、管や、ボルトや、レバーといった、さびた鎧《よろい》をおおう部品が一式そろっているのが、薄闇《うすやみ》のなかでもはっきりとわかる。ルークは手をのばして、ストブの肩《かた》をたたいた。

「あれ、見たかい？」

ところが、ストブは返事をせずに歩きつづけている。ルークは必死にあとを追った。

「飛空騎士だよ！　ストブ！　森のなかにいたんだ！　こっちに近づいてくる！」

「だまって歩けよ！　でないと、オオモズに切り離《はな》されちまうぞ。さっき聞いただろ」

ストブはどなり返した。

「そのとおりよ、ルーク。歩きつづければ、いずれ終わるわ。よそ見をしちゃだめ」

マグダは泣き声にのどをつまらせながらいった。

ルークはふり返ってみた。飛空騎士は消えていた。いたるところから、ひそやかなため息や押《お》し殺したささやきが聞こえてくるような気がする。どこを見ても、視界《しかい》のすみでなにかが動いている。ところが、そちらに目を向けると、動くものなどなにも見えない。

薄明《はくめい》の森には、生身のものはだれも住んでいないんだろうか？　幻《まぼろし》や幽霊《ゆうれい》だけなんだろうか？

うす明るい森の魔力《まりょく》にとらわれた、あわれな魂《たましい》たち。

そのとき、ガタンと大きな音がした。ノクゴブリンの手押《てお》し車の一つがひっくり返り、積み荷の鉄鍋《てつなべ》やヤカンが、せまい板敷《いたじ》きの道にガランガランと転がった。一団《いちだん》は足を止め、ロープにつながれたまま体をひねって、荷車を起こし、ちらばった積み荷を拾い集めようとした。たちまちたがいのロープがからまり合い、ノクゴブリンたちは口々にわめきはじめた。

「こっちへまわれ、モークバフ！ おい、ペグ、手伝ってやれ……ちがう、そうじゃない！」

親方が息を切らしながらいった。

マグダ、ストブ、ルークは、何歩か後ろで立ち止まった。背後《はいご》から、デクトログの一団《いちだん》が追いついてくる。

「止まるな！」

デクトログがどなった。

「無理だよ！　まきこまれちゃう」

ルークはノクゴブリンの群《む》れを指さして、どなり返した。

別の荷車がひっくり返った。

「だれか、なんとかしろよ！」

さわぎに負けじと、ストブがさけんだ。

「役に立つ助言だこと。それで、あんたはどうするつもり？」

マグダはいった。

その周囲では、薄明《はくめい》の森が聞き耳を立てているようだった。薄闇《うすやみ》のなかで、またなにかが動いた。

飛空騎士《ひくうきし》がふたたび現《あらわ》れた。

「見て、飛空騎士がもどってきた」

ルークは興奮《こうふん》して、二人にささやきかけた。

二人はルークの視線《しせん》を目で追った。

「それだけじゃないぞ」

ストブがいった。

たしかに、ノクゴブリンのほかにいくつもの人影《ひとかげ》が薄闇のなかから姿《すがた》を現している。まるで、ノクゴブリンのさわぎにひきつけられているとでもいうようだ。ルークはふるえあがった。ぼろをまとった半死半生のトログ、骸骨《がいこつ》になった商人連合員、絶望《ぜつぼう》にとらわれたゴブリン。ある者は手や足がなく、多くの者がひどい傷《きず》を負っていた。亡霊《ぼうれい》たちは、うつろな目をして、ただじっとノクゴブリンたちのまわりに立ちつくしている。

ノクゴブリンたちは、自分たちがひきよせてしまった亡霊の集団《しゅうだん》を見て、だまりこんだ。二つの集団は、一言も発することなく、じっと見つめ合っている。生きている者と、死ねずにいる者。蒸《む》し暑《あつ》さにもかかわらず、ルークの額《ひたい》を冷《つめ》たい汗《あせ》が流れて目に入り、背中《せなか》を伝い落ちていった。

「ここはおそろしい場所だ」

ルークはつぶやいた。

とつぜん、ギャアギャアという怒《いか》りに満ちた声が響《ひび》きわたり、薄闇《うすやみ》のなかからオオモズの衛兵《えいへい》の一隊《いったい》が、キラキラ光る粉を舞《ま》い上げながら姿《すがた》を現《あらわ》した。そのとたん、亡霊《ぼうれい》の集団《しゅうだん》は森のなかへと溶《と》けこんでしまった。

「なにがあった？　どうして止まっている？」

あざやかな黄色の羽毛《うもう》に紫《むらさき》色の羽根飾《はねかざ》りをつけた、ひときわ大きな衛兵《えいへい》の隊長《たいちょう》が問いただした。

みながいっせいに口を開いた。

「うるさい、だまれ！　おまえたちの頭は、薄明《はくめい》の森に侵《おか》されているんだよ！」

隊長は胸《むね》の羽毛をふくらませてどなると、副隊長《ふくたいちょう》らしきオオモズに命じた。

「マグクロー、この羽のないウジ虫どもをさっさと片《かた》づけて、ほかの者が通れるようにしろ！」

すると、マグクローが殻竿《からざお》をカチャリと鳴らして、部下に命じた。

「シスター・フェザースラッシュの命令が聞こえたな！　さっさと、こいつらを切り離《はな》せ！」

オオモズの衛兵たちがカミソリのように鋭《するど》い大鎌《おおがま》で、からまり合ったロープを断《た》ち切りはじめると、ノクゴブリンたちは泣きわめき、ルークはおそろしさにふるえあがった。ロープがバサリバサリと下に落ちる。衛兵たちは泣き声を上げるノクゴブリンたちを、森のなかへと追い立てていった。

「ほかの者たちは、前に進め！」

シスター・フェザースラッシュは号令をかけた。

「うるわしの東オオモズ市場には、さぞかし大事な商《あきな》いが待っているんだろうからね。もっとも、たどりつけたら、の話だけどね」

シスター・フェザースラッシュは耳ざわりな声で笑った。

マグダ、ストブ、ルークはあわてて前進を始めた。

「東オオモズ市場がどんなだって関係ないわよ。どっちにしたって、これ以上ひどくはないでしょ？」

マグダがいうと、ストブは答えた。

「とにかく歩けよ。よけいなことは考えない方がいい」

ルークは肩越《かたご》しにふり返ってみた。不気味なうす明るさのなかで、さっきの年老いたノクゴブリンの一人が、木の切り株《かぶ》にすわり、なにもない空中に向かって、身を守ろうとでもいうように、しきりに両手をふりまわしていた。

第八章　東オオモズ市場

靄《もや》のうずまく薄明《はくめい》のなかに、巨大《きょだい》なシズノキがそそり立っている。その太い幹《みき》の真ん中にはトンネルが開けられ、門になっている。街道《かいどう》をまたいで立つシズノキは、薄明の森と東オオモズ市場をへだてる役目をはたしていた。命綱《いのちづな》のロープをつなぐ渡《わた》り綱は、頭上《ずじょう》のトンネルの入り口で終わっている。

入り口の両わきには、それぞれオオモズの衛兵《えいへい》が警備《けいび》をしている。マグダ、ストブ、ルークが近づいていくと、衛兵の一羽がきびしい声で命令した。

「ロープをはずせ！」

三人は、あわてていわれたとおりにした。すでに後ろからデクトログの一団《いちだん》が近づいてきている。

「中央市場に行くには、下層《かそう》通路を使え！　上部営巣地《えいそうち》はオオモズ専用《せんよう》なんだからね。くれぐれもいっておくよ！」

もう一羽の衛兵がどなった。

心をまどわす薄明の森の不思議な力から解放《かいほう》されると、ルークの頭ははっきりしはじめた。ルークはシズノキのトンネルに目をこらした。

最初に押《お》し寄《よ》せてきたのは、においだった。香《こう》ばしいマツネコーヒーや、ジュージュー焼けるティルダーソーセージのにおい。革細工《かわざいく》や、お香《こう》や、獣脂《じゅうし》ランプのにおいにまじって、別のにおいも鼻をついた。なにかが腐《くさ》ったようないやなにおい。風が吹《ふ》くたびに、強まったり弱まったりするが、決して消えることのないなにかのにおい。

ルークはぞくっとした。

すると、マグダがやさしく手をにぎって、ささやきかけた。

「いっしょにいれば、だいじょうぶだから。目指すは中央市場よ」

ルークはうなずいた。はっきりしてきたのは、においばかりではなかった。薄明《はくめい》の森でさんざん混乱《こんらん》させられたあとで、体じゅうの感覚が研《と》ぎ澄《す》まされていた。のどを通る空気はよごれ、油気を帯びている。耳はなにものも聞きのがさない――悲鳴、うめき声、どなり声、むちを鳴らす音、胸《むね》がかきむしられるような絶望《ぜつぼう》のさけび。そして、ルークの目に映《うつ》ったのは……。

「こんなの見たことない」

三人が、木々の間に連なるようにはりわたされた通路の一つを歩きはじめると、ルークはつぶやいた。通路は、ごったがえす市場に向かって森の奥《おく》へ奥へと続いている。

そのまばゆさ、けばけばしい色彩《しきさい》、さまざまな種類の生き物たち。そして、せわしないその動き……。どこを向いても、見たこともないほど奇妙《きみょう》で心さわぐ光景ばかりだ。まるで、巨大《きょだい》なパッチワークの上を歩いているとでもいうように、次から次へと景色が移《うつ》り変わっていく。

檻《おり》に入れられたオオハグレグマ。鎖《くさり》につながれたアホウワシ《ヴァルプーン》。首ひもをつけられたフハイ鳥。いろいろな賭《か》け事の受付に、賭博《とばく》を行うテーブル。あやしげなお守りの行商人。殻竿《からざお》を打ち鳴らすオオモズの衛兵《えいへい》が二羽。ほかに、もう二羽――その一羽は鋲《びょう》を打ちつけた大きなこん棒《ぼう》を手にしている。はげしく言い争うノクゴブリンとデクトログ。母親を捜《さが》して泣きわめくウッドトロルの迷子《まいご》。皮革《ひかく》商人、紙商人、ろうそく職人《しょくにん》、樽《たる》職人。屋台では、ルークが見たこともないお菓子《かし》や飲み物が売られている。モリガマガエルのシェークってなんだ？　ホットボッドは？　それに、ゴウママネキ茶って、いったいどんな味がするんだ？

「こっちだ」

ストブが頭上《ずじょう》のペンキで書かれた標識《ひょうしき》を指さしながらいった。

三人が、ぐらぐらゆれるジグザグの階段《かいだん》を三階下まで下りていくと、ごったがえす樹間《じゅかん》の通路に出た。重い荷物を背負《せお》って行きから商人や、仲買人や、ゴブリンや、トログや、トロルたちの重みで、通路はぎしぎしと不気味な音を立てて、ゆらりゆらりとゆれている。ルークは不安そうに、手すりをつかんだ。

「下を見ないで」

ルークの不安を感じとって、マグダがささやいた。

しかし、ルークはついがまんできずに、下をのぞきこんだ。三階層《かいそう》下の、よどんだ闇《やみ》のなかに森の地面が見えた。まるで地面そのものが命を持っているかのように、なにかがちらちらとうごめいている。その正体がわかったとたん、ルークははっとした——うごめいているのは、小さなオレンジ色の生き物だった。

「ウィグウィグだ」

ルークはおそろしそうにつぶやいた。

ヴァリス・ロッドの、オオハグレグマに関する研究書で読んだことはあったが、実際《じっさい》に見るのはこれが初めてだった。ウィグウィグは大きな群《む》れで獲物《えもの》に襲《おそ》いかかり、オオハグレグマほどの生き物でも、たちどころに食いつくしてしまう――肉も、毛も、骨《ほね》も、キバも残さずに。こんなにたくさんの血肉あさりが集まってくるとは、この東オオモズ市場という巨大《きょだい》な樹上《じゅじょう》都市は、よほど獲物に困《こま》らない場所なのだろう。胸《むね》の悪くなるような思いにルークはふるえあがり、手すりをギュッとにぎりしめた。

「早くしろよ、ナイフ研《と》ぎ。見物してるひまはないんだぞ」

ストブは意地悪くいって、ルークの背中《せなか》をどんと押《お》すと、通路をドスドスと歩いていった。ルークは体をふるわせながら、マグダとともにあとを追った。

中央市場が近づくにつれて、通路の幅《はば》は広くなった——といっても、混雑《こんざつ》ぶりは変わらなかったが。あたりはいっそうにぎやかになった。ひっきりなしに行きかう人々や、右往左往《うおうさおう》する人の群れにまきこまれて、三人の見習い司書勲士《ししょくんし》は前に進もうにも身動きがとれなくなってしまった。

「はぐれるなよ」

市場のせまい入り口にたどりつくと、ストブは後ろの二人に声をかけた。

「いうはやすしよ」

てんでんバラバラの方向に運ばれていきそうになりながら、マグダはいい返した。

「あたしの手をにぎって、ストブ。それから、ルークも」

ストブを先頭に、三人はなんとか進んでいった。門が近づいてくる。今や人の波にのみこまれて、進み方はいっそう遅《おそ》くなっていた。三人は、ようやく門をくぐり、なかに入った。

人ごみがばらけはじめると、ルークはほっと息をつき、ほかの二人ににっこり笑いかけた。ついに中央市場にたどりついたのだ。

中央市場は、森の木々を途中《とちゅう》で同じ高さに切りそろえた土台の上にかけわたされるように作られていて、そこだけ切り取られた空を見上げることができた。こんろやかまどから吐《は》きだされる熱気にゆらめく夜空の星々は、手をのばせば届《とど》きそうなほどだ。

ルークは、オオモズからわたされた樹皮紙《じゅひし》をとり出して確《たし》かめた。

「今度はなんだよ？」

ストブがあたりを見まわしながらいった。

「荷車を見つけるのよ。そのあとは……」

マグダはいった。

「そのあとは？」

ストブはいやみっぽくくり返した。

THE CENTRAL MARKET OF THE EASTERN ROOST

東オオモズ市場

「一度にひとつずつ片《かた》づけましょう。たぶん、あっちね」

マグダは眉根《まゆね》にしわを寄《よ》せて、あたりを見まわしていった。

三人は、ごった返す中央市場をぬけていった。ここにはあらゆるものがあった。というより、ないものはなかった。詰《つ》めもの、酢漬《すづ》け、焼きもの。なめしたもの、織《お》られたもの、金メッキしたもの、彫《ほ》られたもの。囲いに入れられたケナガオオツノの前で、ホフリが山のような革細工《かわざいく》を売っている。ウッドトロルは材木を、ゴブリンは鉄や金物を、安売りしたり、物々交換《こうかん》したり、無理矢理売りつけようとしたりしている。待機所に近くなると、薄明《はくめい》の森の方から、オオモズの乗った荷馬車や大きな乗合馬車が続々と入ってくるのが見えた。御者《ぎょしゃ》をつとめるオオモズたちは、森のなかでウィグウィグを追いはらうのに使うたいまつをふりながら、馬車の持ち主たちがやきもきしながら待つ中央市場へと、うねうねと続く斜路《しゃろ》を上ってくる。

ルークは目を丸くして、目の前に広がる待機所を見つめた。あたりはあわただしい空気に包まれている――それに、このにおい。何列も何列もの荷馬車や乗合馬車と、馬車につながれた動物たちが、仏頂面《ぶっちょうづら》のたくましいオオモズの衛兵《えいへい》に守られて、持ち主が現《あらわ》れるのを待っている。いたるところで、耳ざわりなどなり声や、不満の声が上がっている。

「だが、おれの荷物が半分なくなってるんだぞ！」

ノクゴブリンが大声を上げる。

「こっちはケナガオオツノが二頭いなくなった！」

デクトログが文句《もんく》をいう。

「保証金《ほしょうきん》代わりだ！　それとも、この次は自分で、薄明《はくめい》の森のなかを馬車をひいてくるか？　それは、いやか？　そうだろうな！」

衛兵の一羽が、馬鹿《ばか》にしたように笑った。

「足もとを見やがって。自分たちは薄明の森の影響《えいきょう》を受けないからって、好き勝手をしやがる！」

ルークの横を、ゴブリンがぶつくさいいながらのろのろと通りすぎていった。

マグダは、待機所の一つにかかっている看板《かんばん》と、樹皮紙《じゅひし》の文字を見くらべると、ほかの二人に向かってうれしそうに呼《よ》びかけた。

「あった！　ここよ！」

ストブとルークが追いついたとき、マグダは、囲いの柱にたいくつそうに寄《よ》りかかっている、だらしないオオモズに樹皮紙《じゅひし》をわたしているところだった。

「あっちだ」

オオモズはカギ爪《づめ》をそちらの方向にふった。

待機所のすみに、こわれかけた小さな荷馬車が置いてあり、見るからに元気のないオオグチハイカイがつながれていた。

「あれじゃないわ。あたしたちのは、四人乗りで、ケナガオオツノがひいていたもの……」

マグダが抗議《こうぎ》した。

「じゃ、置いていくんだな」オオモズはそっけなくいうと、あくびをして、カギ爪の手入れを始めた。

「もちろん、これで十分でございます、奥方様《おくがたさま》。心よりお礼申し上げます」

キイキイ声がして、小柄《こがら》でみすぼらしいオオモズのオスが進み出てくると、マグダの腕《うで》をとった。

「でも……」

マグダがいいかけると、オスのオオモズはさえぎった。

「『でも』はなしだよ、お嬢《じょう》ちゃん。わしらには大切な仕事があるんだ。おやさしい奥方様のお手をわずらわしちゃいけないね」

オスのオオモズは衛兵《えいへい》におじぎをすると、マグダをうながしてその場を離《はな》れた。あとの二人も続いた。

「これはどういうことなんだ?」

ストブがオスのオオモズの貧弱《ひんじゃく》な翼《つばさ》をつかんで、マグダの腕からかカギ爪をひきはがした。

オスのオオモズはしきりに恐縮《きょうしゅく》した。

「どうおわびしていいやら。でも、ここで話すわけにはいかんの。危険《きけん》すぎるからね。ついてきて」

そういいながら、オスのオオモズは、よごれたチョッキからチスイガシの歯のペンダントをとり出してストブに見せると、くるりと向きを変えて人ごみのなかに入っていった。

「ちょっと待てよ! ほら、二人とも早くしろ。もたもたするな! オオモズのいったこと聞こえたろ?」

ストブがいった。

マグダとルークはどうしようと顔を見合わせてから、オスのオオモズのみすぼらしい姿《すがた》を追って人ごみをかきわけていくストブに従《したが》った。

三人がオオモズのオスに追いついたのは、ホフリ族の区画にある屋台の前だった。屋台には細工

された お守り、胸当《むねあ》て、革《かわ》の籠手《こて》から、ケナガオオツノやモリブタやティルダー肉のかたまりにいたるまで、なんでもそろっていた。ストブはそこで立ち止まり、頭をぽりぽりとかきながらあたりを見まわした。

「今ここにいたと思ったのに」

腹立《はらだ》たしそうにつぶやくと、ストブは近くのテーブルに薫製《くんせい》のティルダーハムをならべている、赤毛で背《せ》の低いホフリ族に向かっていった。

「おい、そこのやつ！　おまえ、みっともないオスのオオモズを見なかったか……？」

ホフリ族はストブに背を向け、こそこそと左右をうかがった。

「聞いてるのか」

ストブはむっとして、思わず声を荒《あら》らげた。

「聞いてるよ。ヘックルならそこのカーテンの奥《おく》だ。だけど、見かけで判断《はんだん》しない方がいいぞ」

ホフリ族はふり返りもせずに、静かな声で答えた。

ストブが乱暴《らんぼう》にホフリ族を押《お》しのけて、屋台の後ろの皮のカーテンを開くと、奥に小さな部屋があった。マグダとルークも、ストブについて部屋に入った。

「ありがとう」

ホフリ族のわきを通りすぎるとき、ルークは小さな声でいった。

「幸運を」

ぶっきらぼうな答えが返ってきた。

オスのオオモズは、シズノキの燃《も》えるストーブの前で、ティルダー皮の敷物《しきもの》の上にすわっていた。カーテンが閉《と》じると、あたりはシズノキの炎《ほのお》のやわらかい紫《むらさき》色に染《そ》まった。

「勇敢《ゆうかん》な友よ、どうぞすわっておくれ。ゆっくりしてるひまはないんでの。なんしろ、東オオモズ市場では、こうしてる間にも危険《きけん》がせまってるかもしれないからね」

オスのオオモズはいった。

「ふうん、なかなか落ち着いたいい部屋じゃないか」

ストブはいいながら、なにげなく壁にかけたケナガオオツノの毛皮をなでようとした。指が毛皮に触《ふ》れた瞬間《しゅんかん》、針《はり》のように鋭《するど》い毛が逆立《さかだ》った。

「いてっ！」

ストブは声を上げた。

「油断《ゆだん》しちゃいけないよ。衛兵《えいへい》たちはどこにでもいるんだから。密輸《みつゆ》の警戒《けいかい》とかいって、しょっちゅう下層《かそう》に略奪《りゃくだつ》にきてるしね……」

オスのオオモズはちょっとためらってからいった。

「それに、スパイの捜索《そうさく》にもね」

ルークはつばをのみこんだ。自分たちは、あのおそろしいオオモズにとってはスパイなのか？大湿地街道《だいしっちかいどう》で見た悲惨《ひさん》な檻《おり》を思い出して、体から急に力がぬけた。

「あなたが案内役なの？」

マグダはたずねた。

ストブは指をしゃぶりながら、露骨《ろこつ》に馬鹿《ばか》にしたような目をオスのオオモズに向けた。

「そのとおりだよ、やさしいお嬢《じょう》さん。いかにもわしが案内役だ。わしの名前はヘックル。あんた方のお役に立てて、こんなにうれしいことはないよ」

オスのオオモズはかん高い声でいった。

「そうかい、そうかい。だけど、危険《きけん》がせまってるなら、なんでこんなところでぐずぐずしてるんだ？」

ストブがいった。

「まあ、お待ちよ、勇敢《ゆうかん》なぼっちゃん。すぐに説明してあげるから」

ヘックルは、部屋のすみに置かれた大きなトランクのなかをひっかきまわしながらいった。

ルークはその場にひざまずいた。頭が奇妙《きみょう》に軽くなり、シズノキの炎《ほのお》のせいで眠《ねむ》くなってきた。

「あのね、東オオモズ市場は閉《と》ざされた町なの」

ヘックルは、トランクから黒っぽい外套《がいとう》をひっぱりだして、床《ゆか》にならべた。

「ここに入るのも、ここから出るのも一カ所だけ。見てわかるとおり東のシズノキの門だけよ。あんた方がなりすましてるような地上町の商人たちは、ここで持ってきた品物を売り、中央市場で買った深森《ふかもり》産の品物をかかえて、大湿地街道をもどっていくのよ」

「だったら、どうやってこのいまいましい場所をぬけだして、深森《ふかもり》に入ればいいんだ？」

ストブがいらいらして聞いた。

ヘックルは続けた。

「深森《ふかもり》に面した側から東オオモズ市場に出たり入ったりできるのは、オオモズだけなの。そうすることでオオモズ・シスターたちは、地上町と深森の商取引をすべて牛耳《ぎゅうじ》ってるってわけ。実に簡単《かんたん》ね。深森で品物を仕入れ、それを市場に運びこんで地上町の商人たちと取引し、それを使ってまた深森の品物を買い入れる——そうやってオオモズたちは、地上町からも深森からも利益《りえき》を吸《す》い上げてるんよ。だから、オオモズ以外のものが東オオモズ市場を通りぬける方法はないの」

「それじゃ、ここに足止めってこと？　来た道をもどるしか、ここから出る方法はないの？」

マグダの声には、動揺《どうよう》が感じられた。

「いんや、そうじゃないよ、やさしいお嬢《じょう》さん」

もう一度トランクをのぞきこみながら、ヘックルがいった。

「だから、どうやってここをぬけだして、深森に入るんだよ？」

ストブはしつこく聞いた。

「なに、簡単よ。オオモズだけが、西の深森口を通ることが許《ゆる》されてるなら、あんた方もオオモズになればいいのよ！」

ヘックルはふり向きながらいうと、羽根《はね》を雑《ざつ》にはりつけただけの仮面《かめん》を三つ差し出した。それぞれにギザギザのくちばしがつき、目の部分に黒く穴《あな》が開いている。

「冗談《じょうだん》だろ。うまくいきっこない！」

ストブがあきれたようにいった。

「そう、でも前にはうまくいった。今度もうまくいくよ」

ヘックルは急に真顔になり、きびしい口調でいった。と思うと、三人の真剣《しんけん》な顔を見て、とつぜん笑いだした。

「あのね、あんた方は『真実の巫女《みこ》』になるんよ――おそれおおい金の巣の巫女だ」

そういうとヘックルは、重たそうな黒い衣装《いしょう》をひっぱりだした。たいていのオオモズが好むはでな衣装にくらべて、簡素《かんそ》で単調な色合いだ。

「それから、これが仮面。さあ、急いで。時間がないよ」

ヘックルは一人一人に、羽根のついたマスクを手わたした。

三人は自分たちの商人の扮装《ふんそう》の上に黒い衣装《いしょう》をはおり、前をしっかりとめると、頭からすっぽりと仮面《かめん》をかぶった。その間にそっと部屋を出たヘックルは、少ししてみがきこまれたチチノキの鏡を持ってもどった。

ルークは、自分の姿《すがた》を鏡に映《うつ》してみた。重たい長衣と、羽根飾《はねかざ》りのついた仮面におおわれたその姿《すがた》は、たしかにオオモズだった――ただ一点を除《のぞ》いては。ルークは、くちばしのついた仮面のせいでくぐもった声でいった。

「でも、ヘックル、目はどうするんだい？　この目でばれちゃうよ。だって、ほら、黄色くないし、鋭《するど》くもないし……」

すると、ヘックルが笑っていった。

「これは、わしとしたことが。しょっちゅう忘《わす》れちまう。ほら、これをかけて。自尊心《じそんしん》の強い真実の巫女《みこ》は、これなしで人前に出ようなんて夢《ゆめ》にも思わないのよ」

ヘックルはルークに、分厚《ぶあつ》くて真っ黒なレンズのついたメガネをわたした。ルークは苦労してメガネをかけると、鼻当てで偽物《にせもの》のくちばしをはさんだ。

「でも、これじゃなにも見えないよ！」

「もちろん見えないよ。真実の巫女が見るのは、止まり木の女王みずからが金の巣に産み落とした卵《たまご》だけだからね。それ以外のときは、石炭ガラスのメガネをかけて、不浄《ふじょう》のものを見ないですむようにしているのよ」

「でも、なにも見えないんじゃ……」

ルークがいいかけると、ヘックルがおじぎをしていった。

「そのためにわしがいるのよ。案内役としてね。真実の巫女は、みんなこのメガネを持っているのよ——金の鎖《くさり》にぶらさげてね。でも、忠告《ちゅうこく》しておくよ」

ふたたびヘックルは真顔になり、言葉にもきびしさがもどった。

「どんなことがあっても、メガネをはずしちゃいけない。だまって、わしにまかせておくんだ。もしもつかまったら、オオモズに——特に真実の巫女に——ばけた罪《つみ》はとても重いからね、いいね」

「どんな罪なんだ？」

ストブが、不安をかくそうとしながら聞いた。

ヘックルはそっけなく答えた。

「火あぶりだよ。それも生きながらね。中央市場のかまどの上でね。ほら、行くよ」

東オオモズ市場の深森口《ふかもりぐち》への行程《こうてい》を思い返すと、ルークは、よくぞあんなおそろしい状況《じょうきょう》を生き延《の》びられたものだといまだに信じられなかった。仮面《かめん》のなかに響《ひび》く自分の呼吸《こきゅう》の音、墨《すみ》を流したようになにも見えない石炭ガラスのメガネ、上部営巣地《えいそうち》のさまざまな物音。そのどれもが今までに体験したことがないもので、それだけによけいおそろしく、そのあと何カ月も夢《ゆめ》に出てきたほどだ。

一行は、どこまでも上っていった。とにかく上りつづけた。高くなるにつれて、仮面のなかでも空気がさわやかになってくるのがわかった。下層《かそう》のさわがしさが遠のいていき、上層の通路を歩くオオモズたちの、奇妙《きみょう》に心をかき乱《みだ》す鳴き声がとって代わった。クークーいう声、けたたましい声、そしてのどをふるわすようなカカカカッという音が、とつぜんホーホーという鳴き声に変わる。

「びくびくしないで。シスターたちはおたがいに呼《よ》び合っているだけだから。心配しないでいいよ」

飼《か》いならされたレムキンのように、金の鎖《くさり》につかまってひっぱられていく三人に向かって、ヘックルはささやきかけた。

それでも、オオモズたちの声を聞くと、ルークの血は凍《こお》りついた。もうどれぐらい歩いてきたんだろう？　不安にさいなまれているせいで、何時間にも思える――実際《じっさい》には何分か、長くてもせいぜい三十分ぐらいだったのかもしれない。ヘックルに聞いてみたくてしかたなかったが、一言でも言葉を発したらどうなるかはよくわかっていた。すぐうしろのストブに何度もかかとをふみつけられて、ルークはくちびるをきつくかんだ。

「足元をおたしかに、聖女様《せいじょさま》。真実の巫女《みこ》のお通りだ！　道を開けろ！」

ヘックルは三人に向かってささやきかけてから、大声でいった。

ルークの耳に、おそれおおいオオモズの長老たちが、爪音《つまおと》も高く板敷《いたじ》きの通路のわきへのくのが聞こえた。

「金の巣にわれらが祝福《しゅくふく》を」

しわがれたオオモズの声がした。

「願《ねが》わくば卵《たまご》がよりよく育ちますように」

別の声がいった。

「よき産卵《さんらん》を！」

三人に向かって、さまざまな声がかけられる。ルークの心臓《しんぞう》が、早鐘《はやがね》のように打ちはじめた。不安とも恐怖《きょうふ》ともつかぬものが、腹《はら》からのどへとせりあがってくるのを必死におさえる。

「なんじらに祝福《しゅくふく》を。真実の巫女《みこ》の祝福を」

うたうような声でいいながら、ヘックルはくちばしの根元でこっそりささやいた。

「もうすぐだよ。離《はな》れないで。あと一階通路を上れば、深森口《ふかもりぐち》のわきにあるオオグチハイカイの囲いに着くからね」

そのとき、ルークはストブにまたかかとをふまれ、大きくよろけた。そのはずみで重たい石炭ガラスのメガネがはずれそうになった。仮面《かめん》とレンズのすき間から強い日の光が射《さ》しこんできて、ルークは左目をぎゅっと閉《と》じた。くちばしの上でメガネがぐらぐらとゆれた。

「巫女《みこ》よ、お気をつけを！」

鋭《するど》い声が飛んだ。

ルークの目のすみに、豪華《ごうか》な装飾品《そうしょくひん》で着飾《きかざ》った、背《せ》の高い堂々としたオオモズの長老が長いすに腰《こし》かけているのが映《うつ》った。両わきに、いくらか小柄《こがら》なものの、豪華さではひけをとらないオオモズを従《したが》えている。かぎなれたきついにおいがどっと押《お》し寄《よ》せてきた。オオモズの長老は羽根《はね》飾りをふるわせながら、長いすに開いた穴《あな》から下層《かそう》に向かって、すえたにおいのする白いフンを落とすと、

満足げな鳴き声を上げた。

「やれ、気分がよくなった。それで、タロンクロー、そちがいおうとしていたのは……」

すると、となりのオオモズも、同じように鼻をつくにおいのフンをピュッとまき散らしながらいった。

「ええ、そうなんです。彼女《かのじょ》は空賊《くうぞく》めにひと太刀《たち》で首をはねられました。とにかく、そう聞きました」

「さあ、急いで、巫女様方」

ヘックルがあらたまった口調でいい、ルークの長衣のすそをひっぱった。

「なんとしてもオオグチハイカイの囲いにたどり着かないとね。それから、深森に入っても、まだ野営《やえい》の準備《じゅんび》をしなくちゃならないのよ」

ルークは必死に、一歩ずつ足を前にふみだした。背《せ》を丸めているが、いつ何時トイレ付きの長いすに腰《こし》かけるオオモズの長老の黄色い目に、正体を見破《みやぶ》られるかもしれない。

「お待ち！」

とつぜん、長老のしわがれ声が響《ひび》いた。

ルークは凍《こお》りついた。メガネがくちばしの上でぐらぐらゆれる。長老は長いすから立ち上がり、スカートをおろした。ルークは息をするのもおそろしかった。後ろでは、ほかの二人もその場に根が生えたようにつっ立っている。長老が近づいてくるのを見て、ルークは固く目を閉《と》じた。

「なんじらの巣作りに祝福《しゅくふく》がありますように」

オオモズの長老はおじぎをしながらいった。ルークは、メガネが落ちませんようにと祈《いの》りながら、おずおずと頭を下げた。長老はカチカチとカギ爪《づめ》を鳴らしながら向きを変えると、お付きの者たちを従《したが》えて歩き去った。

「今のうちだよ！　あいつらがもどってくる前に！」

ヘックルのせき立てる声が聞こえた。

一行は不安と緊張《きんちょう》にどうかなりそうになりながら、深森口《ふかもりぐち》に向かって急いだ。道々、何度もおそろしいオオモズの姿《すがた》が目に入り、そのたびにルークは、メガネが落ちるのではないかとびくびくした。やがて、すえたようなフンのにおいは遠のき、オオグチハイカイの、なま温かいかびたようなにおいに変わった。囲いに近づくにつれて、低くくぐもったような鳴き声が聞こえてきた。なんだか安心する鳴き声だった。

ヘックルに導《みちび》かれて渡《わた》り板《いた》を進んでいくにつれて、オオグチハイカイの群《む》れから立ちのぼる熱気が伝わってきた。メガネのすき間からこっそりのぞいてみると、まわりはオオグチハイカイだらけだった。太い枝《えだ》の上につかまって、入ってくる一行を悲しげな表情《ひょうじょう》で見守っている。ヘックルはそのうちの一頭の手綱《たづな》をほどいて、マグダにわたした。

「さあ乗って、手綱をにぎってね。けりを入れなければ動かないからね」

マグダはオオモズの仮面《かめん》を落とさないように気をつけながら、ヘックルの手助けで、おそるおそるオオグチハイカイの背中《せなか》にまたがった。それから、手をのばして手綱をしっかりとにぎった。マグダの両わきでは、ルークとストブが同じことをしていた。最後に、ヘックルが自分のオオグチハイカイに飛び乗ると、手綱をひいてぐるりと向きを変え、一声さけんだ。

「けって！」

四人は同時に、それぞれのオオグチハイカイのわき腹《ばら》に、かかとでけりを入れた。オオグチハイカイは後足で太い枝《えだ》をけって飛び出し、前足で前方の枝をつかんだ。ヘックルのオオグチハイカイのあとを追って、ほかの三頭も次々に渡《わた》り通路に降《お》り立った。前方の大きな門がチラッとルークの目に入った。

「監視塔《かんしとう》に向かうからね」

ヘックルが手綱《たづな》をひきしめながらいった。ほかの三人もそれに従《したが》った。四頭のオオグチハイカイは、前足を下についていては後足を両方同時に前に出しながら、ゆるやかな速度で進んだ。長い渡り通路が終わりに近づき、目の前に監視塔がせまってきた。

「これからどうするの？」

マグダがたずねると、ヘックルが答えた。

「なにも。だって、あんた方は真実の巫女《みこ》なのよ。そこら辺の衛兵《えいへい》に話しかける必要はないの。わしが代わりに話すからね」

監視塔の前まで来ると、さびた槍《やり》を手にした黄褐色《おうかっしょく》のオオモズが進み出た。ヘックルは衛兵に近づいた。ルーク、マグダ、ストブは、メガネでなにも見えなかったが、少し離《はな》れたところで胸《むね》をそらして、できるだけえらそうな顔で立っていた。

ややあってから、ルークの耳にヘックルが強い口調でいうのが聞こえてきた。

「聞こえなかったのか。われらは金の巣に巣ごもりするための材料を探《さが》しにいくのだ」

そして、ヘックルは声を落とした。

「おまえたちは、真実の巫女のじゃま立てをしようというのか？」

「いえいえ、めっそうもない。どうぞ、お通りを」

オオモズの衛兵は槍をひくと、足の爪《つめ》を鳴らし、頭を下げた。その前を、オオグチハイカイに乗ったヘックルが通りすぎる。ほかの三人も、よろめくオオグチハイカイの手綱をにぎって、できるかぎりたしかな足どりで、ヘックルに続いた。ルークは息を殺して、衛兵にメガネの奥《おく》を見透《みす》かされませんように、高鳴る心臓《しんぞう》の鼓動《こどう》を聞かれませんようにと祈《いの》りつづけていた。

一行はおぼつかない足どりで一歩ずつ、東オオモズ市場をあとにして深森《ふかもり》へと足をふみいれていった。しんがりの者が境界線《きょうかいせん》をこえたとたん、ヘックルはオオグチハイカイのわき腹《ばら》に思いきりけりを入れた。ほかの三人もあとに続き、四頭のオオグチハイカイは枝から枝へと飛び移《うつ》りながら、広大な森へとふみこんでいった。

「うわあっ！　うわああーい！」

ルークは興奮《こうふん》と安堵《あんど》のいりまじったさけび声を上げた。

ヘックルは笑いながらいった。

「よくやったね、勇敢《ゆうかん》なみんな。本当によくやったよ」

「あなたこそ、勇敢な案内役だよ」

ルークはそういうと、肩越《かたご》しに後ろに目をやった。監視塔《かんしとう》はもう見えなかった。

「本当にやったんだ！」

ルークはオオモズの仮面《かめん》と、メガネと、重たい長衣をぬいで、空中に放《ほう》り投げた。マグダも同じことをした。

「やれやれね」

そういってため息をついたマグダの目には、涙《なみだ》があふれていた。

ストブは仮面をぬぐと、目の前にぶらさげた。

「おれ、本物の真実の巫女《みこ》になれたんじゃないかな。自分でそう思……わあああっ！」

とつぜんオオグチハイカイがよろけて、あやうくふり落とされそうになったストブがさけんだ。

両手で必死に手綱《たづな》をつかんだために、オオモズの仮面はするりと指の間をすりぬけて、何度も枝《えだ》にはね返りながら地面に向かって落ちていった。ほかの者たちに見つめられていることに気づいて、ストブはいった。

「なに？　なんなんだよ？」

そのころ、監視塔の衛兵《えいへい》の前には、黒い髪《かみ》を坊主刈《ぼうずが》りにした若者《わかもの》が、オオグチハイカイにまたがって立っていた。若者はフードをはずすと、衛兵のくちばしの前に通行証《つうこうしょう》をつきだし、静かに告げた。

「これを見てくれ。夜の守護聖団《しゅごせいだん》最高守護者が持つゴウママネキの印だ。それからこれは、ヴォックス・ヴァーリクスの親指の指紋《しもん》だ。こっちは、オオモズ・シスターの交差した羽根《はね》の押印《おういん》だ。これだけ見せれば十分だろう。どうだ？」

「はい、すみませんでした。なにがお知りになりたいので？」

衛兵《えいへい》はしきりに両足をもじもじとこすり合わせながらいった。今日はとことんついていない日だ。

ザンスはそり上げた頭を、指で軽く触《ふ》れた。

「最近、だれかがここを通らなかったかと聞いているんだ」

「さきほど、真実の巫女《みこ》が三羽通りました。それと、お付きのオスのオオモズが」

「ふーむ。それで、どこへいくといっていた？」

「巣ごもりの材料を探《さが》しにいくのだそうです」

衛兵は即座《そくざ》に答えた。

ザンスはフンと鼻を鳴らした。

「というより、自由の森を探しにいったのだろう」

衛兵はとまどったように首をかしげた。

「でも、オオモズは自由の森には行きませんが」

「そのとおり」

ザンスはいうと、向きを変えて手綱《たづな》をひいた。オオグチハイカイはフンフンと鼻を鳴らして空気のにおいをかいでから、枝《えだ》から枝へと跳躍《ちょうやく》を始めた。

ザンスは手綱をしっかりにぎり、後ろはふり返らなかった。

第九章　深森《ふかもり》

　オオグチハイカイにまたがった四人は、東オオモズ市場を遠くあとにして、深森《ふかもり》のなかへずんずん分け入っていった。オオグチハイカイは、驚《おどろ》くほどすばやく、それでいてたしかな足どりで、枝《えだ》から枝へと飛び移《うつ》っていく。その背中《せなか》に、死にものぐるいでしがみついたストブ、マグダ、ルークの髪《かみ》を風がかき乱《みだ》し、胃袋《いぶくろ》が口から飛び出しそうになる。もう一時間以上もこんな状態《じょうたい》で、小休止もなければ、森の地面に降《お》りることもなかった。ようやくヘックルが、枝から降りてもだいじょうぶだと合図をするころには、日はとっぷり暮《く》れていた。

「だいじょうぶなのか？　ウィグウィグはいないのか？」

ストブが不安そうに声をかけた。

「やつらは、こんなに市場から離《はな》れたところにはめったに来ないよ。それに、あんた方、疲《つか》れたろ。地面を走る方がずっと楽《らく》だからね」

ヘックルはうけあった。

マグダもルークも異存《いぞん》はなかった。オオグチハイカイの背ではげしくゆられて、二人はへとへとだった。わき腹《ばら》を勢《いきお》いよくけりつけ、手綱《たづな》を下向きにひっぱると、二人ははるか下の森の地面に向かって降下《こうか》を始めた。そのあとにヘックルが続く。地面に降りた三人が無事なのを確認《かくにん》すると、ストブは置いてけぼりにされたくなくて、あわててあとを追った。

ルークはすぐに、たしかな足どりではねるように走るオオグチハイカイのリズムをつかんだ。そして、マグダに声をかけた。

「信じられないよ。今までずっと地下で暮《く》らしてきて、深森のことを夢《ゆめ》に見なかった夜なんて、一度もないぐらいだ。それが、今ここにいるんだから……想像《そうぞう》していたより、ずっとすばらしいよ」

ルークはため息をついた。

森の地面から、古木が巨大《きょだい》な柱のようににょきにょきと生えている。あるものは幹《みき》がうねになり、あるものはたてに溝《みぞ》がのび、あるものは大小のこぶにおおわれている。そのどれもが、厚《あつ》く生《お》い茂《しげ》った緑の天蓋《てんがい》の上に顔を出そうと、薄闇《うすやみ》のなかを上へ上へとのびている。それでもところどころ、木々がまばらになってまぶしい太陽の光が射《さ》しこみ、茂《しげ》みや灌木《かんぼく》が生い茂っている場所もあった。そよ風にかすかにうなりを上げるトサカノヤブ、貝のような花びらをパクンと閉《と》じるハマグリノキ、大木の幹にらせんを描《えが》いてからみつき、金属《きんぞく》の箔《はく》のようにキラキラと光を反射《はんしゃ》するケヅタ。そして、進んでいくにつれて、ルークの左手に、人をひきつけるような青緑色にあわく輝《かがや》く、群生《ぐんせい》するナゲキが見えてきた。

「なんて美しいんだ！」

ルークは思わず声を上げた。

『美しいんだ……！』

こだまが返ってきた。

近くの藪《やぶ》がガサガサと動いて、なにかが飛び出してくるのがチラッと見えた。そちらに目を向けると、ギョロ目で、群青色《ぐんじょういろ》の毛並《けな》みの小さな生き物が、落ち葉のつもった地面を駆《か》けぬけて、シズノキの枝《えだ》へと上っていった。

「野生のレムキンだわ！　かわいい！」

マグダはいった。

スズカシやナリイチゴが、あたりにすずやかな音色を響《ひび》かせる。ニオイダマダケがポンとはじけて胞子《ほうし》をまき散らし、甘《あま》い花のような香《かお》りを漂《ただよ》わせる。コナキトンチドリの群《む》れが、羽音もけたたましく舞《ま》い

上がって飛び去った。

「すばらしい！　ほんとにすばらしいよ！」

ルークはさけんだ。

『すばらしい……ばらしい……しい……』

となりで、ヘックルの声がした。

「そう、すばらしいのよ。でも、深森《ふかもり》は油断《ゆだん》のならないところでもあるのよ。想像《そうぞう》もつかないほどね。だから、目立つようなことはしないこと。こっそりと音も立てずに旅をしないとね。そして、いつでもあたりに目を光らせていること……」

ルークはぼんやりとうなずいた。一行が今通りぬけているのは、低木がまばらに生えている草地

だった。あたりを金色に染《そ》めはじめた日の光に、葉を真珠《しんじゅ》のように輝《かがや》かせるツユノキ、シダレヤナギカシ、ワラビマツ。一行の前の地面には、ウィージットの一家が一列になってチョコチョコと進んでいく。大きい順にならび、それぞれが前の者の尻尾《しっぽ》をくわえて、なんとも滑稽《こっけい》なかっこうだ。

「……それと、絶対《ぜったい》にはぐれないこと」

気がつくと、ヘックルはまだ話していた。ルークはあたりを見まわした。

「なにがあっても一人でうろついたりしない。わかったね？」

「はい。よくわかりました」

ルークは答えた。

「本当に、そう願《ねが》いたいところね」

ヘックルは首をふりながらいうと、年老いて枯《か》れかかり、葉がほとんど落ちた木のわきで、手綱《たづな》をひいてオオグチハイカイを止めた。樹皮《じゅひ》ははがれかけ、嵐《あらし》や落雷《らくらい》による無数の傷《きず》におおわれている。ヘックルはルークにいった。

「わしのオオグチハイカイをつないでもらえる？」

ルークはいわれたとおりにした。やがてマグダとストブも追いついてきた。三人は、ヘックルが背《はい》のうをおろし、オオグチハイカイの背中《せなか》によじ登って、木の幹《みき》の上の方にぽっかりと開いた大きなうろに手をのばすところを見つめた。ヘックルは片方《かたほう》のカギ爪《づめ》を、うろのなかにたらした。

だれもしゃべらない。だれも動かない。深森《ふかもり》に入って以来、ヘックルは何度もこんなふうに足を止めることがあった。そんなときはじゃましてはいけないということを、三人は学んでいた。

ときにヘックルは、倒木《とうぼく》や地面に落ちた枝の前で立ち止まり、首をかしげ、羽をふるわせて熱心に聞き耳を立てていたかと思うと、くちばしで木の皮をひきはがし、くねくねとうごめく太くて白いイモムシをひっぱりだした。一度などは、立ち止まって足元の落ち葉をかきわけ、無数にうごめく赤い地虫を見つけたりもした。またあるときは、朽《く》ちかけてスカスカになったナゲキの幹《みき》にくちばしをつっこみ、太ったイモムシをつきさしてひっぱりだした。それらの獲物《えもの》は、どれもヘックルの携行袋《けいこうぶくろ》に入れられた。

ストブは身を乗り出して、マグダの耳にささやきかけた。

「今度はなんだ?」

マグダは肩《かた》をすくめた。

オオグチハイカイの背に立ち上がってから、ヘックルはいっさい口をきかなかった――聞こえるのはカギ爪《づめ》のカリッカリッという音だけだ。カミソリのように鋭《するど》いカギ爪が、うろのまわりのふくれあがった樹皮《じゅひ》をひっかいているのだ。カリッカリッカリッ。

ストブはいらいらしたように首をふった。ルークはよく見ようと首をのばした。

カリッカリッ……。

と、とつぜん、うろのなかでザザッという音がして、なにかうすいオレンジ色のものがさっと飛び出してきた。ギラリと光るキバの生えたあごが、ヘックルの曲がったカギ爪をガブリとかんだ。ヘックルは動じなかった。ルークは手綱《たづな》をギュッとにぎって、ヘックルがうろのなかから、カギ爪をそろそろとひっぱりだすところを固唾《かたず》をのんで見つめた。

カギ爪にかみついたままの虫が姿《すがた》を現《あらわ》した。つやつやの甲羅《こうら》におおわれ、泥真珠《どろしんじゅ》のネックレスのようにいくつもの節に分かれている。それぞれの節に二本ずつ生えた細くて白い足が、わしゃわしゃと動いている。とつぜん自分が明るいところにひきずりだされたことに気づいて、暗闇《くらやみ》のなかにもどろうと思ったのだろう。虫は身をくねらせて、かみついていたカギ爪を離《はな》した。しかし、ヘックルの方がはるかに速かった。くちばしをさっと木のうろにつっこんで、虫をすっかりひきずりだし――丸々一またぎ半の長さだった――動かなくなるまでふりまわした。それから、オオグチハイカイの背《せ》から飛び降《お》りると、携行袋《けいこうぶくろ》のひもをほどいて、なかに放《ほう》りこんだ。

「マダラヤスデだよ。おいしいんだ、これが……」

「おいしい？　それを食うのか？」

ストブはいった。

「もちろんだよ。深森は食料の宝庫《ほうこ》なんだよ。要は、どこを探《さが》すかということね」

ヘックルは答えた。

ルークは青ざめた。ヘックルは、めずらしい生き物の標本《ひょうほん》を集めているとばかり思っていたのだ。おおかた自由の森の学者に売りつけるつもりなのだろうと。

「その袋に入れたものは全部食べるんですか？」

「そうだよ」

ヘックルはクックックッと笑うと、袋を肩《かた》にかつぎ、オオグチハイカイにまたがった。

「日がかたむいてきたね。暗くなる前に野宿のしたくをしないと。はぐれないで、目を皿のようにしていておくれよ。朝まで寝《ね》られる、特に太い木を探してくれるかな。そのあとで夕ご飯のしたくよ」

「そんなに待てそうもないよ」

ルークは情《なさ》けない声でつぶやいた。


「おまえが先だ」

ストブがルークの鼻先に、串《くし》に刺《さ》したエビ虫をつきだしながら、意地悪くいった。

ルークは思わず体をふるわせた。たしかに今、身をくねらせた。

「食べたくないなら、無理に食べることないわよ。でも、あたしはおなかぺこぺこ！」

マグダがいった。

「食べてごらん！　思いきって！　わしは生の方が好きだけど、焼いたのもいけるよ。ほら、かみついたりしないから！」

ヘックルはくすくす笑いながらいった。

「ほんとかなあ」

ルークは焼けて身の赤くなったエビ虫を手にとった。目を閉《と》じて、口を開け、思いきりかぶりつき……。

「自分でも驚《おどろ》きだけど、これ、おいしかったよ」

ルークはいった。

「ヤスデは？」

ヘックルは聞いた。

「ヤスデは特に。お代わりしたいぐらいです」

ルークは指をなめながらいった。

ヘックルは、吊《つ》りさげ式のオーブンのなかをつついてからいった。

「もう、ないよ。全部なくなったよ」

「それは残念」

ルークとストブが同時にいい、ぷっと吹《ふ》き出した。

一行は、沈《しず》みゆく太陽の最後の光が、森の地面の上ですっと消えてなくなるころ、ちょうど手ごろな木を見つけた。豊《ゆた》かに葉を茂《しげ》らせたナマリノキの大木で、灰色《はいいろ》の幹《みき》は節くれだち、横に広く枝《えだ》をはっている。オオグチハイカイが、ジャンプしては枝をつかみ、枝をつかんではジャンプしなが

ら木を上っていくと、黄色くとろりとした、ほっとするほど暖《あたた》かな太陽がふたたび顔をのぞかせた。

樹上《じゅじょう》高く上った一行は鞍《くら》から降《お》り、ヘックルがオオグチハイカイたちを太い枝《えだ》につないだ。一日じゅう歩きづめだったせいで疲《つか》れはてていたオオグチハイカイたちは、すぐに眠《ねむ》ってしまった。ヘックルは三人の若《わか》き司書勲士《ししょくんし》を一段《いちだん》高い枝へと導《みちび》き、おのおのにその後の道中で日課となる仕事を割《わ》りふった。

マグダとルークはそだや薪《まき》を集める。ヘックルは背中《せなか》にしょってきた吊《つ》りさげ式のオーブンを、頭上《ずじょう》の枝にしっかりとぶらさげる。ストブは三人分のハンモックを枝に結びつける。それから、マグダが空水晶《そらすいしょう》でつけた火種《ひだね》を、ルークがオーブンに移《うつ》している間に、ヘックルが携行袋《けいこうぶくろ》の中身で夕食の準備《じゅんび》をする。洗《あら》い、刻《きざ》み、スパイスをまぶし、オーブンが十分に熱くなると、串《くし》に刺《さ》した材料を火の上にのせるのだ。

その火も、今は弱くなっていた。ルークとマグダが集めてきたさまざまな木の枝は、ときに赤く、ときに紫《むらさき》に、またあるときは青緑色に燃《も》えながら、甘《あま》くかぐわしいにおいと、心安らぐ音を

あたりにふりまいている。

マグダがあくびをしながらいった。

「今夜はよく眠《ねむ》れそう」

すると、ヘックルがいった。

「そろそろみんな、寝《ね》る時間ね。さあさあ、三人ともハンモックにもぐりこんで。わしは上の枝《えだ》にとまって、片目《かため》を開けて眠るからね。明日は早いよ」

ストブ、マグダ、ルークは、重たい体をひきずって、ゆらゆられるハンモックにもぐりこんだ。チロチロと燃《も》えるオーブンの熱が、あたりの空気を暖《あたた》めてくれた。

「なにか忘《わす》れていないかい？　闇《やみ》の布《ぬの》は危険《きけん》から身を守ってくれるよ」

上の枝からヘックルがいった。

いわれたとたん、三人の司書勲士《ししょくんし》は、闇博士《やみはかせ》からもらった贈《おく》

り物のことを思い出し、起きあがって首にまいたスカーフをはずした。ストブとマグダがひらひらの闇の布を広げて体にまきつけると、二人の姿《すがた》とハンモックがルークの目の前から消えた。ルークはぎこちなく自分の闇の布を広げた。ヤミグモの糸で織《お》られた闇の布は、触《ふ》れていることがわからないぐらい軽くてやわらかく、まるで重さが感じられなかった。体にかけようとすると、風をはらんで闇を切りとったようにふわりふわりと舞《ま》った。

「頭の上のロープで固定するといいよ。そう、そんなふうに」

ヘックルが上から教えてくれた。

ルークはハンモックにあお向けになり、両手を頭の後ろにまわして上を見た。頭上《ずじょう》は緑におおわれていたものの、そのすき間を通して、はるか上のとがった葉むらや、おぼろ月に照らされた夜空を見ることができた。あたりには、聞いたことのないさまざまな音が満ちている。モリフクロウやカミソリドリのけたたましい声。ケラケラのせきこむような声に、ギャースのかん高い声。そして、どこか遠くで、オオハグレグマが仲間に遠ぼえで呼《よ》びかけている。ぬくぬくと暖まり、すっかり安心しきって、ルークはにっこりとほほえんだ。

「ヘックルは、深森《ふかもり》は油断《ゆだん》ならないっていってたけど、ぼくにとってはすばらしい、不思議な場所だ……」

ルークが小声でつぶやくと、マグダが眠《ねむ》そうな声で答えた。

「あのおそろしい東オオモズ市場のあとでは、なおさらね」

「考えてみて。ぼくたちが研修《けんしゅう》を終えて探求《たんきゅう》の旅に出たら、この森の上を飛ぶんだよ」

「あたしは、モリガの生態《せいたい》を調べてみようかな」

マグダがあくびをかみ殺していった。

「モリガ？　ぼくはオオハグレグマを研究するんだ。待ちきれないなあ……」

さっきよりも遠くかすかに、ふたたび不思議な遠ぼえが聞こえた。

「もう寝《ね》ろ」

ストブがいった。

「ストブのいうとおりよ。明日はまた長い道のりを進まなければならないのよ」

少し強くなった風に羽をふくらませながら、ヘックルはいった。

「お休み、みんな。いい夢《ゆめ》をね」

「お休み」

ストブの眠そうな声が返ってきた。

「お休みなさい、ヘックル」

ルークはいった。

すでに半分夢の国に行っていたマグダは、なにやらつぶやきながら寝返《ねがえ》りをうった。

六日間、一行は進みつづけた。つらく長い日々だった。あやしげな暗い森に足をふみいれた興奮《こうふん》が収《おさ》まると、ルークですら熱が冷めてきた。行程《こうてい》はきつく、夜中に雨が降《ふ》ったりすると、朝起きても体の節々が痛《いた》み、寝る前よりも疲《つか》れはててハンモックからはいだすこともしばしばだった。しかし、目的地はまだまだ先だったから、どれほど疲れようと前に進むしかなかった。

ヘックルは、そんな三人をできるかぎり元気づけ、はげまそうとした。毎晩《まいばん》毎晩、おいしい食事を用意してくれ、食料を探《さが》す手伝いをしはじめた三人をほめてくれた。それでも、深森《ふかもり》をぬける長くつらい旅を続けることは、三人に影響《えいきょう》を与《あた》えずにはおかなかった。ストブとマグダは始終文句《もんく》ばかりいうようになり、ルークはしだいに眠れなくなっていった。

六日目の夜、イモムシとキノコの夕食をとる一行は、重苦しい雰囲気《ふんいき》に包まれていた。ストブは機嫌《きげん》が悪く、マグダはめそめそ泣き、ルークは、その日の朝うとうとして、オオグチハイカイの背《せ》から落ちたときに痛《いた》めたひざをさすっていた。

「もっとほしい人は？」

ヘックルが、こんがりと焼いたテツノキムシを載《の》せた盆《ぼん》をまわしながらいった。三人とも断《こと》わるのを、ヘックルはやさしい目で見つめた。

「みんな、よくやっているよ」

すると、ストブが鼻を鳴らした。

ヘックルはくちばしを鳴らしていった。

「本当よ。わしは、あんた方ほど勇気と忍耐《にんたい》のある人たちは見たことがないよ。めざましい進みぐあいよ。それはそうと、わしらの旅も終わりに近づいているといったら、よろこんでもらえるかな？」

「本当に？」

ルークは思わず聞き返した。

ヘックルはうなずいた。

「もうじき銀の牧場に出るよ」

その顔は真剣《しんけん》で、声の調子にはまたきびしさがもどっていた。

「ただ、ここからがこの旅のなかでも一番危険《きけん》なところだからね」

それを聞くと、マグダはあわれっぽく鼻をすすりあげた。

「そんなことだろうと思った」

ストブがぼそりとつぶやいた。

ヘックルは続けた。

「この地域《ちいき》は、ひときわ凶暴《きょうぼう》な生き物をひきつけるのよ。銀の牧場は――それをいうなら、その向こうの自由の森もだけど――エサが豊富《ほうふ》だからね。朝、日が昇《のぼ》ったら、特に用心してね。でも、こわがっちゃだめよ。ここまで来て、しくじるわけにはいかないからね」

その夜、ルークはろくに眠《ねむ》れなかった。なにかがギャアギャア、キイキイと鳴いたり、風がささやきかけたりするだけで、浅い眠りはさまたげられ、悪夢《あくむ》がしのびこんできた――またあの夢《ゆめ》だ。

「母さん！　父さん！」

ルークのさけび声は、奴隷《どれい》商人に連れ去られる両親の耳には届《とど》かずに、風にかき消される。白首モリオオカミのうなり声とほえ声。奴隷《どれい》商人の高笑い。そのおそろしい光景を閉《し》め出そうとするかのように、ルークは背《せ》を向ける。そして……。

「来るな！」

またただ。闇《やみ》のなかから、なにかが姿《すがた》を現《あらわ》す。なにか大きくて、おそろしいものが、ルークをつかまえようと手をのばす。どんどん近づいてくる……。

「やめろ！」

ルークは絶叫《ぜっきょう》した。

その目がぱっと開き、ルークははじかれたように起きあがった。

「だいじょうぶよ、ルーク」

ヘックルの声がした。ハンモックの上の枝《えだ》にとまって、心配そうにルークを見おろしている。

「へ、ヘックルか。起こしちゃった？」

ルークはいった。

「いいや、ずいぶん前にストブのいびきで目が覚めたのよ。さあ、起きてしたくをして。ゴールはすぐそこよ」

ヘックルはにっこりと笑いながらいった。

しかし、ヘックルの言葉とは裏腹《うらはら》に、その朝の空気ははりつめていた。みなだまりこくったまま、そそくさと荷造《にづく》りをし、朝日が梢《こずえ》の上に顔を出す前に出発した。午前から午後にかけて、一行は一度も休むことなく進みつづけた。

「食料探《さが》しはしないのかい？」

ルークがたずねると、ヘックルはほほえんだ。

「今夜は、もっとおいしいものでお祝《いわ》いするのよ。ケナガオオツノか、運がよければカシオジカかなにかでね」

ルークは前方の暗がりに目をこらしてみてから、首をふった。

「なにも変わらないみたいだけど。銀の牧場に近づいたって、どうしてわかるの？」

「感じるのよ、ルーク。まちがいない、銀の牧場はもう遠くないわ」

ヘックルは目を細め、頭の羽をふるわせながら静かにいった。

一行が進むにつれて、オオグチハイカイたちが落ち着かなくなってきた。鼻を鳴らしてみたり、目をぐるりとまわしてみたりするかと思えば、前足で地面をかいたり、頭をうしろにはね上げたりするのだ。一度などは、ルークのオオグチハイカイが後足で立ち上がったが、ヘックルのすばやい対応《たいおう》で、なんとかはてしない森に一人とり残されずにすんだ。

「あそこになにかいたみたい。こっちを見てたわ……」

しばらくして、マグダがいった。

ヘックルはオオグチハイカイの手綱《たづな》をしぼって、聞き耳を立てていたが、やがていった。

「勇気を出して、マグダ。たぶん、モリブタがカシショウロでもほじくり返しているのよ。でも、急ぐにこしたことはないね」

マグダは無理に笑おうとした。ほかの二人もそれにならった。ところが、紫《むらさき》色に縁《ふち》どられた黒雲がまだ低い太陽をおおいかくして、森全体が闇《やみ》に閉《と》ざされると、三人の心臓《しんぞう》の鼓動《こどう》は早くなった。

すると、左手の下生えのなかから、黄色と緑のトビムシがシューシューいいながら飛び出してきて、目の前を横切った。驚《おどろ》いたオオグチハイカイたちが後足で立ち上がった。

「落ち着いて。とり乱《みだ》さないの」

ヘックルはいった。

ルークはなにかが闇にひそんでいるのではないかと、しきりに右を見たり左を見たりしていた。

その目が、一本の木の向こうをさっと通りすぎる黒い影《かげ》をとらえた。ルークはぞくっとした。

カラン。

「今のはなんだ？」

ストブがはっとしていった。

「落ち着いて、ストブ。恐怖《きょうふ》はかすかな物音でも大きくしてしまうもの」

ヘックルはいった。

カラン。

「まただ。あっちから聞こえる」

ストブは不安げにあたりを見まわした。

「離《はな》れないで」

ヘックルはうなずいてささやくと、オオグチハイカイのわき腹《ばら》をけって速度を上げさせた。ほかの三人も従《したが》った。

カラン。

物音はうしろに遠ざかっていった。ヘックルは速度をゆるめていった。

「なんとかまいたようね。でも、念のために、銀の牧場に着くまで絶対《ぜったい》に音を立てないように……」

そのとき、耳元をなにかがヒュンとかすめた。続いて、ドスッとなにかが刺《さ》さる音と、木がバリッとさける音が聞こえた。おびえるオオグチハイカイの背《せ》からマグダが見ると、わずか十センチしか離《はな》れていないシズノキの大木の幹《みき》に、黒曜石《こくようせき》の穂先《ほさき》のついた槍《やり》が刺さっていた。

マグダは悲鳴を上げた。ストブは、キイキイ鳴きながら後足で立ち上がったオオグチハイカイに必死にしがみついた。そこへ別の槍が飛んできて地面につきささり、落ちていたテツノキのどんぐりを飛び散らせた。

「木に上って！　でも、離《はな》れちゃだめよ！」

ヘックルがさけんだ。

しかし、むだなことだった。とつぜんあたりには、のどの奥《おく》からしぼりだすような無数の低い声が、単調なリズムで共鳴するように響《ひび》きはじめた。

「ウッ、アー。ウッ、アー。ウッ、アー」

それを聞くとオオグチハイカイは、くるったようにはねまわりはじめた。

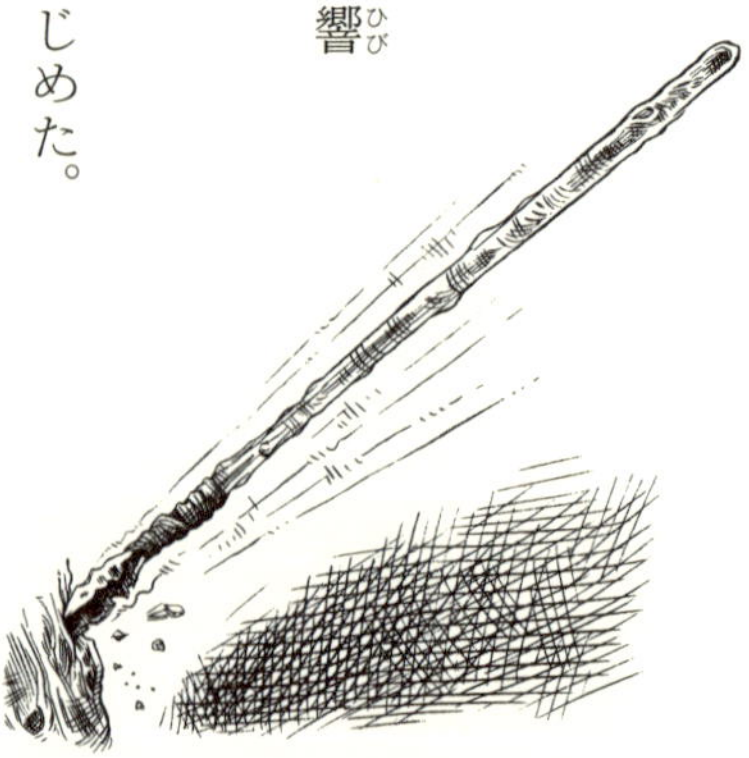

こうなっては、おとなしくさせるすべはなかった。するとまた別の槍が、風をきって飛んできた。

「ウッ、アー。ウッ、アー。ウッ、アー」

「ルーク！　ストブ！　この子、上らない！　あたしにはできない……」

はげしくはねまわるオオグチハイカイの上で、ふり落とされまいとしながらマグダがさけんだ。

と、とつぜんオオグチハイカイがダダダダッと駆《か》けだした。マグダは悲鳴を上げた。

「助けて！　だれか！」

「つかまってろ！」

ルークは大声でいうと、手綱《たづな》をグイッとひいて、マグダのオオグチハイカイを追わせようとした。

ところが、オオグチハイカイには別の考えがあったらしく、身がまえる間もなくルークを背中からふり落とし、低くはりだした太いテツノキの枝《えだ》に飛び乗った。

「離れちゃだめよ！」

ヘックルの声が聞こえた。

ルークはごろりとうつぶせになると、あたりを見まわした。暗い森の奥《おく》から、マグダのかすかなさけび声が聞こえてきた。ストブとヘックルはどこにも見えない。

「ウッ、アー。ウッ、アー。ウッ、アー」

胸《むね》の動悸《どうき》をおさえてルークが顔を上げると、頭上《ずじょう》のテツノキの枝《えだ》に、自分のオオグチハイカイがとまっていた。ルークはよろよろと立ち上がったが、痛《いた》めたひざに激痛《げきつう》が走り、うめき声を上げてふたたび地面に倒《たお》れこんだ。

「おいで、いい子だからこっちにおいで」

ルークはささやきかけたが、枝の上のオオグチハイカイは、恐怖《きょうふ》に大きく見開いた目で、見つめ返すばかりだった。ルークは歯ぎしりをした。しかたがない。オオグチハイカイが来ないなら、こっちから行くまでだ。

ルークは頭を低くして、テツノキの根元に向かって地面をはっていった。少しずつ、少しずつ……。ひざ頭《がしら》の裏《うら》にナイフでもつっこまれたかのように、体を動かすたびにひざがぎしぎしと痛んだ。

「ウッ、アー。ウッ、アー。ウッ、アー」

だしぬけに、また槍《やり》がうなりを上げて飛んできて、オオグチハイカイのわき腹《ばら》につき刺《さ》さった。低いうめき声とともに、オオグチハイカイはテツノキのドングリのように落ちていき、ドサッと地面にたたきつけられ、動かなくなった。

ルークは凍《こお》りついた。次はなんだ？

「ウッ、アー。ウッ、アー。ウッ、アー」

単調なうなり声は前にも増《ま》して大きくなった。あらゆる方角から聞こえてくるようだ。ルークは孤立無援《こりつむえん》だった——傷《きず》つき、おびえて。走ることはできない。かくれることもできない。そのうえ、なにか大きなものが近づいてくる……。吐《は》き気ともめまいともつかない気分のなかで、あの悪夢《あくむ》が急に現実《げんじつ》になったかのような気がした。

そのとき、ルークは見た。図体が大きく、見るからに凶暴《きょうぼう》そうで、なんともぶかっこうな生き物を——デクトログを大きく、おそろしく、そしてもっともっと醜《みにく》くしたようだった。大きくてにぶそうな顔は、染《し》みだらけで傷《きず》におおわれている。低くつぶれた鼻はクンクンと空気のにおいをかぎ、つきだした額《ひたい》にはしわが寄《よ》り、その下の落ちくぼんだ赤い目は、森のうす暗い地面をギョロギョロとにらみつけている。

ルークは地面につもったやわらかい落ち葉にもぐりこんで、息を殺していた。どうか見つかりませんように。

「ウーッ!」

そのトログが肩越《かたご》しにうなると、ギザギザの黄色い爪《つめ》とからみ合う長い髪《かみ》をした別のトログが姿《すがた》を現《あらわ》した。

「アーッ!」

あとから来たトログはうなり声で答えると、肩から下げたさやから槍《やり》をぬき、空中でふりまわした。

「アーッ!」

四方八方から答えが返ってきた。と、うす暗い森のなかから、巨漢《きょかん》のトログたちがわらわらと飛び出してきた。ルークは恐怖《きょうふ》にガタガタとふるえだした。どのトログも、ドクロをいくつも革《かわ》ひもに通したものを首にかけている。トログたちがニタニタ笑いを浮《う》かべて、表情《ひょうじょう》のない目であたりをにらみつけながら歩きまわるにつれて、ドクロがカラカラと音を立てた。

「アーッ!」

最初のトログと目が合った。見つかった!

「来るな、来るな、来るな」

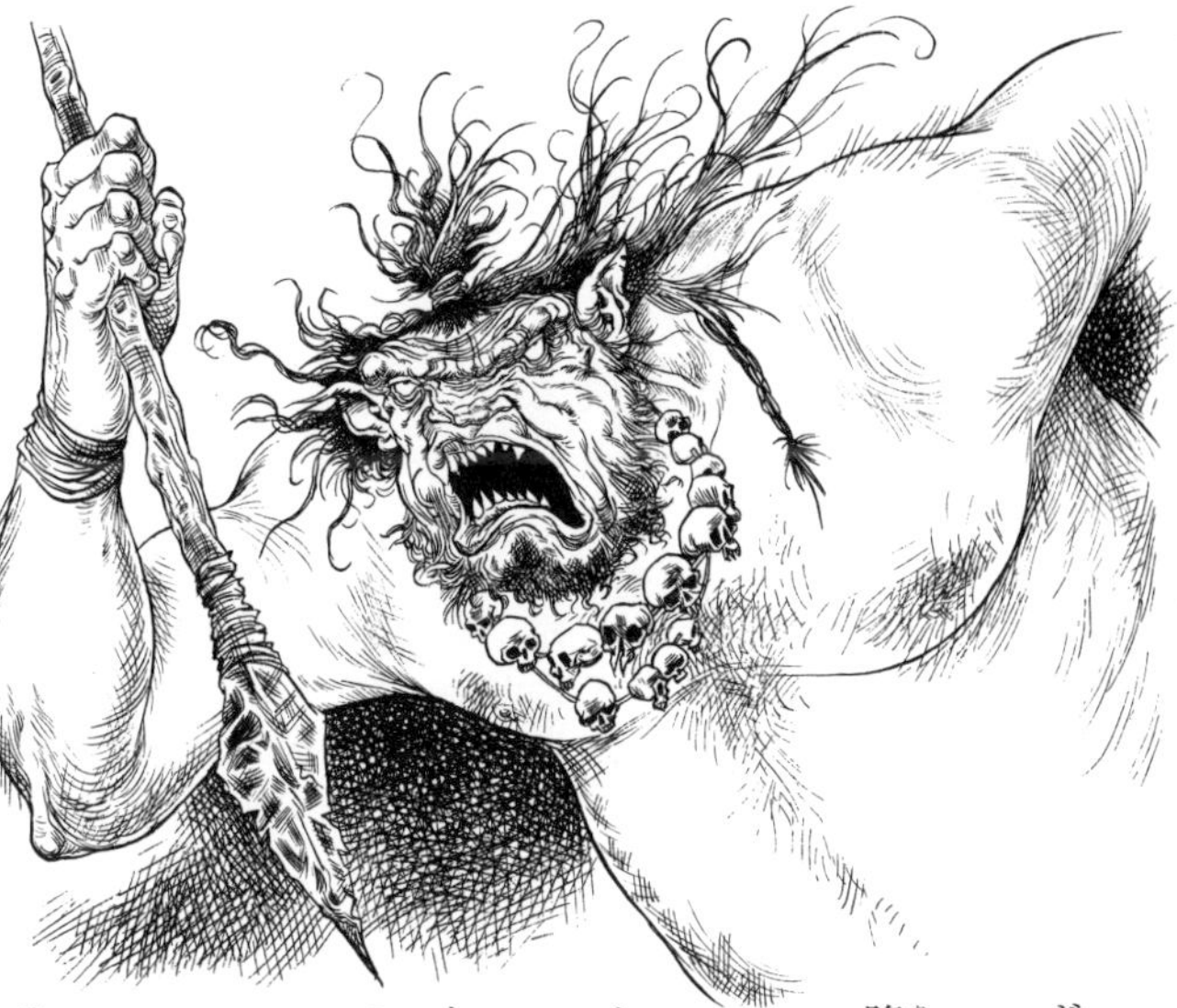

地面にすわりこんだまま、両手を使って必死にあとずさりながら、ルークはつぶやいた。

トログはあわてるでもなく近づいてくると、筋肉《きんにく》隆々《りゅうりゅう》の腕《うで》を後ろにひいて、槍を投げた。

ルークはとっさに身をかがめた。

槍はルークをかすめて、背後《はいご》のからまり合った草むらに飛びこんだ。トログは別の槍を手にすると、ドクロの首飾《くびかざ》りをカラカラいわせながら、突進《とっしん》してきた。大きく開いた口のなかには、長いオオカミのようなキバがずらりとならんでいる。

「アーッ!」

トログがほえた。

痛《いた》めたひざに鋭《するど》い痛みが走り、ルークはその場にうずくまった。もうだめだ。トログのドシンドシンという足音に、地面がゆれる。悪くなった油のようないやなにおいがする。トログが槍《やり》をかまえて投げようとすると、黒曜石《こくようせき》の穂先《ほさき》の断面《だんめん》が、枝《えだ》の間から射《さ》しこむ日の光を受けてキラリと光った。

「アーッ！」

ルークはギュッと目を閉《と》じ、苦々《にがにが》しく思った。これが、悪夢《あくむ》の結末だったのか。

ちょうどそのとき、ルークの背後《はいご》でせわしないカリカリという音がしたかと思うと、次になにかがうごめくようなウワーンという音が聞こえてきた。トログは大声でさけんだ。

ふり向いてみると、背中《せなか》が銀色でとがった体つきの小さな生き物の大群《たいぐん》が、先ほどの槍が刺《さ》さった草むらからぞくぞくと飛び出してくるところだった。こんな危険《きけん》な状況《じょうきょう》であったにもかかわらず、ルークのなかの大地学者の本能《ほんのう》が目を覚ました。長くとがった鼻先と、短い三角の翼《つばさ》からすると、明らかにかつて飛空船の船倉《せんそう》に住みついていたというネズミドリの親戚《しんせき》だろう。この生き物も、ネズミドリと同じように群《む》れをなして飛ぶが、害のない残飯あさりの親戚とはちがい、この見るからにおそろしい生き物は獲物《えもの》を襲《おそ》うハンターらしかった。

黒雲のように群れをなす無数の銀色の生き物は、一糸乱《みだ》れずに羽ばたきながら飛びまわる。先頭の一匹《びき》が曲がれば、全体がそれに従《したが》う。そのようすはまるで、風をはらんであちらへこちらへとはためく巨大《きょだい》なシーツのようだ。

「アーッ！」

トログがもう一度さけんだ。

そのとたん、生き物の群れはさっと向きを変え、トログめがけて急降下《きゅうこうか》してきた。トログははげしくほえ立てながら、槍で生き物の群れに打ちかかった。何匹かが地面に落ちた——だが、これほどの大群にとっては、五、六匹の仲間が死んだところで痛《いた》くもかゆくもない。

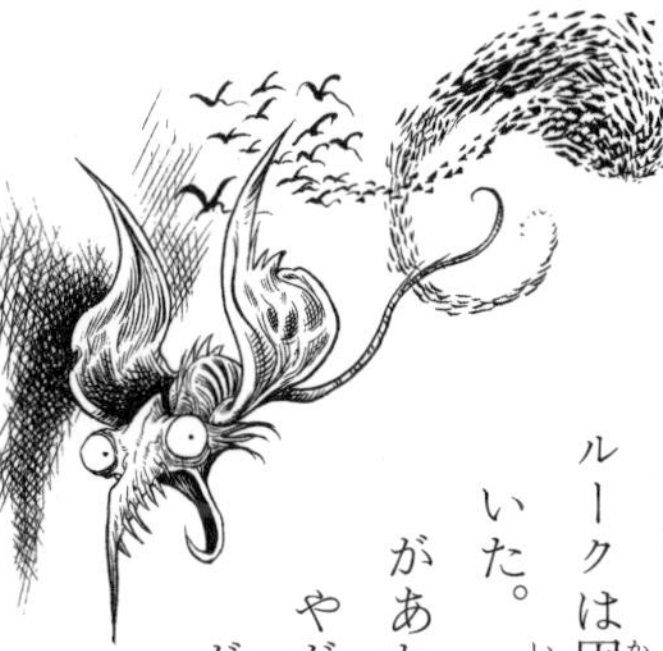

「アーッ」

ルークは固唾《かたず》をのんで見つめた。興奮《こうふん》が恐怖《きょうふ》にとって代わる。群れが襲《おそ》いかかっていた。一瞬《いっしゅん》のうちに、トログの姿《すがた》は見えなくなった。ガリガリ、ズルズルいう音があたりに響《ひび》きわたった。しかし、それも長くは続かなかった。

やがて、生き物の群れはギャアギャアとやかましく鳴きながら、空に舞《ま》い上がった。

冷たい恐怖《きょうふ》がもどってきた。あわれなトログは骨《ほね》だけになっていた。

今までトログのいた場所には、白い骸骨《がいこつ》が立っていた。ルークが見つめるうちに骸骨《がいこつ》はガラガラとくずれ落ち、その上にうつろな笑いを浮《う》かべた頭蓋骨《ずがいこつ》が落ちた。骨《ほね》の山のなかには、あのいまわしいドクロの首飾《くびかざ》りもあった。その上に、槍《やり》がカランと倒《たお》れた。

先頭のトログの最期《さいご》を見ると、ほかのトログたちは警戒《けいかい》のさけびを上げた。

「アーッ！ ウーッ！」

そして、いっせいに向きを変えると、あわてて森の奥《おく》へ逃《に》げこんでいった。

血に飢《う》えた小さな生き物の群《む》れは、空中を飛びまわっている。つかの間それは、帆《ほ》をいっぱいにふくらませた巨大《きょだい》な飛空船のように見えたが、すぐに向きを変えて、トログたちを追っていった。

しばらくの間、ルークは動けなかった。息が荒《あら》く、はげしい。すぐわきに、生き物の一匹《ぴき》が首を折《お》られて死んでいた。拾い上げてみると、てのひらよりも小さくて、体にはウロコが生えていた。細いあごから、カミソリのように鋭《するど》い歯が四本飛び出している。

ルークはぞっとした。この生き物は一匹ずつならば危険《きけん》でもなんでもないが、群れになると巨大なおそろしいハンターに姿《すがた》を変えるのだ。

ルークは興奮《こうふん》と嫌悪感《けんおかん》に襲《おそ》われながらも、その小さな生き物を細かな部分にいたるまで覚えておこうとした。図書館にもどったら、それを論文《ろんぶん》にして名前をつけよう。そして、いつの日か、若《わか》き下級司書がその論文を読んで、夢見《ゆめみ》るかもしれない……。

そうだ、キリコミドリにしよう。

落ちていた槍の一本を支《ささ》えにして、ルークは痛《いた》みをこらえながらゆっくりと立ち上がった。うす暗い森に目をこらしてみる。どっちを向いても同じに見える。ルークはため息をついた。原始的なドクロトログとキリコミドリからはなんとかのがれたものの、結局深森《ふかもり》のなかでたった一人、迷子《まいご》になってしまった。

地下の図書館にいたころは、深森のことを「はてしない」と表現《ひょうげん》する人が多いことを不思議に思ったものだ。もちろん、本当にはてしないはずがない。地図を見ればわかる。ほら、ここが崖《がい》の地で、ここが薄明《はくめい》の森の境界《きょうかい》で……。でも、一週間深森を旅してみると、まさに「はてしない」という言葉どおりだという気がしてくる。あまりに広大で、迷《まよ》ったが最後、永久《えいきゅう》にぬけだせなくなってしまいそうだ。

はぐれた仲間を呼《よ》ぶことはおそろしくてできなかったため、ルークはわずかに顔をのぞかせる太陽を頼《たよ》りに歩きだした。ひざはずきずきとうずき、危険《きけん》が去った今、空腹《くうふく》で体の力がぬけてしまったような気がした。ルークはたえずあたりに目を配《くば》りながら、よろよろと歩きつづけた。一歩ふみだすごとに不気味さを増《ま》していく森のさまざまな音に、泣きださずにいるのがやっとだ。

「落ち着くんだ」

ルークは自分に言い聞かせた。

あれはなんだ？　足音のように聞こえる。自分の方に近づいてくる。

「だいじょうぶだ。気をたしかに持て」

そうつぶやいてみるが、その声はつのる恐怖《きょうふ》にうわずっていた。

やっぱり、そうだ。あれは足音だ。重々しく、たしかな足どりだ。あのおそろしいドクロトログが、今度こそ餌食《えじき》にしようともどってきたのか？　ルークはツタがびっしりまきついた太い木の幹《みき》の後ろにかがみこんで、こわごわとようすをうかがった。木々をかきわけて出てきたのは……。

「ヘックル！」

ルークは声を上げた。

ヘックルは驚《おどろ》いていった。

「ルーク！　無事だったのね！　ああ、ルーク。大地と大空に感謝《かんしゃ》します！」

そして、ルークがよろよろと立ち上がると、つけ加えた。

「でも、けがをしているね！　どうしたの？」

「ひざを痛《いた》めたんだ」

ルークは答えた。

ヘックルはオオグチハイカイから降《お》りて、ルークのもとに駆《か》け寄《よ》ると、しゃがみこんでひざのぐあいを確《たし》かめた。

「はれてるね。でも、ひどくはない。ちょっとすわっててもらえる？　その間に手当てするから」

ルークはドサリと地面にすわりこんだ。ヘックルは背《はい》のうから緑色の軟膏《なんこう》の入った壺《つぼ》と包帯《ほうたい》をとり出して、ひざの手当てにとりかかった。

「空飛ぶ生き物たちを見なかった？　何千匹《びき》もいたんだけど。大きなトログをあっという間に骨《ほね》だけにしちゃったんだ」

ルークはいった。

ヘックルはひざの関節に軟膏《なんこう》をぬりこみながら、うなずき、暗い声でいった。

「そいつだけじゃないよ」

ルークははっと息をのんだ。

「それって、まさか……ストブとマグダも……？」

ヘックルは顔を上げていった。

「ほかのトログもってこと。ストブとマグダは無事よ。銀の牧場のはずれで待ってるよ」

「大地と大空に感謝《かんしゃ》します」

ルークはほっとした。

「ほら、終わった。わしのオオグチハイカイに乗せてあげよう」

ヘックルは包帯をしっかり結び終えるといった。

オオグチハイカイは速足で走りだした。ヘックルは前で手綱《たづな》をとり、うしろのルークは、鞍《くら》をしっかりとつかんでいる。進んでいくうちに、周囲の樹木《じゅもく》がまばらになってきた。顔に吹《ふ》きつける向かい風が上空の黒雲を吹き散らし、その日初めて暖《あたた》かな日差しが森の地面に届《とど》いた。それにつれて、ルークの気持ちも楽になっていった。

「もうじきだよ。あの辺の木が牧場との境目《さかいめ》だからね」

ヘックルは高いシズノキの列を指さした。

ルークはにっこり笑った。やっと着いた。次の瞬間《しゅんかん》、よろこびは頂点《ちょうてん》に達した。

「あれを見て！　マグダとストブだ！」

「そうよ、ルーク。でも……ちょっと待って。あれはなに？」

ヘックルの羽がふくらみ、両目が飛び出しそうになった。

「なに？　なに？」

ルークはあたりに目をやったが、危険《きけん》な兆候《ちょうこう》は見あたらなかった。ストブとマグダは長い倒木《とうぼく》のわきに降《お》り立ち、近くのシズノキにオオグチハイカイをつないで、こちらに背《せ》を向けるかっこうで銀の牧場を見わたしている。急におそろしくなって、ルークは聞いた。

「どうしたの？」

ヘックルは手綱をピシリと鳴らし、オオグチハイカイのわき腹《ばら》をけった。

「気をつけて、ストブ、マグダ！」

疾走《しっそう》するオオグチハイカイの上でヘックルはさけんだが、その声は風にかき消された。

「今のはなに？」

マグダはいった。

「なにも聞こえないよ」

ストブは肩《かた》をすくめて、倒木《とうぼく》の上に腰《こし》をおろした。

ふり向いたマグダは、興奮《こうふん》した声を上げた。

「見て、ヘックルよ。それに、ルークもいる！」

ストブは眉《まゆ》をひそめた。

「あいつら、なんだって速駆《はやが》けしてるんだ？　あんなに腕《うで》をふりまわして。まさか、あのおそろしいトログどもが……？」

マグダはよく見ようと、倒木の上に飛び上がった。

「ちがうと思う。トログには追いかけられていないもの」

そういうと、両手をメガホンにしてどなった。

「どうしたの？　だいじょうぶ？」

「手なんかふらないで！　二人とも、さっさとそこから逃《に》げて！」

ヘックルがどなり返した。

ヘックルのようすからすると、マグダとストブに危険《きけん》がせまっているのはまちがいなかった。ルークはどなった。

「逃げるんだ！　早く！」

とつぜん、不気味な地響《じひび》きがして、シューシューという大きな音が聞こえた。地面がゆれている。落ち葉がぱっと舞《ま》い上がる。ケラケラが二匹《ひき》、地面を駆《か》けぬけて姿《すがた》を消した。

ルークは驚《おどろ》きと恐怖《きょうふ》に目を見開いた。ストブとマグダの乗った倒木がグラグラとゆれはじめ、その場で水平にぐるりと回転したかと思うと、とつぜん片方《かたほう》のはしが宙《ちゅう》にはね上がった。倒木は身もだえし、大きく左右に身をゆらしながら、大きな口を開いて鋭《するど》いキバと洞窟《どうくつ》のようなのどをむきだしにした——そして、耳ざわりで血も凍《こお》るような声でほえた。

「ストブ。マグダ……」

ルークはぼう然とつぶやいた。

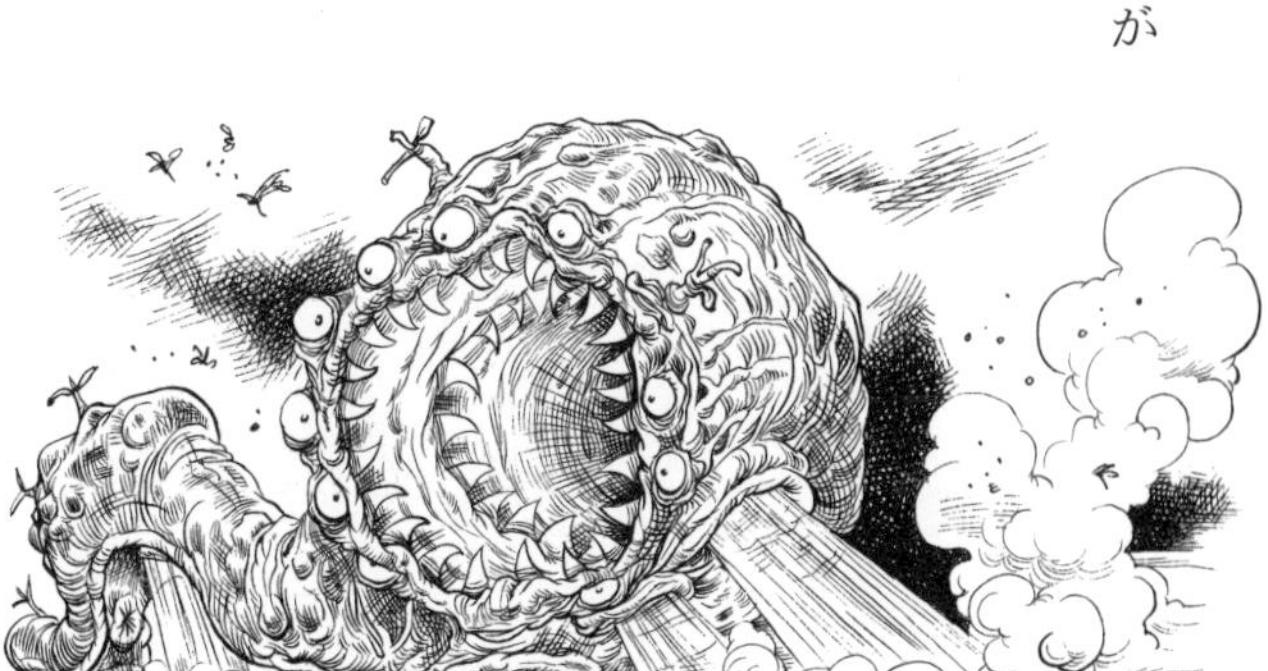

第十章　銀の牧場

ルークは、身をくねらせる巨大《きょだい》な怪物《かいぶつ》が、こけの生えた腹《はら》にずらりとならんだ、イボのような孔《あな》から空気を吹《ふ》き出して宙《ちゅう》に浮《う》かび上がるところを、恐怖《きょうふ》にとらわれて見つめていた。

「マルタムシよ！　二人とも無事でいておくれ！」

ヘックルは一声さけぶと、オオグチハイカイにはげしくけりを入れた。

ストブは浮《う》き上がったマルタムシのすぐうしろにドスンと落ち、そのまま動かなかった。マグダは立木につながれたオオグチハイカイのわきにドサッと落ちた。オオグチハイカイたちは、マルタムシが空中で身をくねらすと、くるったようにはねまわり、後足で立ち上がった。

「ストブ、気をつけて！」

マルタムシの巨大《きょだい》な口がストブの方に近づいていくのを見て、マグダはさけんだ。

その声を聞いたとたん、マルタムシは向きを変えた。マグダは悲鳴を上げた。オオグチハイカイたちは恐怖に目をむき、キイキイバウバウと鳴きながら、はげしくはねまわった。マルタムシの口のまわりに丸くならんだ緑色の目が、オオグチハイカイたちに向けられた。

「頼《たの》む、マグダ！　逃《に》げてくれ……」

ヘックルのうしろで、ルークはさけんだ。

しかし、その声は、とてつもなく大きなシューシューいう音にかき消されてしまった。マルタムシの巨大な口が、おそろしい勢《いきお》いで空気を吸《す》いこんでいる。その口を下に向け、木の葉やドングリを吸いこみながら、マルタムシはマグダとおびえるオオグチハイカイたちに襲《おそ》いかかろうとしていた。キイキイと鳴きながら、うずまく風の空洞《くうどう》に吸いこまれまいとするオオグチハイカイのわきで、マグダはぴんとはった手綱《たづな》を死にものぐるいでつかんでいる。

「マグダ……」

ルークは言葉を失った。

ヘックルはオオグチハイカイを急停止《きゅうていし》させると、背《せ》から飛び降《お》りてマグダに向かって走った。

「マグダ！」

呼《よ》びかけながら、マグダの手首をつかむ。すかさずヘックルがグイッとひきよせると、マグダの外套《がいとう》がうずまく風をはらんでブワッとふくらんだ。

ぴんとはりきった手綱《たづな》がピシッという音とともに切れ、マルタムシに向かって転がっていったオオグチハイカイの一頭が、洞窟《どうくつ》のような口に吸《す》いこまれた。マルタムシは背を丸め、体をふるわせながら、まだキイキイと鳴いているオオグチハイカイの体をメキメキとかみくだいた。

マグダをひきずりながらストブに近づいたヘックルは、シャツをつかんでひっぱった。

「起きて、ストブ。起きて！」

ストブはうーんとうなった。

そのとき、もう一度ピシッという音がして、もう一頭のオオグチハイカイが悲鳴を上げながらのみこまれた。マルタムシは雷《かみなり》がとどろくようなゲップをした。

ヘックルとマグダはストブを立ち上がらせると、身をくねらせる怪物《かいぶつ》からよろけながら逃《に》げだした。ルークは、おびえてはねまわるオオグチハイカイのわき腹《ばら》をけった。

「いい子だ、おとなしくしろ。助けにいかなくちゃ……うわあっ！」

おびえきったオオグチハイカイがキイキイ鳴きながら後足で立ち上がったため、ルークは思わずさけんだ。その声にマルタムシが向きを変え、ルークは血のように赤いのどをまともにのぞきこむかっこうになった。口のまわりにならぶ緑色の目が、底知れぬ敵意《てきい》をむきだしにしてルークを見すえている。と、マルタムシはシューシューと不気味な音を立て、途中《とちゅう》にあるものをかたっぱしから丸のみしながら、ルークの方に向かってきた。

オオグチハイカイが後ろにひっぱられているのがわかる。まるで竜巻《たつまき》にまきこまれたかのようだ。ルークは必死に手綱をひき、少しずつ少しずつおそろしい口へとひきよせようとする空気の渦《うず》から、オオグチハイカイをぬけださせようとした。とつぜん、ピシッという音を立てて手綱が切れ、ルークの手のなかに残った。

ついた。

ルークはうめいて、ティルダー革《がわ》の手綱《たづな》を投げすて、オオグチハイカイの首にしゃにむにしがみついた。

「うそだろ」

「図体に合う獲物《えもの》を探《さが》せ！」

さけび声が聞こえてルークがふり返ると、いかにも貧弱《ひんじゃく》なヘックルが羽をふくらませ、目をギラギラさせて、ナゲキの枝《えだ》を地面にはげしくたたきつけていた。巨大《きょだい》なマルタムシは、その音にひきつけられ、怒《いか》りの声を上げながらヘックルの方に体をひねった。小枝や、木の葉や、石や、土が空中にまきあげられる。

とつぜん自由になったオオグチハイカイは、力強い足の許《ゆる》すかぎりの速さで逃《に》げ出した。やがて、必死につかまるルークを乗せたまま、急にまばらになったシズノキの木立をつっきり、まばゆく輝《かがや》く広大な銀の牧場に飛び出した。

ルークは心の底からほっとした。広くゆるやかな起伏《きふく》におおわれた牧場はまさに圧巻《あっかん》だった。目の届《とど》くかぎりどこまでも広がる銀色がかった緑をさえぎるように、群《む》れをなして草をはむケナガオオツノやティルダーの黒と茶が点在《てんざい》している。

雲一つない空を、鳥が横切っていく――ユキドリや、コナキトンチドリの群れ、けたたましく鳴きかわすウタイガモ、獲物《えもの》を探《さが》しながら空中の一点にとどまるシツゲンワシ、そして、はるか彼方《かなた》を、一羽のシュゴ鳥がゆったりと羽ばたいていく。その下を、なにかの動物の大群《たいぐん》が、ゆっくりと牧場を横切っていく。あたりには、動物たちの発する温かくかびくさいようなにおいと、ふみしだかれた青草のかぐわしい香《かお》りがたちこめている。のんびりした低い鳴き声が響《ひび》きわたり……。

そのとき、ルークの真後ろで、鋭《するど》い音が空気を切りさいた。マルタムシだ！　ルークはオオグチハイカイのわき腹《ばら》をけって、速駆《はやが》けさせた。ふり返る勇気はなかった。巨大《きょだい》な怪物《かいぶつ》は、こんな広々した草原まで追いかけてきたのだ。前方では、ケナガオオツノの大群がけたたましい鳴き声を上げ、いっせいに向きを変えて、砂煙《すなけむり》をまきあげながら逃《に》げ去った。

マルタムシはすぐうしろにせまっていた。うずまく風が、外套《がいとう》や、ズボンや、髪《かみ》にからみついてひきもどそうとする。オオグチハイカイが疲労《ひろう》であえぎはじめた。

「急げ！　急げ！　あきらめるな！」

ルークが必死にせき立てると、オオグチハイカイは苦しそうに鼻を鳴らした。すでに力は出しつくしていた。これ以上は無理だ。しっかりしがみつきながら、ルークは前に身を乗り出してささやいた。

「おまえはよくやってくれたよ」

オオグチハイカイがよろめいた。ルークは悲鳴を上げた。オオグチハイカイは、そのまま薬草のようなにおいのするやわらかな草むらに倒《たお》れこみ、ルークは投げ出された。マルタムシの巨大《きょだい》な口がぐんぐんせまってくる……。

「いやだ！　こんなのはいやだ！」

ルークはさけんだ。

そのとき、目のすみでなにかが動くのが見えた。次の瞬間《しゅんかん》、なにかがはげしくぶつかってきて、息ができなくなった。そして、つややかな木肌《きはだ》と、はためく帆《ほ》が目に入ったかと思うと、両手がつきだされ、体が地面からグイッとひっぱり上げられた。

ルークは息をのんだ。自分の体がぐんぐん上昇《じょうしょう》していく。

「どうやら間に合ったな」

うしろで声がした。ルークは肩越《かたご》しにふり向いた。これは、飛翔機《ひしょうき》だ！　飛翔機で空を飛んでいるんだ！　せまい座席《ざせき》にまたがっているパイロットは、若《わか》く、きゃしゃな体つきのホフリ族の青年で、飛翔服とゴーグルを身につけている。そのとき、飛翔機が左にかたむいた。

「あばれねえでくれよ。こいつはお客さんを乗せるのにはなれてねえからよ」

パイロットは短くいった。

ルークは、信じられない思いで前に向き直ると、粗《あら》くけずられた飛翔機の機首に腕《うで》をまわしてしっかりしがみついた。胸《むね》がよろこびに高鳴っている。

空を飛んでいるんだ！

はるか下から、悲しげなほえ声が聞こえた。下に目をやると、あわれ勇敢《ゆうかん》だったオオグチハイカイが、どん欲《よく》なマルタムシの口にのみこまれるところだった。断末魔《だんまつま》の悲鳴が響《ひび》きわたったかと思うと、それきりなにも聞こえなくなった。ルークはぞっとした拍子《ひょうし》に、あやうく手を離《はな》しそうになった。

「おっと、動かねえでくれ！　飛ぶのは初めてか？」

パイロットがどなった。

ルークはうなずいて、下を見ないようにした。

そのとき、繊細《せんさい》な飛翔機が乱気流《らんきりゅう》につかまった。機体がはね上がったかと思うと急に前につっこみ、そのままらせん降下《こうか》におちいった。ホフリ族のパイロットは手をさっと前にのばし、何本もあるロープをひっぱって、錘《おもり》を上げたり、帆《ほ》の向きを変えたりしはじめた。その間も、細く曲がったあぶみに乗せた足で、バランスをとっている。地面がぐるぐるまわりながら近づいてくるのを見て、ルークは心臓《しんぞう》が口から飛び出しそうになった。

「わかった、わかった。おめは二人乗りじゃねえもんな」

パイロットは歯を食いしばって、二本のロープを同時にひきながらつぶやいた。

すると、だしぬけに飛翔機《ひしょうき》はらせん降下からぬけだして、ふわりと姿勢《しせい》を回復《かいふく》した。と思ったら、今度は横から突風《とっぷう》が吹《ふ》きつけてきた。はげしい横風を受けて、飛翔機がふたたびきりもみを始めそうになると、ルークは胃袋《いぶくろ》が宙返《ちゅうがえ》りをするかと思った。つぎはぎだらけの帆があっちへふらくらみ、こっちへたわみ……。

「助けて！」

ルークは思わずさけんだが、その声はバタバタと吹きつける風にさらわれてしまった。

チラッと後ろに目をやると、若《わか》いホフリ族のパイロットは、歯を食いしばって操縦《そうじゅう》レバーをにぎっていた。飛翔機ははげしく振動《しんどう》し、いまにもバラバラにこわれてしまいそうだ。

「いい子だ、落ち着け!」

パイロットは飛翔機《ひしょうき》をなだめながら、足でバランスをとり、何本ものロープと格闘《かくとう》している。

ルークは息をつめた。

パイロットは集中のあまり額《ひたい》にしわを寄《よ》せながら、ゆっくりゆっくり飛翔機を旋回《せんかい》させていった。うしろから風を受けたときに備《そな》えて、両足を上げてバランスをとっている。ルークは、こぶしが白くなるほどの力で、けずりあげられた機首をつかんでいる……。

と、とつぜん、飛翔機ははげしくふるえた。真後ろから風につかまったのだ。帆《ほ》がパンッとふくらみ、ロープがぴんとはる。機体を不気味にギシギシいわせながら、飛翔機はおそろしい速度で矢のように飛び出した。

まさか、こんなに猛烈《もうれつ》な速度が出るなんて。ルークはうしろにのけぞり、息ができなくなった。口の両端《りょうたん》がうしろにひっぱられる。たまらず、ルークは目を固く閉《と》じた。

「ヘイ、ヘイ、ヘーイ!」

一瞬《いっしゅん》の後、後ろで歓声《かんせい》が上がった。ルークは信じられない思いだった。まさか、このホフリ族のパイロットは楽しんでいるのか? それとも、恐怖《きょうふ》で頭がどうかしてしまったのか?

もう一度、肩越《かたご》しに後ろに目をやる。これほどの速度で、そしておそろしいほどの急角度で飛んでいるにもかかわらず、パイロットは自分のやっていることがわかっているようだった。あぶみの上で立ち上がり、帆綱《ほづな》を一本ずつひいて、それぞれの帆の風を逃《に》がしてやり、同時にこの頼《たよ》りない飛翔機のバランスを完璧《かんぺき》にとっている。

「ヘイ、ヘイ、ヘーイ！」

パイロットはもう一度奇声《きせい》を発した。まちがいない、楽しんでいる。

飛翔機の前方に高い塔《とう》が見えた。粗《あら》けずりな材木を組み上げたその塔は、牧場につきたてられた巨大《きょだい》な木製《もくせい》の針《はり》のように見える。尖塔《せんとう》のすぐ下には、とってつけたような見張《みは》り台と、飾《かざ》り気のない通路が見える。通路にいくつもとりつけられたランタンは、銀の牧場の照り返しのなかでも、こうこうと輝《かがや》いて見える。

「いい子だ、おめならできる。もう少し、もう少しだ……」

ホフリ族のパイロットは小声でつぶやきながら、頭上《ずじょう》の黒いロープをグイッとひいた。ルークの左側の帆が上がった。

その効果《こうか》はてきめんだった。飛翔機の速度が落ち、風に乗るモリカエデの種のように、ゆっくりと大きな弧《こ》を描《えが》きだした。針《はり》の塔《とう》を一周旋回《せんかい》すると、飛翔機《ひしょうき》は降下《こうか》を始め、素朴《そぼく》な木の発着台に向かって除々《じょじょ》に降《お》りていき、最後にぴたりと着陸《ちゃくりく》した。

ルークはうれしさ半分、疲《つか》れが半分で、ぐったりと体を前に投げ出した。ホフリ族のパイロットはゴーグルをかなぐりすてると、顔を誇《ほこ》りに輝《かがや》かせて座席《ざせき》から飛び降りた。そして、にっこり笑いながら飛翔機の機首をなでた。

「もちろん、おめはやってくれると思ってたよ」

そういうと、ふと思い出すような顔をした。

「闇博士《やみはかせ》になにがわかるっていうんだ？　飛翔機に二人乗りなど、できるはずがないってか？　これでわかったろ、なあ、モリスズメバチ？」

パイロットは愛情《あいじょう》をこめて、飛翔機の機首をなでた。

ルークはその肩《かた》をポンとたたいた。

「ぼくはルーク・バークウォーター。心の底からありがとうといわせてもらうよ」

そこまでいうと、ルークはおやっという顔をした。

「今、闇博士っていった？　じゃあ、君も弟子《でし》なのか？」

ホフリ族のパイロットは下を見て笑った。

「おらはコブシ。弟子だって？　いや、おらはただの牧人だ。闇博士は……おらの知り合いだ」

そして、初めてルークに顔を向けた。

「でも、あんなにうまく飛べるのに。だれに教えてもらったの？　湖上発着場の師匠《ししょう》たちじゃないっていうなら」

ルークが聞くと、コブシは飛翔機をいとおしそうになでながら答えた。
「自分で覚えたのさ。こいつも全部おらが作った。そりゃ、一番きれいとはいえねえが、このモリスズメバチはすげえやつだ。いうことは聞くし、感度はいいし、反応《はんのう》は鋭《するど》いし……」
「まるで生きているみたいな話し方をするんだね」

ルークは興味《きょうみ》をかき立てられた。

「そりゃそうさ。なんたって、それが飛翔機《ひしょうき》が飛ぶ秘密《ひみつ》だもん。自分の飛翔機に友だちのように接《せっ》する――愛情《あいじょう》と、やさしさと、尊敬《そんけい》の気持ちを持ってな――そうすりゃ、飛翔機はそれを十倍にして返してくれる。おめがマルタムシに襲《おそ》われてるのを見て、おめを助けにいけとおらをせき立てたのは、このモリスズメバチだ。こいつはいった。『できるよ！　二人で力を合わせれば！』ってな。こいつのいうとおりだった」

コブシは熱く語った。

「大地と大空に感謝《かんしゃ》します。君たちがいてくれなかったら、ぼくはとっくに死んでたよ」

ルークは静かにいった。

そのとき、あちこちから声が聞こえてきた。見れば、六機ほどの飛翔機が――どれも、パイロットが一人ずつ乗っている――旋回《せんかい》しながらこちらに向かって降《お》りてくる。みな、コブシと同じホフリ族らしく、炎《ほのお》のように赤い髪《かみ》

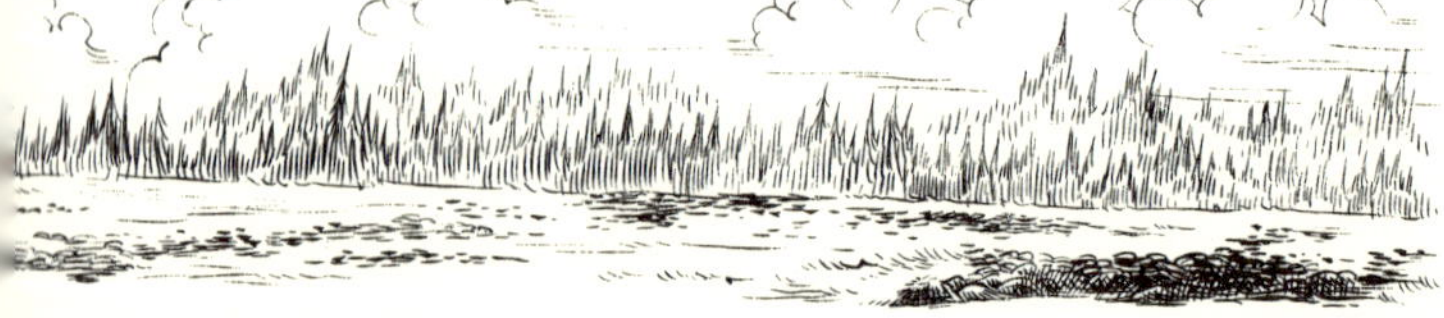

に、革《かわ》の飛翔服を着こみ、さかんに手をふっている。

「すげえぞ、コブシ！」

一人がどなった。

「こんな宙《そら》駆《が》け見たことないぞ！」

別の一人がさけんだ。
「それも、二人乗りで！　この目で見なかったら、とても信じねえところだ！」
パイロットたちは一人また一人と発着場に着陸すると、飛翔機から降《お》りて、ゆれるはしごを上ってきた。コブシは軽く会釈《えしゃく》をして、はにかんだようにいった。
「たいしたことじゃねえ。このモリスズメバチのおかげさ。この小さく

てかわいい……」

「でも、すごい腕前《うでまえ》じゃないか」

ルークが割《わ》って入り、ほかのパイロットたちに向かっていった。

「急降下《きゅうこうか》してきて、ぼくをマルタムシの口からさっとひっぱり上げてくれたんだ。それに、乱気流《らんきりゅう》や突風《とっぷう》にまきこまれたときなんか……見せたかったよ！」

言葉が見つからないというように首をふると、ルークは若《わか》いホフリ族の方にチラッと目をもどした。

「コブシはすばらしい！　ぼくの命の恩人《おんじん》だ！」

「そういうあんたは、だれ？」

背《せ》の低いやせたホフリ族が進み出てたずねた。

「商人みてえだな」

だれかがいった。

「例の見習いの一人だろう」

別のだれかがいった。

「そう、司書勲士《ししょくんし》見習いだ。名前はルーク・バークウォーター」

コブシが代わりに答えてくれた。

ルークはうなずいた。

「ほかの二人の見習いといっしょに旅をしてるんだ。オスのオオモズが自由の森まで案内してくれる。だれか見かけなかった？　無事かどうか知ってる人は？」

「オオモズだと？」

コブシはいって、鼻にしわを寄《よ》せた。

ほかの者たちも、ひそひそと言葉をかわしている。ホフリ族の間では、オオモズは歓迎《かんげい》されないらしい。

「オオモズといっても、ほかとはちがうんだ。親切で、思慮深《しりょぶか》くて……」

ルークは説明しようとした。

「そうだろそうだろ。だったら、おれはティルダーソーセージだ」

だれかが大声でいい、みなはどっと笑った。

「たしかに、おめは空飛ぶティルダーソーセージだ」

別のだれかがまぜっかえし、笑い声はいっそう大きくなった。

コブシはルークに向き直り、腕《うで》をつかんだ。

「来い。西の発着場からの方がよく見える。そっからなら、おめの友だちも見つけられるだろ」

西の発着場から下を見たルークは、息をのんだ。はるか眼下《がんか》のティルダーやケナガオオツノが、うすれゆく光のなかでモリアリのように見える。ルークは不安そうに手すりをつかんだ。

「すごい高さだ」

「でなきゃ、捜《さが》すのに使えねえだろ」

「わかってるよ。でも、どうしてこんなにゆれるんだ？」

ルークはふるえる声でいった。

「風が強くなってる。どうやら嵐《あらし》になりそうだな」

コブシは、空をながめていった。

ルークは眉《まゆ》をひそめてコブシを見た。

「嵐？　雷《かみなり》とか、球状雷《きゅうじょうかみなり》とか？」

「ああ。運がよきゃ、握《にぎ》りこぶしぐらいのヒョウもな」

コブシはクックと笑った。

「握りこぶしか」

ルークが小さな声でいうと、コブシは不思議そうな顔をした。

「まさかおめ、嵐を見たことねえのか？」

ルークは悲しそうに首をふった。

「覚えているかぎりではね。ぼくは、地下の下水道で育ったから——水がしたたる、ランプの明かりしかない閉《と》ざされた世界さ……」

そういいながら、首をひねって、暖《あたた》かな金色の日差しを顔にいっぱい浴びた。そして、コブシの方に向き直りながらいった。

「こんなの初めてだ。天気だってそう。ぼくが知っていることは、巻物《まきもの》や論文《ろんぶん》で読んだものばかりなんだ」

「なら、おめは、雷が落ちたときのアーモンドを煎《い》ったみてえなにおいも、大地の振動《しんどう》も、雪が鼻の頭に乗っかったときのふわっとした冷てえ感じも知らねえのか……？」

そこまでいったコブシは、ルークが顔を赤らめるのを見て言葉を切った。

「でも、おらはおめがうらやましいよ、ルーク・バークウォーター。そういうことを生まれて初めて味わえるなんてな――それも、そのすばらしさがわかる年で」

ルークはにっこり笑った。そんなふうに考えたことはなかった。

コブシは続けた。

「どれ、おめの友だちを捜《さが》してみよう。マルタムシにオオグチハイカイを食われちまったんなら、歩きでこっちに向かってるはずだ」

「そうだね」

コブシの視線《しせん》をたどって、銀の牧場で草をはむケナガオオツノの群《む》れを見わたしながら、ルークはいった。

「おめはあっちから来た。東オオモズ市場だ。目をこらせば、市場の塔《とう》が見えるはずだ」

ルークはうなずいた。すでに西にかたむいた太陽は濃《こ》いオレンジ色に染《そ》まり、森の木々は闇《やみ》に沈《しず》んでいる。そのなかに針《はり》のような塔がそびえ立ち、ルークが見つめる間にも、てっぺんに明かりが点《とも》った。コブシはもっと遠くを指し示した。

「あの辺がゴブリン共和国《きょうわこく》。その真南には鋳物《いもの》工場地帯がある。あの辺の空がひときわ暗いのがわかるか？　工場の煙突《えんとつ》からたえず吐《は》きだされる煤煙《ばいえん》のせいだ」

はるか遠くに、周囲が赤みを帯びたどす黒い雲がたしかに見える。

ルークはいった。

「ひどいところみたいだね」

「悪いことはいわね。鋳物工場地帯は、おらたちみてえなもんが行くとこじゃねえ。みんな、地上町より十倍も悪いっていってる――溶鉱炉《ようこうろ》と奴隷《どれい》の町だって……」

コブシは熱心にいった。

「奴隷だって？」

ルークはショックを受けた。

「もっとひでえよ。自由の森とは大ちがいだ」

暗い声でいってから、コブシはにっこり笑った。

「自由の森はいいぞ！　ほんとだ」

「自由の森はどっち？」

コブシはルークの体を、夕日に背《せ》を向けるまでまわした。

「あっちだ。あのテツノキの林の向こう。崖《がい》の国で一番美しい場所だ」

「そんなに近いの？」

ルークは興奮《こうふん》に身をふるわせた。薄闇《うすやみ》に目をこらすと、よろこびとともに悲しみがこみあげてきた。目的地がすぐそこだと知ってよろこんだのもつかの間、今ここに仲間がいないことを思い出したのだ……。

「ルーク！」

そのとき、ゆるやかにまく風に乗って、声が響《ひび》いた。

「ルーク！」

「マグダ？」

ルークはあわててざらざらの木の手すりをつかむと、下をのぞきこんだ。アリぐらいの大きさのホフリ族たちが、こちらを見上げている。ルークが手すりから顔をのぞかせると、ホフリ族たちはいっせいに手をふったり、指さしたりしながら大声でさけんだ。

「降《お》りてこい！」

「早く！」

「友だちが……」

そして、人垣《ひとがき》の前に三人の人物が押《お》し出された。

ルークはよろこびの声を上げた。

「マグダ！　ストブ！　ヘックル！」

そしてきびすを返してはしごを降り、通路に出ると、ギシギシ音のするジグザグの階段《かいだん》を駆《か》け下りていった。

「ルーク！」

下まで降りると、駆け寄《よ》ってきたマグダに抱《だ》きしめられた。マグダはわっと泣きだした。

「も、もうだめかと思ったじゃない。そしたら、ホフリ族がすーっと降りてきて……」

「あんたがしがみついてるように見えたのよ、ルーク」

ヘックルがいった。

「そうなんだ。ここにいるコブシが助けてくれたんだ」

ルークは顔を輝《かがや》かせて、うしろからついてきていたコブシをふり返った。

ヘックルはコブシに向かっていった。

「あんたは、大地と大空学者の真の友です」

コブシはあいまいにうなずいた。オオモズと話をするのが妙《みょう》な気分だったのだ。

「どうも。おら、だれでもすることをしたまでだ」

コブシはぶつぶつといった。

マグダはルークから離《はな》れると、あっけにとられるコブシをきつく抱《だ》きしめ、「ご謙遜《けんそん》ね、コブシ！　ありがとう、ありがとう、ありがとう！」といいながら、コブシの額《ひたい》に三回キスをした。

ほかのホフリ族たちがいっせいにはやし立て、コブシの赤い肌《はだ》が紫《むらさき》色に染《そ》まった。

ヘックルがそのさわぎに負けじと声を上げた。

「そろそろ出発の時間よ」

口々にひきとめたり、休息や寝床《ねどこ》を勧《すす》められるのを断《ことわ》り、ヘックルは聞いてくれというようにカギ爪《づめ》を上げた。口を開くと、ホフリ族は静かになった。

「今夜、わしらは、自由の森で夕食をとり、眠《ねむ》ることにしよう」

歓声《かんせい》がわき起こった。そして、ヘックルに率《ひき》いられて一行が出発すると、ホフリ族の面々は手をふり、口々に呼《よ》びかけた。

「がんばれよ！」

「大地と大空の恵《めぐ》みがともにあらんことを！」

「おらたちを忘《わす》れるな！」

ルークはふり向いてさけび返した。

「忘れないよ、絶対《ぜったい》に！　さよなら、コブシ！　さよなら！」

すでに太陽は沈《しず》み、一行が背《せ》にする水平線は色を失い、わずかに細い光の帯だけになった。頭上《ずじょう》には星々がまたたきだし、テツノキ林の急な丘《おか》に登るころには、夜鳴きかわす生き物の第一声が闇のなかに響《ひび》いた。

「自由の森って、近いんだ」

ルークは息を切らしながらいった。

「すぐそこよ」

ヘックルは答えた。

上りはゆるやかになったものの、どこまでも続くように思えた。今度こそ頂上《ちょうじょう》だと思うと、そこからまた上りが続いているというぐあい。月が昇《のぼ》り、あたりを明るく照らしはじめた。ルークは汗《あせ》で光る額《ひたい》をぬぐった。

「思ったより遠いんだな。コブシのいい方だともっと……」

「シーッ！　今の聞こえた？」

ヘックルは足を止め、聞き耳を立てながらささやいた。

ルークは耳をすました。

「まさか、うそだろ？」

右の方角から聞こえる音に、ルークはうめいた。あのシューシューいう音は……まちがいようもない。

「マルタムシだわ」

マグダがかすれ声でいった。

「そのようね。牧場の周囲の森は害獣《がいじゅう》だらけだから。それだけエサが豊富《ほうふ》ってことね」

ヘックルは不安そうに小声でいった。

「どうしよう、ヘックル？」

ストブがささやいた。

ルークは、ストブの口調からいつもの横柄《おうへい》さが消えていることに気づいた。

「手頃《てごろ》な木を見つけて、できるだけすばやく静かに上って。さあ、早く！」

ヘックルは押《お》し殺した声でいった。

一行はいわれたとおりにテツノキに音を立てずによじ登ると、太い枝《えだ》にネズミドリのようにうずくまり、体をヤミグモの糸で織《お》った闇《やみ》の布《ぬの》でおおった。マルタムシが近づくにつれてシューシューという音は大きくなり、落ち葉が宙《ちゅう》に舞《ま》い上がった。次の瞬間《しゅんかん》、巨大《きょだい》な口がよだれをたらしながら木々の間から飛び出してきた。キバと緑色の目が月明かりにギラリと光る。

一行は息を殺し、心臓《しんぞう》の鼓動《こどう》と体のふるえを必死におさえながらじっとしていた。どっかに行ってくれ。

頼《たの》む、頼む、頼む……。

そのとき、雲が月にかかり、あたりがいっそう暗くなった。ルークが下に目をやると、なにかが羽ばたきながら通りすぎていった。

「キリコミドリだ！」

ルークは思わずいった。

「そういう名前なのか」

となりでストブがつぶやくのが聞こえた。

マルタムシはなおも大きな音を立てながら、こちらに向きを変えた。ルークは身をちぢめた。下では、キリコミドリの大群《たいぐん》が、巨大《きょだい》な矢じりのように闇《やみ》を切りさいて上昇《じょうしょう》していった。すると、ふたたび月が顔を出し、銀色がかった黒色の無数の翼《つばさ》を明るく照らし出した。キリコミドリの大群は、まっすぐこちらに向かってくる。

ルークはうめいた。マルタムシからのがれられたとしても、今度はキリコミドリに襲《おそ》われる。目的地が目の前だというのに……。

とつぜん、なんの前触《まえぶ》れもなく、マルタムシがキリコミドリの方に向きを変えた。ルークはあっけにとられて、マルタムシが身をふるわせるのを見つめた。キリコミドリが、巨大で暗いトンネルのような口に吸《す》いこまれていく。

マルタムシは身をくねらせて、小さなキリコミドリを次から次へと吸いこみ続ける。まるで沸騰《ふっとう》したヤカンのようにかん高いシューシューという音を立てながら。最後のキリコミドリがマルタムシの口のなかに消えると、ルークはヘックルに向かっていった。

「全滅《ぜんめつ》だね」

「いやいや、その逆《ぎゃく》よ、ルーク。深森《ふかもり》では見かけどおりなんてことはめったにないんだから」

ヘックルはいった。

「でも……」

ちょうどそのとき、マルタムシがすさまじい苦悶《くもん》のさけび声を上げた。その声は森じゅうに響《ひび》きわたり、木の葉をふるわせた。ルークは首すじの毛が逆立《さかだ》つような気がした。催眠術《さいみんじゅつ》にでもかかったかのように見つめるルークの目の前で、マルタムシの巨大な体が消滅《しょうめつ》しようとしていた。キリコミドリがマルタムシの体の内側から、皮一枚、肉一切れ残さずに食いつくそうとしていたのだ。そのさまは

まるで、キリコミドリの群《む》れでできたマルタムシが宙《ちゅう》に浮《う》いているとでもいうようだった。やがて、まわりにはわからない合図でもあったかのように、キリコミドリたちは空中に舞《ま》い上がった——といっても、今はもう群れではなく、個々《ここ》ばらばらにあたりを飛びまわるのだ。

ルークはふるえる足で、テツノキからすべり降《お》りた。

「ふ、不思議だ……どうして群れがばらけたんだろう？」

ヘックルも降りてきて、ルークのとなりに立った。

「狩《か》りの熱狂《ねっきょう》が収《おさ》まったのよ。空腹《くうふく》になれば、また駆《か》り立てられるように群れを作るわ。でも、今度はほかの生き物の番。かなりの数のキリコミドリが、さまざまな捕食《ほしょく》動物の餌食《えじき》になるのよ」

そういって、ヘックルはゆかいそうに笑った。

ルークは信じられないというように首をふった。深森《ふかもり》のたくみにバランスのとれた生態系《せいたいけい》や、捕食者と獲物《えもの》の間にくり広げられる戦いについては、いやというほど巻物《まきもの》や論文《ろんぶん》で読んだ。しかし、経験《けいけん》するのはこれが初めてだった。なんとみごとに、すべてが収まっているのだろう。一種類だけが突出《とっしゅつ》することは決してない。勝者が敗者になり、敗者が勝者になる。そんな容赦《ようしゃ》なくも複雑《ふくざつ》なプロセスが永久《えいきゅう》にくり返されているのだ。

ルークは、自分が書くはずの論文のことを考えた。オオハグレグマの研究だ。少なくとも、オオハグレグマはやさしい生き物だ。気品があり、つつましく、誠実《せいじつ》で。だれもがそう信じている——ヴァリス・ロッドでさえ。いずれ、自分の目で確《たし》かめてみよう……。

「行くよ、みんな。もう目と鼻の先よ」

ヘックルは、ふたたび丘《おか》を登りはじめた。

ストブとマグダが続いた。ルークは期待に胸《むね》をふくらませながら、しんがりをつとめた。やがて頂上《ちょうじょう》が見えてきたが、ルークは、その先にまだ斜面《しゃめん》が続いているような気がした。そして、そのまた先にも。

しかし、今度こそ、まちがいなく頂上だった。地面はそこから下りはじめ、目の前にはすばらしい自由の森が広がっていた。右手には、蜜《みつ》の色のランプがこうこうとあたりを照らし、左手には、燃《も》えさかるたいまつがチラチラとまたたいている。その向こうには、もう少し暗く赤みを帯びたかまどの火が見える。そのずっと先には、三つの湖が月明かりを浴びて銀色に輝《かがや》いている。そのうちの最も大きな湖の中央には、さまざまな色の光が点滅《てんめつ》する、高い尖塔《せんとう》のような建物が立っていた。これから数カ月の間、そこに滞在《たいざい》して勉学にいそしむのだ。

ルークは指さしながらいった。

「湖上発着場。あたらしいわが家だ！」

第十一章　アラシバチ

湖上発着場

ルーク、マグダ、ストブは、舞《ま》い上がる気持ちをおさえて、急な斜面《しゃめん》を駆《か》け下りていった。そのうしろからヘックルが、羽根をバタバタさせ、大声で呼《よ》びかけながら続いた。

「気をつけて、ルーク、ストブ！　そんなに急がないで、マグダ！」

一行は木立から道へと飛び出した――無数の長靴《ながぐつ》や、木の車輪でならされ、固められたものだ。するとに目の前に、宝石《ほうせき》をちりばめた豪華《ごうか》な壁掛《かべか》けのように、自由の森が広がっていた。

ルークは驚《おどろ》きに目を見はった。胸《むね》が高鳴る。多くの種族が暮《く》らすさまざまな居留地《きょりゅうち》が、月明かりを浴《あ》びて銀色に浮《う》かび上がり、黒く長い影《かげ》をくっきりと落としているのが見てとれる。三人の司書《ししょ》勲士《くんし》は足を止めて見入った。あたりにはさまざまなにおいや音があふれている。革独特《かわどくとく》のにおい、気のぬけたビールのにおい、香辛料《こうしんりょう》や薬草の刺激的《しげきてき》な香《かお》り。遠くから、かすかに人々の声も聞こえてきた——楽しげな声、歌声、そして笑い声。ヘックルが追いついてきて、ぜいぜいと息をついた。首の羽がすっかり逆立《さかだ》ち、うすくとがったくちばしがわなわなとふるえている。

「あの辺に、ヒレアシゴブリンが住んでいるのよ。ウナギ採《と》りの名人だけど、習慣《しゅうかん》なんかについてはよくわかっていないの」

ヘックルは、左手の、銀色に光る沼地《ぬまち》に浮《う》かんだ小屋の群《む》れの方にうなずいてみせた。それから、今度は右手に見えるあばた面のような小高い丘《おか》を指さした。

「それから、あっちは、デクトログの洞窟《どうくつ》よ。あれはほんとに見物なんだから。なんでも、一つの氏族がそれぞれ一つの洞窟に、身を寄《よ》せ合って暮《く》らしてるんだって。ときには、何百人にもなるって……」

だしぬけに、背後《はいご》でひづめの音が響《ひび》いた。ふり返ってみると、オオグチハイカイにまたがったノクゴブリンが二人近づいてくる。ノクゴブリンもオオグチハイカイも、細工をした革《かわ》の鎧《よろい》に身を固め、手には長いテツノキの槍《やり》と大きな三日月型の盾《たて》を持っている。一人が立ち止まり、鞍《くら》の上で立ち上がって周囲を見わたした。もう一人はこちらに向かってきた。

「名前と身分を名乗れ」

ノクゴブリンは命じた。

ヘックルが進み出て、チスイガシの首飾《くびかざ》りをかかげて答えた。

「大地と大空の友よ」

ルークたちも首飾りを取り出した。ノクゴブリンの衛兵《えいへい》はうなずいた。近くで見ると、磨《みが》きこまれた革鎧には、戦いでつけられた傷《きず》やへこみがいくつもあった。

そこへ、三人目の衛兵が現《あらわ》れた。

「おい、グロック、ステグ。北部境界線《きょうかいせん》に侵入者《しんにゅうしゃ》だ。急いで向かうぞ」

二人目のノクゴブリンはヘックルとほかの三人に向き直った。

「友よ、通るがいい。では、ごきげんよう」

そしてノクゴブリンは、手綱《たづな》をひき、オオグチハイカイのわき腹《ばら》をけると、ほかの二人を追っていった。土煙《つちけむり》が舞《ま》い上がる。

ヘックルはいった。

「自由の森は平和で美しいところだけど、それを守るためにたくさんの勇気ある人たちが命をかけてるの。さ、湖上発着場へ急ぐわよ」

一行は、吊《つ》るされたランタンに照らされた広い階段《かいだん》を下っていき、青みがかった夜空にぬっとそびえる、黒々とした木々のわきを通りすぎた。

「ここにはだれが住んでるの？」

ルークは聞いた。

「マヨイ族よ。ここはマヨイ族の谷なの。でも、秘密《ひみつ》めいた神秘的《しんぴてき》な種族だから、この自由の森でも、招《まね》かれた者しか入ることはできないの」

「それじゃ、あれは？」

ルークは右の方に目を向けた。

遠くに、明かりにふちどられたせまい通りと、いくつも窓《まど》がついたしゃれた家並《いえな》みが見える。あるものは横長でどっしりしており、低い屋根がのっている。またあるものは、細く高い建物で、上部が品のいい塔《とう》になっている。

ヘックルはそちらを向いていった。

「あれは新地上町よ。でも、サンクタフラクスの地上町とはまるでちがうの。新地上町ではだれでも心から歓迎《かんげい》されるわ――温かい食事もあるし、寝《ね》る場所がいるなら営巣棟《えいそうとう》に行けばただでハンモックを貸《か》してくれるの」

「営巣棟？　あそこにある建物のこと？　兜《かぶと》のような形をした？」

ルークはわくわくしながらいった。

「そうよ。あれは……」

「じゃあ、あっちのはなんていうの？」

ルークは新地上町を見おろしてそびえ立つ、高い角ばった塔を指さした。格子模様《こうしもよう》の壁《かべ》に、てっぺんには高い尖塔《せんとう》が立っている。

「あれはシズノキの塔よ。古い地上町の、ヴォックス・ヴァーリクスの宮殿《きゅうでん》みたいだけど、ちがうのは、だれでも自由に出入りできて、集会の間で意見を述《の》べることができることね」

ヘックルはいった。

「マヨイ族の谷と、営巣棟《えいそうとう》に行くことはできる？　シズノキの塔《とう》には？」

ルークは熱心にたずねた。

「まったく、ルークときたら！　そんなにあわてなくても、あとでたっぷり時間はあるから！

とりあえずは湖上発着場に行くのよ」

ヘックルは笑いながら、降参《こうさん》だというように両の翼《つばさ》を上げた。

「ごめんなさい。でも、その……なにもかもが……あんまりにも……」

ルークは顔を赤らめて、弧《こ》を描《えが》くように両手を広げてみせた。

「さっさと歩けよ！　おれは疲《つか》れてるんだぞ。マグダもな」

ストブが不機嫌《ふきげん》そうにいった。

マグダは肩《かた》をすくめて笑ったが、たしかに目の下にはくまができていた。

「いっとくけど、すごいのはこれからよ。いらっしゃい、ルーク」

ヘックルはルークの手をとりながらいった。

一行はマヨイ族の谷を下り、ナマリノキの林をあとにして進んでいった。やがて、背後《はいご》から聞こえる新地上町のさまざまな音が遠のいていき、月が濃紺《のうこん》の空に高く昇《のぼ》るにつれて、あたりは不思議なほど静まりかえっていった。

ルークはなおもキョロキョロと目を動かしていた。ただ、質問《しつもん》は胸《むね》の内にしまっておいた。白くて大きな花びらをつけた花々が、銀色の光を浴びてゆれている。木々の枝《えだ》では、黒と黄色の鳥たちが月に向かってさえずっている。草はさわさわとなびき、足の下で小石がチャリチャリと音を立てる。やがて一行は、かぐわしいにおいを放つモリジャスミンのトンネルをくぐりぬけ……。

「うわあ、これは！」

ルークが吐息《といき》をもらした。

目の前には湖が広がっていた。静まりかえった湖面は、まるで鏡のように周囲の景色を映《うつ》し出している。水面すれすれを鳥がかすめ飛ぶ。湖の周囲には木々が植えられている。濃紺の空に浮《う》かんだ大きな月が、湖面をこうこうと照らし出す。

湖の中央にある広い発着台の上には、靄《もや》に包まれ、かぞえきれないほどのランタンの明かりに彩《いろど》られて、不規則《ふきそく》な形の高い塔《とう》が空につきだしている。いくつものとがった小塔や、張《は》り出し通路や、アーチ型《がた》の窓《まど》のはまった壁《かべ》や、傾斜《けいしゃ》した長い屋根が見分けられる。

ルークは驚《おどろ》きに首をふりながら、静かな声でいった。

「こんなに美しい場所、見たことないよ。夢《ゆめ》のなかでもね」

「湖上飛行指導所《しどうしょ》。通称《つうしょう》、湖上発着場。自由の森の宝《たから》にして、自由を愛し守る者にとっての希望《きぼう》の星だよ」

ヘックルはいった。

しかし、だれもヘックルの言葉を聞いていなかった。まるで催眠術《さいみんじゅつ》にでもかかったように、一人また一人と、三人の若《わか》き司書勲士《ししょくんし》はゆっくりと水辺に下っていき、シズノキの板をはりわたした発着場に続く長い桟橋《さんばし》へと出ていった。

湖の中央にある発着場に足をふみいれたとき、ルークの目のすみになにかが映《うつ》った。顔を上げてみると、つやつやと光る機首の小さな飛翔機《ひしょうき》が、真っ白な帆《ほ》をふくらませて近づいてくるところだった。ルークはドキンとした。まだこれほど美しい光景があったとは。たくみに彫刻《ちょうこく》された機首と、なめらかに曲線を描《えが》く機体が、月明かりに照り映《は》えている。パイロットが身につけた濃《こ》い緑と茶の飛翔服《ひしょうふく》と、やわらかな金色に輝《かがや》く木製《もくせい》の籠手《こて》やすね当てが、なんともあざやかな組み合わせだ。

LAKE LANDING

湖上発着場

発着場の上を旋回《せんかい》する飛翔機の帆《ほ》は、まるで夜空を水銀がすべっていくようだ。気がつくと、別の飛翔機も近づいてきていた。そして一機、また一機。

飛翔機はみごとな編隊《へんたい》を組んで降下《こうか》してくると、隊形をくずすことなく発着場にふわりと着陸《ちゃくりく》した。ルークは、それぞれの飛翔機から降《お》り立った四人の若者《わかもの》を見て、感嘆《かんたん》のあまり首をふった。

「ぼくはあんなふうには絶対《ぜったい》に飛べないよ」

「いいえ、飛べるわよ」

いつの間にか後ろに来ていたヘックルがいった。

「本当よ。湖上発着場のすばらしさに圧倒《あっとう》されて、自信を失う見習いは、なにもあんたが初めてってわけじゃないんだから。だいじょうぶ。あんたにはできるから」

「でも……」

すると、ヘックルはくちばしを軽く鳴らした。

「『でも』はなしよ、ルーク。東オオモズ市場で一目見たときから、あんたは特別だってわかってたわよ。大空の心と、大地の理《ことわり》にかけてね」

ルークの顔が真っ赤に染《そ》まった。

「この湖上発着場では、いろいろなことを教えてくれるわ。でも、あんたはとっくに学んでるのよ――どんな教師《きょうし》でも教えられないことをね。そのことを覚えておきなさいね」

ヘックルの言葉に、ルークははにかんだように笑った。

「ありがとう、ヘックル。本当にありがとう。君のことは忘《わす》れな……」

「よう来た！」

発着場の向こうはしから、ややかん高い声が聞こえた。

「新しい生徒かね？　おやおや、今にも倒《たお》れそうな顔だね！　いやいや、本当に倒れそうではないか！」

声の方に顔を向けると、そまつな長衣をまとったしわだらけのノクゴブリンが、短い足をせかせか動かして、ストブとマグダの方に歩いてくるところだった。やがてノクゴブリンは、片手《かたて》で長衣をつかみ、もう一方の手を胸《むね》に当ててあいさつした。ルークがあわてて駆《か》けつけると、すでにストブがいばり散らしていた。

「ああ、おっさん、おれたちの荷物を頼《たの》む。それから、湖上発着場最高指導者《しどうしゃ》のところまで案内してくれ。おれたちに会いたいだろうから」

「なるほど！　会ってみたいか、たしかに！」

ノクゴブリンはおもしろそうに顔をしわくちゃにしていった。ところが、荷物には手をのばそうとしない。

ストブは眉《まゆ》をひそめて、横柄《おうへい》な口調でいった。

「それで？」

「ストブ、わかっていないようだけど」

ヘックルがストブに向かっていいかけた。

「だいじょうぶ、自分たちで運べるよ。どのみち、ここまでずっと持ってきたんだから」

ルークは、あわてて荷物に手をのばした。

「ほっとけ、ルーク」

ストブはぴしゃりといった。

「まったくすばらしい場所だよ、ここは！　生意気にも召使《めしつか》いが、いいつかった仕事をやろうとしないんだからな。最高指導者《しどうしゃ》の耳に入ったときが見ものだよ！」

「いえ、もう耳に入ってると思うわ」

ヘックルが静かにいった。

「よけいなことをいうな、ヘックル」

ストブは乱暴《らんぼう》にいうと、ほほえみを浮《う》かべるノクゴブリンに向き直った。

「よし、名前をいってみろ。この生意気なゴブリンめ！」

そのときルークは、ノクゴブリンが両手を下げたため、そまつな長衣の下に、金色の首飾《くびかざ》りをかけていることに気づいた。重たそうな鎖《くさり》はそれぞれ、よりあわされた木の葉と羽根の形をしている。

「ふむ、よかろう、若《わか》いがいささか過労気味《かろうぎみ》の生徒諸君《しょくん》。わしが、湖上発着場最高指導者のパーシモンだ」

そのとたん、ストブの顔が真っ赤になった。

「あ、あの……」

しかし、最高指導者は、あやまろうとするストブを片手《かたて》をふって制《せい》してからいった。

「諸君《しょくん》は疲《つか》れて空腹《くうふく》だろう。なかに入りなさい。寝床《ねどこ》に案内

しよう。そのあとで、上の階の食堂に行くとしよう。食事と飲み物が待っている……」

パーシモンはふと顔を上げた。

「これはどうしたことだ？　たしか、生徒は三人のはず。いや、まちがいない。だが、あれは……」

ストブ、マグダ、ルークがふり返ると、坊主頭《ぼうずあたま》のやせた若者《わかもの》が栈橋《さんばし》をこちらに向かって近づいてくるところだった。

「おれたちの仲間じゃありません、指導者様《しどうしゃさま》」

立ち直りの早いストブがいった。

パーシモンは若者を手招《てまね》きすると、にこやかにいった。

「よう来た、よう来た。それで、おまえさんは？」

「ザンスです。ザンス・フィラーティン。嵐《あらし》の間大図書館から派遣《はけん》された後発の司書勲士《ししょくんし》で、一人だけ生き残りました」

若者は坊主頭をするりとなでると、よれよれの外套《がいとう》からチスイガシの歯のペンダントをとりだして差し出した。

ルークは、若者の手がふるえていることに気づいて、顔を曇《くも》らせた。この若者には、なにか油断《ゆだん》ならないものを感じる。

「おれたちのあとに派遣されたわけか？　それも、こんなに早く？」

ストブが疑《うたが》わしそうにいった。

ザンスはうなずいた。

「君たちが、オオモズに襲撃《しゅうげき》されたときに行方不明になったという知らせが届《とど》いてね。博士《はかせ》たちは、急いで次のグループを送り出すことにしたんだ」

ストブはフンと鼻を鳴らした。

ヘックルがいった。

「博士たちのすることにまちがいはないわ」

「だったら、ほかのやつらはどうしたんだよ？」

ストブが若者につめよった。

ザンスは悲しそうに首をふった。こみあげてくるものを、必死にのみこもうとしている。

「死んだよ。全員。ここまでたどりついたのは、わたしだけだ」

ルークはじっと耳をかたむけていた。きっと、つらい目にあってきたんだ。

ザンスは、ふるえる声で続けた。

「ブロン・ターンストン。イグニス・ギムレット。それに、勇敢《ゆうかん》なウッドトロル族の案内人、ルーファス・スネターバーク。みんな、マルタムシにのみこまれて……」

「聞いたことのない名だな。だが、勇敢な生徒を失うのは、どんなときでも心が痛《いた》むものだ」

そういうとパーシモンは、ルークたちにうなずいた。

「こちらの諸君《しょくん》はみごとなしとげた――それだけに、よりいっそう悲劇《ひげき》がきわだってしまうな」

ザンスはなにもいわずにうなずいて、頭を下げた。その目に涙《なみだ》があふれた。

「だが、おまえさんはやりとげたのだよ、ザンス・フィラーティン。自由の森までの道のりは決してたやすいものではない。幸運な者だけが、たどりつくことができるのだ。そうしてたどりついた者たち……」

パーシモンはやさしくいいながら、勇気づけるように四人の肩《かた》をたたいた。

「諸君は、かけがえのない存在《そんざい》だ。わしらは、知っているすべてを諸君に教えよう。そして、探求《たんきゅう》の旅に送り出してやろう。やがて、諸君が、崖《がい》の国の知識《ちしき》をより深めてくれることだろう。そう、君たちはかけがえのない存在だ」

パーシモンの目は明るく輝《かがや》いていた。

ウッドトロルの作業場

「あいた、クソッ！」

ルークは声を上げて、ずきずきと痛《いた》む親指をしゃぶった。

ストブはクスクス笑った。

「司書勲士《ししょくんし》がそんな言葉を使っていいのか？」

「また、ささくれ？」

マグダの心配そうな声が聞こえた。マグダも、自分の作業台の前に立っている。

「うん」

自分のてのひらをつらい気持ちで見つめながら、ルークはいった。親指に刺《さ》さった木のささくれは歯でひきぬいたが、そうでなくてもてのひらは、いたるところすりむけ、傷《きず》になり、青黒くはれ上がっていた。目の前の万力にはさまれたヌマノキの大きなかたまりを、むっつりと見つめる。もう何週間にもなる。本当なら、美しい飛翔機《ひしょうき》の機首ができているはずなのに、いまだに形のない材木のままだ。

「どうやってもうまくいかないんだ」

ルークはみじめな声でいった。

周囲の材木置き場は、活気にあふれている。材木を高く積み上げた荷馬車の列が、草葺《くさぶ》きの細長い小屋の前を通りすぎる。荷馬車をひくケナガオオツノの、ジャコウのような汗《あせ》のにおいが、つんと鼻をつくノコギリくずのにおいと入りまじる。デクトログの御者《ぎょしゃ》がウッドトロルの大工をどなりつける。ウッドトロルの木こりたちが、巨大《きょだい》な回転砥石《といし》の前で、楽しげに斧《おの》の刃《は》をといでいる。ルークはあけ広げの作業場から、遠くにかたまって見えるウッドトロル族の村に目をやって、ため息をついた。

「あきらめちゃだめ」

マグダはいった。

ルークが目を向けると、マグダの飛翔機は美しく仕上がりつつあった。木肌《きはだ》はなめらかに磨《みが》き上げられ、丸く飛び出した目とくるりとまいた触角《しょっかく》のついた、繊細《せんさい》なモリガの姿《すがた》をとりはじめていた。ストブも、ちゃんと形に仕上げている。ぼんやりとした表情《ひょうじょう》がまるで生きているように見えるケナガオオツノだ。長く曲がった角は、目の細かなヤスリで仕上げてある。いつものように三人から離《はな》れて、作業場のすみにいるザンスは、だれよりも進んでいた。ヌマノキからけずりだされた、しわの寄《よ》った鼻面《はなづら》とちぢれた翼《つばさ》を持つネズミドリは、もうほとんど完成していた。

ウッドトロル族の親方で、オレンジ色の髪《かみ》を伝統的《でんとうてき》な形に編《あ》み上げたオークリー・グラフバークがそのかたわらに立ち、なめし革《がわ》のようなてのひらを木肌にすべらせて、仕上がりぐあいを確《たし》かめている。

「ふむ、若《わか》いの、こいつは飛翔機の機首には向いていないな、いやまったく。だが、実に気持ちがこもっとるようだ……」

ストブが鼻を鳴らして、馬鹿《ばか》にしたようにつぶやくのが聞こえた。

「ネズミドリだって。あんなもののどこに気持ちがこもるっていうんだ？」

ルークはなにもいわなかった。最初のうちはザンスをさけていたが、なにか思いを秘《ひ》めたような目と、物静かな話し方に、やがてそれほどきらいでもなくなってきた。少なくとも、ザンスには作りたいものがある。そう思うと、ルークは急に腹《はら》が立ってきて、作業台からカンナを取り上げ、猛《もう》然《ぜん》と木のかたまりに向かった。ぶつぶつのしる声があたりに響《ひび》き、うすい削《けず》りくずが飛び散った。

「クソッ！……このやろっ！……このやろっ！」

「だめだ、だめだ、だめだ！　それじゃだめだ、ルーク殿《どの》。まったくもって、だめだ！」

グラフバークが声を荒《あら》らげて駆《か》けよってきて、カンナを奪《うば》いとった。

「自分の木を感じるんだ。心で理解《りかい》しろ。じっくり観察《かんさつ》して、なめらかな曲線を描《えが》く木目の一つ一つまでわかるようにならなきゃだめだ」

グラフバーグは言葉を切ってから続けた。

「そうして初めて、木のなかにかくれている生き物を見つけることができる……」

ルークはきっと顔を上げると、涙《なみだ》をいっぱいにためていった。

「でも、ぼくにはできません！　なんにもかくれてなんかいない！　あんなに飛ぶことを夢《ゆめ》見てきたのに、作業場から絶対《ぜったい》に出られないんだ！　もうだめだ、ぼくにはできない！　ぼくは役立たずなんだ！」

グラフバークはあわれむように、髪《かみ》を編《あ》み上げた頭を横にふった。

その顔にくしゃくしゃっとしわが寄《よ》ったと思うと、やさしい笑《え》みが浮《う》かんだ。そしてグラフバークは、深い光をたたえた黒い目でルークを見つめ、その手を自分のてのひらで包みこんだ。

「いいや、ちゃんとかくれとるぞ、ルーク。目と耳を開いて、木自身に語らせるんだ」

グラフバークは辛抱《しんぼう》強くいった。

ルークはだまって首をふるばかり。口先だけならなんとでもいえる。

「外は暗くなってきた。それに、おまえは疲《つか》れとる。今日はこれまで」

グラフバークは両手をパンと打ち鳴らした。

ルークは背《せ》を向けて、足早にその場を離《はな》れた。外に出ると、斧《おの》をかついだ木こりと大工の一団《いちだん》が、材木置き場から夕餉《ゆうげ》の待つ村へと続くウッドトロルの道を、ぶらぶらと歩いていくところだった。

ウッドトロルたちは、うすれゆく光のなかを、笑ったり冗談《じょうだん》をいったりしながら、三々五々ルークを追いぬいていく。マグダが追いついてきて、肩《かた》に手をまわした。

「夕ご飯を食べれば気分も良くなるわよ。今日は、あんたの好物だったよね。ティルダーシチュー」

マグダのいうとおりだった。夕ご飯はティルダーシチュー、ルークの大好物だ。今夜の指導所上《しどうしょ》階の食堂はにぎやかだった。中央のテーブルには、招《まね》かれた博士《はかせ》たちが何人かすわっている。体のすきとおった大きなアシナガバッター——腹《はら》のなかで消化されるシチューがよく見える——が、食事を口に運ぶたびに大きな耳をパタパタと動かす、小さなマヨイ族と談笑《だんしょう》している。パーシモンは、目の前に置かれたいつもの樹皮《じゅひ》パンと水の夕食には手をつけずに、じっと話に耳をかたむけている。

食事に手をつけないのは、ルークも同じだった。鉢《はち》に入ったシチューを、ぼんやりとスプーンでかきまわすばかりだ。中央テーブルをとりまく円形テーブルを見まわすと、みなガツガツと食べている。マグダとストブは冗談《じょうだん》を言い合い、さまざまな学習段階《だんかい》の生徒たちは、大声で自慢《じまん》話を披露《ひろう》し合っている。そして、ザンスはいつものように、なにもいわずにみなのようすをじっと見つめている。

ルークはため息をついた。自分の飛翔機《ひしょうき》をけずりだすこともできないで、どうやって飛ぶことが学べるっていうんだ？

のどの奥《おく》からかたまりがせりあがってきて、のみこむことができない。目がちりちりして、視界《しかい》がぼやけてきた。ルークは鉢を押《お》しやると、長いすから立ち上がって急いで食堂をぬけだした。後ろ手に扉《とびら》を閉《し》め、学問の塔《とう》のらせん階段《かいだん》を駆《か》け下り、いくつもの寝室《しんしつ》の丸い扉の前をすぎ、飛翔機の訓練《くんれん》が行われる暗い木の柱廊《ちゅうろう》を駆けぬける。

発着場のはずれまで来ると、ルークはふさいだ気分で暗い湖面を見つめた。空気はべったりと重く、星々や銀色の新月の光はぼやけ、向こうの深森《ふかもり》から耳に届《とど》くさまざまな夜の音はくぐもっている。北西の方向から近づいてくるおそろしげな嵐雲《あらしぐも》のせいで、空気はいっそう重くたれこめている。

――電気を帯びているのか、皮膚《ひふ》がちりちりする。

枝分《えだわ》かれする稲妻《いなずま》が暗い空を切りさいてひらめき、その光を反射《はんしゃ》して、湖面がうす緑色にパッパッと光る。そのとき、ルークは目のすみで、なにかが湖面をすいっと横切るのをとらえた。なんなのかはわからない。空気は液体《えきたい》のように重く、湖は見たことがないほど暗い。

すると、また、黄色と赤色のなにかがさっとひらめいた。と思うと、暗い湖面に完璧《かんぺき》な水の輪が現《あらわ》れ、ルークの目の前で大きく広がっていき、やがて消えた。

とつぜん、すぐ近くでかん高い羽音が聞こえた。そして、ルークは見た。細長い胴体《どうたい》ととがった頭を持つ、黄色と赤のしまの大きな昆虫《こんちゅう》のような生き物を。ルークが見つめる前で、その生き物は

すいっと向きを変えて水面近くにおりると、うす緑色に光る水面につんと口をつけ、ふたたび弧《こ》を描《えが》いて舞《ま》い上がった。新しい水の輪が広がっていく。

ルークは魅入《みい》られたように見つめた。胸《むね》がはげしく高鳴る。なんて優雅《ゆうが》で、なんて美しい——まさに完璧《かんぺき》だ。

まばたきもせずに見つめるうちに、自分もいっしょになって、水面におりては舞い上がっているような気がしてきた。胃袋《いぶくろ》が宙返《ちゅうがえ》りし、頭がくらくらする。ルークは口を大きく開けると、笑って、笑って、笑い続けた……。

翌朝《よくあさ》、夢《ゆめ》も見ない深《ふか》い眠りから目を覚ますと、ルークは朝食もとらずに材木置き場に急いだ。まだだれも、寝床《ねどこ》から出てきていない。ルークは大きな木のかたまりをかかえ上げた。

「完璧だ」

そうつぶやくと、前の晩《ばん》の感覚がよみがえってきて、体じゅうがうずいた。

ルークはノミと木づちをつかんで、木のかたまりをけずりはじめた。あたりはまだ暗かったが、その手つきはすばやく自信に満ちており、しかも休むこともなかった。それでも一瞬《いっしゅん》、どうすればいいか迷《まよ》ったときは、目を閉《と》じて木肌《きはだ》をやさしくなでた。グラフバークのいうとおりだった。たしかに、木自身が次になにをすればいいか語りかけてくる。

大まかな飛翔機《ひしょうき》の形が見えてきた。せまい座席《ざせき》、埋《う》めこまれた竜《りゅう》骨《こつ》。そして、先端《せんたん》には機首像が頭をもたげている。まだまだ粗《あら》けずりながら、頭のとがった生き物がなんなのかははっきりわかる。ルークが曲線を描《えが》く首に取り組んでいると、近づいてくる足音が聞こえた。きっと、早出の村のウッドトロルだろう。

すると、肩《かた》に手が置かれた。

「今朝は早いな、若《わか》いの」

グラフバークだった。ゴムのような顔に楽しげにしわを寄《よ》せている。

「おれはそれが見たかった。どれ、どんなぐあいだ？」

グラフバークはランタンを木のかたまりの上にかかげた。ルークも、そのとき初めて、けずりだされた機首をはっきりと見た。口の両端《りょうはし》に笑《え》みが浮《う》かんだ。

「ぼく、見つけたみたいです」

「そのようだな。これがなんだか知っているか？」

グラフバークはいった。

ルークは首をふった。

「ふむ。こいつはアラシバチだ。ふだんはそうそうお目にかかれるものではない」

ルークの胸《むね》は高鳴った。両手を、粗《あら》けずりの機首像《きしゅぞう》にのせてみる。そして、つぶやいた。

「アラシバチ」

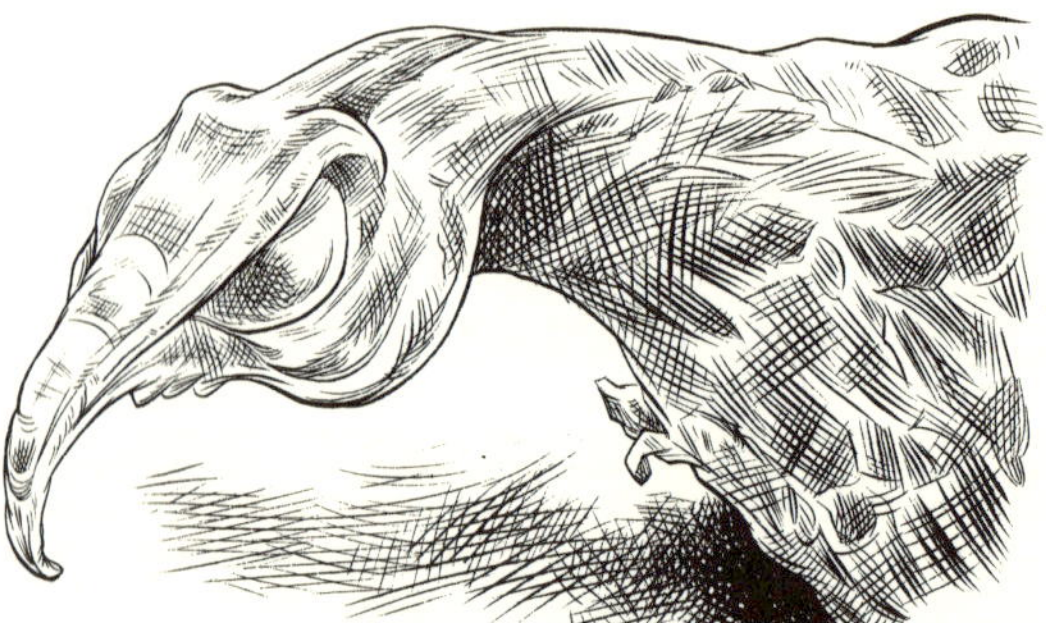

光の庭

カリッ、カリッ、カリッ、カリッ……。

石に爪《つめ》の当たる規則《きそく》正しい音が近づいてくる。ルークはブクブク泡立《あわだ》つ壺《つぼ》から顔を上げて、教官がよたよた近づいてくるのを見た――三世紀を生きぬいてきた年老いたアシナガバッタが、光を発する地下洞窟《どうくつ》にうねうねとめぐらされた、細いあぜ道を歩いてくる。お茶の道具を載《の》せたお盆《ぼん》を、前足でしっかりつかんでいる。

初めて足をふみいれて以来もう何週間もた

つが、ルークはいまだにこの光の庭になじめないでいた。大きなテツノキ林の地下にかくされた、光を発するこの洞窟《どうくつ》は、自由の森のなかでも最も驚《おどろ》くべきものだった。ここでガラスのような体のアシナガバッタは、世にも珍《めずら》しい光るキノコを育てているのだ。キノコの発する光は、はるか頭上《ずじょう》の壁《かべ》まで照らし出し、あらゆるものを不気味に、それでいてこの世のものとも思われないほど美しく染《そ》めあげていた。ルークは、ゆらゆらとゆらめいて心をまどわす光をいつまでもながめていたいところだった——もしも、飛翔機《ひしょうき》にニスをぬる作業がなかったら。

「おいしいお茶はいかがですか、ルーク様？」

細長いガラスのような足にお似合《にあ》いの、コロコロ鳴くようなかん高いアシナガバッタの声が、ルークを白昼夢《はくちゅうむ》から現実《げんじつ》にひきもどした。トウィーゼルが目の前に立っていた。

「ありがとう」

ルークはうすい琥珀《こはく》色の液体《えきたい》の入ったグラスを受けとった。

アシナガバッタは、マグダ、ストブ、そしてザンスにもお茶をくばった。ザンスは、最後のグラスを、うすいくちびるにかすかに笑《え》みを浮《う》かべて受けとった。どうやらトウィーゼルがお気に入りらしい。いまだに口数少なく、どこかかまえているザンスだったが、トウィーゼルなら気持ちを和《やわ》らげることができるらしい。ルークにはなぜなのかわからなかったが。

おそらくそれは、トウィーゼルのこっけいなほど古風な礼儀《れいぎ》正しさのせいだろう。みなの手を止めさせ、不思議な香《かお》りのするお茶をすすめ、一口するごとにそれぞれに向かっておじぎをするが、一言も口はきかない——やがてグラスは空になる。それとも、小さな真ちゅうのバーナーにのせた壺《つぼ》に、ここでカシゴショウを一つまみ、あそこでイモムシの粉を一ふりというぐあいに加え、ニスをぐるりぐるりとかきまぜながら、二人が語り合う昔話のせいかもしれない。

ルークは、トウィーゼルがザンスに語る、闇《やみ》の宮《きゅう》殿《でん》や高架橋階段《こうかきょうかいだん》といった奇妙《きみょう》な場所や、アシナガバッタが愛娘《まなむすめ》のように大切にしていたというマリスという少女の話に耳をかたむけた。二人は決して大声を上げることなく、静かに、おだやかに語り合っていた。細かい部分が聞きとれないため、ルークが話に加わろうとすると、ザンスは謎《なぞ》めいた笑みを浮かべ、トウィーゼルはいつものかん高い声でいうの

だった。

「さあ、だんな様方、お茶の時間ですよ」

ルークたちがお茶を飲み終えておじぎをすると、トウィーゼルは作業中のニスの壺《つぼ》をのぞきこんだ。

「いいですよ、ルーク様。でも、ニスを熱しすぎないように。うすまってしまって、悲しい結果になりますからね」

ルークはうなずいた。考えてみれば不思議な話だ。目の前でブクブク煮《に》えている透明《とうめい》なニスがなければ、宙駆《そらが》けはできないのだ。ヌマノキで作られた飛翔機《ひしょうき》は、細心の注意をはらってニスをぬることで、大きな浮力《ふりょく》を得て空に浮《う》かび上がることが可能《かのう》になる。ある人によれば、このニスを発明したのはほかならぬトウィーゼルだということだったが、それが真実かどうかはともかく、深森《ふかもり》に住むだれもが、ニスの製造《せいぞう》にかけてはトウィーゼルの右に出る者はいないと認《みと》めていた。

「マグダ様はいかがですか？　ダマなどできていませんよね？」

マグダはため息をついた。ニス作りがこんなにめんどうなものだとは思わなかった。

「それから、あなたもですよ、ストブ様！　もう一度作り直した方がようございますね。さあさあ、乳《ちち》しぼり場に行った行った！」

ストブの真っ黒でネバネバのニスをのぞきこんだトゥィーゼルは、舌打《したう》ちしながらいった。

ストブは不満そうな声を上げてルークとザンスをじろりとにらみつけると、ブリキの桶《おけ》と分厚《ぶあつ》い手袋《てぶくろ》をつかみ、あぜ道をいくつか下ったところにある光るキノコ畑に向かってドスドスと歩き去った。

「さてさて、わが生徒ザンス殿《どの》は、どうやら成功したようですね！」

ザンスの真ちゅうの壺をのぞきこんだトゥィーゼルは、触角《しょっかく》をふるわせていった。

「実にすばらしい！　これほど完璧《かんぺき》なニスは見たことがありませんよ。それも、たった十五回目にして！　ザンス様が飛翔機のニスぬり第一号でございますね。おめでとうございます！　このおいぼれアシナガバッタめはうれしゅうございます！」

ザンスはにっこりほほえんで、謙遜《けんそん》するようにうつむいた。ルークは友のためによろこんだ――とはいえ、内心うらやましくもあったが。ルーク自身の飛翔機にぬるニスは、完璧とはほど遠いものだった。

そのとき、かん高い悲鳴が上がり、立て続けにののしる声が聞こえてきた。

「また、ですか！　みなさん、ついてきてください」トウィーゼルがいらいらした声でいった。

ルーク、マグダ、ザンスは、バーナーにふたをかぶせると、アシナガバッタについて作業場をあとにし、石組みのあぜ道をキノコ畑に向かった。四人が角を曲がると、ストブの姿《すがた》が目に入った。

体じゅう糊《のり》のようなものでべっとりおおわれて、洞窟《どうくつ》の壁《かべ》のなかほどに逆《さか》さまにはりついている。その三メートルほど下では、ネバリモグラが巨体《きょたい》をゆらゆらとゆらしながら、光を発するカエルノコシカケというキノコを、鼻を鳴らしながらあさっている。そのたびに透明《とうめい》な体がふくらんで、モグラニカワがベチャリベチャリと音を立てる。ゼリーのように透明で、てらてらと光るその姿を見るたびに、ルークは気分が悪くなった――ましてや、そんな生き物の乳《ちち》をしぼるのはぞっとしない。しかし、モグラニカワがなくてはニスはできない。ニスができなければ、宙駆《そらが》けもできない。宙駆けができなければ……。

「ストブ様！　いえ、いわないでください。あなたは、またやりましたね。乳をしぼるのに……」

トウィーゼルがいらいらしたように、キイキイといった。

「ああ、反対側をつかんじまった」

ストブが力なくいった。

ホフリ族の野営地《やえいち》

「いうこと聞きなさい、このまぬけ！　ああ、もう、またたわ！」

マグダの腹立《はらだ》たしげな声がした。

ルークがそちらに目を向けると、空気のように軽いモリグモの糸で織《お》った帆《ほ》に、マグダがからめとられていた。

「マグダ、横風に気をつけないと」

肩越《かたご》しに呼《よ》びかけながら、ルーク自身も、糸の切れた凧《たこ》のように、暖《あたた》かな風をはらんでふくれあがる二枚《まい》の帆《ほ》を懸命《けんめい》に押《お》さえこもうとしていた。

右手で絹《きぬ》のロープをひくと、上帆《うわほ》がゆっくりと下りてきて、重なっていく。一瞬《いっしゅん》待ってから、今度は左手を大きく広げながら下帆にとりつけられたロープをくりだしていく。下帆もまた、ふんわりとおりてきて、音もなく地面に重なって落ちた。

「どうやったの？」

マグダは、ルークの足元にきれいにたたまれた二枚の帆を見ていった。それから、自分の腕《うで》にからみつき、地面でほこりまみれになった、モリグモの帆と絹のロープをながめて、大きなため息をついた。

「うすよごれたユキドリみたいだな」

テーブルでティルダーステーキを食べていたストブが笑った。いっしょにいた、炎《ほのお》のように赤い肌《はだ》の二人のホフリ族もゆかいそうに笑った。

ストブの前の巨大《きょだい》な鉄のコンロではごうごうと炎が上がり、木立の上の方まで達する熱が、高い枝《えだ》にとりつけられた長い家族用のハンモックを暖めている。

ルークは、光の庭に負けないぐらいホフリ族の野営地《やえいち》が気に入っていた。特に、一日のうちで夕闇《ゆうやみ》が長く影《かげ》を落とすこの時間が一番好きだった。かがり火に薪《まき》がくべられ、新しい夜《よる》を迎《むか》えて目をさましたホフリ族の赤い顔が、一つまた一つとハンモックからつきだす。ほどなく、全員そろっての夕餉《ゆうげ》が始まる。ティルダーステーキや、ハチミツをかけたケナガオオツノのハムのことを考えると、ルークの腹《はら》はグウグウ鳴った。でもその前に、からまった仲間を助けてやらないと。

ルークはマグダの前にしゃがみこみ、こんがらがったロープを丹念《たんねん》にほどきにかかった。

「そっとやれよ、そっと」

うしろで声がした。ブリスケだった。四人の生徒に帆のはり方とロープさばきを教えるホフリ族だ。

「でないと、繊維《せんい》が弱くなるからな。おらに見せてみろ」

ルークは立ち上がった。ブリスケはひざまずいて、片手《かたて》でロープを器用にほどきながら、もう一方の手で帆布《ほぬの》を破《やぶ》かないようにそっとはがしていった。ルークは熱心に見つめた。自分といくらもちがわない年なのに、その手さばきはすでに熟練《じゅくれん》といってよかった。

「ほんとにまあ、マグダさんよ！　またえらいからまり方をしたもんだな！」

「どうしてこうなったか、わかんないの。うまくいってると思ったのに」

マグダの声はいらだつと同時に、今にも泣きだしそうだった。

「帆《ほ》を扱《あつか》うのはむずかしいからな」

ブリスケはいった。

「でも、いわれたとおりにやったのよ。上帆《うわほ》をゆっくりくりだしたんだから」

「でも、それ、横風方向だったよ」

ルークは思わずいってから、マグダの傷《きず》ついた顔を見てあわてて口を閉《と》じた。

「ルークのいうとおりだ。ロープを通して、帆の語りかける言葉を聞かにゃ。帆がどうなびくかを見て、それに合わせるんだ。帆に逆《さか》らっちゃだめだよ、マグダさん」

マグダの帆をていねいにたたみながら、ブリスケはやさしくいった。

「でも、むずかしすぎる」

マグダは気落ちしたようにいった。

「わかる、わかる。なら、ルークさんに手伝ってもらえばいい。コツがわかってっから。まちがいねえ」

ブリスケは同情《どうじょう》するようにいいながら、最後のこぶをひっぱった。

こぶはほどけて、ロープがするりとはずれた。

「はいよ、マグダさん。今日はこれで終わりだ。飯にするか？」

ブリスケは帆をマグダにわたしながらいった。

ストブ、マグダ、ルークは、ずらりとならべられたおいしそうな料理の重みでしなりそうな、長テーブルについた。

少し離《はな》れたところでは、ザンスが投げ縄《なわ》の練習をしていた。何気なく投げた縄は、囲いの奥《おく》でかみもどしをしていたケナガオオツノの大きな曲がった角にみごとにひっかかった。

「見せびらかしやがって」

ストブはいうと、目の前の大皿から分厚《ぶあつ》いステーキをもう一枚《まい》とった。

「そんなに食べると、ケナガオオツノになっちゃうわよ」

マグダはいった。

ルークはザンスの方に目をやった。ニスが早くできあがったせいで、ほかの三人よりも先に進んでいたのだ。帆《ほ》の扱《あつか》いはとっくに覚え、ロープさばきももうすぐ終わりそうだ。それでも、ルークはうらやましいとは思わなかった。というより、なんだかかわいそうな気がしていた。そんなふうに思うのも、ザンスのとりつかれたような表情《ひょうじょう》と、口数少なくどこかしらさびしげなようすのせいだった。

「あいつはそんなやつじゃないよ」

ルークはストブにいうと、湯気を立てるティルダーシチューにもどった。

そのころには、長テーブルは腹《はら》をすかせた陽気なホフリ族であふれかえり、夜の訪《おとず》れを祝《いわ》ってウッドエールのジョッキで乾杯《かんぱい》したり、歌をうたったりしていた。ストブもジョッキを高くさしあげて、乾杯に加わった。

ストブは自分なんかよりも、ずっとホフリ族の野営地《やえいち》が気に入っているようだと、ルークは思った。ホフリ族といっしょにいると、いつもの尊大《そんだい》で意地悪な雰囲気《ふんいき》が消えるみたいだ。とてもリラックスして、実に楽しそうだ。ホフリ族たちもストブを受け入れ、まるで特別なケナガオオツノにエサをやり、背中《せなか》をたたいてやるように扱っていた。

そのとき、頭上《ずじょう》で大きな歓声《かんせい》が響《ひび》いた。ルークが見上げると、モリスズメバチにまたがったコブシが、腕《うで》をふりまわし、何度もみごとな宙返《ちゅうがえ》りをしながら降《お》りてきた。手には投げ縄《なわ》がにぎられていて、それをぐるぐるとふりまわしているのだ。

コブシはテツノキの間にわたされた公共《こうきょう》ハンモックをかすめて降下《こうか》してくると、ケナガオオツノの囲いや、なめし液《えき》の入った大桶《おおおけ》の上を飛びこえた。ルークたちから十二尋《ひろ》もないところまで来ると、コブシは手首を前に返した。投げ縄の輪が飛びかかろうとするモリコブラのようにするすると飛び出して、高く上げたストブの手首にひっかかった。コブシが投げ縄をグイッとひくと、輪がギュッとしまり、ストブの手からウッドエールのジョッキが宙に舞《ま》い上がった。

「なにするんだ！」

ストブがカッとなってさけんだ。

コブシは、空中でジョッキをつかむと、ウッドエールをガブリと飲んだ。

「うまいっ！」

小さな飛翔機《ひしょうき》を着陸させると、コブシは空のジョッキをストブに返した。

「ありがとよ。ちょいとのどが渇《かわ》いてたもんでな」

一瞬《いっしゅん》、ストブはコブシを見つめた——と思うと、満面の笑《え》みを浮《う》かべ、腹《はら》をかかえて笑いだした。まわりにいたホフリ族たちもいっしょになって笑った。

コブシはルークのとなりにすわると、ルークのティルダーシチューの相伴《しょうばん》にあずかりながらいった。

「久しぶりだな、ルーク。おめは見るたびに成長してるな。探求《たんきゅう》の旅に出るのももうすぐだな。おらが請《う》けあうぞ」

ルークはにっこり笑った。

「君の半分でもロープさばきができるようになればね。アラシバチはニスをぬり終わり、装備《そうび》も整《ととの》えて湖上発着場に係留《けいりゅう》してあるんだ——教官たちが許可《きょか》してくれれば、すぐにでも行くさ」

「それならだいじょうぶ。おらが聞いたとこじゃ、おめもあのザンスと同じで、素質《そしつ》があるってよ」

コブシはシチューをほおばりながらいうと、くちびるのはしに笑みを浮かべた。

「アラシバチか？　ありゃあ、実にめずらしい生き物だ。すばやくて優雅《ゆうが》で、尻《しり》には針《はり》があって、嵐《あらし》が近づいてくると姿《すがた》を現《あらわ》す前触《まえぶ》れだ」

そういうと、コブシはルークの肩《かた》をパンとたたいた。

「いい名前だ、ルーク。ほんとにいい名前だ！」

名づけの儀式《ぎしき》

「われらが、この大空の下なる大地に集《つど》うたのは、図書館司書学会の勇敢《ゆうかん》なる歴代《れきだい》司書勲士《ししょくんし》の列に、新たに四名の生徒を加えるためである」

湖上飛行指導所《しどうしょ》の最高指導者パーシモンは宣言《せんげん》した。背後《はいご》に連なるテツノキの鬱蒼《うっそう》とした木立が鏡の湖面にその姿《すがた》を映《うつ》し、空は鈍《にぶ》い金色に輝《かがや》いている。空気は重く、そよとも動かない。

ルークの鼓動《こどう》がわずかに早まった。横にいならぶのはマグダ、ストブ、そしてザンスの面々。四人の正面、シズノキでできた横長の壇《だん》の中央にパーシモンが立ち、その両わきには、何カ月にもおよぶつらい修練《しゅうれん》の間、四人を導《みちび》いてくれた教官たちがならび立っている。賢《かしこ》く辛抱《しんぼう》強いウッドトロル族のオークリー・グラフバーク。いくつも房《ふさ》に結んだ髪《かみ》が、夕日を浴びてあざやかなオレンジ色に輝《かがや》いている。年老いたアシナガバッタのトウィーゼル。テツノキの杖《つえ》をつき、少し苦しそうにあえいでいる。そして、全身真っ赤なホフリ族のブリスケ。厚《あつ》いケナガオオツノの毛皮の外套《がいとう》をはおり、片方《かたほう》の肩《かた》に輪にしたロープをかけている。

パーシモンは続けた。

「若《わか》き生徒諸君《しょくん》、君たちはよくやった。実によくやった。実際《じっさい》に探求《たんきゅう》の旅に出発するのは、まだ何カ月も先のことではあろうが、今宵《こよい》は君たちの学問の第一段階《だんかい》が終了《しゅうりょう》した記念すべき日だ」

パーシモンは、演壇《えんだん》の後ろの大きな係留環《けいりゅうかん》につながれた飛翔機《ひしょうき》の列に目をやった。

「君たちは、木の語る言葉に耳をかたむけ、自らの手でみごとに飛翔機をけずりだした。飛翔機に宙駆《そらが》けの力を与《あた》えるためにニスを作り、細心の注意をはらって機体にぬった。飛翔機を手なずけ、無事に地上に降《お》り立ったために、最上のモリグモの糸で織《お》った帆《ほ》をはり、操作《そうさ》を覚え、ロープさばきを身につけた。みごとだったぞ、若き司書勲士諸君！」

ルークは謙虚《けんきょ》に頭を下げた。教官たちは口々に賛同《さんどう》の言葉をつぶやいた。ルークはザンスのわき腹《ばら》をひじでつついて、にっこり笑いかけた。ザンスはあたりを見まわし、ほほえみ返したが、ルークはほんの一瞬《いっしゅん》、その目に悲しげな表情《ひょうじょう》がよぎったのを見たような気がした。

「それでは、諸君にはこれから、飛翔機に名前をつけてもらおう。そして明日、初めての宙駆けをするのだ」

パーシモンはいった。

「ようやくだ」

ストブが小さくつぶやくのが聞こえた。

マグダはルークの手を探《さぐ》りあてると、ギュッとにぎりしめ、ささやきかけた。

「あたしたち、やったのね」

ルークはうなずいて、目を見開き、心躍《こころおど》らせて黄昏《たそがれ》の空を見上げた。まさに完璧《かんぺき》な空だ。日差しは暖《あたた》かく、風はやさしく、オレンジと紫《むらさき》の綿毛《わたげ》のような雲が空を横切っていく。湖面にはビロードのようなさざ波が立っている。

「マグダ・バーリクス、前に出なさい」

パーシモンがいった。

マグダが列を離《はな》れ、壇上《だんじょう》に上ると最高指導者《しどうしゃ》と握手《あくしゅ》をして、係留《けいりゅう》してある飛翔機《ひしょうき》に歩み寄《よ》った。そして、静かにゆれる機首像《きしゅぞう》に手を置いた。

「大地と大空にかけて、なんじの名をモリガとなす。われらはともに深森《ふかもり》におもむき、『真夜中のモリガの羽に宿《やど》る燐光《りんこう》』と題する論文《ろんぶん》をものしてのち、この地にもどることを誓《ちか》う」

マグダは練習してきたとおりに述《の》べると、一礼して列にもどった。

「ストブ・ラムス、前に出なさい」

パーシモンはいった。

ストブが壇上に上がり、隆起《りゅうき》した機首像の曲がった角に手を置いた。そして、自信にあふれた声で宣言《せんげん》した。

「大地と大空にかけて、なんじの名をケナガオオツノとなす。われらはともに深森におもむき、『ドウノキの年輪に関する研究《けんきゅう》』と題する論文をものしてのち、この地にもどることを誓う」

ザンスは進み出るとき、ルークをチラッと見た。なんだか困《こま》ったような、というよりおどおどしているようだ。ルークははげますように笑いかけたが、ザンスの目は悲しげで、表情《ひょうじょう》はやつれたままだった。

「大地と大空にかけて、なんじの名をネズミドリとなす。われらはともに深森におもむき……」

機首像に置いた手が細かくふるえている。ザンスがうつむくと、湖上発着場に着いて以来のばしっぱなしの髪《かみ》が、両目にぱさりとかかる。それから顔を上げ、遠くを見るように続けた。

「『繭《まゆ》から生まれるシュゴ鳥の観察《かんさつ》記録』と題する論文をものしてのち……この地にもどることを誓う……」

最後の部分になると、ザンスの声は消え入りそうになった。

次はルークの番だった。誇《ほこ》らしさと興奮《こうふん》で胸《むね》がはりさけそうになりながら、ルークは演壇《えんだん》に上り、ゆっくりと飛翔機に近づいた。

「大地と大空にかけて、なんじの名をアラシバチとなす。われらはともに深森におもむき、『神秘《しんぴ》的《てき》なオオハグレグマの集会の目撃《もくげき》報告』と題する論文をものしてのち、この地にもどることを誓う」

四人の司書勲士《ししょくんし》は右手を挙げて、左手で胸《むね》に下げたチスイガシの首飾《くびかざ》りに触《ふ》れた。それから顔を上げ、暗くなった湖面に響《ひび》きわたるように、声をそろえて宣誓した。

「われら、目的を達せざれば、深森にて朽《く》ちはてることを選ぶ」

第十二章　宙《そら》駆《が》け

ルークは、宿泊所《しゅくはくじょ》の扉《とびら》の格子《こうし》から射《さ》しこむ日光に起こされた。ティルダー毛の毛布《もうふ》をはねのけ、扉を勢《いきお》いよく開いた。

「マグダ。マグダ、もう起きた？」

ルークは呼《よ》びかけた。

「下よ、お寝坊《ねぼう》さん」

マグダの答えが返ってきた。

日差しのまぶしさに目を細めて、ルークは下の発着場を見た。そこには、マグダ、ザンス、ストブが、緑の飛翔服《ひしょうふく》、ゴーグル、金色にぬった木の鎧《よろい》というまばゆいばかりの出で立ちで立っていた。

「どうして起こしてくれなかったんだ？」

ルークは腹《はら》を立てていった。

「起こしたんだよ。でも、おまえは死んだみたいに眠《ねむ》りこけてた。ほんとだって」

ストブが答えた。

ルークは頭をかいた。ゆうべは、またあの夢《ゆめ》を見て、明け方へとへとに疲《つか》れて目が覚めてしまったのだ。そのあと、ふたたび眠ったにちがいない。

「下りてこいよ。飛翔服は扉のわきにかけてある」

ザンスはいった。

たしかに、部屋の外の鉄かぎには緑色の革《かわ》の飛翔服がかけてあった。しかし、いくつもあるポケットやリングには、まだなにも装備《そうび》されていない。そのわきには、木のすね当てと手甲《てっこう》がひもでぶらさげられている。ルークはふるえる手で飛翔服一式をとると、ぎこちない手つきで下着の上にやわらかくつやつやと光る飛翔服を着た。初めての宙駆《そらが》けだ！　これから初めての宙駆けをするんだ！　真新しいゴーグルをかけるのももどかしく、ルークは仲間の待つ発着場目指して通路を駆け下りていった。

「飛翔機《ひしょうき》はどこだい？」

息を切らしながら、ルークは聞いた。

「あそこよ」

マグダは、いまだにシズノキの演壇《えんだん》の後ろに係留《けいりゅう》されている四機の飛翔機の方にうなずいてみせた。

飛翔機は、微風《びふう》を受けてこっくりをするように宙《ちゅう》に浮《う》かんでいる——ネズミドリ、ケナガオオツノ、モリガ、そしてアラシバチ。ルークはにんまり笑った。

「かっこいいよな？」

「空に舞《ま》い上がればもっとかっこいいぞ。そういえば、宙駆《そらが》け教官はどこだ？　もう来ていてもいいはずなのにな」

ストブがいった。

「あわてないの。今までさんざん待たされたんだから、あと二、三分待たされたって大きなちがいはないわよ」

マグダはいった。

やがて湖面の朝靄《あさもや》が消え、ウッドトロルの道を材木置き場へと向かうケナガオオツノのひく馬車が立てる、ゴロゴロという遠雷《えんらい》のような音が聞こえてくるころになると、司書勲士《ししょくんし》たちはそわそわしはじめた。

「日の出って、最高指導者《しどうしゃ》はいったよな？　なのに、どうして宙駆け教官は来ないんだ？」

ストブはいった。

「きっと寝《ね》すごしたんだろ、どんなやつかは知らないが」

ザンスはいった。

「それとも、おれたちのことを忘《わす》れちまったかだ。でも、おれはもう待ちきれない。おまえたちはどうだ？」

ストブの声はいらだっていた。

ほかの三人は肩《かた》をすくめた。

「湖を一周だけしてこよう。それならなんの問題もないし。乗るやつは？」

「よし、乗った」

ルークとザンスが同時にいった。

「わかったわよ」

マグダはしぶしぶうなずいた。

ルークはアラシバチに駆《か》け寄《よ》った。そうと決まったからには、ぐずぐずしてはいられない。係留《けいりゅう》ロープをほどくと、座席《ざせき》にまたがり、両足をあぶみにつっこんで、両側のロープ操作《そうさ》レバーをにぎる。

なれた手つきで上帆《うわほ》を揚《あ》げ、下帆を下げる――そのまま、下帆の上部ロープを固定する。今まで、訓練用模擬装置《くんれんようもぎそうち》でかぞえきれないほど練習してきたとおりに、二枚《まい》の帆は風をはらんで前方にふわっとふくらんだ。前とちがうのは、飛翔機は固定されていないという点だ。

わずかに機体をゆらし、ため息のような音を立てながら、アラシバチは発着場から浮《う》かび上がった。帆《ほ》をはためかせ、バランス錘《おもり》をゆらしながら、一瞬《いっしゅん》その場にとどまる。そして、風を受けると同時に姿勢制御《しせいせいぎょ》ロープをひくと、飛翔機はとつぜん命を与《あた》えられたように、冷たい朝の空気をついて前に飛び出した。

飛翔機が上昇《じょうしょう》していくにつれて、ルークの体を今まで味わったことのないスリルがつらぬいた。

浮遊《ふゆう》書見台とも、枝《えだ》から枝へ飛び移《うつ》るオオグチハイカイともちがう――コブシの飛翔機に乗ったときでさえ、こんな気持ちにはならなかった。自分が飛翔機を飛ばしているんだ。アラシバチはルークの操作《そうさ》に完璧《かんぺき》に反応《はんのう》して、降下《こうか》し、旋《せん》回《かい》し、上昇《じょうしょう》し、宙返《ちゅうがえ》りをする。すばらしい感覚、まさに驚異《きょうい》だ。

　一周まわってくるだけだと、ストブはいった。しかし、ひとたび飛び上がってしまうと、そんなにすぐには降《お》りる気になれなかった。ルークは仲間を捜《さが》した。ストブは少し離《はな》れて左の方を、まっすぐ矢のように飛んでいる。まるで、重たいケナガオオツノが空気の流れをかきわけていくかのようだ。それに対して、マグダはまるで羽ばたきながら、あっちへふらふら、こっちへふらふら舞《ま》っているかのようだ。突風《とっぷう》を受けたり、乱気《らんき》流《りゅう》にまきこまれたりするたびに、一瞬ふわりと停止《ていし》してから、あわてて向きを変えるというぐあい。ルークは錘と帆を調節し、姿勢制御

ロープを左にひいて、マグダの方へ降下《こうか》していった。たがいの目が合うと、二人は声を上げて笑った。

「すごいよね、これ！」

ルークの声は風にさらわれた。

「信じられない！」

マグダもさけび返した。

柔《やわ》らかい身のこなしでネズミドリにまたがるザンスは、湖面すれすれまで降下していった。ぶらさがったバランス錘《おもり》が、鏡のような湖面をすいっすいっとはねていく。その優雅《ゆうが》さにルークは息を飲んだ。ザンスはロープを小刻《こきざ》みにひいて、笑いながら加速した。

ルークはあぶみに体重をかけ、姿勢制御《しせいせいぎょ》ロープをギュッとひいて追跡《ついせき》に移《うつ》った。二人は梢《こずえ》をかすめて飛び、大きく旋回《せんかい》すると、石のように急降下していき、最後の瞬間《しゅんかん》にグイッと機首をひき起こして湖面をかすめ、ふたたび空に舞《ま》い上がった。

ザンスは、興奮《こうふん》に顔を輝《かがや》かせてふり返った。

「イーヤッホーッ！」

ルークは歓声《かんせい》を上げた。

ザンスはそれに答えると、向きを変えて森の方にもどりながら、二回宙返《ちゅうがえ》りをした。

今度は、ルークはあとを追わなかった。アラシバチの機首をめぐらすと、湖の上をもどっていった。

「イエーイッ！」

そのときとつぜん、悲鳴が聞こえた。声のした方に顔を向けると、ケナガオオツノに乗ったストブが、湖の対岸に立つ大きなテツノキにまっすぐに向かっていくところだった。ストブの手は目にもとまらぬ速さでロープやレバーを操作《そうさ》しているが、ケナガオオツノはまったく反応《はんのう》しない。グシャッといやな音がして、飛翔機《ひしょうき》は太い木の幹《みき》に激突《げきとつ》し、下に落ちた。

ルークはあっと声を上げ、そちらに気を取られたすきに帆《ほ》のロープを離《はな》してしまった。次の瞬間、機体がずんと下にひっぱられた。下を見たルークは、おそろしさにふるえあがった。下帆《したほ》がどっぷりと水につかっている。死にものぐるいで下帆をひっぱり上げながら、同時に上帆をいっぱいにくりだそうとするが、むだなことだった。はげしい水音を立てて、アラシバチは湖面につっこんだ。

氷のような水の冷たさに息が止まりそうになり、あっという間に骨《ほね》の髄《ずい》まで冷え切ってしまった。

水を吸《す》った飛翔服《ひしょうふく》の重さにあらがいながら、必死に水面に出ようとする。ようやく浮《う》かび上がると、帆《ほ》が水につかった状態《じょうたい》でゆらゆらゆれているアラシバチのすぐわきだった。ルークはほっとして、係《けい》留《りゅう》ロープをつかんだ。

頭上《ずじょう》では、マグダが失速していた。帆がだらりと下がり、モリガが大きくかたむいた。悲鳴とともに、マグダが湖に落ちてきた。大きな水音がしたと思うと、ほどなくせきこみ、水を吐《は》きだしながら、ルークのとなりに浮かび上がってきた。

「あんたのせいよ、ルーク！　おかげでこのざまよ！」

マグダは笑いながらいった。

モリガはゆっくりと湖面に向かって降下《こうか》してきて、テツノキの根元の近くに着水した。その根元では、不機嫌《ふきげん》そうな顔をしたストブが、痛《いた》そうに頭をさすっている。

二人の頭上にザンスが降《お》りてきた。

「二人ともだいじょうぶか？　泳ぐにはちょっと冷たいと思うけど」

ザンスは笑いながら、苦もなく湖の上空を旋回《せんかい》すると、湖上発着場にもどっていった。

「見てよ、あれ。いかにもゆうゆうって感じじゃない。まさか、あのおとなしいザンスが、一番の飛翔機乗りだなんてねえ」

マグダが首をふりながらいった。

「ビギナーズラックさ。よし、発着場まで競争だ！」

ルークは笑いながらいい、マグダとともに冷たい水を切って泳ぎはじめた。すぐに、マグダが前に出た。その前方では、ザンスが風にあおられながらも、流れるような機体のネズミドリを着陸《ちゃくりく》させようとしていた。

「速すぎる」

「いえ、だいじょうぶよ。見て、ちゃんとコントロールしてる」

飛翔機はなめらかな弧《こ》を描《えが》きながら、急角度で降下してきた。ちょうどそのとき、学問の塔《とう》からだれかが出てきて、シズノキの発着場を横切ってきた。その姿《すがた》に気づいたザンスは、思わず降下をやめようとしたらしい。ネズミドリの機首がはねあがり、帆がたわんだかと思うと、なめらかな弧がとつぜん乱《みだ》れた。次の瞬間《しゅんかん》、ネズミドリはにぶい音を立てて発着場に墜落《ついらく》した。ほっそりしたマストがボキリと折れ、ザンスは勢《いきお》いよく放《ほう》り出された。

ルークとマグダは全速力で、発着場に向かって泳いだ。近くまでいくと、人影《ひとかげ》はザンスのぐったりした体の上にかがみこんでいた。ほぼ同時に、ストブがケナガオオツノをひっぱって、湖の対岸から駆《か》けつけてきた。マグダとルークは、びしょぬれで息を切らし、寒さにふるえながら、発着場に体をひきあげた。その背後《はいご》には、飛翔機《ひしょうき》が水面のすぐ上に浮《う》かんでいる。

「ザンスはだいじょうぶ?」

マグダは聞いた。

「息はある」

人影は顔を上げずにいった。

「でも、足の骨《ほね》が折れている。この分だと、この生徒はかなりの間飛ぶことはできないな」

そのとき、ザンスがうめいて目を開け、情《なさ》けない声でいった。

「痛《いた》いよ」

「おれのせいだ!」

顔を真っ赤にしたストブが、目に涙《なみだ》をためて駆《か》け寄《よ》った。

「宙《そら》駆《が》け教官を待っていたんだけど、ちっとも姿《すがた》を現《あらわ》さないから、ちょっと飛んでみても罰《ばち》は当たらないだろうって思ったんだ。こんなことになるってわかってたら……」

ストブは首をふりながらひざまずき、ザンスの手をギュッとにぎった。

「ごめんよ、ザンス。くそったれな宙駆け教官を待ってりゃよかった。これで、宙駆けの授業《じゅぎょう》はおあずけだな」

「そんなことはない。わたしが、その『くそったれな』宙駆け教官だ」

しゃがみこんでいた人影が立ち上がり、三人の方に向き直った。
ストブはうめいた。またやっちまった。
「名前を聞いたことはあるだろう。ヴァリス・ロッドだ」
ルークの口があんぐり開いた。この人が、あのヴァリス・ロッド、フェリックスのお姉さんか。何年も前に、自分を深森《ふかもり》で見つけてくれた司書勲士《ししょくんし》だ。なにかいった方がいいだろうか……？　でも、覚えていないかもしれない。それも当然だ。あのとき、自分はたった四つだったし、それ以来顔を合わせていないのだから。ルークはくちびるをかんだ。

「ところで、最初の授業《じゅぎょう》だが……」

ヴァリスは言葉を切って、生徒たちの顔を順ぐりにながめわたした。赤い顔のストブ、口を開いたままのルーク、ぶるぶるふるえているマグダ、そして、発着場に横たわり、痛《いた》みにうめいているザンス。

「おまえたちは、もう学んだようだな」

あわい黄色に染《そ》まった、はてしない地平線に月が顔をのぞかせるころ、ルークは空に舞《ま》い上がった。眼下《がんか》には湖上発着場が見える。ヴァリス・ロッドとパーシモンの姿《すがた》がどんどん小さくなっていく。

はるか左手の空を、シュゴ鳥がゆっくりとはばたいていく。その羽毛《うもう》におおわれた体や大きく曲がったくちばしが、月明かりに黒く浮《う》かび上がっている。

　これを見たら、ザンスはよろこぶだろう。ルークは、ザンスが書き上げるはずの論文《ろんぶん》を思い出して、いつかその夢《ゆめ》を実現《じつげん》できるのだろうかと思った。かわいそうなザンス。あの墜落《ついらく》からすでに六カ月もたつというのに、いまだにザンスは松葉杖《まつばづえ》をついている。そして、今まで以上に物静かで、やつれた顔つきになっていった。

　ルークは常《つね》にザンスを捜《さが》しだして、帆作《ほづく》りや、空中での合図や、風乗りといった、宙駆《そらが》けの訓練《くんれん》の話に加わらせようとした。しかし、ルーク、マグダ、スト

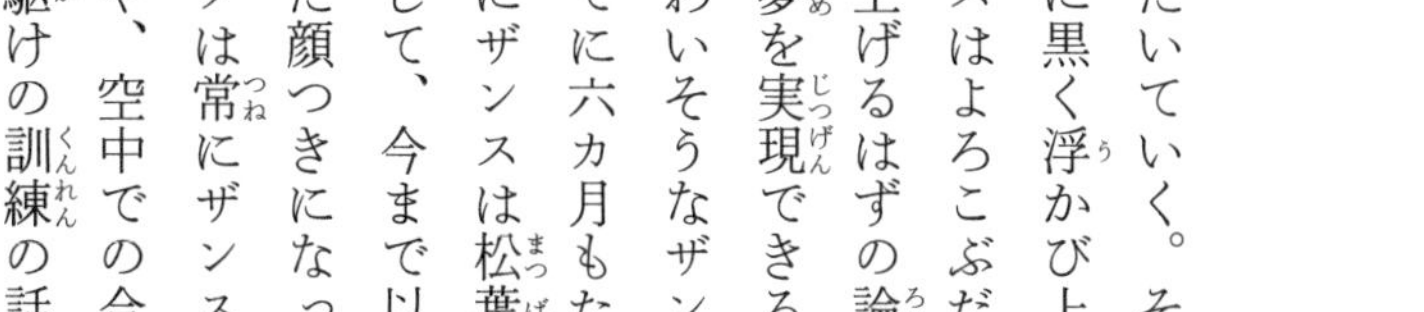

ブが空に浮《う》かび上がるたびに、ザンス一人が地上に残されるという事実は否定《ひてい》しようもなく、青白い顔と暗い目つきが、そのつらさと失望《しつぼう》を物語っていた。

とりわけその夜は、ザンスにとってはつらいものだった。これが最後の宙駆《そらが》けだったから。これが終われば、マグダ、ストブ、そしてルークは一人前の司書勲士《ししょくんし》となり、いつでも探求の旅に出発できるようになるのだ。それを考えると、体の奥《おく》から興奮《こうふん》がわき上がり、ルークは帆《ほ》を調節し、姿《し》勢制御《せいせいぎょ》ロープをグイッとひいた。飛翔機は向きを変えながら高度を下げ、暗く謎《なぞ》めいた深森《ふかもり》にいだかれた、豊かな光の島の外縁《がいえん》にそって飛んだ。

「自由の森か」

三つの鏡のような湖を順々にめぐり、テツノキの林を通りすぎて、新地上町の方にもどりながら、ルークはつぶやいた。

シズノキの塔《とう》をかすめ飛ぶ。初めてここに来たとき、どんなに圧倒《あっとう》されたか。それももう、大昔のことのようだ！　営巣棟《えいそうとう》と、フサゴブリンの長屋の上を飛び、カモシゴブリンの巣の上を旋回《せんかい》する。その下では、球根のような鼻をしたカモシゴブリンの一団《いちだん》が、周辺の畑から巣へぞろぞろと帰っていくところだ——デカマンマが甘《あま》い蜜《みつ》を作って待っているのだ。

月が高く昇《のぼ》った。強くなった風をたくみにあやつりながら、ルークは「アブラヅタ亭《てい》」めがけて降下していった。深森《ふかもり》の奥地《おくち》から来た生き物たちが集まる居酒屋《いざかや》だ。店の暗いすみにすわり、石の巣病が蔓延《まんえん》する前、勇壮《ゆうそう》な飛空船が大空を飛びまわっていたころの話を聞くのがどれだけ楽しかったか。

でも、今はこうして自分の飛翔機《ひしょうき》にまたがり、月の光を浴び、風に髪《かみ》をなびかせている。ルークはにっこり笑いながら帆を調整し、あぶみの上に立ち上がって、アブラヅタ亭の上を楽々と飛びこえた。

材木置き場と、ウッドトロルの村が見えてきた。

「さよなら、オークリー。そして、ありがとう」

髪《かみ》を編《あ》み上げた親切な老ウッドトロルのことを思い出して、ルークはつぶやいた。

やがて、大きなテツノキの林の下に、光の庭への入り口が見えてきた。ニスの鍋《なべ》をかきまわしながら、何度この夜のことを夢見《ゆめみ》ただろう。でも、ついにその時が来た。あの美しく光る庭のこと、そしてアシナガバッタの老教官のことは忘《わす》れない。

「さよなら、トウィーゼル！」

次に見えてきたのは、赤い靄《もや》に包まれたホフリ族の野営地《やえいち》だった。大きなかがり火の上に吊《つ》られたハンモックは、すでに目を覚まして、きつい夜の仕事に出る準備《じゅんび》をしているのか、ゆらゆらとゆれている。かぞえきれないほど食べた、スパイスのきいたティルダーソーセージの味が口のなかによみがえってくる。

「さよなら、ブリスケ、やさしい教官。おいしい朝ご飯を食べてくれ！」

ルークは飛翔機《ひしょうき》を大きくゆっくりと旋回《せんかい》させると、湖上発着場へともどりはじめた。はるか遠くで、銀の牧場が月明かりに輝《かがや》いている。こんなに美しく見えたことがあっただろうか。

「さよなら、コブシ、わが友よ」

ルークは小さな声でいった。

中央湖に近づくと、マグダとストブがともに最後の着陸《ちゃくりく》をしようと、発着場を旋回しながら待っていた。二人も、それぞれにさよならをしてきたのだろう。ルークののどに、熱いものがこみあげてきた。

ケナガオオツノにまたがった、頑強《がんきょう》で傲慢《ごうまん》なストブ。すぐ怒《おこ》るくせに、なかなかあやまろうとしない。しかし、今では、そんな欠点があるにもかかわらず、ルークにとっては兄のような存在《そんざい》になっていた。そして、マグダ。いつでも真剣《しんけん》で、感受性《かんじゅせい》の強いマグダはモリガにまたがり、軽々と風に乗っている。マグダは、よろこびも悲しみも等しく分かち合ってきた姉のような存在であり、いつでもルークを勇気づけ、やさしい目で見守っていてくれた。

三機の飛翔機は、みごとな編隊《へんたい》を組んで旋回しながら、降下《こうか》するにしたがい帆《ほ》をまきあげていき、宙駆《そらが》け教官と最高指導者《しどうしゃ》の目の前に音もなく着陸した。

「三人とも、みごとだったわ。文句《もんく》のつけようがないわね」

ヴァリス・ロッドが静かにいった。

ほめられて顔を輝《かがや》かせながら、ルークはにっこり笑った。最初、ヴァリス・ロッドのことを傲慢《ごうまん》で冷たい人間だと思った。あの最初の朝、ルークは自分のことを告げたい一心で、背《せ》を向けて歩き去るヴァリスのあとを追ったのだった。

「ぼくはルーク・バークウォーターです」

ルークはいった。

すると、ヴァリスはふり向いて、ルークの肩《かた》に手を置いてやさしく笑った。

「わかってるわ。その深い青色の目は、どこにいたってわかるもの。でも、あなたときたら！

りっぱな若者《わかもの》になって！　飛翔機《ひしょうき》をとりにいってらっしゃい、ルーク・バークウォーター。そのあとで、いっしょにお昼を食べましょ」

　そのときからずっと、ルークはヴァリスに親近感を覚えてきた。何年も前に、深森《ふかもり》のなかでヴァリスに見つけられて以来、断《た》ち切りがたい絆《きずな》で二人が結ばれているとでもいうように。ときどき、ヴァリスを見ていると、フェリックスを思い出した。ユーモアがあって、快活《かいかつ》で。またあるときには、アルクウィクス・ヴェンヴァクスのように、熱心できびしい一面を見せることもあった。しかし、ヴァリスは常《つね》に変わらずルークを見ていてくれた。教え導《みちび》き、より大きな業績《ぎょうせき》をなしとげられるようにはげましてくれた。そして今ルークは、修練《しゅうれん》の最後となる最終宙駆《そらが》けを終えて、ヴァリスの前に立っていた。

「準備《じゅんび》はすべて整《ととの》った。大地と大空の友よ、いざ探求《たんきゅう》の旅へと出発する時が来たのだ」

　ヴァリスは儀式《ぎしき》にのっとって、頭を下げた。

　次に、パーシモンも頭を下げた。

「道中つつがなく、わが司書勲士《ししょくんし》諸君。そして、無事にこの自由の森にもどられんことを」

　ルークの胸ははりさけんばかりだった。安堵《あんど》と、よろこびと、期待感に、大声でさけんでしまいそうな気がした。それでも、ストブとマグダに従《したが》って、頭を下げて静かな声でいった。

「大地と大空にかけて、われらは期待を裏切《うらぎ》りません」

そのとき、シズノキの発着場にガラガラと車輪の音が響《ひび》きわたり、儀式の静けさが打ち破《やぶ》られた。オオグチハイカイにまたがった二人の自由の森の衛士《えいし》に率《ひき》いられて、ケナガオオツノの荷馬車が近づいてきたのだ。ルークはふり返ってみた。

荷馬車の荷台には、若《わか》い司書勲士見習いが横たわり、弱々しいうめき声を上げていた。身にまとったナイフ研《と》ぎ職人《しょくにん》の長衣には、黒い染《し》みが広がっている。

「北部境界線《きょうかいせん》で見つけました。地上町から来た見習いの一員で、オオモズの待ちぶせにあったのだそうです。自分たちが来るのを、オオモズどもは知っていたといっています」

「それは本当か？」

パーシモンは、傷《きず》を負った見習いのわきにひざまずいてたずねた。

「はい、指導者様《しどうしゃ》」

痛《いた》みに青ざめた顔をゆがめながら、見習いは小さな声で答えた。

「東オオモズ市場で発見され、上部通路でとりかこまれました。一人、また一人と切り倒《たお》されて……」

パーシモンは見習いの手をやさしくなでた。

「よしよし、大変な思いをしたな。だが、おまえさんはなしとげた。それが肝心《かんじん》だ。おまえさんのことは、わしらが面倒《めんどう》を見る。なににも代えがたい存在《そんざい》だからな」

そういうと、パーシモンは衛士《えいし》に合図をした。

「塔《とう》に連れていって、トウィーゼルを呼《よ》んできなさい――この青年をなんとしても助けるのだ」

衛士たちは急いで立ち去った。ヴァリスがただならぬようすでパーシモンに近づき、きっぱりいった。

「気に入りませんね。待ちぶせされたのは、これで三度目です。これ以上、犠牲者《ぎせいしゃ》を増《ふ》やすわけにはいきません、指導者《しどうしゃ》様。夜の守護聖団《しゅごせいだん》たちは日に日に勢力《せいりょく》を拡大《かくだい》しているようです。どうも、やつらが関わっているような気がします」

パーシモンは重々しくうなずいた。

「そのとおりかもしれん、ヴァリスよ。だが、この件《けん》は自由の森議会と、旧《きゅう》地上町の指導者たちの問題だ。今宵《こよい》は、ここにいる勇敢《ゆうかん》な司書勲士《ししょくんし》諸君《しょくん》に敬意《けいい》を表して、これ以上は話すまい」

そしてパーシモンは、マグダ、ストブ、ルークの方に顔を向けた。

「行くがよい。上階の食堂に夕食が用意してあるぞ」

ルークがほかの二人についていこうとしたとき、物陰《ものかげ》にかくれるようにしているザンスの姿《すがた》に気づいた。顔は蒼白《そうはく》で、うすいくちびるからも血の気が失《う》せている。目が合うと、ルークは呼《よ》びかけた。

「ザンス」

ザンスはあわてて目をそらした。

「ザンス！　いっしょに来いよ」

ルークはもっと大きな声でいった。

「ほっときなさい。来ようと思えば来られるんだから。今はつらくてそんな気分じゃないのよ――足が治れば、自分もいっしょに行けるのにってね」

マグダの言葉に、ルークはうなずいた。たしかにいうとおりかも知れなかったが、ルークはそう思わなかった。ザンスの目に宿《やど》っていたのは、悲しみでも、後悔《こうかい》でも、うらやましさでもなかった。

それは、後ろめたさだった。

第十三章　鋳物《いもの》工場地帯

夜の間に襲来《しゅうらい》した嵐《あらし》は、朝のうちも吹《ふ》き荒《あ》れ、ようやく昼ごろになって収《おさ》まった。そのあとに、白い綿雲《わたぐも》が駆《か》けぬけていき、晴れわたった空を刷毛《はけ》でぬったようにうすい霞《かすみ》でおおっていった。そのころ深森《ふかもり》では、銀色の光に照り映《は》える木々の葉が、ロウでみがいたように輝《かがや》いていた。

ルークは手なれた操作《そうさ》で大きなナゲキのまわりを旋回《せんかい》し、高度を下げてギザギザのカミソリサンザシのやぶを飛びこえた。胸《むね》が興奮《こうふん》に高鳴っている。とても信じられない思いだ。見習い最後の宙《そら》駆《が》けが終わったばかりだというのに、あのヴァリス・ロッドと、親友であるホフリ族のコブシとともに、任務《にんむ》を帯びて深森上空を飛んでいるなんて！

まだらに射《さ》しこむ光の帯を、音もなくつきぬけながら、カザワシ、モリスズメバチ、アラシバチの三機の飛翔機《ひしょうき》は、そそり立つ木々の間をぬけていく。ルークの手がロープレバーをたくみに動かし、飛翔機をこちらへあちらへ、上へ下へ、右へ左へとあやつっていく。一瞬《いっしゅん》たりとも油断《ゆだん》できないむずかしい宙駆けだ。

ときどき、必要というより不安からか、ルークの手が飛翔服にのびて、あまりなじみのない装備《そうび》品《ひん》が所定の位置にあるかどうか確《たし》かめている——引っかけ鉤《かぎ》、ロープの束、水筒《すいとう》、そして、アシナガバッタのトウィーゼルからの特別の贈《おく》り物である、包帯、ぬり薬、軟膏《なんこう》の入ったシズノキの小箱。これは使わないですむにこしたことはない。胸《むね》には、望遠鏡《ぼうえんきょう》、コンパス、ものさし、腰《こし》には、ナイフ、フェリックスからもらった装飾《そうしょく》をほどこした剣《けん》が下がっている。そして、ベルトの輪通しには、飛翔機乗りにはかかせない、カミソリのように鋭《するど》い小型《こがた》の斧《おの》がさしてある。こうしてすべての装備《そうび》品《ひん》を身につけると、いよいよ本物の司書勲士《ししょくんし》になったような気がしてくる。これで、胃《い》のあたりのチクチクさえ収まってくれれば。

(前方に密生《みっせい》地帯)

ヴァリス・ロッドが信号を発し、コブシとルークはヴァリスに続いて高度を上げ、深森の上空へと飛び出した。

眼下《がんか》にどこまでも広がる森の光景に、ルークは思わず息をのんだ。そして、丸くけずりだしたあぶみの上に立ち上がると、暖《あたた》かい風を顔に受けながら、アラシバチの帆《ほ》をいっぱいにはった。アラシバチは一瞬《いっしゅん》機体をふるわせたかと思うと、グンと前に飛び出し、その勢《いきお》いにルークは座席《ざせき》にドスンとすわりこんだ。

(高度を上げるな)

ヴァリスが声に出さずに合図した。見つかっては元も子もない。

ルークは輪にした姿勢制御《しせいせいぎょ》ロープをひいた。アラシバチは忠実《ちゅうじつ》に高度を下げ、名前の由来《ゆらい》になった湖面すれすれを飛ぶ黄色と赤の昆虫《こんちゅう》のように、水につかった森の上を低くかすめ飛んだ。初めてあれを見てからどれぐらいたつんだろう？　ルークはいつしか物思いにふけっていた。

ゆうべのこと、そろそろ寝《ね》ようかと思っていると、宿泊所《しゅくはくじょ》の扉《とびら》をコツコツと静かにノックする音が聞こえた。開けてみると、飛翔服《ひしょうふく》に身を包み、いしゆみを手にしたヴァリス・ロッドだった。

「いっしょに来て。話があるの」

ルークはヴァリスについて、湖上発着場へと降《お》りていった。そこには、投げ縄《なわ》をくるくるまわしながら、コブシが待っていた。足の下では暗い水面がうずまき、波立ち、頭上《ずじょう》では、西の方から黒い雲がわき上がってきていた。ヴァリスは、真剣《しんけん》な面持《おもも》ちで二人に向かい合った。声がふるえている。こんなヴァリスは見たことがない。

ヴァリスは口を開いた。

「あなたの友だちのザンスが、さっきたずねてきたの。けがをして以来、どうやら役に立とうとして、情報《じょうほう》を集めていたみたいね」

「スパイってこと?」

ルークはちょっとショックだった。

「そんなところね。夜の守護聖団《しゅごせいだん》とその支持者《しじしゃ》に対抗《たいこう》するには用心しないとね。それはともかく、ザンスが気になる知らせを持ってきたの」

「それで?」

コブシはいって、ロープを下に落とした。

「鋳物《いもの》工場地帯で奴隷制《どれいせい》が復活《ふっかつ》した」

ヴァリスの言葉を聞くと、コブシは苦々《にがにが》しげに首をふった。

「まだ懲《こ》りねえのか、あそこの監督官《かんとくかん》は」

ヴァリスはコブシの肩《かた》に手を置くと、ルークに向かっていった。

「コブシもあなたと同じように、両親を奴隷《どれい》商人に誘拐《ゆうかい》されたの。前回の襲撃《しゅうげき》で、奴隷商人と仲間のゴブリンどもに思い知らせてやったはずなのに。どうやらもとにもどったみたいね」

「奴隷っていうのは、ホフリ族？　それともノクゴブリン族？」

ルークはふと思いついてたずねた。

ヴァリスは首をふった。

「それが……」

ルークに向けられた目には、怒《いか》りと悲しみが宿《やど》っていた。

「なに？」

「オオハグレグマなの、ルーク。奴隷はオオハグレグマ」

ようやく、ヴァリスはいった。

ヴァリスの言葉を思い出すと、怒《いか》りに手がふるえてアラシバチの機体がゆれた。オオハグレグマ！　あんなに強くて気高い生き物を、どうして奴隷になんかできるんだ？　考えるだけではらわたが煮《に》えくり返る。しかし、現《げん》に鋳物《いもの》工場地帯監督官のヘミュエル・スプームはオオハグレグマを奴隷にしたのだ。オオハグレグマを鎖《くさり》につなぐなんて、どんな人間なんだ？

「あなたもわたしも、オオハグレグマが大好きよね。助けに行きたいでしょうね」

ヴァリスはいった。

「でも、ストブとマグダは？」

ルークはたずねた。

ヴァリスは首をふった。

「こういう作戦の場合、メンバーは少ない方がいいの。それに、あなたたち二人は、自由の森で一、二を争う飛翔機《ひしょうき》乗りだしね」

そこでヴァリスは言葉を切った。

「もしもいっしょに来るつもりなら、スプーム配下のゴブリン兵の鼻先をかすめて鋳物《いもの》工場地帯に潜入《せんにゅう》し、オオハグレグマたちを奴隷《どれい》小屋から逃《に》がしてから、見つかる前に逃げなくてはならないわ。簡単《かんたん》じゃないわよ」

「いっしょに行くよ」

ルークとコブシは同時に答えた。胃がチクチクしはじめたのは、そのときだ。

太陽が地平線に向かって沈《しず》みはじめると、風がまた強まったのがわかった。ルークは下帆《したほ》を調節し、姿勢制御《しせいせいぎょ》ロープをきつくにぎった。風が強まれば飛翔機の速度も大きくなるが、その分不安定で扱《あつか》いづらくなる。

(あれだ)

コブシが親指と人差し指を輪にして、すばやく合図をした。森のなかの開けた場所を意味するサインだ。

ルークは前方に目をやった。遠くで、高い煙突《えんとつ》からもくもくと吐《は》きだされた煤煙《ばいえん》が、空を黒くよごしているのが見える。心臓《しんぞう》がドキンと高鳴る。

(急降下《きゅうこうか》!)

ヴァリスがすばやく合図し、カザワシは深森《ふかもり》に向かって急降下していった。

ルークはロープレバーを操作《そうさ》して、下帆をたぐりこみ、上帆をくりだした。同時にあぶみに乗せた足でバランスをとりながら、姿勢制御ロープをゆっくりと上げていった。ルークが神経質《しんけいしつ》そうに下くちびるをかむのと同時に、アラシバチは機首を下げて、森をおおう緑の天蓋《てんがい》に向かってつっこんでいった。外部からへだてられた、うす明るい空間に出ると、風はぴたりとやみ、繊細《せんさい》な飛翔機は機体をふるわせながら落下しはじめた。ルークの指が、帆綱《ほづな》とレバーの間をせわしなく往復《おうふく》する。

すると機体は安定し、水平に飛びはじめた。

ヴァリスがさっと合図をして、にっこり笑った。

(すごいじゃない、ルーク!)

自分も思わずほほえんでいることに気づいて、ルークは頬《ほお》を真っ赤に染《そ》めた。あのヴァリス・ロッドにほめられて、急に誇《ほこ》らしい気持ちになったのだ。ルークはアラシバチの機首をポンポンとたたいた。

「よくやった」

進むにつれて、あたりは暗くなってきた。ルークは、闇《やみ》のなかからぬっと姿《すがた》を現《あらわ》す、枝《えだ》をはりだした大木を、何度となくあぶないところでかわした。前方の木の間に、油を燃《も》やす黄色い明かりが見えてきた。

(二人とも、ついてきて)

ヴァリスは肩越《かたご》しに合図すると、急上昇《きゅうじょうしょう》して、巨大《きょだい》なテツノキの太い枝に音もなく着陸した。ルークとコブシもならんで着陸した。ヴァリスは、前方の明かりを指し示した。

ルークは飛翔服《ひしょうふく》から望遠鏡《ぼうえんきょう》をはずして、のぞきこんだ。おおいかぶさるような枝の間から、工場地帯のようすをうかがう。ほじくり返され、汚染《おせん》された広大な開拓地《かいたくち》は、まるで森の地肌《じはだ》が膿《う》んでかさぶたになったかのようだ。あたりには、硫黄《いおう》と、コールタールと、溶《と》けた金属《きんぞく》のにおいがたちこめている。ハンマーを打ちおろす規則《きそく》正しい音と、木が切り倒《たお》される音にまじって、溶鉱炉《ようこうろ》がゴウゴウと燃《も》えさかる音や、むちを鳴らす音や、ゴブリン兵のどなり声が聞こえてくる。その声にせかされるように、鉱石《こうせき》を掘《ほ》るシャベルやツルハシの音が響《ひび》きわたる。

THE FOUNDRY GLADE

鋳物《いもの》工場地帯

それらの音にかき消されそうになりながら、強制的《きょうせいてき》に働かされるゴブリンたちの低いうめき声が、暗い嘆《なげ》きのコーラスのように耳に届《とど》く。ルークはぞっとした。かわいそうに、あんな声を上げるなんて、どんなつらい目にあわされているんだろう……。

そのとき、絶《た》え間《ま》ない騒音《そうおん》と、低い苦悶《くもん》の声を切りさいて、ギイイッという音が聞こえ、続いてにぶいドーンと地をゆるがすような音が響《ひび》きわたった。ルークは、はっとして望遠鏡《ぼうえんきょう》を向けた。開拓地《かいたくち》のはずれから、もうもうと土ぼこりがまき上がり、やがてそれが収《おさ》まると、倒《たお》されたばかりの木が地面に横たわっていた。すでにゴブリンの一団《いちだん》が太い木の幹《みき》によじ登って、皮をはがしにかかっていた。

(美しかった森が!)

ルークは合図した。

(ヘミュエル・スプームのしわざよ)

ヴァリスが合図を返し、親指でのどをかき切るしぐさをした。

ルークはうなずいた。

むきだしの地面には、ねぶとのようにもりあがった灰《はい》と土の山のほかに、各工場で使われる皮をむかれた材木の山がいくつもできている。背《せ》の曲がった、骨《ほね》と皮ばかりのゴブリンたち——フードつきの長衣はぼろぼろになり、肌《はだ》は長年のあかでうすよごれている——は、材木を一本ずつロープをかけて山からおろし、地面をひきずって、工場のなかへと運びこんでいる。一団また一団と、ゴブリンたちは材木を運びこんでいくが、うずたかく積み上げられた材木の山はいっこうにへるようすはない。というのも、一本運び去られたとたん、新たに切りたおされた材木が加わるのだ。こうして、鋳物《いもの》工場地帯はガンのように、周囲の森をどんどんむしばんでいく。

(オオハグレグマはどこだ?)

ルークは肩《かた》をすくめながら合図をした。

コブシがルークの肩をたたいて、指さした。

オオハグレグマだ! 興奮《こうふん》に胸《むね》を躍《おど》らせながら、ルークは左に望遠鏡を動かし、高い煙突《えんとつ》の生えた球根のような形の工場から出てきたオオハグレグマをとらえた。

その姿《すがた》を見たとたん、ルークは骨《ほね》の髄《ずい》までふるえあがった。

あわれなオオハグレグマは、あばらが浮《う》きだし、頬《ほお》はこけ、今にも飢《う》え死《じ》にしそうな状態《じょうたい》だった。こけの生えた毛皮は焼けこげ、つやがなく、背《せ》を丸めてちぢこまった体のいたるところが赤くすりむけていた。手首と足首を鎖《くさり》でつながれたオオハグレグマの両側には、長くて重たい棒《ぼう》を手にしたゴブリンがつきしたがい、ことあるごとにオオハグレグマをなぐりつけている。それも、楽しくてしかたがないといった顔で。オオハグレグマはなぐりつけられても、あらがうことはおろか、反応《はんのう》すらしない。足をひきずって、のろのろと奴隷《どれい》小屋に向かうようすを見ているうちに、ルークは、オオハグレグマの心がとうに打ち砕《くだ》かれてしまっていることに気づいた。

その後、一つの工場から一頭ずつ、合わせて五頭のオオハグレグマが出てきた。見れば、みな一頭目よりもひどい状態だ。体に浴びせられる殴打《おうだ》やののしりにもかかわらず、まともに歩けるものは一頭もいないようだ。あるものは片足《かたあし》をひどくひきずり、またあるものは、肩《かた》に見るからに痛々《いたいた》しいやけどを負っている。みな、灼熱《しゃくねつ》の工場から出てきて、凍《こお》りつきそうな寒さに体をぶるぶるとふるわせている。

ルークがふり返ると、ヴァリスの目は怒《いか》りに燃《も》え、食いしばった歯の間からはげしく息を吐《は》きだしていた。両手でいしゆみをぎゅっとにぎりしめる。今やあわれみが怒りへと変わったルークは、腰《こし》のナイフと剣《けん》に手をやり、工場地帯に目をもどした。

オオハグレグマたちは奴隷小屋に押《お》しこまれると、中央にならんだ柱に鎖でつながれた。奴隷小屋は壁《かべ》のない屋根だけの造《つく》りのため、吹《ふ》きつける風を防《ふせ》ぐこともできず、六頭のオオハグレグマは、中央にしかれたきたないわらの上に身を寄《よ》せ合ってうずくまった。みなふるえるばかりで声も立てず、うつろな目にはなんの表情《ひょうじょう》も浮《う》かんでいない。

ルークは、望遠鏡《ぼうえんきょう》で工場地帯を見わたした。だれもいないようだ。火をたくオオハグレグマがいなくなったため、工場は稼働《かどう》をやめ、鉱石掘《こうせきほ》りも、材木伐採夫《ばっさいふ》も、材木運搬人《うんぱんにん》も人足小屋に入っていった。そのあとにゴブリンの番人が笑ったり冗談《じょうだん》をいったりしながら続いた。

ほどなく、残っているのは、監視塔《かんしとう》のてっぺんで居眠《いねむ》りをしている見張《みは》りが一人だけになった。鋳物《いもの》工場地帯を不気味な静寂《せいじゃく》がおおった。ヴァリスはけわしい顔つきでコブシとルークを見て、合図をした。

(忘《わす》れないで。行きも帰りも空からよ。音を立てないで)

ルークとコブシはうなずいた。

（それじゃ、行くわよ！）

ヴァリスは合図すると、飛翔機《ひしょうき》の帆《ほ》を揚《あ》げて枝《えだ》から飛び上がった。

アラシバチをテツノキの枝から浮上《ふじょう》させると、ルークの胃《い》のチクチクは消えた。ヴァリスとコブシから離《はな》れないように、工場地帯をとりまく森をぬけて、荒《あ》れはてた開拓地《かいたくち》へと侵入《しんにゅう》していった。音もなく飛んでいく飛翔機の上で、ルークは静かで、氷のように冷たい怒《いか》りにとらわれていた。

ヴァリスとルークは人足小屋の列と、おおいをかけられた荷馬車の上を飛び、オオハグレグマの奴隷《どれい》小屋のわきで空中停止《ていし》した。一方コブシは、むちを手にして、見張《みは》りのゴブリンが高いびきで居眠《いねむ》りをしている監視塔《かんしとう》のてっぺんまで上昇《じょうしょう》していった。ルークが見上げると、ちょうどコブシが監視塔に接近《せっきん》して、むちを飛ばしたところだった。むちの先はシュルシュルと飛んでいって、手すりの向こうに消えた。ルークは息をのんだ。

次の瞬間《しゅんかん》、むちがひきもどされた。先端《せんたん》は、カギの束を通した大きな鉄の輪にからみついている。

（おみごと）

ルークは、コブシの腕前《うでまえ》に感動して合図を送った。

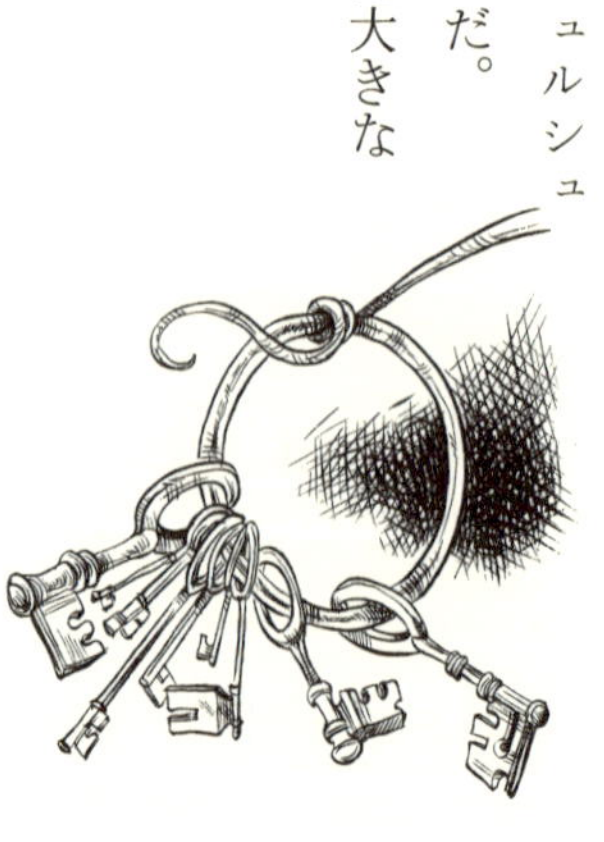

（ルーク、こっちよ）

ヴァリスがせかすように合図をして、係留《けいりゅう》ロープのはしを投げてよこした。

ルークはそれを受け止めると、ロープをアラシバチの機首像に結びつけ、二機の飛翔機《ひしょうき》を連結した。

すると、ヴァリスは両足をそろえて、地上に飛び降りた。

その拍子《ひょうし》にカザワシは大きくゆれて、係留《けいりゅう》ロープがぴんとはったが、アラシバチはなんとか持ちこたえた。ルークはあぶみの上の足を動かして、姿勢制御《しせいせいぎょ》ロープをしっかりとにぎり、逃《に》げだすときに備《そな》えて両飛翔機を安定させようとした。

「落ち着け。あばれるなよ」

ルークは小声で話しかけた。

コブシが地面すれすれに降下《こうか》してきて、飛びすぎざまヴァリスにカギの束を投げてよこすと、監《かん》視塔《しとう》を見張《みは》るためにふたたび舞《ま》い上がっていった。ヴァリスは奴隷小屋に忍《しの》びこみ、カギを使った。

カチャリと音がして、鎖《くさり》が地面に落ちるのが聞こえた。続いて、またカチャリ……。

ルークの頭上《ずじょう》では、コブシが目を皿のようにして、ゆっくりと旋回《せんかい》している。

何度目かのカチャリ、カランという音とともに、最後の手かせ足かせが地面に落ちた。

「逃《に》げて。あなたたちは自由よ！」

ヴァリスがオオハグレグマたちにいうのが聞こえた。

あわれなオオハグレグマたちは、最初とまどっているようだったが、やがて、一頭、また一頭とゆっくり立ち上がった——ヴァリスの飛翔機《ひしょうき》を安定させるのに必死なルークにとっては、じれったいほどだった。そして、オオハグレグマたちはおそるおそる小屋の外に出てきた。ヴァリスがしんがりだ。

「木陰《こかげ》を目指して」

ヴァリスは、足をひきずるオオハグレグマたちをせき立てた。

そのとき、ずらりとならんだおおいのかかった荷馬車から、ゴソリと物音がした。ルークははっとしてふり返った。今のはなんだ？

と、とつぜん、ティルダー皮のおおいがバサッとはねのけられ、武装《ぶそう》したゴブリン兵がわらわらと飛び出してきた。

「わなだ！　逃《に》げろ！」

コブシが上からさけんだ。

長毛ゴブリンたちはいっせいにノコギリ刃《ば》の剣《けん》をひきぬくと、血も凍《こお》るような雄叫《おたけ》びを上げて飛びかかってきた。

オオハグレグマたちは頭をのけぞらせ、牙《きば》をむきだしてほえた。そして、後足で立ち上がると、怒《いか》りにかられてゴブリンたちを迎《むか》え撃《う》った。大きなナイフのようなカギ爪《づめ》が空気を切りさく。なんとかして安全な森までたどりつこうと必死だ。

「オオハグレグマなどすておけ！　目指すはロッドだ！」

ゴブリンがどなった。

ルークが声の方を見ると、長いもみあげを

巻《ま》き毛にした、キツネのような顔のやせこけた人物が、荷馬車の上に立ちはだかっていた。目だけがきょろきょろとせわしなく動いている。これこそが、鋳物《いもの》工場地帯監督官《かんとくかん》ヘミュエル・スプームだ！　スプームは、重い杖《つえ》で荷馬車の荷台をドンとついて、キイキイ声で命じた。

「ヴァリス・ロッドをひっとらえろ！」

ヴァリスがいしゆみを発射《はっしゃ》した。矢は荷馬車のわき、スプームの頭からわずか数センチのところにつき刺《さ》さった。スプームはきゃっとさけんで、あわてて物陰《ものかげ》に逃《に》げこんだ。ヴァリスは、ルークが押《お》さえている飛翔機《ひしょうき》に向かって走った。ゴブリンたちは剣《けん》をふりあげ、重たそうな捕獲網《ほかくあみ》をふりまわしながら追ってきた。ヴァリスがカザワシの機首をつかんだとたん、係留《けいりゅう》ロープがルークの手からもぎとられ、その拍子《ひょうし》にカザワシの機体が横にかたむき、ヴァリスは地面に投げ出された。

ルークはうめいた。背後《はいご》で、勢《いきお》いづいたゴブリンどもが大声であざ笑うのが聞こえた。

「これでもう、つかまえたも同然だ！」

一人のゴブリンがさけんだ。

「あのヴァリス・ロッドだぞ！」

別の一人が答えた。

「これで少しはこり……ギャアッ！」

ルークがさっと顔を向けると、ゴブリン兵の一人が地面に倒《たお》れていた。胸《むね》に矢が刺《さ》さっている。そのわきには、二人のゴブリンがうずくまっている。頭上《ずじょう》のコブシが、いしゆみに次の矢をつがえながら急降下《きゅうこうか》してくるところだった。

「グフッ！」

二人目のゴブリンがどうと倒れた。背中《せなか》に刺さった矢の傷《きず》から、血がほとばしり出た。

「ルーク、なんとかして」

よろよろと立ち上がりながら、ヴァリスがいった。

ルークは手をのばして、カザワシの係留ロープをつかみ、手にぐるぐるとまきつけた。飛翔機の重さに、腕《うで》が肩《かた》のつけ根からぬけてしまいそうだ。痛《いた》みに顔をしかめながらも、ルークはロープを離《はな》さず、ヴァリスに呼《よ》びかけた。

「早く乗って！」

ゴブリン兵たちは怒《いか》りの声を上げて押《お》し寄《よ》せてきた。

「のろまどもが！」

ヘミュエル・スプームの罵声《ばせい》があたりに響《ひび》いた。

コブシが三度目の急降下《きゅうこうか》をしかけた。いしゆみの矢が風を切りさく。

ヴァリスがカザワシに手をかけると、ルークは係留《けいりゅう》ロープを離《はな》した。ヴァリスが体をひきあげて、座席《ざせき》の両側に足を投げ出してすわると、機体はあぶなっかしげに大きくかしいだ。しかし、次の瞬間《しゅんかん》、ヴァリスは二つの帆《ほ》をするするとくりだして、空中高く舞《ま》い上がった。ゴブリンどもをなぎ倒《たお》しながら、ヴァリスとともに上昇《じょうしょう》していくルークは、胸《むね》を躍《おど》らせてさけんだ。

「やったぞ！」

「ありがとう、ルーク。命の恩人《おんじん》よ」

ヴァリスがさけび返した。

そこへ、コブシが追いついてきた。

「さっさとずらかろうぜ！」

「でも、オオハグレグマは？　逃《に》げ切れたのか？」

ルークは大声で聞いた。

「自分で見てみろよ！」

コブシは左の方を指さした。

見れば、オオハグレグマたちが、開拓地《かいたくち》から森に向かって逃《に》げていくところだった。ゴブリン兵たちは、その巨体《きょたい》におそれをなしてたじたじとあとずさるばかり。スプームは大声でののしりながら、飛翔機《ひしょうき》に向かって杖《つえ》をふりまわしている。

「撃《う》ち落とせ！」

いしゆみの矢がひゅんひゅんと飛んでくるのを見て、ヴァリスは号令を発した。

「散開《さんかい》！」

ルークは編隊《へんたい》を離《はな》れて低く降下《こうか》すると、小屋をかすめ飛んでゴブリンの攻撃《こうげき》をかわしながら、森を目指して走るオオハグレグマたちのあとを追った。

最後尾《さいこうび》のオオハグレグマがふり返った。最初に工場から出てきた大柄《おおがら》なメスで、片方《かたほう》の目のまわりから鼻面《はなづら》にかけて、めずらしい黒い模様《もよう》が走っている。

その目がルークの目と合った。

「気をつけて！」

どこか上の方からヴァリスの声が聞こえた。

ルークがふり返ると、空の荷馬車のわきにゴブリン兵が片《かた》ひざをついていた。ゴブリン兵は長弓をかまえて、立ち止まったオオハグレグマの心臓《しんぞう》をねらっている。

ビンと乾《かわ》いた音がして、放たれた矢が空を切って飛んできた。ルークはとっさにオオハグレグマの前に飛び出した。

ドスッというにぶい音とともに、矢はルークの肩口《かたぐち》につきささった。焼けつくような痛《いた》みが腕《うで》に走り、ルークは悲鳴を上げた。

「しっかりして！」

ヴァリスがさけびながら、急降下《きゅうこうか》してきた。

ゴブリン兵が二本目の矢をつがえようとしたところへ、コブシのいしゆみから放たれた矢が飛んできて両目の間を射抜《いぬ》いた。ゴブリン兵は地面に倒《たお》れた。ヴァリスは手をのばして、アラシバチの係留《けいりゅう》ロープをつかんでひきよせると、肩にかかる重みをこらえながら森を目指した。

「ワウ、ワウ！」

オオハグレグマは鳴き声を上げながら、あとを追って森へと駆《か》けこんでいった。

「だいじょうぶだからね」

ヴァリスはあえぎながらルークに呼《よ》びかけた。そして、歯を食いしばって係留ロープをカザワシの機首像《きしゅぞう》にしばりつけてから、二枚《まい》の帆《ほ》を調節した。高い木々を右へ左へとかわしていくさなかにも、いしゆみの矢が何本か背後《はいご》の地面に刺《さ》さった。

「しっかりして、ルーク！　気をたしかに持って！」

「しっかりして……しっかり……」

ルークはつぶやきながら、前にかがんでアラシバチの優雅《ゆうが》な首に両手をまわした。銀色がかった緑の梢《こずえ》が、ぼやけた視界を後ろに流れていく。ルークは目を閉《と》じた。

コブシがすぐわきに近づいてきて、大声でさけんだ。

「ひどい顔色だ」

ヴァリスもさけび返した。

「たしか、長毛ゴブリンの矢には毒がぬってあるはずよ。とにかく、急いで湖上発着場に連れていかないと。このままではまちがいなく死ぬわ」

第十四章　高熱

かすかなミルク色がかった光が、宿泊所《しゅくはくじょ》の扉《とびら》の格子《こうし》から射《さ》しこみ、小さな部屋の奥《おく》の、金色に彫《ちょう》刻《こく》をほどこされた寝《ね》だなをぼんやりと照らし出している。その寝だなには、肩《かた》に包帯をまかれた骨《ほね》ばかりの人影《ひとかげ》が横たわり、苦しそうに眠《ねむ》っている。ティルダー毛の毛布《もうふ》の下で、何度も寝返《ねがえ》りをうつ若《わか》い司書勲士《ししょくんし》の落ちくぼんだ頬《ほお》は、汗《あせ》でぐっしょりぬれ光っている。その足が毛布をけりつけ、まぶたがぴくぴくとひきつった。

オオカミだ。燃《も》えさかる石炭のように黄色い目をらんらんと輝《かがや》かせたオオカミどもが、あたりにひしめいている。そのほえ声、うなり声。そして、怒《いか》りに満ちた声や、おびえた声——なにかをさけんだり、わめき立てたり……。

「いやだ、いやだ」

司書勲士は泣きながら、両手をはげしくふりまわした。

今度は、どこまでも広がるうす暗く静まりかえった森のなか、たった一人で悲しみにくれている。四歳《さい》にもどった司書勲士は、おいおいと泣きじゃくりはじめる——涙《なみだ》があふれだし、体がはげしくふるえて止まらない……さびしくて、こわくて、とてもとても寒い。

いつもの夢《ゆめ》だ。

とつぜん、闇《やみ》のなかからなにかが向かってきた。ものすごく大きなものだ。燃えるような目と、ギラリと光るキバを持った、なにかおそろしいもの……。

「よしよし」

声がした。

ルークのまぶたがひくひくと動き、目が開いた。肩がずきずきとうずく。

枕元《まくらもと》には、トウィーゼルが立っていた。前足の片方《かたほう》にランタン、もう一方にはぬらしたカスミ葉を持っている。トウィーゼルはそのカスミ葉をルークの汗で光る額《ひたい》に押《お》しあてた。アシナガバッタ

の大きな体で、小さな部屋はほとんどいっぱいだった。「がんばるんですよ、勇敢《ゆうかん》なだんな様。熱はすぐにひきますからね」

　トウィーゼルは、ルークを気づかって低くおさえた声でいうと、前足をのばして枕《まくら》をポンポンとふくらませ、毛布《もうふ》をかけ直してくれた。ルークは目を閉《と》じた。

　次に目を開けると、トウィーゼルはいなくなっていた。ランタンだけが、明かりを落として部屋向こうの机《つくえ》の上に置かれ、ほのかな光を放っている。ルークはシズノキをはめこんだ壁《かべ》と、単純《たんじゅん》な彫刻《ちょうこく》をほどこされた家具の置かれた小さな部屋を見まわした。湖上発着場に着き――もう一年以上前になる――パーシモンに案内されて初めて入って以来、木でできた繭《まゆ》のようなこの個室《こしつ》にいると、守られているような気がして落ち着くのだった。

ルークの目は天井《てんじょう》に向けられ、湾曲《わんきょく》する幅《はば》のせまい板にそって壁《かべ》の方へとおりていった。やわらかな琥珀《こはく》色のランタンの炎《ほのお》が、ゆらゆらとゆれながらニスをぬった壁板に明かりを投げかけている。まぶたがまた重くなってきた。まっすぐな板の合わせ目がぐにゃりとゆがんでぼやける。ずきずきとうずく肩《かた》のにぶい痛《いた》みが、森をゆっくりと焼いていく炎《ほのお》のように、体をむしばみ、力を吸《す》い取っていく。

ルークの目が閉じた。夢《ゆめ》も見ない深い眠《ねむ》りに落ちると、呼吸《こきゅう》が規則《きそく》正しくおだやかになっていった。しかし、目が覚めると、また熱がぶり返した。

体が燃《も》え上がるように熱くなり、シーツを汗《あせ》でぐっしょりぬらしたかと思うと、今度は氷水につけられたかのような寒気に襲《おそ》われ、歯をガチガチいわせ、ぶるぶるふるえながら、寝台《しんだい》の上で体を丸めるというぐあい。

夢のなかに、外の物音が入りこんでくる。深森《ふかもり》にすむ夜行性《やこうせい》の生き物の鳴き声、部屋の前を急ぎ足で通りすぎる見習いたちの、興奮《こうふん》を押《お》し殺したささやき声、ときどきうなりを上げる風の音や屋根をたたく雨の音、体の下で湖がはげしく波立つ音。一度だけ、どこか遠いところで、孤独《こどく》なオオハグレグマの遠ぼえが聞こえた。

時間の感覚はすっかり失っていた。今は夜？　それとも朝？　ぼくはどれぐらいの間、ここに寝《ね》ているんだろう？　うなったり、のたうちまわったりするのは、血管のなかをかけめぐるゴブリンの毒と戦っているせい？

「だいじょうぶだから。しゃべるな」

声がする。ルークはゆっくりと目を開けた。部屋がぐるぐるまわっている。

「さよならをいいにきたの」

なぐさめるような声がいった。

「さよなら」

ルークはいったが、その声は低くかすれていた。

目の前の、まぶしい金色の光のなかから、二つの丸い顔が現《あらわ》れた。ルークはそれぞれと目を合わせようと、顔を左右に動かしたが、それだけで疲《つか》れてしまった。

目をぎゅっと閉《と》じる。自分の手にだれかの手が置かれた。冷たくてやわらかい。もう一度なんとか目を開くと、マグダが自分を見おろしていた。その後ろには、ストブがひかえている。

「マグダ……」

ルークは、熱でひびわれたくちびるをわずかに動かして、ささやきかけようとした。

「ルーク、ストブとあたし、明日、探求《たんきゅう》の旅に出発するの……」

マグダも、目に涙《なみだ》をいっぱいにためてささやき返したが、それ以上言葉にならなかった。

「ああ、ストブ！　あたしの声、聞こえてると思う？」

「こいつは勇敢《ゆうかん》なやつだ。あきらめたりしない――トウィーゼルだって、できるかぎりのことをしている。さあ、もう休ませてやろう」

二人の司書勲士《ししょくんし》は立ち上がり、やさしく声をかけた。

「さよなら、ルーク」

ルークのまぶたがぴくぴく動いた。額《ひたい》に触《ふ》れるか触れないほどのキスを感じた。ひんやりと乾《かわ》いていて、マグダの豊《ゆた》かな髪《かみ》と同じ、マツのような香《かお》りがした。体が信じられないほど重い。

扉《とびら》が閉《し》まるカチリという音がした。また一人になった。

夜が昼に、昼が夜に変わった。外からさしこむあわい明かりが弱くなり、あたりが夕闇《ゆうやみ》に沈《しず》むたびに、トウィーゼルがやってきて、ランタンに火を点《とも》した。そして、体をふき、毛布《もうふ》にくるみこみ、よく効《き》く薬を何滴《てき》か舌《した》の下に落とし、はれている傷《きず》に軟膏《なんこう》をすりこみ、新しい包帯をまいてくれた。

ときには目を覚まして、トウィーゼルがかいがいしく動きまわっているのを見ることもあったが、たいていは、やさしく介護《かいご》してくれている間もぐっすり眠《ねむ》っていた。

「ルーク、聞こえるか?」

聞きなれた声に、ルークは目を開けた。

「おれだ、ルーク。ザンスだ」

「ザンス?」

声を出したとたん、肩《かた》から腕《うで》にかけて鋭《するど》い痛《いた》みが走った。

それを見て、ザンスも顔をしかめた。その顔は青白くやつれて、落ちくぼんだ目は今までにないぐらい暗かった。ザンスは額《ひたい》にかかった髪《かみ》をはらいのけると、寝台《しんだい》に近づいた。手にしたランタンがキイキイとゆれた。

「ルーク、さよならをいいにきた」

「さよなら。君もか? マグダとストブが……」

ルークは力ない声でいった。

「マグダとストブか! あいつらがうらやましくてしかたないよ」

ザンスは苦々《にがにが》しげに笑うと、両手で頭をかかえこんだ。

「おれには探求《たんきゅう》の旅はないんだよ、ルーク。おれの進む道は、深森《ふかもり》ではなく新サンクタフラクスに向かっているんだ」

ルークは、なんとか頭をはっきりさせようとした。これは現実《げんじつ》のことなのか？　それとも、熱のせいで夢《ゆめ》でも見ているのか？

「新サンクタフラクス？　でも、どうして？」

ザンスが背《せ》を向けたため、見えるのは闇《やみ》に浮《う》かび上がる丸めた肩《かた》だけだった。口を開くと、その声は低く、いかにも苦しそうだった。

「君はいい友だちだった、ルーク・バークウォーター。ほかのやつらがおれを無視《むし》したり、からかったりしたときも、君はおれをかばって、元気づけてくれた……」

ザンスはためらってから続けた。

「それなのに、おれは君の友情《ゆうじょう》に、うそと裏切《うらぎ》りで答えてしまった」

「ど、どういうこと……？　わからないよ」

「おれはスパイなんだ、ルーク。おれの主人は、夜の守護聖団《しゅごせいだん》最高守護者オービクス・ザクシスだ。

おれは、司書勲士《ししょくんし》の敵《てき》なんだよ」

ザンスの目が細くなった。

「おれが湖上発着場に着いて以来、見習いが一人も来ないのはなぜだと思う？　おれが手をまわしたからだよ。ヴァリス・ロッドが来ることを、鋳物《いもの》工場地帯のゴブリンどもはどうして知っていたと思う？　おれが知らせて、わなを仕組んだからだよ。だけどな、ルーク……」

ザンスが向き直り、寝台《しんだい》のわきにひざまずくと、ふるえる手でルークの手をにぎりしめた。

「もしも君が——友と呼《よ》べる二人のうちの一人である君が、あの襲撃《しゅうげき》に加わるってわかっていたら、絶対《ぜったい》にわなだって君に教えていたよ。それだけは信じてくれ！」

ルークはザンスの手をふりはらい、弱々しい声でいった。

「まさか、君がぼくたちを裏切《うらぎ》った？　今までずっといっしょにやってきたのに……。ザンス、どうしてなんだ？」

「おれが夜の守護聖団《しゅごせいだん》に属《ぞく》しているからだ。おれは身も心も夜の守護聖団のものだ。どうやったって、逃《に》げ出すことはできない。おれだって、できることならこの美しい深森《ふかもり》にとどまっていたいよ」

ザンスは首をふった。

「でも、それはできない。手遅《ておく》れだ。おれはやりすぎちまった。ここにはいられない。おれは、もう一人の友カウルクエイプと同じように、夜の塔《とう》の囚人《しゅうじん》にすぎない。だから、おれは友のもとに帰る」

そういって、ザンスはため息をついた。

ルークは重たいまぶたの間からザンスを見つめた。こめかみがずきずきと痛《いた》み、目の前の光景がぼやけてくる。

ザンスは続けた。

「おれの頭に、最初に深森の話を吹《ふ》きこんだのはカウルクエイプだ。空賊《くうぞく》トウィッグ船長との冒険《ぼうけん》のこともな。カウルクエイプのおかげでおれはここに来て、なにもかも自分の目で見ることができた――そのためには、スパイになるしかなかったんだ。おれは、君もカウルクエイプも裏切《うらぎ》ってしまった」

ザンスはつらそうにうつむいた。

ルークは顔をそむけた。熱が一気にぶり返してきた。ザンスが裏切《うらぎ》り者？　そんなこと、信じたくない。深い悲しみが傷《きず》の痛《いた》みをいや増《ま》し、寝台《しんだい》の周囲がいっそう暗くなった。ルークは目を閉《と》じて、熱に身をまかせた。

ザンスは眠《ねむ》りに落ちた友を見つめていたが、やがて毛布《もうふ》を肩《かた》までかけ直してやった。

「さよなら、ルーク。もう二度と会うことはないだろう」

ザンスはあとずさり、くるりと向きを変えて長円形の扉《とびら》に向かった。ふり返ることはなかった。


興奮《こうふん》にふるえる指で、ルークはごわごわした緑色の革《かわ》の飛《ひ》翔服《しょうふく》を身につけ、短剣《たんけん》と手斧《ておの》の下がったベルトをしめ、フェリックスの剣《けん》を腰《こし》に下げ、食料の入った小さな背《はい》のうを背負《せお》うと、塔《とう》の階段《かいだん》を下りはじめた。トウィーゼルの介護《かいご》でなんとかゴブリンの毒に打ち勝ちはしたものの、顔はやつれて青白く、体にはまだ力が入らなかった。しかし、ストブとマグダが旅立って二週間、今度は自分が探求《たんきゅう》の旅に出発する番だ。

塔の下では、ヴァリス・ロッドが迎《むか》えてくれた。

「実をいうとね、こんな日はもう来ないんじゃないかって何度も思ったわ。でも、よくがんばったわね、ルーク。あなたのこと、誇《ほこ》りに思うわ。さあ、司書勲士《ししょくんし》さん、飛翔機がお待ちかねよ」

ヴァリスは、演壇《えんだん》の裏手《うらて》につながれて浮《う》かんでいるアラシバチに向かってうなずいた。

ルークは進み出て、繊細《せんさい》なアラシバチのなめらかな首に両腕《りょううで》をまわし、頭に頬《ほお》をすり寄《よ》せてつぶやいた。

「アラシバチ。久しぶりだね」

そのとき、背後《はいご》で足音がした。ふり向くと、二人の人物が近づいてくる。一人は、そまつな長衣をひるがえしたパーシモン。もう一人の、背《せ》が高く、口ひげを生やし、黒い長衣を身にまとった人物が、手を上げてあいさつした。ルークの目が、その胸《むね》に刺繍《ししゅう》された白い三日月の上に止まった。

「闇博士《やみはかせ》！」

ルークは驚《おどろ》きの声を上げた。

「君が病《やまい》にふせっている間に到着《とうちゃく》したのよ。ザンスの裏切《うらぎ》りを伝えにね。最悪の事態《じたい》ね」

ヴァリスはいった。

ルークは悲しそうにうなずいて、闇博士《やみはかせ》に近づいた。闇博士はルークの手を固くにぎりしめた。

「これが、かつてクロノキの橋で、浮遊書見台《ふゆうしょけんだい》の掃除《そうじ》をしていたひ弱な若者《わかもの》かね？」

闇博士は目を輝《かがや》かせていった。

「とても信じられん。それが、今こうして、探求《たんきゅう》の旅に出発しようとしているのだからな。君をここまで育て、鍛《きた》えたのはわたしたちだ。そして、今度は君が、嵐《あらし》の間大図書館に蓄《たくわ》えられた膨大《ぼうだい》な知識《ちしき》の宝庫《ほうこ》に、新たな貢献《こうけん》をする番だ。よくぞここまで成長した。みごとだぞ、ルーク」

そういうと、闇博士の顔がくもった。

「ただ、あの友人の件《けん》は残念だったがな」

「ザンス、のことですか？」

ルークは口ごもった。ザンスが告白《こくはく》をしてから行方をくらましたことは、今では夢《ゆめ》のなかの出来事のようだ。あれ以来、頭からしめだそうとしてきたのだ。

「ザンス・フィラーティンは、裏切り者だったのだ！」

「裏切り者。あいつ……ぼくがふせっているとき、ぼくの部屋に来たんです……姿《すがた》をくらます前に」

ルークは小声でいった。

「邪悪《じゃあく》なる主人、夜の守護聖団《しゅごせいだん》最高守護者のもとへ逃《に》げ帰ったのだ」

闇博士は首をふりながらいった。

「多くの優秀《ゆうしゅう》な見習いと忠実《ちゅうじつ》な案内人の命が、あのモリマムシのおかげで失われた。だが、今はその話をするときではない。ザンス・フィラーティンは、いずれ裏切りのつけをはらわされることになるだろう。今はただ、おまえさんの大いなる冒険《ぼうけん》への旅立ちを祝《いわ》うとしよう、ルーク殿《どの》」

パーシモンはいった。

ルークはうなずいたが、なにもいわなかった。かつての友のことを思うと、胸《むね》を切りさかれるような悲しみがわき上がってくる。その気持ちを押《お》しやりながら、ルークは自分に言い聞かせた。今日はめでたい日だ。悲しんではいられない。

「ルーク、出発の時間よ。願《ねが》わくば、探求の旅がつつがなく、実りあるものになりますように」

ヴァリスが進み出てやさしくいった。そのとき、太陽が梢《こずえ》の上に昇《のぼ》り、ヴァリスは目の上に手をかざした。

ルークは顔を上げた。闇博士《やみはかせ》、パーシモン、そしてヴァリスが、やさしくほほえんでいる。ルークもほほえみ返した。そのわきでは、出発が待ちきれないというように、アラシバチの帆《ほ》がそよ風にはためいている。

パーシモンが飛翔機《ひしょうき》の方にうなずいた。

「飛びたくてうずうずしておる」

「ぼくもです！」

ルークはいった。本当に出発するときが来るなんて、いまだに信じられない思いだった。

飛翔服の装備《そうび》を確認《かくにん》し、背《はい》のうの肩《かた》ひもをしめなおすと、ルークは背《せ》を向け、飛翔機の係留《けいりゅう》ロープをほどいて座席《ざせき》に飛び乗った。繊細《せんさい》なアラシバチは大きくゆれた。

「幸運を、ルーク！」

ヴァリスがいった。

ルークはゴーグルを直し、ロープをにぎって上帆《うわほ》を揚《あ》げた。

「大地と大空がともにありますように」

闇博士がおごそかにいった。

機体の下で、下帆がふくらんだ。アラシバチは身をふるわせて浮《う》き上がり、待ちきれないように空中停止《ていし》した。

「そして、首尾《しゅび》よく探求《たんきゅう》の旅を終えてもどられんことを！　さらばだ、ルーク殿《どの》」

パーシモンが高らかにいった。

「さようなら！」

ほかの者たちも声をそろえていった。

ルークは姿勢制御《しせいせいぎょ》ロープをグイッとひいた。二枚《まい》の帆《ほ》が大きくふくらみ、バランス錘《おもり》がゆれた。次の瞬間《しゅんかん》、飛翔機は冷たい朝の空気を切りさいて急上昇《きゅうじょうしょう》していき、それとともにルークの気持ちも舞《ま》い上がった。

「さようなら！」

ルークはさけび返した。

眼下《がんか》の湖上発着場が、ぐんぐん小さくなっていく。空を見上げて手をふる三つの人影《ひとかげ》も、すでに豆粒《まめつぶ》のように小さくなり、だれがだれだかわからないぐらいだった。

「この感じだ」

ルークは満足そうにつぶやいた。湖の対岸に立ちならぶ木々の梢《こずえ》をかすめ飛ぶと、腹《はら》の底からゾクゾクとした気分がわき上がってきた。目の前には広大で神秘的《しんぴてき》な深森《ふかもり》が、はてしない海が波立つように風にざわめいている。

森の緑が目にもとまらぬ速さで後ろに流れていくのを見ながら、ルークは自分の論文《ろんぶん》が完成して、嵐《あらし》の間大図書館の奥《おく》にある、クロノキの橋の十七番浮遊《ふゆう》書見台に置かれた、ヴァリス・ロッドの論文のとなりにならんでいるところを思い浮《う》かべていた。背表紙《せびょうし》に書かれた金文字が目に浮かぶようだ。『神秘的なオオハグレグマの集会の目撃報告《もくげきほうこく》』。

はるか遠くで、ユキドリの群《む》れが森から舞《ま》い上がり、昇《のぼ》り来る朝日に真っ白い翼《つばさ》をひらめかせながら、空高く上っていく。そのもっと向こうでは、かすみのかかった空を、フハイ鳥が羽ばたいていく。足の下には、卵形《たまごがた》の大きなシュゴ鳥の繭《まゆ》がぶらりぶらりとゆれている。

ルークは、今さらながら、深森《ふかもり》の広大さと自分の任務《にんむ》の大変さを思い知らされて、顔を曇《くも》らせた。論文が完成したときのことを、頭から追いはらった。今は物思いにふけっているときではない。あの朝、上級司書のフェンブラス・ロッドに、司書勲士《ししょくんし》に選ばれたと告げられて以来、ずいぶん遠くまで来たものだ。湖上発着場への旅。自らの手でアラシバチを作り上げ、宙駆《そらが》けを学んだこと。そしてついに、こうして探求の旅に出発したのだ。

「なにもかも、これから始まるんだ」

緑の森をかすめて飛びながら、ルークはつぶやいた。

第十五章　ウーメル

　ルークが眠《ねむ》りから覚めると、雨が降《ふ》っていた。今いる場所は、テツノキをかなり上ったところにつきだした太い枝《えだ》の上だ。夜が来る前に枝の上にはりわたしたおおいのおかげで、最悪の事態《じたい》にはならずにすんでいたが、ハンモックと寝袋《ねぶくろ》はしっとりとしめっていた。あとでかびたりくさくなったりしないように、風に当てなければならないだろう。

　ルークは眠い目をこすりながら、立ち上がった。あくびをし、体のすじをのばす。吐《は》く息がかすかに白い。寒さにふるえながら、枝にぶらさげた吊《つ》りさげ式の銅《どう》のコンロに火をつけ、チロチロ燃《も》える青い火の上に水をはった小さな鍋《なべ》をのせた。それから、太い枝からつきだした横枝につないだアラシバチのようすを見にいった。

「ゆっくり休んでくれよ。あまりぬれなきゃいいんだけど」

ルークは飛翔機《ひしょうき》にささやきかけ、ニスでつやつやの機首に指を走らせ、ロープの結び目や、たたんだ帆《ほ》を確《たし》かめた。絹《きぬ》のような帆から、小さなしずくがキラキラ光りながらふりそそいだ。バランス錘《おもり》をしっかり結び直し、レバーに油をさす……どこにも問題はない。

背後《はいご》で湯が沸《わ》きはじめる音が聞こえた。

ルークは手早くハンモックと寝袋をまきあげて、防水布《ぼうすいふ》を細長くたたみ、アラシバチの座席《ざせき》の後ろにくくりつけた。それから吊《つ》りさげ式コンロから鍋をおろし、炎《ほのお》にふたをして消すと、沸騰《ふっとう》した湯をカップにそそいだ。そこへ乾燥《かんそう》したノハラガラシの葉をスプーンに三杯《ばい》入れ、湯気を立てるカップを両手で包みこんだ。

テツノキの高みから、あたりを見まわしてみる。雨はすっかり上がり、葉陰《はかげ》に身を寄《よ》せていたコナキトンチドリやウタイガモが姿《すがた》を現《あらわ》すにつれて、森に鳥のさえずりがもどってきた。

葉ずれの音がして下を見ると、モリヤケイの一家がはるか下の地面でエサをあさっていた。

ルークはため息をついた。自分もなにか食べなくては――しかし、ゆうべの残りといえば、ロウをぬったような大きな葉にくるんだ、一切れのボウミツしかない。

緑の葉を開くと、べとべとの果物《くだもの》の放つかびたようなにおいが鼻をつき、胃袋《いぶくろ》はグーグーいっているにもかかわらず、食欲《しょくよく》はすっかり失《う》せてしまった。

「ぜいたくをいうんじゃない」

ルークは自分に言い聞かせると、ボウミツにかじりつき、もくもくとかんだ。

ヴァリス・ロッドによる森の知識《ちしき》の授業《じゅぎょう》で、ボウミツは栄養《えいよう》に富《と》むうえに、腹持《はらも》ちがいいと習った。空腹《くうふく》のまま動きまわるのは賢明《けんめい》でないこともわかっている……。それでも、やっぱりボウミツはまずかった！　ルークはノハラガラシのお茶を一口すすると、口のなかのねばつくかたまりをゴクンとのみこんだ。思わず顔がゆがむ。

「もう十分だ」

残りを投げすてると、ボトッと地面に落ちた。モリヤケイがけたたましい鳴き声を上げながら、わらわらと集まってきた。

ルークは腰《こし》を上げて、大切なコンロをしまうと、アラシバチのロープをほどいた。雲が切れて太陽が顔を出し、木々の間から光の帯が射《さ》しこんできて、光沢《こうたく》のある緑色の革《かわ》の飛翔服《ひしょうふく》を明るく照らしだした。湖上発着場を出発して何週間もたつと、革のごわつきもなくなり、今ではもう一つの皮《ひ》膚《ふ》のように、体にぴったりはりついている。

最後にもう一度、忘《わす》れ物はないか確《たし》かめると、ルークはたたんだ帆《ほ》を開き、バランス錘《おもり》をくりだした。そして、姿勢制御《しせいせいぎょ》ロープをひくと、アラシバチはまだらに光の射しこむ森のなかに浮《う》き上がった。

「今日こそは」

毎朝の儀式《ぎしき》のように、ルークはつぶやいた。その声が、白い息に変わる。

「今日こそは見つかるかもしれない」

もう三カ月間、ルークは旅を続けていた。長くつらい三カ月間だった。昼間、食料や水を探《さが》すとき以外は、オオハグレグマが近くにいる形跡《けいせき》はないかと深森《ふかもり》のなかを捜《さが》しまわった——木の枝《えだ》で編《あ》んだ巣、つい最近折れた枝やもがれた果物、森にわく泉《いずみ》のようなしめった地面に残された足跡《あしあと》。夜になると、大木の高い枝《えだ》に上り、ハンモックに横になって、心躍《こころおど》る遠ぼえの声は聞こえないかと耳をすます。

今までに三回、遠ぼえを聞いた。いずれのときも、朝目が覚めると、期待にわくわくしながら、声の聞こえた方角に行ってみた。鋳物《いもの》工場地帯で、初めてその姿《すがた》を見たときの興奮《こうふん》は今でも覚えている。でもやっぱり、自然な環境《かんきょう》で暮《く》らす健康なオオハグレグマが見たい。しかし、太陽がかたむき、影《かげ》が長くなるたびに、今度もまた失敗だったと認《みと》めざるを得なくなる。神出鬼没《しんしゅつきぼつ》のオオハグレグマを見つけるのが、こんなにむずかしいとは思ってもみなかった。

といっても、常に失敗ばかりだったわけではない。旅の間には、何度となく新しい発見があり、歓喜《かんき》に身をふるわすこともあった――そのたびに、論文《ろんぶん》の覚え書きには、小さな几帳面《きちょうめん》な文字でその発見が書き加えられ、精密《せいみつ》な絵と図表がそえられた。

『今日、シズノキの老木の表面に、見まちがえようのない深いひっかき傷《きず》を見つけた。オオハグレグマの爪研《つめと》ぎのあとだ。真新しいものもあれば、緑色のこけにおおわれているものもある。つまり、これは爪研ぎ専用《せんよう》の木ということになる。実に勇気づけられる』

四日間、そのシズノキにとなり合う木の上で、野営《やえい》をして見張《みは》った。オオハグレグマは現《あらわ》れなかった。五日目の朝、沈《しず》んだ気持ちで荷物をまとめ、出発した。その夜、吊《つ》りさげ式コンロとハンモックを用意し、アラシバチを枝《えだ》に係留《けいりゅう》すると、ルークはナマリノキの先をけずって新しい項目《こうもく》を書きこんだ。

『爪研ぎの木をあきらめてから、一日じゅう飛ぶ。真夜中近く、背《せ》の高い鐘《かね》の形をした木の下に、カシビョウタンの皮が山になっているのを見つける――明らかに、オオハグレグマの通った跡《あと》だ。足跡がそれを裏付《うらづ》けている。一晩《ひとばん》じゅう、近くのテツノキに上って、果物《くだもの》の残りをあさりにくるのではないかと待つ』

しかし、またしても期待は裏切《うらぎ》られた。翌朝早《よくあさ》く、ルークはその場を離《はな》れた。

やがて、一日一日の区別がつかなくなり、週が月に変わっても、恥《は》ずかしがり屋の生き物は見つからなかった。ルークはしだいにやせてきたが、体は逆《ぎゃく》に強くなり、神経《しんけい》はカミソリのように研ぎすまされていった。深森《ふかもり》のことがかなりわかるようになってきた。そのときどきで雰囲気《ふんいき》が一転したり、性質《せいしつ》が変わったりすること。木や、植物や、ほの暗く謎《なぞ》めいた木や葉の陰《かげ》にひそむ生き物たち。なにが食べられ、なにをさけなければならないか。その音。そのにおい。そして夜になると、その日遭遇《そうぐう》した動物や植物を書きとめるのだ。

『今日は、モリミツバチの巣を見つけた。ナゲキの枝《えだ》をいぶして、ハチの群《む》れを首尾《しゅび》よく追いはらう。ハチミツをノハラガラシのお茶にたらすと実にうまい。まるで嵐《あらし》が来る前の空のような、あざやかな青色に変わる……。

ちょうど、シュウキトカゲがケラケラを毒の息で気絶《きぜつ》させて、長いネバネバの舌《した》でとらえて丸ごとのみこむところに遭遇《そうぐう》する。すると、この醜悪《しゅうあく》な生き物は体を二倍にふくらませ、吐《は》き気をもよおすようなゲップをした。たっぷり一時間、かくれていた……。

はげしい嵐《あらし》の一週間だった。一度、雨宿《あまやど》りをしていると、近くのテツノキに雷《かみなり》が落ちて、炎《ほのお》に包まれた。すると、奇妙《きみょう》な「ポンポン」いう音が聞こえた。あとで、さやがはじけて、種をあたり一面にまき散らす音だとわかった。トウィーゼルなら、〈死のなかに生があるのです〉というだろう。大地と大空にかけて、深森《ふかもり》はかくも奇妙《きみょう》で、かくもすばらしい場所だ……。

今日、本当におそろしい光景に出くわした。動物の死にものぐるいの悲鳴にひきつけられて降下《こうか》してみると、恐怖《きょうふ》におののくケナガオオツノの見たこともない姿《すがた》だった！　その体には、アブラヅタが固くまきついている――おそるべきチスイガシに寄生する、長い緑色の悪魔《あくま》だ。ケナガオオツノははげしく身をくねらせて暴《あば》れるが、アブラヅタの方がはるかに強い。二本目のアブラヅタがあわれな動物の首にまきつくと、闘《たたか》いは終わった。アブラヅタはケナガオオツノをゴムのような幹《みき》のチスイガシの方へひきよせていき、てっぺんに開いた口の真上にさしあげた。口のなかにずらりとならんだ、カミソリのように鋭《するど》いキバがガチガチと音を立てる。とつぜん、アブラヅタがスルッと離《はな》れ、ケナガオオツノは巨大《きょだい》な肉食樹《にくしょくじゅ》の口のなかに真《ま》っ逆《さか》さまに落ちていった。やがて、断末魔《だんまつま》の鳴き声がやみ、アブラヅタが赤く染《そ》まっていった……』

ルークはちびたナマリノキの小枝《こえだ》を置いた。今あぐらをかいているのは、枝分かれしたナゲキの高い枝の上だ。コンロは燃《も》え、ハンモックはしっとりした空気のなかでぴくりとも動かない。月明かりが、ルークのやつれて不安そうな顔を照らしだす。ケナガオオツノのことを考えると、友のことを思い出した。

「元気かい、ストブ？　ドウノキはもう見つけたかい？　論文《ろんぶん》は書きはじめたかい？　それとも……」

のどの奥《おく》から熱いものがこみあげてきて、ルークはあわててのみこんだ。

そのとき、頭上《ずじょう》から、なにかをひっかくようなかすかな音が聞こえてきた。顔を上げると、左の方に水平にのびた太くてふしくれだった枝の下に、一房《ふさ》のマツブドウのようなものが見えた。ただ、色が紫《むらさき》色ではなくやや黄緑がかった茶色だった――その間にも、カリカリいう音は続いていた。

ルークが見つめていると、球形の殻《から》が割《わ》れて、紙を破《やぶ》いたような裂《さ》け目から、くしゃくしゃにしなびた小さな昆虫《こんちゅう》がはいだしてきた。昆虫は、月明かりに照らされた枝《えだ》の上にとまり、暖《あたた》かな空気のなかでちぢんだ羽をパタパタ動かした。胴体《どうたい》にはりついていた毛が乾《かわ》いてふわふわになり、しっかりしてきた羽がパサパサと乾《かわ》いた音を立てている。

「モリガだ。最初はケナガオオツノで、次がモリガか」

ルークはつぶやくと、マグダのことをあれやこれや思い出してにっこり笑った。

やがて、ほかのサナギも次々にかえり、モリガの成虫が続々と姿《すがた》を現《あらわ》した。最後の一匹《ぴき》が枝に上って羽を広げると、モリガの群《む》れはいっせいに舞《ま》い上がり、降《ふ》りそそぐ月の光のなかを羽ばたいていった。

ルークは、モリガの生き生きとした不思議な舞《まい》を、まばたきもせずに見つめていた。つむじ風にまかれる秋の落ち葉のように、ひらひらと落ちては舞い上がる。あざやかな鱗粉《りんぷん》におおわれた羽は、月明かりを浴びて沼宝《ぬまほう》玉《ぎょく》や黒ダイヤのように輝《かがや》いた。

マグダが見たらよろこぶだろうな。そんなことを思って、ルークはほほえんだ。でも、もうとっくに見たのかも。すでに論文《ろんぶん》も完成していて……。ルークの顔がくもった。

自分の論文はまだ書きはじめてもいないのに。

のどが渇《かわ》いていた。水筒《すいとう》は空になり、朝、モリモモのねっとりした果汁《かじゅう》を少し吸《す》った以外は、この二日というもの、一滴《てき》の水も口にしていない。頭ががんがんして、目の前の風景がぼやけてくる。まるで集中できない……。

「うわっと、あぶない！」

ルークはさけんだ。下帆《したほ》がハリノヤブの枝にひっかかり、飛翔機《ひしょうき》がバランスをくずしたのだ。自分の不注意にショックを受けて、ルークは帆《ほ》を調整し、バランス錘《おもり》をひきあげた。幸《さいわ》いアラシバチは損傷《そんしょう》を受けることなく危険《きけん》を回避《かいひ》して、木々の梢《こずえ》の上に舞い上がった。でも、今のはたまたまついていただけだ。完全に意識《いしき》を失う前に、水を見つけないと。

太陽がギラギラ照りつけだすと、ルークは高度を落として森のなかに入りこみ、射《さ》しこむ光がまだら模様《もよう》を描《えが》く地面の近くを飛びつづけた。あわい真珠《しんじゅ》のような房《ふさ》をつけるサルミズキは、水の流れの近くに生えるし、モリブヨは地下水脈の上によく群《むら》がる。けれど、どちらも見つからなかった。

意識《いしき》がふたたびもうろうとしはじめたとき、右の方からまちがいようもない水の流れる音が聞こえてきた。そのとたん、体じゅうに力がみなぎり、ルークはアラシバチをたくみにあやつって降下《こうか》し、目の前の高いナゲキの木立をまわりこんだ。

すると、草が密生《みっせい》した小さな砂地《すなち》の奥《おく》に、泉《いずみ》があった。岩がちな斜面《しゃめん》を流れ下り、つきだした岩の突端《とったん》からしたたり落ちた水が、深い緑色の泉を作っている。

「助かった。大地と大空よ、感謝《かんしゃ》します」

ルークはアラシバチにささやきかけた。

しかし、すぐに着陸《ちゃくりく》しようとはしなかった。見るからに美しく、人を招《まね》き寄《よ》せずにはおかないオアシスだったが、深森《ふかもり》のなかで最もおそろしい生き物をひきつけてしまう、危険《きけん》な場所であることもわかっていた。剣歯《けんし》モリネコ、白首モリオオカミ、そしてもちろん、ウィグウィグ。そういう生き物自身、水を飲みにもくるのだが、それ以上にほかの生き物を餌食《えじき》にすることが多かった。

ルークは、ナゲキの古木の高いところにつきだした、太い枝《えだ》の上に飛翔機《ひしょうき》を降《お》ろした。そして、焼けつくのどと、かっかとほてる額《ひたい》のことは努めて考えないようにしながら、望遠鏡《ぼうえんきょう》で下の泉をのぞきこんだ。

しばらくすると、チョロチョロと泉に注《そそ》ぎこむ水を飲もうと、周囲の森から何種類かの生き物が姿《すがた》を現《あらわ》した。まだら模様《もよう》のティルダーの小さな群《む》れ、モリヤケイの家族、長く反《そ》ったキバと疑《うたが》い深そうな小さな目をした単独《たんどく》のモリブタ。トビムシは、腹《はら》の下にならんだ小さな孔《あな》から空気を静かに吹《ふ》き出しながら、水面すれすれに停止《ていし》し、頭を下げて器用に水を吸《す》っている。

とうとうルークは、もうこれ以上がまんできなくなり、アラシバチをしっかり係留《けいりゅう》すると、太いナゲキの幹《みき》をすべり降《お》りた。そして、あたりを見まわすと、忍《しの》び足で泉に近づいた。

水ぎわにひざまずいたルークは、両手で冷たく澄《す》んだ水を何度も何度もすくっては口に運んだ。水がのどを伝い落ちて腹《はら》を満たしていくのがわかる。たちまち頭痛《ずつう》が止まり、目がはっきり見えるようになった。手早く水を水筒《すいとう》につめて、アラシバチのところへもどろうとしたとき、なにかが目に入った。

足跡《あしあと》だ。

ルークははっと息をのんだ。まさか、こんな偶然《ぐうぜん》が。その場にしゃがみこんで、水ぎわのしめったやわらかい砂《すな》の上に残された足跡を調

べる。カシビョウタンの木のわきで見たものよりは小さいが、肉球と爪《つめ》の配置からしてまちがいない。これはオオハグレグマの足跡《あしあと》だ。それもはっきりしている。つい最近つけられたものだ。

興奮《こうふん》に胸《むね》を躍《おど》らせながら、ルークは立ち上がってあたりをくまなく探《さが》しまわった。水を飲みにきたさまざまな生き物の足跡にまじって、オオハグレグマの足跡もほかにいくつも見つかった。あるものは消えかかっていたが、水ぎわのと同じぐらいはっきりしているものもあった——つまり、この何日かの間に、一度ならず水を飲みにきているということだ。

ルークはナゲキをよじ登ると、アラシバチに話しかけた。

「ここならまちがいない。どれぐらい時間がかかろうと、オオハグレグマが現《あらわ》れるまで待ってやる」

その夜、ルークはまんじりともしなかった。あたりには、夜行性《やこうせい》の生き物の鳴き声が響《ひび》いている。せきこむようなケラケラの声。悲鳴のようなギャースの声。カチカチいうようなカミソリドリの声……。月が昇《のぼ》ると、木々の間から銀色の光の矢が地面に降《ふ》りそそいだ。夜明け前になると、ルークのまぶたは急に重たくなってきた。そのとき、下の暗がりで、小枝《こえだ》がポキリと折れる音がした。

なんだか知らないが、いつの間に近づいてきたんだろう？　ルークは音のした方に望遠鏡《ぼうえんきょう》を向けて、木の葉の一枚《まい》まで見えるように焦点《しょうてん》を合わせた。そのときだった。やぶがざわざわと動き、だしぬけに左右に分かれたかと思うと、背《せ》の高いたくましい生き物が闇《やみ》のなかから姿《すがた》を現した。

キラキラ輝《かがや》く目と、白く鋭《するど》いキバと、長い爪を持ったその生き物の姿は、みごととしかいいようがなかった。鋳物《いもの》工場地帯で見たオオハグレグマたちよりは小さかったが、それでも十分背が高く堂々としており、飢《う》え死にしかけていたあの連中にくらべると、ずっと体重がありそうだ。オオハグレグマが水の流れ落ちる泉《いずみ》にのしのしと近づいてくると、つややかな毛皮がときに濃《こ》い茶色に、ときにあわい緑色に輝《かがや》いた。

オオハグレグマは水辺にかがみこむと、鼻面《はなづら》を下げてぴちゃぴちゃと水を飲みはじめた。ルークは興奮のあまり、息もできないほどだった。手がふるえ、足もガクガクしている——そのせいで、望遠鏡の焦点が定まらない。

そのとき、森のなかで葉ずれの音がした。オオハグレグマははっと顔を上げ、耳をぴくぴくと動かした。ケラケラが木々をわたったか、モリヤケイが寝床《ねどこ》のなかで姿勢《しせい》を変えただけかもしれない。しかし、オオハグレグマは危険《きけん》を冒《おか》すつもりはないらしく、さっと立ち上がると、魅入《みい》られたように見つめるルークを残して、音もなく森のなかへと姿を消した。

ルークは望遠鏡をたたんで、飛翔服《ひしょうふく》のフックにひっかけながらつぶやいた。

「今日は……記念日だ！」

それからも、オオハグレグマは何度ももどってきた。ルークは何日もかけてつぶさに観察《かんさつ》し、その行動をたんねんに覚え書きに記録していった。姿《すがた》を現《あらわ》したのが昼か夜か、時間はいつごろか、どれぐらいの間そこにいたのか。ありとあらゆる体の動きを書き記した——体をかくところ、なにかのしぐさをするところ、顔の表情《ひょうじょう》。絵も山ほど描《か》いた——特徴的《とくちょうてき》な体の部分をできるかぎり正確《せいかく》にとらえようと心がけて。キバの曲がりぐあい、眉《まゆ》の丸み、両肩《りょうかた》にまたがる灰色《はいいろ》のぶち……。

観察を始めて何日かすぎたとき、ルークはあとをつけてみようと思った。オオハグレグマが森にもどっていくのを見ると、アラシバチの係留《けいりゅう》ロープをほどいて、安全な距離《きょり》を保《たも》ちながら、上空からついていった。まず驚《おどろ》いたのは、その移動《いどう》の速さだった。オオハグレグマは一度大きな枝分《えだわ》かれした木の前で立ち止まり、枝になっていた果汁《かじゅう》のしたたりそうな青黒い果物《くだもの》をガブリとかじってから、また進みはじめた。

ルークはあることを思いついて、飛翔機の高度を梢《こずえ》の高さまで下げると、果物を両手にいっぱいもぎとった。それから泉《いずみ》にとって返し、チョロチョロと流れ落ちる水のわきに果物を積み上げた。

その日一日ルークは、果物《くだもの》をねらって近づいてくるほかの生き物を即席《そくせき》のパチンコで追い散らしながら、オオハグレグマがもどってくるのを待った。何時間かすると、オオハグレグマはもどってきて、うさんくさそうに果物のにおいをかぎはじめた。耳がパタパタと動く。もう一度においをかぐ。

「ほら、食べろよ」

ルークはじりじりしながらささやいた。

次の瞬間《しゅんかん》、ルークはぱっと顔を輝《かがや》かせた。オオハグレグマが鋭《するど》い爪《つめ》で器用に果物をつまみ上げ、ガブリとかじったのだ。赤くつやつやした果汁《かじゅう》があごをしたたり落ちる。その顔に満足そうな表情《ひょうじょう》が浮《う》かぶのを、ルークは見逃《みのが》さなかった。口からよだれをたらし、目はとろんとしている。

オオハグレグマは最初の果物を食べ終わると、二つ目にとりかかった。そして、三つ目。その調子で、最後の一口を食べ終わるまで手を休めなかった。

次の日は、もっとたくさんの果物を置いた。そして、オオハグレグマが現《あらわ》れて果物を食べはじめると、ルークは地面に降《お》りて、ナゲキの陰《かげ》からそのようすを観察《かんさつ》した。近くで見ると、あらためてその大きさに驚《おどろ》かされた。どう見てもまだ大人になりきっていなかったが、すでにルークの倍は背《せ》が高く、十倍は重そうだった。キバとたてがみが短いところを見ると、メスのようだった。

次の段階《かいだん》に進む気になったのは、四日目の夜だった。真夜中にもどってきたオオハグレグマは、果物がないことに気づいて、がっかりしたように低くうなり声を上げながら、あたりのにおいをかぎまわっていたが、しかたなく泉《いずみ》の水を飲みはじめた。

ルークは高鳴る胸《むね》をおさえながら、ナゲキの陰からおそるおそる姿《すがた》を現した。ふるえるてのひらには、果物が一つ載《の》っている。オオハグレグマがくるりとふり向いた。目を見開き、耳をふるわせている。息づまるような一瞬《いっしゅん》、ルークはオオハグレグマがさっと背を向けて森に逃《に》げこんでしまうのではないか、水場を見つけられた以上、二度ともどってこないのではないかと思った。

「ほら、あげるよ」

ルークはささやきながら、両手を差し出した。

オオハグレグマはためらった。果物を見つめ、ルークに目を向け、もう一度果物を見る――すると、その表情がふっと変わったように見えた。果物とルークの関係を理解《りかい》したかのように。

長い爪《つめ》の生えた右の前足が上がり、胸の前でゆらゆらとゆれた。ルークは息をつめていた。オオハグレグマはルークの目をひたと見すえると、前足をおずおずとのばして、ルークのてのひらから

果物《くだもの》をつまみ上げた。

「ワフ、ワフ」

オオハグレグマは低くうなった。

何週間かたつうちに、少しずつ少しずつ、ルークはオオハグレグマに信用されるようになっていった。やがて、テツノキの葉が色を変え、パサリパサリと落ちはじめるころになると、ルークとオオハグレグマは心を許《ゆる》し合っていた。肩《かた》をならべて食料をあさり、交代で見張《みは》りをし、夜には、オオハグレグマが生《お》い茂《しげ》ったやぶのなかに二人分の寝床《ねどこ》を作るのを手伝った。木の枝《えだ》を器用に組み合わせ、外から見えないようにこけややわらかい草をならべ、外敵《がいてき》の襲撃《しゅうげき》を防《ふせ》ぐためにイバラの枝でおおった寝床はみごととしかいいようがなく、ルークはその技《わざ》にただただ目をみはるばかりだった。

覚え書きには、なんでも書きつけた。オオハグレグマの食べる果物や木の根、寝床の作り方、食料や、水や、かくれ場所や、天候の変化や、危険《きけん》を察知《さっち》する鋭《するど》い感覚……。そして、たがいになれてくるにつれて、オオハグレグマの言葉もわかるようになってきた。

ヴァリス・ロッドの独創的《どくそうてき》な論文《ろんぶん》『自然環境《かんきょう》におけるオオハグレグマの生態観察《せいたいかんさつ》』において、より単純《たんじゅん》ならなり声やしぐさの意味づけを実験的に行っていた。その際《さい》ヴァリスは、遠くからの観察に頼《たよ》るしかなかった。ところが今自分は、どんな司書学者もなしえなかったほど野生のオオハグレグマに近づいて、実際に言葉をかわし、微妙《びみょう》な意味のちがいまで聞き分けることができるのだ。

いっしょに旅を続けるうちに、ルークは少しずつオオハグレグマの言葉を話せるようになってきた。一生懸命《いっしょうけんめい》話そうとするルークのようすを、オオハグレグマはおもしろがっていたが、十分に意《い》志《し》を通じ合わせることはできているようだった。ルークは粗《あら》けずりな言葉の魅力《みりょく》にひきつけられていた。首をわずかにかしげたり、肩《かた》をすくめたりするだけで、実にさまざまな意味を伝えられるのだ。

「ワフ、ウーレ、ワム」

オオハグレグマが頭を下げ、あごをつきだしていう。それはこういう意味だ。

『おなかがすいた。でも、空気がふるえるから音を立てずに歩け（気をつけろ、危険がせまっているぞ）』

「ウェグ、ワフ、ウー」

片方《かたほう》の肩《かた》を上げ、両耳を頭にぴたりと寝《ね》かしてうなる。

『もう遅《おそ》い。顔を出した月は、盾《たて》ではなく鎌《かま》だ（真っ暗ななかをこれ以上進むのは不安だ）』

オオハグレグマの名前も魅力的《みりょくてき》だった。ウーメル。その意味は、『彼女《かのじょ》は欠けたキバを持ち、月明かりのなかを歩く』だ。

こうして昼も夜もオオハグレグマとすごすことができて、ルークはこんなに幸せなことはなかった。今では会話もなめらかになり、後ろめたさは感じつつも、ウーメルとの生活に没頭《ぼっとう》するあまり、覚え書きのことはほったらかしにしていた。明日書けばいいさ。それが無理なら、あさってだってある……。

ある夕方、二人は地面にすわりこんで、ボウミツとマツノミを分け合って食べていた。降《ふ》りそそぐ太陽の光は、森を金色のまだら模様《もよう》に染《そ》めている。ウーメルがルークの方を向いて、片腕《かたうで》を大きく広げながらうなった。

「ワフ、ウーラ、ウーフ（ボウミツは甘《あま》い、太陽は暖《あたた》かい）」

ルークはそれに答えて、くぼませた両てのひらを合わせた。

「ワフ、ワフ、ワルー（マツノミはうまい、ぼくの鼻は太った）」

ウーメルの目が、おもしろそうに輝《かがや》いた。そして、身をのりだして、顔をルークに近づけた。

「なに？　ぼく、なんか変なこといった？　ぼくはただ、マツノミのにおいが……」

オオハグレグマは自分の口を前足で押《お》さえた。静かにしろというのだ。それから、ルークの胸《むね》に触《ふ》れたあと、今度は自分の胸をさわり、苦労して一つの言葉を発した。低い声で、つっかえながらだった

が、まちがいない――それは人間の言葉だった。一度も教えたことなんてないのに。

「ト・オダ・チ」

ルークは、わが耳を疑《うたが》った。ともだち？　そんな言葉、どこで覚えたんだろう？

何日かすぎた夜、ルークははっと目覚めて空を見上げた。晴れわたった夜空には、ほぼまん丸な月が浮《う》かんでいる。月の光が森を明るく照らし、木々を銀と黒に染《そ》めている。ルークはシズノキの高い枝《えだ》に吊《つ》ったハンモックから降《お》りて、下を見た。ウーメルの寝床《ねどこ》はもぬけのからだった。

「ウーメル？　ワフ、ウラー（どこにいるの？）」

答えはなかった。ルークは係留《けいりゅう》してあるアラシバチの方に近づきながら、暗い森を見わたした。するど、いた。二十尋《ひろ》と離《はな》れていない傾斜《けいしゃ》した岩場の上で、ピクリピクリと動く耳のほかは銅像《どうぞう》のように身動きせず、はるか遠くの地平線をじっと見つめている。ルークがにっこり笑って呼《よ》びかけようとしたとき、耳を疑《うたが》うような声が聞こえた。

夜空にこだますように、どこか遠くからオオハグレグマの遠ぼえが響《ひび》きわたったのだ。ウーメルに会って以来、初めて聞く遠ぼえだった。

また聞こえた！

ウーメル！　その声は名前を呼《よ》んでいた。ルークの背《せ》すじを興奮《こうふん》が走った。この遠ぼえは単なる呼びかけではない。自分の友だちを名指しで呼んでいるのだ。

「ウーメル、ウーメル……」と。

あまりにも遠すぎるのと、声がほとんど風にさらわれてしまうため、呼びかけているオオハグレグマがなにをいっているのかまでは聞きとれなかったが、ウーメルの答えは耳をそばだてるまでもなかった。

「ワフ、ワフ。ウルーマ（わたしは行く、満月は明るい。時が来た）！」

「ウーメル、なにが始まるんだい？」

急に胸《むな》さわぎがして、ルークは呼びかけた。

しかし、ウーメルは答えなかった。オオハグレグマの呼びかけしか耳に入らないのだ。はるかな遠ぼえは続いた。

「なんだって？」

ルークはつぶやいた。

『急げ……千の声の谷が待っている……』

興奮《こうふん》にふるえる手で覚え書きとちびたナマリノキをとりだすと、ルークはオオハグレグマの言葉を書きとめた。

「千の声の谷……」

それから、下に向かって呼《よ》びかけた。

「ウーメル。ウーメル？」

ルークは言葉を失った。岩場には、だれもいなかった。ウーメルは行ってしまった。

ルークを見すてて行ってしまったのだ。

第十六章　大いなる集会

ルークはあわてて身のまわりのものをまとめると、アラシバチに積みこんだ。見失うわけにはいかない。絶対《ぜったい》に。あせって吊《つ》りさげ式コンロをはずそうとした拍子《ひょうし》に、火消し用のふたがはずれて、闇《やみ》におおわれた森へと転がり落ちた。

「しまった」

ルークは思わず舌打《したう》ちした。探《さが》すのは骨《ほね》が折れるだろうし、その間にもウーメルはどんどん遠くへ行ってしまう……。しかたない。あきらめるしかない。

ルークはアラシバチにまたがると、なめらかな動きで帆《ほ》を揚《あ》げ、バランス錘《おもり》を調節し、姿勢制御《しせいせいぎょ》ロープをひいた。飛翔機《ひしょうき》は枝《えだ》からふわりと浮《う》き上がり、頭上《ずじょう》の緑をつきぬけて、晴れわたった夜空にぽっかりと飛び出した。

「どこに行った？」

前方の森に目をこらしながら、ルークはつぶやいた。さっきの遠ぼえはたしか西の方から聞こえてきた。ルークは機首をその方角に向けた。大地と大空よ、どうかウーメルもそちらに向かっていますように。

「どこにいるんだ？　この近くにいるはずなのに」

そのとき、眼下《がんか》の木々がまばらになり、わき目もふらずに進んでいくオオハグレグマの姿《すがた》が目に入った。まるで催眠術《さいみんじゅつ》にでもかかったかのように、まっすぐに歩いている。ルークが追いつくと、ウーメルがぶつぶつとつぶやく声が聞こえた。何度も何度も同じ言葉をくり返している。ルークの知らない言葉だ。

「ウォラー、ウォラー……」

「近づきすぎるな。見つかりたくないからな。まず、どこへ向かっているのかをつきとめないと」

ルークはアラシバチの機首をポンポンとたたくと、上帆《うわほ》を揚《あ》げた。

アラシバチは今にも止まりそうなほど速度を落とした。ルークはひときわ木々の生《お》い茂《しげ》った右の方にそっと舵《かじ》を切った。これなら、見つからずにあとをつけることができる。木陰《こかげ》から木陰へと身をかくして進みながら、一瞬《いっしゅん》たりともウーメルの姿を見失わないようにするうちに、胸《むね》のなかで期待が高まっていった。

「千の声の谷か。まさか……ひょっとして……？　オオハグレグマたちが集会を開く場所なのか？大いなる集会を？」

ルークはつぶやきながら、アラシバチの長く曲がった首をなでた。

「ウーメルはそこへ行くつもりなのか？」

それから何時間か、ウーメルから目を離《はな》さずにルークは飛びつづけた。あの遠ぼえはよほど重要なものだったのだろう。こんなに思いつめたウーメルは見たことがない。ふだんなら、なんの痕跡《こんせき》も残さずに、ゆっくりと森をぬけていくのに。今夜はやみくもに下生えをふみしだき、手当たりしだい木の枝を折りながら、ひたすら道を急いでいる。

と、とつぜん、あたり一帯にオオハグレグマの声が響《ひび》きわたった――七頭、いや、おそらくは八頭のオオハグレグマが、はるか前方で声をそろえて遠ぼえをしている。

「ウォラー、ウォラー、ウォラー、ウォラー……ウー！」

ウーメルが、小さな声で何度もくり返していたのと同じ響《ひび》きだ。そして、コーラスがやむと、今度は別の遠ぼえがそれに答えた。何十という遠ぼえだ。それもありとあらゆる方角から。

「ウォラー、ウォラー……ウー」

すると左手から、ほかのどの遠ぼえよりも大きく、ウーメルの答える声がした。

「ウォラー、ウー！」

ルークの期待は一気に高まった。まちがいない、大いなる集会だ。単独《たんどく》行動をするオオハグレグマが、これほどたくさん森のなかに集まる理由がほかにあるだろうか？

「ウォラー、ウー！」

ウーメルがもう一度ほえた。気がつくと、ウーメルは前方の露出《ろしゅつ》した岩の上に立っていた。耳以外はぴくりとも動かずに、青みを帯びた夜空を背《せ》にした姿《すがた》は、てっぺんに二羽のコナキトンチドリがとまった大きな岩のかたまりのようだった。

ルークは近づきながら呼《よ》びかけた。

「ウーメル。ウーメル、ぼくだよ」

そして、すぐ後ろの平たい岩の上にアラシバチを着陸《ちゃくりく》させて、飛び降《お》りた。ウーメルがふり返った。

「ワフ、ワフ（起きたら一人だった。ぼくを置いていった）」

ルークは手を開いて胸《むね》に当てながらいった。それから、ため息をついて耳に触《ふ》れ、地面を指さした。

「ウーラ、ワフ（別れの言葉、聞こえなかった。だからついてきた）」

「ワフ！」

ウーメルは一声うなると、剣《けん》をなぎはらうように、鋭《するど》い爪《つめ》をさっと横にはらった。その目は怒《いか》りに燃《も》え、くちびるはめくれ上がって、ギラリと光るキバと鋭い歯をむきだしにしている。

「そんな……」

ルークは、なだめるように両手を広げた。

ウーメルは、のどの奥《おく》から威嚇《いかく》するような低いうなり声を上げた。本当にこれが、あのやさしかった友だちのウーメルなのか？　これほど怒《いか》りに満ちた声は、今まで聞いたことがない。ウーメルは前に身を躍《おど》らせると、キバをむきだして、前足を横にはらった。

「ワフ、ワフ！（止まれ！　これ以上ついてくるな！）」

ルークは待ったをするように両手を上げたまま、思わず一歩あとずさった。

「ごめんよ、ウーメル。悪気はなかったんだ」

ウーメルは一声うなると、背《せ》を向けて木立のなかへ消えていった。それを見送るルークののどに、熱いかたまりがせりあがってきた。

「これからどうしよう？」

ルークが一人つぶやきながら、アラシバチにまたがって空中に浮《う》かび上がると、まるでそれに答えるかのように、オオハグレグマたちの遠ぼえが響《ひび》いた。

「ウォラー、ウォラー、ウォラー……ウー！」

ルークは身震《みぶる》いした。さっきよりも近い。このままひき返すなんて、できるわけがない。だったら、このまま進むか？　まだついてくることがわかったら、ウーメルはなにをするかわからないぞ。

かといって、今あきらめることはできない。ここまで来て……。

遠ぼえがいっそう大きくなった。うたうような単調な響きが大きくなり、やがて一つのうねりとなった。

心は決まった。図書館でヴァリス・ロッドの論文《ろんぶん》を手にして以来、このときを夢《ゆめ》見てきたのだ。自分が司書勲士《ししょくんし》の名に恥《は》じない者であることを証明《しょうめい》するのは今だ。ルークはアラシバチの高度を下げると、テツノキの太い枝《えだ》に着陸《ちゃくりく》させた。そして、係留《けいりゅう》ロープをしっかり結びつけ、幹《みき》をすべり降《お》りた。

物陰《ものかげ》に身をかくしながら、さっきウーメルが立っていた岩のわきをすぎ、ふみつけられた下生えを目印に木立のなかへと分け入っていく。そして、目の前の岩だなにおそるおそる進み出ると、眼《がん》下《か》にすり鉢状《ばちじょう》の谷が広がっていた。岩だなの突端《とったん》には一本の木が生えていた。ひび割《わ》れた巨岩《きょがん》にしがみつくように根をはり、太くて長い幹《みき》は高い崖《がけ》を見おろすように水平方向にのびている。

ルークは木に駆《か》け寄《よ》ってよじ登ると、谷にはりだす曲がった幹の上をじりじりと進んでいった。

低くうたうような声が一段《いちだん》と大きく響きわたる……。

「大地よ、大空よ！　何百、いや千頭以上いるぞ！」

眼下《がんか》に広がる光景に、ルークは言葉を失い、ただ首をふるばかり。どっちを向いても、月明かりを浴びたオオハグレグマが、静かに体をゆすりながら、眠《ねむ》くなりそうな声でうたっている――のどの奥《おく》から発せられた低いやわらかい声が、長く抑揚《よくよう》のない調べをかなでるのだ。あるものは単独《たんどく》で、あるものは二頭で、またあるものは何頭かで。その間にも、新たなオオハグレグマが続々と到着《とうちゃく》してはあちこちに散っていくたびに、歌の輪は大きくなったり小さくなったりする。やがて、ばらばらだった調べが少しずつ溶《と》けあっていき、ついには完全に一つになった。空気をゆるがすその声の響《ひび》きに、ルークのつかまっている木までふるえるほどだった。

「これだ。これこそが、オオハグレグマの大いなる集会だ。ついに見つけたぞ」

ルークはつぶやいた。

先に向かって傾斜《けいしゃ》している木の幹《みき》を、両足でしっかりはさみながら、ルークは背《はい》のうに手をのばして、覚え書きとナマリノキの小枝《こえだ》をとりだそうとした。このすばらしい光景を、一つ残らず書きとめておかなければ。

ルークは覚え書きにナマリノキを走らせた。

『大きなグループが分かれてはまた形成される。まるで、どのオオハグレグマも本能的《ほんのうてき》に知ってい

る大がかりな舞踏《ぶとう》のようだ……。そして、この調べ――信じられないほど豊《ゆた》かで、朗々《ろうろう》と響《ひび》きわたり……』

調べは、これ以上ないぐらい力強くなった。木がビリビリとふるえる。そのとき、調べとは別のなにかが聞こえた……。

始めはよくわからなかったが、またた、たしかに聞こえる。低く豊かに響き合うオオハグレグマたちの調べに合わせながらも、決して溶《と》けあうことなく、一頭一頭の名乗る声が高く低く聞こえてくる。ルークの耳にも、その断片《だんぺん》は聞きとれた。

『われ、二つ峰《みね》の一人尾根《おね》より来たり……われ、薄靄峡谷《うすもやきょうこく》の上流より来たり……われはテツノキ林のほの暗き木立より来たり……ナゲキの森より……ま暗き闇《やみ》の森より……』

名乗っては消えていく一つ一つの声を、ルークは魔法《まほう》にでもかかったように聞いていた。

『崖《がい》の地の高き雪の峠《とうげ》……ヌマノキ林の湿地溝《しっちこう》……密生《みっせい》したトゲの森……』

まるで、耳で地図を聞いているかのようだった。オオハグレグマのうたう深森《ふかもり》の地図。一つにまざり合う調べのなかで、オオハグレグマたちはおのおの故郷《こきょう》をうたいこみ、たがいによく知っている場所の知識《ちしき》を分かち合うのだ。ルークの目の前にあるのは、旧《きゅう》地上町の地下深く閉《と》ざされた図書館にも勝るとも劣《おと》らない、生きた図書館だった。オオハグレグマの記憶《きおく》に蓄《たくわ》えられ、大いなる集会で披露《ひろう》され、共有《きょうゆう》される知識。あまりの感動に、ルークはうっとりとした……。

その拍子《ひょうし》に、覚え書きが手からすべり落ちた。あわてて手をのばしたがつかみそこね、勢《いきお》いあまったルークは、バランスをくずして木から落ちていった——手足をバタバタさせながら、地面に向かって真《ま》っ逆《さか》さまに。

次の瞬間《しゅんかん》、ルークは固い地面にドサッとたたきつけられた。そして、なにもわからなくなった。


頭がくらくらする。暖《あたた》かい風が体を吹《ふ》きぬけ、まぶしい光が顔に当たる。

ここはどこだ?

頭がずきずきと痛《いた》む。なにもかもがぼやけ、ゆらゆらとゆれ動いている。浅い呼吸《こきゅう》をくり返すうちに、少しずつ頭がはっきりしてきた。そのとたん、ルークは驚《おどろ》きの声を上げた。

オオハグレグマが周囲をぐるりととりまいて、ルークをおそろしい顔でにらみつけていた。長いキバがギラリと光り、どの目も怒《いか》りに燃《も》えている——ところが、だれも物音一つ立てない。千の声の谷は、完全な静寂《せいじゃく》に包まれていた。

ルークはゴクリとつばをのみこんだ。

だしぬけに、太くて曲がったキバを持った、真っ黒で山のように巨大《きょだい》なオオハグレグマがぬっと身をのりだした。大きな両の前足が近づいてきて、冷たく硬《かた》い爪《つめ》がルークの体をつかんだ。毛皮からこけむしたにおいが立ち上り、息はすえたにおいがした。

オオハグレグマに宙吊《ちゅうづ》りにされると、ルークの胃はちぢみあがり、思わず悲鳴を上げた。

「うわあっ！」

「ワフッ！」

オオハグレグマは一声ほえた。

『よくもこんなことを！』

ルークをきつくつかんだ前足を通して、オオハグレグマの大きな体がはげしい怒《いか》りにふるえるのがわかった。オオハグレグマはふたたびほえた。

「ワフ、ウーラ！」

これほどの怒り……これほど復《ふく》しゅうに燃《も》えたオオハグレグマは見たことがない。きつくつかまれたまま、ルークは恐怖《きょうふ》に身を固くしていた。ほかのオオハグレグマたちも、谷全体にとどろけとばかりに、血も凍《こお》るようなさけび声を上げた。

「ワフ、ワグ、ウール（われらが谷の声を盗《ぬす》み、神聖《しんせい》なる集会をけがすのはだれだ）？」

谷間をゆるがすさわぎを圧《あっ》するような声で、黒いオオハグレグマがほえた。

ルークは、万力のようなオオハグレグマの締《し》めつけからなんとか腕《うで》をひきぬくと、自分の胸《むね》に軽く触《ふ》れながら、低くふるえる声で答えた。

「ワフ。ワフ、ウォーア（ぼくは友だちだ。じゃまをするつもりはない）」

黒いオオハグレグマはたじろいだ。目を丸くしてルークを見つめるさまは、まるでこういっているかのようだった。

『オオハグレグマの秘密《ひみつ》の言葉を話せるとは、こいつは何者だ？』

ルークはそのとまどいを感じとって、か細くふるえる声でいった。

「ウーラ、ウェガ、ウィーグ（ぼくはオオハグレグマの友だちだ。月明かりのなかを歩いてきた、キバの欠けたメスと同じ道をたどってきた）」

オオハグレグマはとまどったように黒い眉《まゆ》を寄《よ》せて、怒《いか》りに満ちた無数の顔を見まわした。やがて、ウーメルを見つけ出すと、オオハグレグマは目を細くしてにらみつけた。

「ワフ（本当なのか？）」

ウーメルはうつむいて、たらした耳をふるわせながら進み出ると、顔を上げずにいった。

「ワフ、ワルー。ワフ（あとをつけてくるとは、われらが友情《ゆうじょう》は地に落ちた）」

そして、ウーメルは背《せ》を向けた。

「ウーメル！　ウーメル、待って！　ぼくは……」

ルークは必死に呼《よ》びかけた。

黒いオオハグレグマは、もう一度ルークを空中にさしあげた。締《し》めつけがきつくなり、その目に冷たい光が宿《やど》る。オオハグレグマはルークをさしあげたまま、大声で宣言《せんげん》した。

『オオハグレグマだけに語られる言葉を耳にした者よ、おまえは重大なる冒瀆《ぼうとく》の罪《つみ》を犯《おか》した。われらが歌を盗《ぬす》み、われらが調べを奪《うば》ったのだ。死をもってつぐなうがいい！』

ちょうどそのとき、狂乱状態《きょうらんじょうたい》におちいりかけたオオハグレグマたちを制《せい》するように、大きな声が飛んだ。

「ワフ（やめて）！」

その瞬間《しゅんかん》、黒いオオハグレグマはビクッと動きを止め、あたりを見まわした。締め付けられて意識《いしき》を失いかけていたルークは、ひしめき合うオオハグレグマの間をかきわけてくる一頭のオオハグレグマを、かろうじて認《みと》めた。

「ワフ（今のはだれだ）？」

黒いオオハグレグマは問いかけた。

すると、メスのオオハグレグマが進み出て、最初に自分の肩《かた》、次に胸《むね》に触《ふ》れながらいった。

「ワフ、ワフ。ウラ、ウー、ウィーラ（わたし、鋳物《いもの》工場地帯で苦しめられたウラーロは、この子どもを知っています。この子はわたしの命を救ってくれた）」

ルークは、はっとしてオオハグレグマを見た。前に見たときよりも肉付きがよくなり、毛皮も豊かでつやつやしていたが、片方の目から鼻面《はなづら》にかけて走る黒い模様《もよう》は、まちがいなく自分がゴブリンの矢から救ってやったオオハグレグマのものだった。

黒いオオハグレグマはとまどった。ウラーロは、黒いオオハグレグマに近づいて、毛深い顔を相手の顔に押《お》しあてた。

「ウラ、ワフ、ワール（どうかご慈悲《じひ》を。見逃《みのが》してやって）。ワフ、ワフ。ウィーラ、ウェーグ（毒の棒《ぼう》が刺《さ》さったはず。でも、生きている）」

「ウッラ、ウォア、ワフ（矢は刺さった。でも、心臓《しんぞう》は動いている。傷《きず》は残った）」

ルークは静かに説明すると、シャツをはだけて、肩《かた》の部分をむきだしにした。

黒いオオハグレグマは、盛《も》り上がった傷あとを、爪《つめ》でそっとなぞった。

「ワフ、ワフ、ウーア（たしかに、毒の矢の傷あとがある。命をかけて仲間を救ってくれたのか）？」

オオハグレグマは驚《おどろ》いたようにいうと、ルークを地面に降《お》ろした。

「ワフ、ワレル、ルラグーム（ぼくは、生まれたときからオオハグレグマが好きだ。死ぬまで守る。わが命を危険《きけん》にさらしても）！」

ルークはいった。

周囲を埋《う》めつくしたオオハグレグマたちは軽くうなり、小さな声

で言葉をかわした。

「ワフ、ウーラ（信じて。ぼくはオオハグレグマの友だちだ）！」　ルークがいうと、だしぬけにざわめきのなかから声がした。

「ワフ、ワフ！」

ルークの目のすみに、また別のオオハグレグマが進み出てくるのが映《うつ》った。年老いたメスで背中《せなか》は丸まり、毛皮は白くなりかけている。

「ウッラ、ルーマ、ウィーラ、ワフ（この子どもは真実を話している。まこと、オオハグレグマの友だ）」

メスのオオハグレグマは、しわがれた声でいった。

オオハグレグマたちは、興味深《きょうみぶか》げに、メスのオオハグレグマがルークに近づくのを見守った。低いささやきが広がる。年老いたメスのオオハグレグマは、身をかがめてルークを抱《だ》きしめた。

暖《あたた》かいこけむしたにおいがルークの鼻腔《びくう》に広がり、心臓《しんぞう》の鼓動《こどう》が伝わってきた。その効果《こうか》は驚《おどろ》くべきものだった。たちまちルークの胸《むね》に、守られているという安心感が広がり、気がつくといつまでもこのまま抱きしめられていたいと願《ねが》っていた。

やがてメスのオオハグレグマは、ルークを離《はな》して、いとおしそうな黒い目で顔をのぞきこみながらささやいた。

「ワフ、ウッラ、ウェギーラル（おまえは友だちだ。この世が闇《やみ》に閉《と》ざされるときまで）」

周囲をとりまくオオハグレグマたちは、賛同《さんどう》するように口々に軽くうなった。黒いオオハグレグマは大きな頭をまっすぐに起こして、宣言《せんげん》した。

「ウラ、ガルー、ウィーア（長老のなかの長老、賢者《けんじゃ》のなかの賢者、ガーラが話した。もうなにもいうことはない）！　ワフ、ウッラ、ロワーグ（おまえを歓迎《かんげい》する。おまえはウラロワ、毒の矢を受けし者だ）」

それを聞いたオオハグレグマたちは、今まで以上に大きな歓声を上げた。ルークはよろこびに体をふるわせた。

「ありがとう。ワフ」

黒いオオハグレグマは何度もうなずいた。

「ウッラ、ウォア。ワフ、ワフ（おまえは特別だ。大いなる集会を生きて目にした者はいない。ただ一人を除《のぞ》いて……）」

そのとき、ルークの背後《はいご》でなにかが動く気配がした。肩越《かたご》しにふり返ると、オオハグレグマの壁《かべ》が二つに分かれるところだった。間にできた細く長い通路に目をこらすと、向こうのはしから一つの人影《ひとかげ》がゆっくりと歩いてきた。

「あれは……？」

ルークは人影を見つめた。背《せ》は丸まり、髪《かみ》もひげも真っ白で、もじゃもじゃとからまり合っている。身につけている胴着《どうぎ》も、ズボンも、長靴《ながぐつ》も、なめしていない皮でできており、細い革《かわ》ひもで縫《ぬ》い合わせてある。ぼろぼろのケナガオオツノのチョッキが、強まりだした風にひるがえっている。

ルークは、近づいてくる人物の顔を見た。

なめし革のような皮膚《ひふ》はしわにおおわれ、その一本一本、傷《きず》の一つ一つが、男のたどってきた波乱《はらん》に満ちた人生を物語っている。そして、男の目ときたら！　こんな目は、今まで見たことがない。沼宝玉《ぬまほうぎょく》のような緑色にすきとおった目は、月明かりにキラキラと光り、まるで若者《わかもの》のようだ。

男はルークの前まで来ると、いった。

「これは、おぬしのではないかな?」

ルークが下を見ると、ふしくれだった男の手には、さっき落とした覚え書きがあった。ルークは顔を輝《かがや》かせて受けとった。

「あ、ありがとう。でも……あなたはどなたですか?」

「わしの名は、トウィッグ。かつては空賊《くうぞく》船長であり、旧《きゅう》サンクタフラクスの守り手だった。今は、おぬしと同じく、オオハグレグマの友だ……」

男は、いっそういたずらっぽく目を輝《かがや》かせて、にっこりと笑った。

「おぬしも、聞いたことぐらいはあるだろう?」

第十七章　トウィッグ船長の話

「あれはすばらしい朝だった、ルーク。今でもよく覚えているよ。前の晩《ばん》はすさまじい嵐《あらし》が荒《あ》れくるい、まるで生きた心地がしなかった。あれからもう五十年もたったとは、とても信じられない思いだ」

トウィッグは遠くを見るような目をして、ゆっくりと首をふった。

ルークは不思議な思いでトウィッグを見つめた。五十年。ということは、この空賊《くうぞく》船長はもう七十歳《さい》近くなるのだ。その間に、崖《がい》の国はあまりにも変わってしまった。

「あのころは……ああ、いや、昔の話ならいろいろとしてやれるのだが、それはまた今度にしよう。

母なる嵐《あらし》が通りすぎた朝、崖《がい》の国の水という水は新たな命を与《あた》えられ、空気は輝《かがや》かしい未来への希《き》望《ぼう》にふるえていた」

ルークはうなずいた。嵐の間大図書館の巻物《まきもの》や論文《ろんぶん》で、新しい浮遊石《ふゆうせき》の誕生《たんじょう》と新サンクタフラクスの建設《けんせつ》については読んで知っていた。そして、いかにして、分不相応《ぶんふそうおう》な無名の若者《わかもの》だったヴォックス・ヴァーリクスが、新サンクタフラクスの初代最高位学者からその地位を奪《うば》い、のちに夜の守《しゅ》護聖団《ごせいだん》となる組織《そしき》の基礎《きそ》を築《きず》いたかも。今こうして、年老いた空賊《くうぞく》船長の話を聞いていると、味気ないただの知識《ちしき》が急に生き生きと命を持ちはじめた。

トウィッグは続けた。

「自分の任務《にんむ》をなしとげると、わしはスカイレイダー号に乗りこんで、出航《しゅっこう》の準備《じゅんび》をした。深森《ふかもり》に針路《しんろ》を向けて、大河《たいが》の源《みなもと》でわしを待っている忠実《ちゅうじつ》な部下たちを迎《むか》えにいくのだ」

「大河の源か」

ルークはため息をついた。

「そのとおりだよ、お若《わか》いの。そこに部下たちを残してきたのだ。浮遊石《ふゆうせき》を扱《あつか》わせたら右に出る者はいない、ストーンパイロットのモーギン。なみなみならぬ心を読む力を持った、ミズマヨイ族のウッドフィッシュ。そして、オオハグレグマのグームだ」

トウィッグはにっこり笑いながら、あたりを見まわした。

「船長にとって、これ以上望《のぞ》めないぐらい勇敢《ゆうかん》なグーム。わしは、必ずもどると約束した——そして、あの晴れわたった朝、まさにそうするつもりだった」

ルークとトウィッグは、谷間の開けた場所のはずれに横たわる倒木《とうぼく》に、肩《かた》をならべてすわっていた。空のはしがかすかに白みはじめていた。目の前では、大いなる集会が最高潮《さいこうちょう》に達し、オオハグレグマたちが声を合わせてうたいながら、深森の知識を分かち合っている。

「わしの探求《たんきゅう》の旅は、すぐれた乗組員にめぐまれていた。今でも、おぬしの顔を見るのと同じぐらいはっきりと思い出せる。戦いのときにとなりにいると心強い、平頭ゴブリン族のボグウィット。地上町の安酒場で見つけた、ホフリ族のタープ・ハンメルハード。そして、雷《かみなり》にひどく顔を焼かれた、操舵手《そうだしゅ》のウィングナット・スリート」

トウィッグはため息をついた。

「そのほかの乗組員たちもだ。ロープ扱いのうまい、モブノーム族のティーゼル。背骨《せぼね》がゆがんでいるせいで、おかしな歩き方をしていた、コックのスタイル。あまり役には立たなかったが、気だてのいい、ノクゴブリン族の老ジャービス。それから、もちろん、グリムロックもだ。あいつのことは忘《わす》れない！」

「グリムロック？」

「図体の大きなボクトロルだ。切れ者にはほど遠かったが、ケナガオオツノの群《む》れのように強かった」

トウィッグは思い出したように笑《え》みを浮《う》かべた。

「それで……どこまで話したかな？　ああ、そうだ。最高位学者と別れをおしむのもそうそうに、わしらは帆《ほ》に風を受け、期待に胸《むね》をふくらませて出航《しゅっこう》した」

ルークに向けられた目は、キラキラと輝《かがや》いていた。

「今でも覚えている。暖《あたた》かい太陽を背《せ》に受け、泥地《どろち》をこえて深森《ふかもり》を目指したのだ。わしの心は躍《おど》った……大河《たいが》の源《みなもと》だ！　大河の源にもどるんだ！」

老空賊《くうぞく》船長の情熱的《じょうねつてき》な話しぶりに、ルークも笑みを浮かべていた。

話を続けるトウィッグの表情《ひょうじょう》が、だんだん真剣《しんけん》になってきた。

「もちろん、簡単《かんたん》でないことは承知《しょうち》のうえだった。この旅は長くつらいものになるだろう。だが、一

方では、おのれの本能《ほんのう》と五感を信じるしかないこともわかっていた。きっと、ウッドフィッシュも呼《よ》びかけてくれるだろうしな。精神《せいしん》を集中していれば、その呼びかけをたどっていけるはずだった」

トウィッグは、ふたたび遠くを見つめるような目をした。

「わしらは、数カ月の間飛びつづけた。すでに、ウッドトロルの村も、ゴブリンの居留地《きょりゅうち》もはるかあとにしてきた。毎朝、わしは地平線に目をこらしては、気持ちを新たにした。どこを見ても、目の届《とど》くかぎり深森が広がっている。暗く、人を寄《よ》せつけない、はてしない森。それでもわしらは進みつづけた。日の光すら射《さ》しこまないほど生《お》い茂《しげ》った、最も暗い深森の奥地《おくち》へとな。上空には真っ黒い雲が渦《うず》をまき、嵐《あらし》にこれでもかともてあそばれたスカイレイダー号は、やがて、わしらの神経《しんけい》同様ぼろぼろになっていった」

トウィッグはだまりこみ、両手で頭をかかえた。

「なにが起こったんですか？　ミズマヨイの呼《よ》びかけは聞こえたんですか？　大河《たいが》の源《みなもと》は見つかったんですか？」

ルークは聞いた。

顔を上げたトウィッグの目はギラギラ光っていた。

「なにも。聞こえたのは、嵐《あらし》が帆《ほ》をつきやぶるビリビリという音だけだった——嵐の間、深森《ふかもり》はわれわれをあざ笑うかのように沈黙《ちんもく》を続けていた。それどころか……」

トウィッグは、ぶるっと身をふるわした。

「それどころか？」

「突風《とっぷう》に甲板《かんぱん》から吹《ふ》きとばされた、ウィングナット・スリートの悲鳴が響《ひび》きわたったのだ。そして、落ちてきた索具《さくぐ》に押《お》しつぶされた、あわれな老ジャービスの断末魔《だんまつま》の声。正気を失って、マストから眼下《がんか》の闇《やみ》へと飛び降《お》りた、ティーゼルのわけのわからないわめき声。コックのスタイルが、すぐにあとを追った。残った乗組員は、絶望《ぜつぼう》したのだろうといっていた。それでも、わしらは旅を続けた。あきらめることはできなかったのだ。なにがあってもな。わかるか、ルーク？」

ルークは、トウィッグのすり切れたそで口をぽんぽんとたたいて、ささやいた。

「わかります」

「わかるだと？　本当か？　ルークよ、わしらは十六年間飛びつづけたのだぞ。長く、おそろしい、孤独《こどく》な十六年間だった。その間にわしらは、疲《つか》れはて、ぼろぼろになり……挫折《ざせつ》した。なにもかも、わしのせいだ。大河の源にもどる道を見つけることができなかった。わしは、みんなを裏切《うらぎ》ってしまった。部下も……仲間も……」

顔を上げたトウィッグの目は、苦悩《くのう》の色を浮《う》かべていた。

「でも、できるだけのことはしたんだから」

ルークはいった。

「いや、とても十分だったとはいえぬ」

トウィッグは首をふりながら、苦々《にがにが》しげにいった。

「ついに、わしらは四人になってしまった。ボグウィット、タープ・ハンメルハード、グリムロック、そして、わしだ。ストーン・パイロットがいないだけでも大変だというのに、そんな人数では飛空船を飛ばすのは不可能《ふかのう》だ。大河の源を探《さが》しつづけるためには、乗組員を増《ふ》やさなくてはならない。そこで、わしは機首を転じて、旅の途中《とちゅう》、ウッドトロルの村や、荒《あ》れはてたゴブリンの集落で耳にした場所を目指すことにした——深森《ふかもり》の闇《やみ》のなかに点《とも》る希望《きぼう》の光、疲《つか》れ切り、途方《とほう》に暮《く》れたものを暖《あたた》かく迎《むか》えてくれる天国……」

「自由の森だ！　自由の森に行ったんですね？」

ルークは思わず声を上げた。

「いかにも。当時はまだ、新地上町はシズノキの小屋の集まりでしかなく、ウッドトロルの村もできたばかりだった。しかし、たしかに温かいもてなしを受けた。湖上飛行指導《しどう》所の、パーシモンという若《わか》き司書勲士《ししょくんし》に……」

「パーシモンなら、まだいますよ。ただ、今は最高指導者ですけど。ぼくも教わりました」

ルークは、つい言葉をさしはさんだ。

「そうか、いい指導者についたな、ルーク。あの夜のことは、よく覚えている。わしらはやっとのことで自由の森にたどりつき、発着塔《はっちゃくとう》に飛空船を係留《けいりゅう》した。そこで、ちょっとしたさわぎになってな」

トウィッグはそのときのことを思い出して、ほほえんだ。

「出迎えてくれた、パーシモンをはじめとする若い司書勲士たちにとっては、あっと驚《おどろ》くような光景だっただろうな。着ているものはぼろ布《ぬの》同然、あわれなスカイレイダー号の船体は傷《きず》や穴《あな》だらけ、帆《ほ》はずたずたというありさまだったからな。司書勲士たちはわしらをとりかこみ、ぽかんと口を開けたままながめておった。そのうちに、パーシモンが進み出て、自己紹介《じこしょうかい》をした。

パーシモンはいった。『あなたがたにはたっぷりの食事と休養《きゅうよう》が必要なようだ。塔《とう》の上階の食堂で、いっしょに食べてください。いらないなんていわせませんから！』とな。たしか、ティルダーシチューとカシリンゴのシードルという食事をとっているときだった。わしらはおそろしい知らせを聞き、司書勲士たちが、最前なぜそれほど驚いたのかを知ったのだ」

「その知らせとは？」

ルークは聞いた。

「そりゃ、もちろん、石の巣病のことだよ。パーシモンがいきさつを話してくれた。商人連合船も、空賊《くうぞく》船も、ただの石ころのように落ちていったとな。すでに一年以上も、旧《きゅう》サンクタフラクスからは飛空船は一隻《せき》もやってきていないという。

どうやら石の巣病は、新サンクタフラクスに選ばれた浮遊石《ふゆうせき》から発生したようだった。非常《ひじょう》に感《かん》染力《せんりょく》が強く、山火事のように飛空船から飛空船へと次々に飛び火していった。ある飛空船の浮遊石《ふゆうせき》がぼろぼろにくずれると、その乗組員は別の飛空船に仕事を見つけて移《うつ》り、新たな飛空船の浮遊石を感染させてしまうのだ。『最初の宙駆《そらが》けの時代は終わった』とは、パーシモンの言葉だが、それを聞いたとき、わしにも真実であるとわかった。

自由の森におもむいたのは、新しい乗組員を捜《さが》すためだったが、石の巣病を移すかもしれない者を乗せるような危険《きけん》は冒《おか》せなかった。わしらが石の巣病にかからずにすんでいたのは、あまりにも長い間、深森《ふかもり》の奥地《おくち》にいたからだ。わしは食堂を飛び出し、スカイレイダー号に駆《か》けもどってすぐさま出航《しゅっこう》した。

自由の森から無事に飛び立つと、わしは乗組員を集めて状況《じょうきょう》を説明した。タープはわしの背中《せなか》を軽くたたき、ボグウィットはわしの手をにぎり、グリムロックはあばら骨《ぼね》が折れるかと思うほどの力でわしを抱《だ》きしめた。全員、わしとともに探索《たんさく》を続けることに同意してくれた。しかし、たった四人では、それもおそろしく骨の折れる仕事だった。実に勇敢《ゆうかん》な連中だったよ。今はもう、だれも残っていないがな」

トウィッグはなつかしむようにいった。

それからずいぶん長いこと、トウィッグは遠くを見つめたままなにもいわなかった。ついに、しびれを切らして、ルークはたずねた。

「それからどうなったんですか？」

トウィッグは悲しそうな顔をした。

「まったくおろかなことをしたものだ。だが、それが命取りだった。食料を補給《ほきゅう》する必要があったが、感染するおそれがあったから村や居留地《きょりゅうち》には入れず、深森で調達《ちょうたつ》するしかなかった——ティルダーやモリブタ、干《ほ》したり酢漬《すづ》けにしたりできる果物《くだもの》や木の根、そして、力持ちのグリムロックが午後の間に運んできた水が二十樽《たる》だ」

トウィッグはつらそうに首をふった。

「わしらの運命を変えたのは、その水だった。おろかにもグリムロックのやつは、『たまり水を飲むな』という最も重要な深森の掟《おきて》を無視《むし》して、すべての樽によごれた泉《いずみ》の水をつめてしまったのだ……。だが、すべてはわしの責任《せきにん》であり、あいつに罪《つみ》はない！　船長のわしが確《たし》かめるべきだった。わしが気をつけてさえいれば……」

トウィッグの目は、自分に対する怒《いか》りで燃《も》えあがっていた。

「ほどなく、全員、黒水熱にやられた。わしはかなり持ちこたえていたが、結局おそろしい熱に冒《おか》され、吐《は》くものがなくなるまで吐きつづけ、意識《いしき》を失った。どれぐらい甲板《かんぱん》に倒《たお》れていたのかわからない。スカイレイダー号が勝手に深森《ふかもり》の上を流されていく間、わしは熱にうなされたかと思えば、今度は寒気に襲《おそ》われるというぐあいに七転八倒《しちてんばっとう》していた」

ルークは同情《どうじょう》するようにうなずいた。高熱にうなされるのがどんなものかは、いやというほどわかっていた。

「ある朝、ようやく意識《いしき》がもどると、わしはふらふらしながら起き上がった。腹《はら》がゴロゴロ鳴っていた。あたりには冷たい靄《もや》がうずまき、服といわず、髪《かみ》といわず、肌《はだ》といわず、べったりとはりつき、スカイレイダー号を水滴《すいてき》がびっしりおおっていた。わしはなんとか立ち上がって、あたりを見まわした。

眼下《がんか》には、岩しか見えなかった。森はどこにもない。ただ一面にひび割《わ》れた、すべすべした灰色《はいいろ》の平岩がどこまでも広がっているばかりだ。そこがどこかはすぐにわかった。わしは恐怖《きょうふ》でいっぱいになった。崖《がい》の地、靄と悪霊《あくりょう》が渦《うず》をまく荒《あ》れはてた大地だ。

はるか昔、わしはこの崖の地で、口にするのもおそろしいものと出くわした。わしにとって崖の地は、特におそろしい場所なのだよ、ルーク。なにしろ、ゴウママネキに襲《おそ》われて、生きてもどったのだからな」

ルークは息をのんだ。

「ゴウママネキ！　でも、どうやって？　いつ……？」

「いずれ、なにもかも話そう。だが、これだけはいっておく。わしは生き延《の》び、二度とあの呪《のろ》われた場所にはもどらないと誓《ちか》った。それなのに、なんの因果《いんが》か、ぼろぼろのスカイレイダー号に運ばれていった先が崖の地だったとはな。わしは船上を見まわした」

トウィッグの目が悲しそうになった。

「スカイレイダー号はひどいありさまだった。それに乗組員は？　みんな、どこにいった？　目が覚めて以来、姿《すがた》も見なければ声も聞いていない。呼《よ》んでみても返事はない。わしは舵輪《だりん》を離《はな》れて、前部甲板に走った。すると……いた。三人とも……」

トウィッグはうめくようにいった。

「ああ、ルーク、三人とも死んでいたのだ。ボグウィット、タープ・ハンメルハード。そして、あの屈強《くっきょう》なグリムロックでさえ、黒水熱には勝てなかった……。三人の亡骸《なきがら》は、冷たくぬれた甲板《かんぱん》に横たわっていた――苦悶《くもん》に身をよじり、恐怖《きょうふ》に顔をゆがめて。三人とも、苦しみぬいて死んだのだ……」

ふるえる声でそういうと、トウィッグはゴクリとつばをのんだ。

「わしは、三人をできるかぎり丁重《ていちょう》にとむらってやった。それが、わしとスカイレイダー号によくつくしてくれた忠実《ちゅうじつ》な乗組員に対する、せめてものつぐないだった……」

トウィッグはだまりこんだ。老いさらばえた空賊《くうぞく》船長が涙《なみだ》をぬぐうのを見ると、ルークののどに熱いかたまりがせり上がってきた。

トウィッグは大きく息を吸《す》った。

「そう、わしはしくじったのだ。すべてはむだだった……。深森《ふかもり》にもどるのは論外《ろんがい》だった。一人では、とうていスカイレイダー号を操縦《そうじゅう》することはできない。わしは、断崖《だんがい》の突先《とっさき》につきだした、悪魔《あくま》がうずくまるような形の大岩にスカイレイダー号を係留《けいりゅう》すると、その場を立ち去った」

「つまり、今でもそこにあるんですね？」

「ああ、そうだ。朽《く》ちはてたり、石の巣病にかかったりしていなければな。わしが別れを告げた朝は、細かい霧雨《きりさめ》が降《ふ》っていた。不毛の荒《あ》れ地の上に浮《う》かんだその姿《すがた》は、長年酷使《こくし》してきたにもかかわらず堂々としていたが、それゆえに、失ったものの大きさを思い知らされた。最後の飛空船だ……」

トウィッグはふたたびだまりこみ、小さくため息をついてから、話を続けた。

「三日かかって、危険《きけん》きわまりない崖の地をぬけだし、さらに二週間たったところで、デクトログの旅の一団《いちだん》に出会って、食料と水を分けてもらい、寝床《ねどこ》を与《あた》えてもらった。それ以来、わしは深森のなかをさまよっている。

今は一人きりになり、年をとって体も弱ってしまったが、それでも希望《きぼう》をすててはいない。朝、目を覚ますたびに、大河《たいが》の源《みなもと》は見えぬかと地平線を見わたし、夜、眠《ねむ》る前にはそこに残してきた友のことを考えるのだ。

あいつらの顔が目に浮《う》かぶようだ。グーム、モーギン、ウッドフィッシュ。どの顔も、怒《おこ》ってはいない。いっそ怒っていてくれたらと思うこともある。期待と信頼《しんらい》に満ちた目で見つめられる方が、千倍もつらい。わしは、彼《かれ》らを裏切《うらぎ》ってしまったのだ、ルークよ。わしを信用してくれたのに……

かわいそうな友よ……」

トウィッグは涙声《なみだごえ》になり、両手に顔をうずめた。

「わしは、かつて知っていた人々の記憶《きおく》にとりつかれているのだ。そのとき生きていた者も、死んでしまった者も、みないっしょくたになってな。二度と会うことのない人々。父さん。タンタム。光博士《はかせ》と闇《やみ》博士。ハブル。スプーラー。スパイカー……。そして、サンクタフラクスの最高位学者。はるか昔、わしが旅立つ朝、手をふって別れを告げていた……」

トウィッグは首をふった。

ルークはうなずいた。船長の話は、ふりだしにもどっていた。

「興奮《こうふん》と不安のいりまじったあの笑顔。毅然《きぜん》とした立ち姿《すがた》。その目に宿《やど》る希望《きぼう》の光。かつてはわしの弟子《でし》だったが、そのときにはサンクタフラクスの新しい最高位学者になっていたのだ！　わしが、どれほど誇《ほこ》らしかったか……。かわいそうなカウルクエイプ……」

「カウルクエイプ？　ぼく、その名前知ってます」

ルークは驚《おどろ》いていった。

「そう、カウルクエイプ・ペンテフラクシスだ。ずいぶん前に、その地位を奪《うば》い取ろうとしたヴォックス・ヴァーリクスに殺された。湖上発着場に立ち寄《よ》ったとき、そのことを知らされた」

トウィッグは苦々《にがにが》しげにいった。

ルークの脳裏《のうり》に、とつぜんザンスの言葉がよみがえった。

『おれは、もう一人の友カウルクエイプと同じように、夜の塔《とう》の囚人《しゅうじん》にすぎない。だから、おれは友のもとに帰る』

あのとき、熱にうなされてはいたが、たしかにザンスの言葉を聞いた。

『おれの頭に、最初に深森《ふかもり》の話を吹《ふ》きこんだのはカウルクエイプだ。空賊《くうぞく》トウィッグ船長との冒険《ぼうけん》もな……』

ルークは思わず立ち上がった。トウィッグの友人と、ザンスがいった囚人《しゅうじん》は、まちがいなく同一人物だ。

トウィッグは話しつづけている。

「まだ若《わか》かったあいつに、わしはサンクタフラクスの再建《さいけん》をすべて押《お》しつけ、わしは失敗に終わることになる探索《たんさく》の旅に出た。もしも、大河《たいが》の源《みなもと》を発見できていたら、手伝いにもどることができたし、今でもあいつは生きているだろうに……」

「いえ、生きています！」

ルークはがまんできなくなって大声でいった。遠ぼえの最中だった二頭のオオハグレグマが、何事だというように目を向けた。ルークはトウィッグの両腕《りょううで》をつかんだ。

「生きてるんです！　カウルクエイプは生きてます！」

トウィッグの顔から血の気がひき、口がぽかんと開いた。

「生きている、だと？」

第十八章　スカイレイダー号

　トゥイッグは、あっけにとられてルークを見つめた。

「どうして生きているとわかるのだ？　パーシモンは……なんといったかな……そうだ、これほどの時間がたっても、なんといったかは覚えているぞ。わしが最高位学者カウルクエイプの消息をたずねると、パーシモンは首をふりながらいったのだ。『今はヴォックス・ヴァーリクスが最高位学者です。カウルクエイプの名は、名簿《めいぼ》から消されました。だれが見ても、暗殺されたのはまちがいありません――新サンクタフラクスで、それを口にする者はまずいないでしょうが』たしかに、パーシモンはそういったのだ……」

「でも、生きているんです。夜の塔《とう》にとらわれて。ある友だちが……」

ルークは言葉を切った。胸《むね》がチクンと痛《いた》む。

「ぼくは、そいつのことを友だちだと思っていたんですが、そいつが、夜の塔のなかでカウルクエイプに会ったっていってました——とても元気だったって。あなたとの冒険《ぼうけん》の話をしたともいってました」

「本当なのか？」

トウィッグも立ち上がり、ルークの両手をぎゅっとにぎって、目をじっとのぞきこんだ。周囲では、夜明けの訪《おとず》れとともにオオハグレグマたちが静まりかえっていたため、トウィッグの興奮《こうふん》した声が谷間に響《ひび》きわたった。

「その夜の塔とは、いったいなんだ？」

ルークは首をふりながら答えた。

「トウィッグ船長がいない間に、いろいろなことが変わりました。パーシモンは、ヴォックス・ヴァーリクスが最高位学者になったといったそうですが、それはほんの始まりにすぎませんでした」

「話してくれ。知っていることをなにもかも話してくれ！」

トウィッグはいった。

いつの間にかオオハグレグマたちが集まってきていて、大きな図体のてっぺんについた耳をぴくぴく動かしている。

「ヴォックス・ヴァーリクスが最高位学者になると、すでに石の巣病で浮遊石《ふゆうせき》が崩壊《ほうかい》しはじめているというのに、新サンクタフラクスの建設《けんせつ》を命じました。人から聞いたり、図書館で読んだりしたところによると、ヴォックスは石の巣病を、学者たちが軟弱《なんじゃく》になり、自己満足におぼれるようになったしるしだと主張《しゅちょう》しました。そして、自分が解決《かいけつ》するつもりだと」

「ヴォックスのやつ！　旧《きゅう》サンクタフラクスで、まだ徒弟《とてい》だったころのヴォックスに会ったことがあるが、ろくでもないやつだった」

トウィッグは腹立《はらだ》たしげにいった。

「そればかりでなく、ヴォックスは飛空騎士《ひくうきし》を集めて夜の守護聖団《しゅごせいだん》という組織《そしき》を作りました。夜の守護聖団は地上町の住人を奴隷《どれい》にして、夜の塔の建設を強制《きょうせい》しただけでなく、ほかの大計画にも使ったんです。それが、大湿地街道《だいしっちかいどう》の建設です。もう一つ、石の巣病にかかった浮遊石を支《ささ》えるサンクタフラクスの森も……」

トウィッグの目が怒《いか》りに燃《も》え上がった。

「奴隷《どれい》だと？　地上町でか？」

「はい、そうです。これは地上町がよって立つ掟《おきて》に対するおそろしい裏切《うらぎ》りであり、多くの者が抵《てい》抗《こう》しました。でも、夜の守護聖団《しゅごせいだん》は、容赦《ようしゃ》なく建設《けんせつ》を進めさせたのです。ヴォックスの計画に反対する飛空騎士《ひくうきし》たちは組織《そしき》から逃《に》げだして、大地学者とともに図書館司書学会を創《つく》りました」

ルークは言葉を切った。

「それ以来、ぼくたちは、地上町の下水道にかくれ住んでいるんです……」

「司書学者が下水道に住んでいるというのか。よもや、そこまでになっていようとは。新サンクタフラクスの独裁者《どくさいしゃ》、ヴォックス・ヴァーリクスめ！」

トウィッグは悲しげに首をふった。

「でも、そうじゃないんです。まだ続きがあって……」

「話してくれ」

「はい。夜の守護聖団を作ったとき、ヴォックスは、自分がどんな怪物《かいぶつ》を生み出してしまったか、まだ知りませんでした。やがて夜の守護聖団のなかから、オービクス・ザクシスという男が出てきて、自らを最高守護者と名乗り、夜の塔《とう》を乗っ取ってしまったんです。ヴォックスは命からがら、地上町の古い宮殿《きゅうでん》に逃《に》げこみました。その機に乗じて、オオモズどもが大湿地街道《だいしっちかいどう》の通行権《つうこうけん》をにぎり、ヴォックスは力を失い、地上町でわずかなゴブリンの傭兵《ようへい》にかろうじて守られているというありさまでした。うわさが正しければ、最近は太りすぎてしまったため、ほとんどの時間、宮殿の寝《しん》室《しつ》から出ないで、毎晩《まいばん》毎晩、お酒を浴びるほど飲んでへべれけになっているそうです」

「なるほど。だが、同情《どうじょう》する気にはならんな。それで、ルーク、カウルクエイプがとらわれているという夜の塔について、ほかにも知っていることがあるなら教えてくれ」

ルークはため息をついた。

「ぼくにわかっているのは、今までだれも、夜の塔から逃《に》げ出せた者はいないということです。難攻不落《なんこうふらく》の巨大《きょだい》な塔で、門の上には忍《しの》び返し、窓《まど》には鉄《てつ》格子《ごうし》がとりつけられ、張《は》り出しには投石機や、銛撃《もりう》ち機や、大きな回転式いしゆみが備《そな》えつけられています。ぼく自身は、一度遠くから見ただけですが、近くで見たという司書勲士《ししょくんし》の話はいろいろ聞きました。かつて、ヴァリス・ロッドが飛翔機《ひしょうき》の編隊《へんたい》で攻撃《こうげき》をしかけたことがありましたが、夜の塔の武器《ぶき》

にはたちうちできませんでした」

「飛翔機《ひしょうき》だと？　あのちっぽけな木のおもちゃか？　湖上発着場で見たが、失敗するのも道理だな。まるで、ケナガオオツノにモリガが群《むら》がるようなものだ」

トウィッグはいった。

「塔《とう》のいたるところを武装《ぶそう》した衛兵《えいへい》が警戒《けいかい》しています。聞くより先に殺すように訓練《くんれん》された連中です。夜の塔は無敵《むてき》です。地上から攻撃《こうげき》するには、がれきの町を通らなければなりません」

ルークは息もつかずにいうと、ぶるっと体をふるわせた。

「あそこには、姿《すがた》を自由に変えられる奇妙《きみょう》な光る怪物《かいぶつ》が住んでいるといわれています――ガレ鬼《キ》と呼《よ》ばれています。それから、ガンリョウも……。なんとか生き延《の》びられたとしても、その先にはサンクタフラクスの森が待ち受けています。浮遊石《ふゆうせき》を支《ささ》えている、無数の柱の集まりです。そこには、フハイ鳥やカミソリドリのようなおそろしい生き物が巣くっています。だから、攻撃できるとしたら空からだけですが、あなたのいうとおり、飛翔機では小さすぎて……」

「飛空船なら小さくはないぞ」

トウィッグはいった。

「飛空船ですか」

ルークはため息まじりにいった。周囲では、オオハグレグマたちがじっと聞き耳を立てている。

「そうとも、ルークよ。わが父、雲のオオカミとともに、荷を満載《まんさい》した巨大《きょだい》な商人連合船を襲《おそ》ったときと同じだ。すばやくはげしくしかけて、積み荷を奪《うば》われたことを気づかれる前にひきあげるのだ。今度も同じ手でいくぞ、ルーク。スカイレイダー号でな！」

「スカイレイダー号？　でも、トウィッグ、乗組員がいません」

そのとき、背後《はいご》でなにかが動く気配がした。ルークがふり向くと、鋳物《いもの》工場地帯で助けたメスのウラーロが、巨体《きょたい》をゆらして進み出てくるところだった。ウラーロは、大きな前足を胸《むね》に当てていった。

「ワフ、ウッラ。トゥ、ア、ウグ、ワフ（わたしが行く、オオハグレグマの友、トウィッグ船長）」

トウィッグは身をのりだしてウラーロの肩《かた》をたたくと、片手《かたて》をゆっくり広げた。

「ワフ、ワフ（よくいってくれた、友よ！）」

すると、肩に大きな傷《きず》あとの残るオスが、ウラーロのとなりに進み出た。

「ワフ。ウィーガ。ワフ、ワフ（ウィーグも、いっしょに行く）」

そして、空を指さし、傷《きず》に触《ふ》れてから顔を上げた。

「ウッラ、ワフ（おれは、あんたと同じころ、空賊船《くうぞくせん》に乗っていた）！」

今度は、黒いオオハグレグマが声を上げた。

「ワフ、ウィーラル、ワアグ（おれは空のことは知らぬ。だが、おれは強い！　おれはラメル、テツノキより強い）！」

ラメルのあとに、三頭が次々に加わった。かつて材木運搬船《うんぱんせん》に乗っていた双子《ふたご》のオスのミールとルームに、その昔ストーン・パイロットの助手として働いたことのある、筋金《すじがね》入りの年老いたメスのモリーンだ。モリーンが顔をゆがめて笑うと、歯が何本か欠け、キバも一本しかないのが見てとれた。

モリーンはうたうような声でいった。

「ワフ、リーラ。ワフ、ルラワー（あたしは浮遊石《ふゆうせき》を扱《あつか》えるよ、トウィッグ船長。あたしみたいな老いぼれでもいいならね）」

「ワフ、ワフ（よろこんでお願《ねが》いするよ、モリーン。浮遊石の友よ）」

そういうと、トウィッグは一歩下がって両手を上げた。

『ありがとう、友よ。心の底から感謝《かんしゃ》する。だが、もう十分だ』

そして、ルークに向き直った。

「どうやら、乗組員が見つかったようだ」

「ワフ、ワフ（わたしも連れてって）！」

とつぜん声がして、ルークがふり返ってみると、ウーメルが群《む》れをかきわけてくるところだった。

トウィッグはほほえんだ。

『おまえさんは、どのような宙駆《そらが》けの経験《けいけん》があるのかな、お若《わか》いの？』

「ワフ（ありません。でも、若さは力です。あたしには力があり、気持ちだって……）」

ウーメルはうなだれた。

『ありがとう。だが、今もいったとおり、すでに手は足りているから……』

トウィッグはいいかけた。

「ワフ……ワフ……」

ウーメルはすがるようにルークを見て、ふるえる声でいった。

ルークはトウィッグに向かっていった。

「コックが必要です。ウーメルは食料探《さが》しがすごくうまいんです。ぼくが保証《ほしょう》します」

「ウーメル？　おぬしらは知り合いか？」

ルークはうなずいた。

「親友です」

トウィッグの顔に暖《あたた》かな笑《え》みが浮《う》かんだ。

「オオハグレグマとの友情《ゆうじょう》ほど、厚《あつ》いものはない」

そういうとトウィッグは、ケナガオオツノのチョッキのなかから、まんなかに穴《あな》の開いている、色あせたオオハグレグマの歯のペンダントをひっぱりだし、なにかを思い出すように見つめていた。

やがて、ウーメルに向かっていった。

『歓迎《かんげい》するよ。だが、警告《けいこく》しておくぞ。一度でも酢漬《すづ》けのツマヅキソウを食事に出したら、打ち上げの刑《けい》にするからな！』

そのとき、谷をとりまく木々の間から太陽が顔をのぞかせて、名乗りを上げたオオハグレグマたちを明るく照らした。トウィッグは顔を上げて、号令をかけた。

『それでは、勇敢《ゆうかん》な乗組員諸君《しょくん》、ぐずぐずしている場合ではないぞ。スカイレイダー号が崖《がい》の地で待っている』

千の声の谷に歓声《かんせい》がわき起こり、いならぶオオハグレグマたちは道を開けて、トウィッグ、ルーク、そして七頭の乗組員を通した。

トウィッグはつぶやいた。

「なつかしいカウルクエイプ、わしの人生は失敗ばかりだった。だが、今回ばかりは絶対《ぜったい》にやりとげてみせる！」

一行は、深森《ふかもり》のなかを驚《おどろ》くほどの速さで進んでいった。休憩《きゅうけい》は一時間以内、太陽と東白星を頼《たよ》りに、夜を日についで北に向かうのだ。暗く、深い森をぬけ、人をあざむく崖の地目指して、ひたすら北に向かって。

ルークはアラシバチの背《せ》にまたがり、トウィッグとオオハグレグマたちの頭上《ずじょう》で、木々の間をたくみにすりぬけていく。オオハグレグマたちは、すばやく音もなく進んでいく。大いなる集会の呼《よ》び声にわれを忘《わす》れて、やぶや枝《えだ》を片《かた》っぱしからふみつぶしたり、折ったりしていったウーメルのときとはちがい、通った痕跡《こんせき》一つ残さない。そのすばやさ、機敏《きびん》さ、軽やかさに、ルークはただ目をみはるばかりだった。

ふだんは単独《たんどく》で生活するのに、これほど協調した行動がとれるというのは不思議なことだった。先頭をつとめる者が疲《つか》れると最後尾《さいこうび》にまわり、代わってだれかが先頭に立つ。全員が目と耳を総動員《そうどういん》して、危険《きけん》がひそんでいないかを常《つね》にさぐっている。食料をあさったり、位置を確《たし》かめたりする小休止の間に、ルークは興味津々《きょうみしんしん》でウーメルに近づいた。

『君たちは、どうして一人で生活しているんだい？　部族でまとまって共同《きょうどう》生活をすればいいのに。これだけみごとに行動できるんだから』

ウーメルは顔を上げ、耳をはげしくパタパタさせると、前足で空をはらって胸《むね》をはった。

「ワフ、ワフ。ウッラ、ワルー（ちがう。オオハグレグマはいっしょには暮《く》らせない。おそろしい生き物を招《まね》き寄《よ》せてしまう。一人なら目立たないから、長生きできる）」

そしてウーメルは、あたりを見まわすと、キバをのぞかせて笑った。

「ウィール、ワフ（でも、こんな仲間にかこまれていると、早死にしてもいいかなって思えてくる）！」

そこへトウィッグが、両手を広げて近づいてきた。

「ワグ、ウラ、ワフ（ウーメルよ、死ぬなどというな。とはいえ、君とともに死ねるなら本望《ほんもう》だがな）」

やぶのなかでガサガサと音がして、両手いっぱいにモリイチゴの枝をかかえたラメルが姿《すがた》を現《あらわ》した。

「ワフ、ワフ（急いで食べろ。まだ先がある）」

一行は旅を続けた。ルークはアラシバチで前方を偵察《ていさつ》しては、姿勢制御《しせいせいぎょ》ロープをひいて優雅《ゆうが》に反転し、来た道をもう一度確《たし》かめながら、一列で行進するオオハグレグマたちのもとへともどっていく。今はウィーグが先頭に立っている。うす明かりに、肩《かた》の傷《きず》が白く光って見える。少し離《はな》れてミールとルームが、肩をならべて歩いている。その少し後ろには、まだら模様《もよう》の肩を丸めてウラーロが続き、そのあとからひょこひょこはねるような歩き方で、巨体《きょたい》のラメルがついてくる。そこからかなり離れたところをウーメルが歩いていた。若《わか》いわりに、ほかの者にくらべて体力がないらしい。最後に、ずいぶん距離《きょり》を置いて、年老いて足の遅《おそ》いモリーンとトウィッグが足をひきずるようにして歩いていた。

ルークが降下《こうか》していくと、トウィッグ船長が手をふった。偉大《いだい》な船長が自分を認《みと》めてくれていることがうれしくて、ルークも手をふり返した。ふたたび高度を上げようとすると、トウィッグがモリーンをはげます声が聞こえてきた。

『もうすぐだぞ、ばあさん。浮遊石《ふゆうせき》は、あんたの熟練《じゅくれん》の手さばきを待っているんだぞ』

夜のとばりが降《お》りても、オオハグレグマたちは足を止めようとせず、ルークも頭上《ずじょう》にとどまったままだった。夜を徹《てっ》して、歩調をゆるめることなく、物音一つ立てずに歩きつづけた。月が昇《のぼ》り、空を横切って左手に沈《しず》んでいった。太陽が昇り、しめったふかふかの地面に照りつけると、明るくきらめくような大気のなかに、靄《かすみ》がうっすらと立ちのぼった。

だしぬけに、前方から遠ぼえが響《ひび》いてきた。先頭に立っているウラーロの声だ。

『崖《がい》の地だ！　崖の地に着いたぞ！』

トウィッグは遠ぼえを返した。

『そこで待っていろ。すぐに追いつく』

うわさに聞く崖の地を一刻《いっこく》も早く見たくて、ルークは飛翔機《ひしょうき》の帆《ほ》をいっぱいにはると、前に飛び出した。眼下《がんか》の木々はまばらになり、下生えも目立たなくなってきた。前方のうす黄色がかった空を背《せ》にしたウラーロがふり向き、近づいてくる飛翔機に気づいて手をふった。

ルークも手をふり返し、バランス錘《おもり》と帆綱《ほづな》を調節して、ウラーロに向かって降下していった。低空を飛んでいくと、立ちのぼる靄が体にまとわりついて、骨《ほね》の髄《ずい》まで冷えてしまった。待ち受けるウラーロのわきの平らな岩に着陸《ちゃくりく》すると、ルークは飛翔機から飛び降りて、係留《けいりゅう》ロープを手にまきつけた。

「ワフ、ワフ。ウルー、ウェグ（この場所はおそろしくてしかたない）」

出迎《でむか》えたウラーロは、大きな腹《はら》を両前足でしっかりおさえていた。

ルークはうなずいて、すべすべした灰色《はいいろ》の岩におおわれた、どこまでも広がる不毛の地を見わたした。これほど人を不安にする場所はほかに知らない。ドロワニや、凶暴《きょうぼう》なドブネズミのたむろする、地上町の下水道の迷路《めいろ》でさえ、この荒《あ》れはてた崖《がい》の地にくらべたらなんでもなかった。

断崖《だんがい》の向こうから吹《ふ》きつける冷たい風がうなりを上げ、ひび割《わ》れた岩の割れ目を吹きぬけるたびに、かん高い悲鳴のような音を立てる。まるで崖の地そのものが生きているかのように、チリチリ音を立てたり、なにかをささやいたり、高く低くうなったりしている。鼻をつく硫黄《いおう》のようなにおいがたちこめて、息をするのも苦しい。悪臭《あくしゅう》を放つ靄《もや》が体にまとわりつくと、肌《はだ》がモリシチメンチョウの肉のようにじっとりしめってきた。吹きつける風が、ふわふわ浮《う》かんでいるアラシバチを大きくゆらす。

森からウーメルが出てくるのが見えた。そのすぐあとから、ラメル、ウィーグ、双子《ふたご》のミールとルームが姿《すがた》を現《あらわ》した。ウラーロと同じく、みな荒涼《こうりょう》とした崖の地の不気味な雰囲気《ふんいき》におじけづき、ぬくもりと安心を求めて身を寄《よ》せ合った。

最後に、トウィッグとモリーンが到着《とうちゃく》した。トウィッグはルークの肩《かた》をたたいた。体がふるえているのがわかった。

「このおそろしい場所にもどることになるとは思ってもみなかった」

トウィッグは不安そうにあたりを見まわしながらいった。

「だが、どこかでスカイレイダー号が待っているはずだ。わしについてこい。目指すは悪魔《あくま》の形をした黒い巨岩《きょがん》だ！」

トウィッグはルークをわきに従《したが》えて、靄のなかへと足をふみだした。すべりやすい岩場に足をとられながら進むルークのあとを、飛翔機《ひしょうき》がふわふわ浮かんでひっぱられていく。そのあとを離《はな》れないように、一つに固まったオオハグレグマたちがついていく。

耳元でうなったり、ささやきかけたりする風をつとめて気にしないようにしながら、ルークはもくもくと進んでいった。顔や髪《かみ》を、冷たい靄の指になでまわされるようだ。

「まったく！　本当におそろしい場所ですね」

ルークはいった。

「がんばるのだ、ルーク。巨岩を見つけてくれ」

トウィッグはいった。

ルークは、厚《あつ》く渦《うず》をまく靄《もや》に目をこらした。目の届《とど》くかぎり、平らな岩場がどこまでも続いているようだ。

「靄が晴れるのを待て。一瞬《いっしゅん》でも晴れてくれれば、きっと見えるはずだ」

そういうと、トウィッグは進みつづけた。風は耳元でうなりを上げている。まるで、なにかがあざ笑ったり、はやし立てたりしているようだ。

吹《ふ》きつける風にはげしくゆれる飛翔機《ひしょうき》をひっぱって、必死にあとをついて行くルークは、トウィッグの言葉が正しいことを祈《いの》るばかりだった。靄が厚くなり、視界《しかい》が奪《うば》われた。音もよく聞こえない。

『みんな、いるか？』

トウィッグが後ろに呼《よ》びかけた。

「ワフ（全員いる）」

いっせいに答えが返ってきた。

ときおり、雨まじりの突風《とっぷう》が顔に吹きつけて、ルークはバ

ランスをくずした。そんなときは地面にしゃがみこみ、係留《けいりゅう》ロープをしっかりにぎったまま、突風が収《おさ》まるのを待つしかなかった。そのとき、また突風が吹きつけたと思ったら、つかの間靄が晴れて、断崖《だんがい》がチラリと見えたような気がした。と、ふたたび靄が押《お》し寄《よ》せて、真っ白な世界に逆《ぎゃく》もどりしてしまった。

「なにも見えない！」

ルークはおじけづいて声を上げた。

「だいじょうぶだ、ルーク。わしを信じろ」

トウィッグがいった。

そのとき、ふたたび靄がうすれ、断崖がもう一度姿《すがた》を現《あらわ》した。はるか前方に、黒い影《かげ》がぬっとそびえている。と、靄が厚くなり、黒い影は見えなくなった。

「見ましたか、船長？　巨岩です！」

ルークは興奮《こうふん》した声でいった。

「ああ、見た」

トウィッグは答えたが、その声にはひっかかりがあった。

「だが、スカイレイダー号の姿《すがた》がない」

一行は、吹《ふ》きつける突風《とっぷう》とうずまく靄《もや》のために一メートル先も見えないなかを、必死に進んでいった。

「ぼく、もうこれ以上進めません」

アラシバチと悪戦苦闘《あくせんくとう》しながら、ルークはいった。トウィッグはいかにも疲《つか》れたようにうつむいている。オオハグレグマたちも、トウィッグのまわりでとぼとぼと足をひきずっている。

「少し休もう」

うなりを上げる風に負けじと、トウィッグがどなった。

オオハグレグマたちは、ルークとトウィッグをかこむように輪を作り、突風《とっぷう》から守ってくれた。

ルークは不安そうに身をふるわせた。せめて、あの人をあざ笑うような声だけでもやんでくれれば、もう少し頭も働くだろうに。

「ぼくたち、迷《まよ》ったんですね、船長?」

トウィッグは、その声も耳に入らないように、じっと前をにらんでいる。つかの間風が収《おさ》まり、靄がしりぞいた。

「見ろ」

トウィッグは一言いった。

頭上《ずじょう》をふりあおぐと、ルークが見たこともないほど巨大《きょだい》な船が浮《う》かんでいた。傷《きず》だらけの船首だけでも、アラシバチの二十倍はある。へこみや傷におおわれた船腹《せんぷく》は、地上町の居酒屋《いざかや》ほどもある。マストときたら、テツノキの巨木《きょぼく》のように空に向かってそそり立っている。その船腹から、太い鉄の鎖《くさり》が前方の黒い巨岩に向かってのびている。今まで風下にあったため、飛空船は巨岩にかくれて見えなかったのだ。

「なんて美しいんだ！」

ルークはため息まじりにいってから、あることに気づいて悲しげに首をふった。木から飛翔機《ひしょうき》を作り出すことがどれほどすばらしかろうと、スカイレイダー号にくらべたらアラシバチなどまるでとるにたらない。司書勲士《ししょくんし》たちが胸《むね》をはる「第二の宙駆《そらが》けの時代」などというのは、過去《かこ》の栄光の影《かげ》にすぎない。いったい、どれほどのものが失われたことか。

トウィッグがルークに呼《よ》びかけた。

「行くぞ。ぐずぐずしているひまはない。この呪《のろ》われた場所を脱《だっ》するのだ！　飛翔機に乗ってスカイレイダー号の上に降《お》りろ。上から縄《なわ》ばしごを投げてくれれば、わしらも乗船できる。急げ。風がまた強まる前に」

ルークは急いでアラシバチにまたがると、空中に浮《う》かび上がった。見る間に飛空船の前部甲板《かんぱん》と同じ高さまで上昇《じょうしょう》し、傷《きず》だらけの手すりを飛びこえた。そして、マストにアラシバチをもやうと、甲板に飛び降り、ふるえる指で縄ばしごをほどいて下にたらした。そくざにオオハグレグマたちが縄ばしごを上りはじめ、最後にトウィッグが上ってきた。飛空船の甲板に足をおろしたトウィッグは、ひざをついて甲板にくちづけをした。

「やれ、ありがたい！　一時は本当におまえを失ったかと思ったぞ」

勢《いきお》いよく立ち上がったトウィッグは、もう打ちひしがれてはいなかった。過《す》ぎ去った年月は消え去り、両目には若々《わかわか》しい輝《かがや》きがもどった。

『よし！　スカイレイダー号、浮上準備《ふじょうじゅんび》！』

オオハグレグマたちはいっせいに散らばった。トウィッグも行ってしまった。一人残されたルークは、スカイレイダー号の上を走りまわって、戸棚《とだな》や倉庫《そうこ》を開いてみたり、下部船倉《せんそう》をのぞきこんだり、飛空船を生き返らそうとせわしげに動きまわるオオハグレグマたちをながめたりしていた。

ウーメルは下部船倉《せんそう》の厨房《ちゅうぼう》に向かう。ラメルはメンスルをほどいて、生地が傷《いた》んでいないか何度も何度も調べ直す。ウラーロはロープを確《たし》かめている。ミールとルームはそれぞれ左舷《さげん》と右舷の手すりを乗りこえて、船体索《せんたいさく》を伝って下りていき、船体錘《おもり》や舵《かじ》バランスに異常《いじょう》がないか、調整されているかを確かめる。ウィーグはマストのてっぺんにある見張《みは》り台へ上っていきながら、木が腐《くさ》っていないか、髪《かみ》の毛ほどでも亀裂《きれつ》が入っていないかを調べる。

ルークの背後《はいご》で、なにかがシューシューいう音が聞こえた。不思議に思って音をたどっていくと、船体中央にある係留《けいりゅう》ネットに頭をつっこんで、浮遊石《ふゆうせき》の表面をじっと見つめているトウィッグを見つけた。そのわきでは、モリーンが真っ赤に燃《も》え上がる炎《ほのお》を調節していた。

「だいじょうぶですか?」

ルークはたずねた。

トウィッグは浮遊石から離《はな》れて、あたりを見まわした。

「石の巣病の徴候《ちょうこう》はなさそうだな」

「それって、すばらしい知らせじゃないですか! ぼくたち、飛べるんですね!」

「いかにも、飛べるとも。だが、急がねばならん。気づかぬうちに、病《やまい》が忍《しの》びこんでいるかもしれぬ」

「でも、どうやって？」

ルークはいぶかしげに聞いた。

トウィッグは片手《かたて》で大きく弧《こ》を描《えが》いた。

「乗組員を通してだ。オオハグレグマたちの話を聞いたな。みな、なにかしら飛空船に乗り組んだ経験《けいけん》がある。つまり、そのうちのだれかが、おそろしい病を持ちこんだかもしれんということだ」

ルークは不安そうにいった。

「どうすればわかるんですか？」

「知る方法はない。すでに感染《かんせん》しているかもしれん。していないかもしれん。たしかなのは、くずれつづけるサンクタフラクスの浮遊石に近づけば近づくほど、感染の危険《きけん》は増《ま》すということだ。まちがえるでないぞ、ルーク。これは片道飛行なのだ。スカイレイダー号はどこにももどらない。ただ、夜の塔《とう》まで持ちこたえてくれることを祈るばかりだ」

「大地と大空のお恵《めぐ》みを」

ルークは青ざめた顔でいった。

「元気を出せ。大いなる冒険《ぼうけん》の始まりだ。ついてこい」

トウィッグはルークの肩《かた》をたたいていうと、モリーンに浮遊石《ふゆうせき》をまかせ、せまい甲板《かんぱん》通路をぬけて、舵輪《だりん》へと短い階段《かいだん》を上っていった。大きな舵輪に手をかけて、固定レバーをはずす。それから、骨《ほね》の柄《え》の操作《そうさ》レバーを一つずつ動かして、帆《ほ》や船体錘《おもり》の上げ下ろしをするロープがなめらかに動くことを確《たし》かめ、浮上《ふじょう》する準備《じゅんび》を整《ととの》えた。

そのうちに、オオハグレグマの遠ぼえが次々に響《ひび》きわたり、飛空船の各部が問題なく機能《きのう》していることを報告《ほうこく》した。最後に、見張《みは》り台のウィーグが、マストに異常《いじょう》がないことを告げると、トウィッグは満足そうに両手をパチンと打ち合わせ、大声でいった。

『スカイレイダー号、浮上！　係留鎖《けいりゅうさ》を落とせ！』

「ワフ、ワフ（アイアイ）！」

オオハグレグマたちの声が返ってきた。

スカイレイダー号は、ぐらりと船体をゆらし、ギイギイと不気味な音を立てながら、空中に浮《う》かび上がった。重たい係留鎖が地面に落ちる、ガランというにぶい音が響いた。

「もう必要ないからな」

トウィッグはだれにともなくいった。

だらりとたれていた帆が風をはらみ、飛空船は大きくかたむいて、黒い巨岩《きょがん》から離《はな》れた。そのままゆっくり静かに上昇《じょうしょう》していったかと思うと、とつぜん背後《はいご》から風を受けて、おそろしい速さで前進を始めた。ルークの頭はくらくらし、胃袋《いぶくろ》がひっくり返るような気がした。

「すごい！　信じられない！　本当に飛空船に乗っているんだ！」

ルークは歓声《かんせい》を上げた。

それを見て、トウィッグは愉快《ゆかい》そうに笑った。

「わしも信じられんよ。いや、まったくな。なんというなつかしい感触《かんしょく》だ！　すばらしいこの加速、ゆれる船体錘、そして、髪《かみ》をなびかせる風……なにもかも昔のままだ。かつての空賊《くうぞく》にもどった気分だよ」

ルークは目を輝《かがや》かせて、トウィッグを見た。

「まさに空賊です！」

トウィッグはゆっくりうなずくと、操作《そうさ》レバーに指を走らせた。そして、眉根《まゆね》にしわを寄《よ》せていった。

「そうだな、ルーク。そのとおりだ。最後の空賊だよ」

第十九章　夜の塔《とう》

夜明け前の最も暗い時間。頭上《ずじょう》のランプの明かりに照らされて、くずれかけたサンクタフラクスの浮遊石《ふゆうせき》をおおった露《つゆ》がキラキラと光っている。ほの暗い岩の割《わ》れ目の奥《おく》から、なにかをするようなくぐもった音が聞こえる。なにかがうごめいている。

すると、なかからてらてらと光る長い触手《しょくしゅ》が現《あらわ》れた。そして、もう一本。二本の触手は岩をつかんで、力をこめた。ぬめぬめとしたゼリーのような生き物が姿《すがた》を現した。頭のてっぺんにある三つの小さなイボが大きくなったかと思うと、先がぱっくり開いて、なかから現れた目があたりを見まわした。二本の触手がふたたびのびて、体を前にひきよせた。

生き物の通ったあとの岩はからからに干《ひ》からび、ずるずると進んでいく生き物の体はふくれはじめた。生き物はどこまでもどこまでも大きくなっていき、とつぜんシュッという音とともに体の後ろにある三本の触手《しょくしゅ》がピンとのびて、背後《はいご》の岩の上にねっとりした油のような液体《えきたい》をまき散らした。十分岩のエキスを吸《す》ったのだ。

ガレ鬼《き》は、くずれかけた浮遊石《ふゆうせき》の割《わ》れ目のなかにもどっていった。のどの渇《かわ》きをいやして、今度は腹《はら》がへってきたのだ。

そのはるか上では、撞木《しゅもく》ゴブリンもまた腹をへらしていた。死ぬほど空腹《くうふく》だった。のども渇いていた。そして、寒かった。撞木ゴブリンは長靴《ながぐつ》をはいた足を何度もふみかえながら、冷気から身を守ろうと黒い長衣の前をかき合わせた。これほど高い塔《とう》の上だと、はりだした見張《みは》り台一面にうっすらと霜《しも》がおりるほどだった。

「ゴブラットめ、待ってろよ。役立たずの、ぎょろ目のチビめ！」

撞木ゴブリンがののしると、吐《は》いた息が吊《つ》りさげられた獣脂《じゅうし》ランプの黄色い光に浮《う》かび上がった。撞木ゴブリンは行ったり来たりしながら、少しでも体を暖《あたた》めようと、両手を何度もこすり合わせた。

「こんな時間まで見張りをさせやがって！」

ゆうべの九時にはほっと一息ついているはずだったのに。すでに朝の早い日差しが、遠くの雲を銀色に染《そ》めている。撞木ゴブリンは腹立たしげにぶつぶついった。

「一晩《ひとばん》じゅう、こんなところに立たせやがって！　てめえなんぞ、頭を焼いて、体じゅうの骨《ほね》をへし折って……うわあああっ！」

長靴のかかとが霜ですべり、撞木ゴブリンは床《ゆか》にひっくり返った。冷たく固い床に頭がゴツンとたたきつけられ、そのはずみで角のついた兜《かぶと》がぬげ落ちた。

くらくらしながら撞木ゴブリンが体を起こすと、兜が見張り台のはしへとすべっていくのが見えた。あわてて身を投げ出して手をのばすと、落ちる寸前《すんぜん》で兜の角に指がひっかかった。

「あぶねえところだった。気

をつけねえとな、スラブよ」

撞木《しゅもく》ゴブリンはぶつぶついいながら立ち上がり、兜《かぶと》をかぶり直した。なくしでもしたら、罰《ばつ》として衛兵長《えいへいちょう》に鉄かせをはめられて、一週間も独房《どくぼう》に閉《と》じこめられるところだ。

スラブは装備品《そうびひん》を確《たし》かめた――腰《こし》に下げた反《そ》り身のナイフ、背中《せなか》にはいかにも強力ないしゆみ、先に鎌《かま》のついた槍《やり》……すべて異常《いじょう》なし。スラブはほっとした。

ちょうどそのとき、はるか下の地上町から、ヴォックス・ヴァーリクスの宮殿《きゅうでん》の鐘《かね》が時を告げる音が聞こえてきた。六時だ。ということは、十八時間ぶっ通しで見張《みは》りについていたのか！　スラブが空に目を向けると、太陽が地平線からゆっくりと昇《のぼ》ってくるところだった。まぶしさに手を目の上にかざしながら、スラブは下を見た。

眼下《がんか》に広がっているのは岩《いわ》の園《その》だった。かつてはみごとな浮遊石《ふゆうせき》がにょきにょきと生えていたが、今はくずれた岩の破片《はへん》が散らばるばかりだ。がれきの町と地上町は靄《もや》におおわれ、少し遠くに目を転じれば、すでに無数の人影《ひとかげ》があふれかえる大湿地街道《だいしっちかいどう》が、うねうねと曲がりくねりながら、闇《やみ》のなかへとのびている。日差しはまぶしかったが、はるか北西の深森《ふかもり》の方から黒い雲がわき上がってきていた。雨になりそうだ。ひょっとしたら、雷《かみなり》をともなう嵐《あらし》かもしれない……。

「ようやく嵐が来るか。いまいましい司書勲士《ししょくんし》どもめ、ざまあみろだ。本だの、学問だの、ちんけな飛翔機《ひしょうき》だのを見せびらかしやがって――頭がいいとでも思ってるんだろ」

スラブは毒づいてつばを吐《は》くと、稲妻《いなずま》が塔《とう》のてっぺんに直撃《ちょくげき》してくれることを祈《いの》りながら、巨大《きょだい》な雲の嶺《みね》を見つめた。

「いつか、やつらに思い知らせてやる。真夜中の避雷針《ひらいしん》が石の巣病を治し、おれたちがまた空にもどれたら、そのときこそ……」

「夜は力なり！」

背後《はいご》で、だみ声がした。スラブがふり返ると、筋骨《きんこつ》たくましく、入れ墨《ずみ》をした平頭ゴブリンが立っていた。体じゅうに、歴戦《れきせん》の傷《きず》あとが残る平頭ゴブリンは、にぎった右のこぶしを胸《むね》当てに押《お》し当てて敬礼《けいれい》をしている。

「ああ、ブラグノットか。夜は力なり！」

スラブは答えて、敬礼を返した。

「来てくれて助かった。ゴブラットのやつ、さぼりやがった。あの……」

「ゴブラットは行方不明だ。だれも見てねえらしい」

ブラグノットはいった。

「あいつのことだ、ウッドラムでもしたたたか飲んで、どっかにころがりこんでるんだろ」

スラブは苦々《にがにが》しげにいうと、あくびをした。

「おれは、十八時間ぶっ通しでここにいるんだ。十八時間だぞ……」

「よくあることさ。静かなもんだ。異常《いじょう》はねえだろ?」

ブラグノットは肩《かた》をすくめてそっけなくいうと、地上町から遠くの方へと目を転じた。

「ああ」

スラブが答えると、ブラグノットは近づいてくる雲の嶺《みね》の方にうなずいて見せた。

「雨になりそうだ。ついてねえぜ!」

「ああ、そうだな。あとはよろしくな。おれは寝《ね》てくる」

「勝手にしろ。おれは……」

そういいながらこちらを向いたブラグノットは、スラブの肩の向こうに目をやって息をのんだ。

「おい! あれはなんだ?」

スラブは馬鹿《ばか》にしたように笑った。

「おっと、その手はくわねえよ」

「おれはマジだ、スラブ！　あれは……あれは……」

ブラグノットはにやにや笑いを浮《う》かべるスラブの肩をつかんで、強引《ごういん》に向きを変えさせた。

「見ろ！」

スラブの目がまん丸になり、口がポカンと開いた。たしかに、ブラグノットのいつものくだらない遊びではなかった。これは現実《げんじつ》だ。

「そんなはずはねえ」

スラブはふるえる声でつぶやいた。黒くうずまく雲のなかから姿《すがた》を現《あらわ》したのは、巨大《きょだい》な飛空船の幽霊《ゆうれい》だった。

まだ若《わか》く、実際《じっさい》に見たことはなかったが、スラブは催眠術《さいみんじゅつ》にでもかかったかのように信じられない思いで、堅牢《けんろう》な飛空船がなめらかに風を切って近づいてくるのをじっと見つめていた。風をはらむ帆《ほ》や、どっしりした船腹《せんぷく》がこれほどおそれおおいものだとは夢《ゆめ》にも思わなかった。

「だ、だが、なぜだ？　こんなことが可能《かのう》なのか？　いまだに飛べる飛空船があるとは……。いったいどこから来たんだ？」

スラブは何度も首をふった。

「そんなことはいい！　警報《けいほう》を発しろ！　衛兵《えいへい》をたたき起こせ！　銛《もり》を準備《じゅんび》しろ！　急げ、スラブ！　おれたちは……」

ブラグノットはどなった。

そのとき、スラブの耳に、かん高いヒュルヒュルいう音に続いて、なにかがドスッと刺《さ》さる音が聞こえた。あわててふり返ると、ブラグノットがその場につっ立ったまま、前後にぐらりぐらりとゆれていた。スラブを見つめ返すその目にはとまどいと恐怖《きょうふ》がありありと浮《う》かび、その手がおずおずと首の横につきたったテツノキの太矢をつかんだ。ゲフッという音とともに、のどから黒い長衣に血がほとばしった。次の瞬間《しゅんかん》、ブラグノットは後ろにのけぞり、見張《みは》り台のはしから音もなく落ちていった。

次の太矢がスラブの頭上《ずじょう》をかすめて、背後《はいご》の太い梁《はり》につきささった。三本目の太矢は吊《つ》りさがったランプを粉々にこわした。そのあとも、次から次へと十数本の矢がうなりを上げて飛んできて、つきささった場所でビーンとふるえた。

「見張り台に集合！　敵《てき》の攻撃《こうげき》だ！」

スラブはさけんだ。

「なんだと……どうなっているんだ……」

上と下の両方から、いくつかの声が聞こえた。

「あそこだ！」

上の見張り台でだれかがさけんで、塔《とう》の周囲にうずまく雲を指さした。

「飛空船だ！」

別のだれかがさけんだ。

「こっちに向かってくるぞ！　重武装《じゅうぶそう》をしている！」

また別のだれかが、望遠鏡《ぼうえんきょう》をのぞきこみながらさけんだ。

神経《しんけい》を逆《さか》なでするような大きな警笛《けいてき》が、次から次へと吹《ふ》き鳴らされ……やがて、警笛に答える衛兵たちの声や物音で、夜の塔全体がどよめいた。

スラブは頭を低くして、むきだしの見張り台を駆《か》けもどり、霜《しも》のおりた床《ゆか》で足をすべらせながら、扉《とびら》のなかへと飛びこんだ。その直後、外がパッと明るくなり、飛空船から撃《う》ち出されたテツノキの火の玉に直撃《ちょくげき》された見張《みは》り台が、地面に向かって落ちていった。火の玉があと一秒早かったら、スラブも見張り台もろともに落ちていたところだ。

スラブはふるえる足で立ち上がった。あたりには、命令や指示をさけんだりどなったりする声が飛びかっている。侵入《しんにゅう》を防《ふせ》ぐために、塔《とう》内部の区画を仕切る扉が、大きな音を立てて次々と閉《し》められていく。重たい長靴《ながぐつ》の音を響《ひび》かせて、武装《ぶそう》した黒い長衣の衛兵《えいへい》たちが、階段《かいだん》を上り下りしている。

飛空船の攻撃《こうげき》を迎《むか》え撃つために、塔の西側に集結しようとしているのだ。

その混乱《こんらん》のさなか、うずまく黒い雲をついて、塔の反対側に向かって降下《こうか》していく小さな飛翔機《ひしょうき》にはだれも気がつかなかった。

飛空船は雲を隠《かく》れ蓑《みの》にしながら、夜の塔に向かって火の玉の一斉射撃《いっせいしゃげき》を加えている。見張り台がくずれ落ち、壁《かべ》には大穴《おおあな》が開き、重たい火の玉が塔のなかに飛びこんだところでは、小さく火が燃《も》え上がった。

塔のなかでは、衛兵たちが大混乱におちいっていた。衛兵長たちがひっきりなしに命令を発している。

「折れた梁《はり》をもとの位置にもどせ！」

「その火を消せ！」

「銛《もり》をこめろ！」

「投石機に石を乗せろ！」

衛兵たちが応急修理《おうきゅうしゅうり》をしたり、水や砂《すな》で火を消したりするなか、何人かは強力な武器《ぶき》が備《そな》えつけられた砲台《ほうだい》に命がけで出ていき、三人一組で反撃態勢《はんげきたいせい》を整《ととの》えた。一人が銛撃《もりう》ち機《き》の台座《だいざ》に飛び乗って、発射準備をする。別の一人が銛を矢溝《やみぞ》にこめ、もう一人が台座のわきのハンドルをまわしはじめる。台座の下の歯車がまわるとともに、台座全体がゆっくりと向きを変えていく。次に、別のハンドルをまわして、銛をこめた長い砲身を飛空船にまっすぐに向ける。回転式投石機でも同様の作業が行われていた。照準《しょうじゅん》が合うと、二人の衛兵が大きな石をひしゃく型の射出椀《しゃしゅつわん》に乗せる。

「撃て！」

衛兵長がどなった。上の砲台でも、別の衛兵長が同じ号令を発し、ほかの砲台でも、次々に同じ号令が飛んだ。

「撃て！……撃て！……撃て！」

無数の銛《もり》と石が夜の塔《とう》から発射《はっしゃ》され、飛空船に雨あられとそそいだ。銛の一本は右舷《うげん》船首につきささり、別の銛は下部船倉《せんそう》をつらぬいた。船体後部では、石が船尾《せんび》をかすめた。小さな飛《ひ》翔機《しょうき》ならひとたまりもなかっただろうが、堅牢《けんろう》な飛空船はこの程度《ていど》ではびくともしない。

夜の守護聖団《しゅごせいだん》の衛兵《えいへい》たちは、ふたたび射撃準《しゃげきじゅん》備《び》をした。スカイレイダー号は上昇《じょうしょう》していく。銛《もり》撃ち機と回転式投石機が飛空船に照準《しょうじゅん》を合わせた。

「撃て！」

今度はほとんど被害《ひがい》を受けなかった。というより、一発も標的《ひょうてき》に届《とど》かなかった。望遠鏡《ぼうえんきょう》でうずまく雲に目をこらしていた衛兵長たちは、飛空船の舵輪《だりん》をにぎるひげもじゃの人物に気づいた――サテンの空賊服《くらぞくふく》と三点帽《さんてんぼう》を身にまとったその人物は、大声で命令を発している。メンスルが大きくふくらみ、船尾錘《おもり》が下ろされた。そのとたん、飛空船は夜の塔上空でふたたび上昇《じょうしょう》に移《うつ》り、同時に反撃《はんげき》してきた。

「やつら、真夜中の避雷針《ひらいしん》に向かってるぞ」

だれかがさけんだ。

「避雷針を守れ！」

「命に代えても守るんだ！」

「撃て！」

第三波の銛と石が空高く撃ち出され、

石の一つが、船体中央で必死に浮遊石《ふゆうせき》を操作《そうさ》していたオオハグレグマのいるあたりに命中した。船体後部に陣取《じんど》ったオオハグレグマたちは、テツノキの火の玉でいっせいに応戦《おうせん》した。夜の塔の壁《かべ》は大きく破損《はそん》し、銛撃ち機の一つが直撃《ちょくげき》を受けて破壊《はかい》された。上の見張《みは》り台と、その少し下の砲台にいた衛兵が、同時に矢を受けた。二人とも前に倒《たお》れ、奇妙《きみょう》に体をよじりながら、真《ま》っ逆《さか》さまに落ち

ていった。

「武器《ぶき》がたりないぞ！」

衛兵長《えいへいちょう》がどなった。

「大至急《だいしきゅう》、避雷針《ひらいしん》の部屋に増援《ぞうえん》を送れ！」

別の衛兵長がさけんだ。

「最高守護者《しゅごしゃ》に警告《けいこく》しろ！」

「オービクス・ザクシスを呼《よ》べ！」

スラブは床《ゆか》にしゃがみこんで、破壊《はかい》された壁《かべ》から外をのぞいた。この見張《みは》り台には銛撃《もりう》ち機《き》も回転式投石機もない。しかし、仲間を殺されてはだまっていられない。スラブはふるえる手でいしゆみをとり上げ、照準《しょうじゅん》をのぞきこむと、テツノキの矢をこめて弦《げん》をいっぱいにひいた。

「こいつはブラグノットのためだ」

スラブは低い声でつぶやいた。

飛空船が厚《あつ》い靄《もや》をひきずりながら、目の前にせまってきた。スラブは頭を下げてねらいをつけた。

つかの間、飛空船が同じ高さになった。すかさず、スラブはいしゆみを発射《はっしゃ》した。

ビンッ！　弦のうなりとともに矢がバシュッと撃ち出され、厚い靄のなかに消えた。スラブが息をつめて待っていると、次の瞬間《しゅんかん》、あたりの騒音《そうおん》にまじって、苦悶《くもん》に満ちた悲鳴が高く尾《お》をひいた。そのとき靄が晴れ、心臓《しんぞう》のあたりを押《お》さえたオオハグレグマが飛空船から落ちていくのが見えた。

「やったぞ！」

真《ま》っ逆《さか》さまに落ちていく毛むくじゃらの生き物を見ながら、スラブはどなった。そして、もう一度いしゆみをかまえて、照準をのぞきこんだ。すると、自分に向かって三つの火の玉が飛んでくるのが見えた。

絶叫《ぜっきょう》する間もなく、火の玉が次々に命中し、塔《とう》の上部を完全に破壊《はかい》するとともに、撞木《しゅもく》ゴブリンの命を奪《うば》った。夜の塔全体が大きくゆれた。飛空船はなおも上昇していき、塔のてっぺんに立つ巨《きょ》大《だい》な避雷針とほぼ同じ高さになった。

「引っかけ鉤《かぎ》を使おうとしてるぞ！」

避雷針の下にいた衛兵がさけぶと同時に、スカイレイダー号から三つ叉《また》の重たい引っかけ鉤がするすると飛んできた。

「やつら、真夜中の避雷針を破壊する気だ！」

「これは冒瀆《ぼうとく》だ！」

「侵入者《しんにゅうしゃ》を殺せ！」

衛兵《えいへい》たちは口々にさけびながら、飛空船を撃退《げきたい》しようと、銛《もり》や石、矢や太矢といった使えるすべての武器《ぶき》でしゃにむに攻撃《こうげき》した。そのはげしさたるや、空気までビリビリとふるえるほどだった。スカイレイダー号も弓といしゆみで応戦《おうせん》した。巨大《きょだい》なテツノキの火の玉が発射《はっしゃ》されるたびに、夜の塔《とう》は少しずつくずれていった。かぞえきれないほどの黒い長衣をまとったゴブリンや、トログや、トロルといった、夜の守護聖団《しゅごせいだん》の衛兵たちが地面に向かって落ちていった。二本目の引っかけ鉤《かぎ》が真夜中の避雷針《ひらいしん》にひっかかった。別のオオハグレグマが倒《たお》された……。

そのころ、塔の反対側では、飛翔機《ひしょうき》が音も立てずに近づいていた。モリガが羽ばたくように、東側の壁《かべ》をふわふわと舞《ま》いながら、飛翔機の乗り手はもぐりこめる場所を探《さが》している。やがて、地表から三分の二ほどのところに、だれもいない小さな張《は》り出しを見つけると、すいっと舞いおりた。

飛翔機から飛び降《お》りた乗り手は、壁に埋《う》めこまれた金属環《きんぞくかん》に係留《けいりゅう》ロープをしっかり結びつけた。厚《あつ》い靄《もや》に弱められた太陽の光が、その顔をぼんやり照らし出す。歯を食いしばり、決意に満ちた目をした若者《わかもの》は、小さな入り口から暗い塔の内部へと姿《すがた》を消した。

暗闇《くらやみ》のなかに足をふみいれたルークは、内部に満ちたまがまがしい空気に、要塞《ようさい》の扉《とびら》を破城槌《はじょうつち》で打ち破《やぶ》られるような衝撃《しょうげき》を受けた。ランプが吊《つ》りさげられているにもかかわらず、塔のなかは闇《やみ》に包まれ、鼻をつく死と腐敗《ふはい》のにおいが満ちていた。ルークは思わずくじけそうになった——あまりのすさまじさに、ただぼう然とするばかりだ。とても信じられない。これほど邪悪《じゃあく》な場所があるのか。

声が聞こえる。無数の声。頭上《ずじょう》から響《ひび》いてくる金属《きんぞく》が打ち合わされる音や、低いどよめきに対抗《たいこう》するかのように、闇のなかからはくぐもったうめき声や弱々しいさけび声が聞こえてくる。

「かわいそうに。全員助け出せればいいんだけど」

ルークはつぶやいた。

ようやく闇《やみ》に目がなれてくると、ルークはヤミグモの糸で織《お》った闇の布《ぬの》を肩《かた》にはおり、塔《とう》の奥《おく》へと進んでいった。そこは、塔の外壁《がいへき》と内壁の間に作られた、細い通路と急な階段《かいだん》の複雑《ふくざつ》な迷路《めいろ》だった。木の階段《かいだん》が、不規則《ふきそく》な角度であらゆる方向にのびている——上にも、下にも、そして左右両側にも。囚人《しゅうじん》たちの絶望的《ぜつぼうてき》なうめき声が大きくなり、鼻をつく悪臭《あくしゅう》も強くなった。

ルークは、自分の立っている通路を目で追っていった。通路は急なつづら折りになっていて、その途中《とちゅう》に小さな踊《おど》り場があった。踊り場の向こう側、塔の内壁に面して扉《とびら》があった。

独房《どくぼう》の扉だろうか？　確《たし》かめる方法は一つだ。

ルークは階段を駆《か》け上った。踊り場で、重そうな木の扉に近づくと、なにか印のようなものがついていることに気づいた。ルークは左右のポケットからそれぞれ空水晶《そらすいしょう》をとり出すと、二つを合わせて扉の前にかざし、水晶の放つあわい光で印を調べた。扉の表面には、いくつかの名前が乱暴《らんぼう》に彫《ほ》りつけてあった。リルク・ティルダーホーン、レムベル・フリッチ、レブ・マーウッド、ロクバ

THE DUNGEONS OF THE TOWER OF NIGHT

夜の塔《とう》の内部

ー・アムゼル……。どの名前も横線で消されている。一番下の名前だけが、そのままだった。

「フィニウス・フラブトリックス。名前からして学者みたいだな」

ルークはつぶやいた。

扉《とびら》にはおおいのついたのぞき穴《あな》があり、上と下に太いボルトがはまっている。ルークはのぞき穴のおおいをずらして、すばやくなかをのぞきこんだ。真っ暗でなにも見えなかったが、すさまじい悪臭《あくしゅう》が鼻をついた。おそるおそる上のボルトに続いて下のボルトもはずす。それからゆっくりと重い扉を開いて、なかをのぞきこんだ。

壁《かべ》もない。鎖《くさり》もない。鉄格子《てつごうし》もない。その独房《どくぼう》は、ルークの知っているどんなものともちがっていた。扉からせまい階段《かいだん》を何段か下ると、空洞《くうどう》になった塔の内壁《ないへき》からはりだした棚《たな》になっている。閉《し》まると、内側に傾斜《けいしゃ》した内壁と区別できなくなってしまう扉をのぞけば、そこから逃《に》げ出す唯一《ゆいいつ》の方法は、棚から飛び降《お》りて、悪臭たちこめるよどんだ空気のなかを死に向かって落ちていくことだけだ。空洞のなかを見わたすと、それぞれに階段と扉のついた、同じような棚が無数にあった。がく然とするルークの目に、棚のすみにうずくまる人物の姿《すがた》が映《うつ》った。やせおとろえた腕《うで》で骨《ほね》と皮ばかりの足をかかえこみ、胎児《たいじ》のように体を丸めて、悪臭を放つ寝《ね》わらに横たわっている。長衣はぼろぼろで、呼吸《こきゅう》は不規則《ふきそく》で弱々しい。顔にはべっとりと固まった、のび放題の髪《かみ》がまとわりついている。ところどころごっそりぬけ落ちて、かさぶただらけの頭皮がむきだしになっている。あごひげもぼさぼさできたならしく、あかまみれの皮膚《ひふ》はじくじくと赤く腫《は》れている——皮膚の下に卵《たまご》を産みつけるオニジラミのあまりのかゆさに、ひび割《わ》れたきたない爪《つめ》でかきむしったせいだ。

「博士《はかせ》？　フィニウス博士？　フィニウス・フラブトリックス博士ですね？」

ルークはささやきかけながら、近づいた。

呼吸が早くなった。まぶたがぴくぴくと動いて、つかの間目が開いた。しかし、その瞳《ひとみ》には、明らかにルークの姿は映っていなかった。その目がふたたび閉《と》じた。

「わしのせいではない。わしのせいではない。わしの……」

年老いた博士は、かすれた弱々しい声でつぶやいた。

「だいじょうぶです。傷《きず》つけたりしません」

そうささやくと、ルークの目に涙《なみだ》がこみあげてきた。

その声は、博士には届《とど》かなかった。自分自身の苦しみにとらわれていたのだ。ルークはゆっくりと階段を上って、扉の外に出た。ぐずぐずしてはいられない。スカイレイダー号も、いつまでも衛兵たちをひきとめておけないだろう。早くカウルクエイプを見つけて、このおそろしい場所から脱《だっ》出《しゅつ》しなくては。

ルークは別の通路をたどり、内壁《ないへき》に埋《う》めこまれた扉《とびら》の列を見つけた。空水晶《そらすいしょう》の明かりを頼《たよ》りに、扉《とびら》に刻《きざ》まれた名前を手早く確《たし》かめていった。ジャグジャグ・ロンパースタンプ。エルドリック・スウィル。レイン・ホーク三世。シルヴィックス・アルメニウス。グロル……。名前から判断《はんだん》すると、囚人《しゅうじん》たちは崖《がい》の国じゅうから集められているようだ。商人、学者。ホフリ族、ゴブリン族、トロル族。元空賊《くうぞく》……。

たいていは、名前を見ただけで立ち止まることはしなかったが、いくつかの扉では、足を止めてのぞき穴《あな》からなかを見た。しかし、のぞきこむたびに、見なければよかったと後悔《こうかい》した。囚人たちは見るにたえない状態《じょうたい》だった。わけのわからないことを口走る者、体をぴくりぴくりとふるわせる者。完全に錯乱《さくらん》している者。ある者は前後に体をゆさぶり、ある者はわめいたり怒《おこ》ったりし、ある者はぶつぶつとつぶやきながらひたすら歩きまわっている。なかでも最悪なのは、すべての希望《きぼう》を失って、ただ横たわったまま、死が迎《むか》えにきてくれるのをひたすら待っている者だった。

ルークの体に怒《いか》りの炎《ほのお》が燃《も》えあがった。夜の守護聖団《しゅごせいだん》に呪《のろ》いあれ！

「いまわしい牢獄《ろうごく》！　崖の国に暮《く》らすすべての生き物に対する侮辱《ぶじょく》、いや、命そのものに対する冒瀆《ぼうとく》だ！　今まで司書勲士《ししょくんし》と夜の守護聖団が戦っているといわれてもピンとこなかったけど、これがなによりの証拠《しょうこ》だ。これは、まさしく善と悪の戦いだ！」

「よくいった」

近くで声がした。

ルークは思わず飛び上がった。

「だれだ？」

「こっちだ」

声はいった。

ルークは独房《どくぼう》に近づいていった。重たい黒い扉には、コッドサップと刻まれている。

「扉を開けてくれ。力をこめてな。思いっきり押《お》すんだぞ！　今だ！」

声がいった。

ルークはボルトをはずして、扉を力いっぱい押した。扉はドンッとなにかにぶつかり、小さな悲鳴が聞こえた。ルークはドキンとした。今のはなんだ？　ぼくはなにをしたんだ？　あわててなかをのぞきこむと、緑色のウロコの生えた生き物が階段《かいだん》を転げ落ちて、巨大《きょだい》な空洞《くうどう》の闇《やみ》のなかへと吸《す》いこまれていくところだった。

「しまった！」

ルークの悲痛《ひつう》なさけびが、よどんだ空気のなかに何度も反響《はんきょう》した。

「ごめん！　ぼくは……」

だしぬけに、頭のなかで声がした。

「ありがとう、友よ。おいらを解放《かいほう》してくれて。おいら、飛び降《お》りる勇気がなかったから……」

声は聞こえなくなった。

ルークはふるえあがった。あのあわれな生き物は、いったいどれほどの間階段の上にすわって、だれかが苦しみを終わらせてくれるのを待っていたのだろう？　やり場のない怒《いか》りにかられて扉《とびら》を力いっぱい閉《し》めると、空洞にバターンという音が響《ひび》きわたった。

「いてててっ」

どこか左の方の暗がりから声が聞こえた。

「あー、頭いて。あんなにウッドラムを飲むんじゃなかった。スラブ、おまえか？」

ルークはナイフをぬいて、声のした方に忍《しの》び足で近づいていった。すると、すぐ目の前の踊《おど》り場に、平頭ゴブリンが両手で頭をかかえてうずくまっていた。夜の守護聖団《しゅごせいだん》の黒い長衣を着て、わきにはいしゆみと、空の酒ビンが置いてある。

とっさにいしゆみをつかんで酒ビンをけとばすと、ルークは平頭ゴブリンの首にナイフを押《お》しあてた。

「お、おめえは、スラブじゃねえな」

上を向いた平頭ゴブリンは、恐怖《きょうふ》に白目をむいている。

「い、いったいだれだ？」

「ぼくがだれかなんてどうでもいい。おまえこそ、だれだ？」

ルークは一歩下がって、平頭ゴブリンの胸《むね》につけられた白いゴウママネキの紋章《もんしょう》にいしゆみでねらいをつけた。

「ゴブラット。ただの衛兵《えいへい》だ。見張《みは》りだよ。頼《たの》むから、殺さないでくれ」

ゴブラットののっぺりした顔に、けげんそうな表情《ひょうじょう》が浮《う》かんだ。

「あんたは司書勲士《ししょくんし》だな？　頼む、見逃《みのが》してくれ。おれはだれも殺しちゃいねえ。本当だ」

「だけど、夜の守護聖団《しゅごせいだん》の制服《せいふく》を着ている」

ルークの声は静かだったが、冷たい怒《いか》りにふるえていた。

「連れてこられたんだよ。地上町で腹《はら》をすかしてたとき。おれは一文無しだった。やつらは飯を食わしてくれて、服もくれた——だけど本当は、崖《がい》の河《かわ》のスラム街に住むけちなゴブリンなんで。頼《たの》むから殺さないでくれ」

「見張《みは》りといったな」

「そうでさ。自慢《じまん》するわけじゃねえが、おれは、ここに閉《と》じこめられてるあわれなやつらに、できるだけのことはしてやって……」

ルークはいしゆみをかまえ直して、平頭ゴブリンをだまらせた。

「カウルクエイプ・ペンテフラクシスの独房《どくぼう》に連れていけ。そうすれば命だけは助けてやる」

ゴブラットはうめいた。

「カウルクエイプのところに連れていったことが最高守護者に知れたら、おれは殺されちまう」

「連れていかなければ、今ここで殺すぞ」

ルークはいしゆみの引き金をしぼった。

「わかった！　わかったから！　案内するよ。だから、いしゆみをこっちに向けないでくれ」

ゴブラットはびくびくしながら立ち上がった。

ルークはゴブラットについて、通路と階《かい》段《だん》の終わりのない迷路《めいろ》をぬけ、夜の塔《とう》の奥深《おくふか》くへと下っていった。その間にも、頭上《ずじょう》から大きな衝撃音《しょうげきおん》がして塔全体がゆれ、足の下の階段がガタガタとふるえた。

「このさわぎは、あんたらの仲間だろ。むだだってことがわからねえのか！　飛翔機《ひしょうき》じゃ塔の武器《ぶき》にたちうちできねえんだよ」

「だまって歩け。まだ遠いのか？」

ルークは、いしゆみでゴブラットの背中《せなか》をつついた。

「もうすぐだよ。そろそろ塔《とう》の一番下に着くころだ」

ゴブラットは、へらへらとへつらうように笑った。

ルークをひき連れて階段《かいだん》を下っていったゴブラットは、厳重《げんじゅう》にボルトをかけられた扉《とびら》の前で足を止めた。

「カウルクエイプ・ペンテフラクシス。ここだ！」

ルークは刻《きざ》まれた名前を読んだ。

ゴブラットは顔をしかめた。

「そうだ。だが、悪いことはいわねえ。さっさと逃《に》げた方がいい。あんたの仲間を片《かた》づけしだい、衛兵《えいへい》たちがなだれこんでくるぞ。あんたに手を貸《か》しちまったからには、おれの命ももはやカシリンゴの種みてえなもんだ！　こうなったら、昔のスラム街のゴブラットにもどるしかねえ——ガレ鬼《き》に襲《おそ》われなきゃな」

そういって長衣を地面にかなぐりすてたゴブラットを、ルークは追い払《はら》った。

「おまえは司書勲士《ししょくんし》の役に立ってくれた。元気でな、ゴブラット」

平頭ゴブリンが行ってしまうと、ルークは独房《どくぼう》の扉に向き直った。扉の向こうにだれも立っていないことを確《たし》かめてから、上下のボルトをはずして扉を押《お》し開く。

「ザンスか？」

かすれた弱々しい声がした。

「いいえ、博士《はかせ》。ぼくは司書勲士です。助けにきました」

ルークはいいながら、階段《かいだん》を下りてそまつな板敷《いたじ》きの棚《たな》に立った。ここまで深いところへ降《お》りてくると、悪臭《あくしゅう》も言葉で表せないほど強烈《きょうれつ》だった。新サンクタフラクスの元最高位学者が顔を上げた。背《せ》は曲がり、痛々《いたいた》しいほどやせこけている。白い髪《かみ》はのびほうだい、長衣はすりきれてぼろぼろというありさまだ。なかでも悲惨《ひさん》なのはその目だった。とうてい忘《わす》れられないほどのおそろしい記憶《きおく》に、うつろな目はまばたきもせずに、ぼんやりと前を見つめるばかり……。

「博士、今すぐここから出ましょう。あまり時間がありません」

「出る……時間……」

カウルクエイプはつぶやいた。

ルークは、カウルクエイプの腕《うで》をやさしく、しっかりつかむと、その場に立ち上がらせた。そして、体を抱《だ》きかかえて――その軽かったこと――階段《かいだん》を上っていった。

「待て！　待て！」

カウルクエイプはルークの手をふりほどいて棚《たな》にもどると、紙のたばや巻物《まきもの》をつかんで、わきの下にはさみこんだ。ルークに向けられたその顔には、かすかな笑《え》みが浮《う》かんでいた。

「さあ、したくができたぞ」


真夜中の避雷針《ひらいしん》をめぐる戦いはなおも続いていた。スカイレイダー号の乗組員は、今では五人になっていた。大柄《おおがら》で黒いラメルが、スラブのいしゆみに射抜《いぬ》かれて真っ先に倒《たお》れた。次には、ミールが太い銛《もり》につらぬかれて、地上に落ちていった。双子《ふたご》のルームは、絶望《ぜつぼう》のあまり、最愛の兄弟のあとを追って船尾《せんび》から身を投げた。

しかし、トウィッグには、勇敢《ゆうかん》な三頭の死を悼《いた》んでいるひまはなかった。モリーンから、急いで浮遊石《ふゆうせき》の係留《けいりゅう》ネットに来てくれと呼《よ》ばれたのだ。ウーメルに舵《かじ》を頼《たの》むといいおいて、トウィッグは年老いたモリーンのもとへと急いだ。

「ワフ、ワフ（見て）！」

モリーンは白熱する浮遊石にできた不気味な裂《さ》け目を指さした。

「ウェッガ、ルーラ、ミーラグル。ワフ（浮遊石が傷《きず》ついた。悪いやつらの武器は当たってないと思う。でも、見て）！」

トウィッグが見ると、浮遊石の表面に大きなくぼみができていた。やはり、投石機の石が当たったのだろう。虫に食われる葉のように、浮遊石はくぼみからぼろぼろとくずれていく。

「石の巣病だ！」

トウィッグは息をのんだ。

『ぐずぐずできないぞ。モリーンはできるだけのことをしてくれ。だが、船をすてる準備《じゅんび》もしておいてくれ』

そういうとトウィッグは、舵輪《だりん》に駆《か》けもどった。

モリーンは、トウィッグに代わって駆けつけたウーメルとともに、燃焼炉《ねんしょうろ》に水をかけたり、浮遊《ふゆう》石《せき》に砂《すな》をかけて冷やしたりして、なんとか浮力《ふりょく》を保《たも》とうとしたが、浮遊石はくずれていくばかりだ。表面にできたくぼみは大きく深くなり、くずれて細かい砂になったものがさらさらと流れ落ちる。

『できるだけ時間をかせいでくれ！　ルークを見殺しにするわけにはいかんのだ』

トウィッグはモリーンに呼《よ》びかけると、額《ひたい》に浮《う》き出た汗《あせ》をぬぐった。その手が目にもとまらぬ速さで骨《ほね》の柄《え》のレバーをあやつり、かたむきかけた飛空船が転覆《てんぷく》するのをさけようと、帆《ほ》と船体錘《おもり》をだれにもできないほど微妙《びみょう》に調節している。

それでも勝ち目はなかった。刻々《こくこく》と浮遊石の浮力は失われていく。スカイレイダー号を墜落《ついらく》させないためには、船を軽くするしかない。

『ウィーグ！　船体索《せんたいさく》に降《お》りてくれ！　錘を切り落とすんだ！』

トウィッグはどなった。

ウィーグはどなり返した。

「ワフ、ワフ（錘をすてるんですか？　でも、不安定になります）」

『だが、それにかけるしかない。まずクルート錘、次に船体上部錘だ。それでもだめなら、船首および船尾《せんび》錘もだ……たぶん、それで浮力がもどるはずだ。行け、ウィーグ！』

悲しそうな声を上げながら、ひょろっとしたウィーグは命令に従《したが》った。トウィッグは、首に下げた骨や木のお守りをにぎりしめた。眼下《がんか》には、真夜中の避雷針《ひらいしん》のすぐ下に、黒い長衣を風にはためかせ、顔をおおうくちばしのような形の奇妙《きみょう》な面をつけた人物が立っているのが見える。

「ワフ！　ワフ！（浮遊石が！　二つに割《わ》れる！）」

モリーンがさけんだ。

『持ちこたえさせろ！　あと少しだけ……』

トウィッグはさけび返した。

そのとき、塔《とう》の反対側からシズノキの炎《ほのお》が打ち上がり、紫《むらさき》に輝《かがや》く尾《お》をひきずりながら、頭上《ずじょう》の空を明るく染《そ》めた。

トウィッグは歯を食いしばった。

『よし、合図だ！　ルークが待ってるぞ！』

それと同時に、ウィーグが最初の船体錘《おもり》を切り落としたため、スカイレイダー号は急にはね上がり、三、四尋ほど急浮上《きゅうふじょう》した。船体の下を銛《もり》が次々に素通《すどお》りしていく。

「待ってろよ、カウルクエイプ。今助けに行くからな」

トゥイッグは断固《だんこ》とした声でいった。

真夜中の避雷針《ひらいしん》の下では、夜の守護聖団《しゅごせいだん》最高守護者のオービクス・ザクシスが、紫《むらさき》色の明るい光をいぶかしげに見上げていた。
「なにかの合図にちがいない」
スカイレイダー号に目を移したザクシスは、眉間《みけん》にしわを寄《よ》せて考えこむようにつぶやいた。
「上でわれわれの手をわずらわせている間に……下でなに

かをたくらんでいるな。におう、におうぞ……。そうか、牢獄《ろうごく》だ！」

「すぐに調べて参ります」

わきに控《ひか》えていた、顔色の悪い坊主頭《ぼうずあたま》の若者《わかもの》が、すばやくこわれた階段《かいだん》を駆《か》け下りていった。

「バンジャックス、おまえは衛兵《えいへい》を二ダースひき連れて、牢獄に侵入者《しんにゅうしゃ》がいないか調べるのだ。だれも入れてはならんし、出してもならんぞ！」

ザクシスは、近くにいた衛兵長に命じた。

「はっ、ただちに」

バンジャックスは答えた。すぐさま階段を駆け下りる、衛兵たちの長靴《ながぐつ》の音があたりに響《ひび》きわたった。

ザクシスはスカイレイダー号に目をもどした。飛空船は真夜中の避雷針を離《はな》れ、大きな弧《こ》を描《えが》いてまわりこもうとしているようだ。

「それで最高守護者をあざむいたつもりか？」

ザクシスはつぶやいた。

トウィッグはメンスルの調節レバーをしっかりにぎりしめていた。浮遊石《ふゆうせき》の浮力が回復不能《かいふくふのう》なまでに落ちてしまった今、頼《たよ》れるのはぼろぼろになった帆《ほ》だけだった。油断《ゆだん》のならない靄《もや》が風にうずまくなか、トウィッグはゆっくりと慎重《しんちょう》に、スカイレイダー号を塔《とう》の東側に旋回《せんかい》させていき、命取りになりかねない降下《こうか》を始めた。

ウーメルが声を上げた。

「ワフ、ワフ。ルー、ワフ、ク！」

トウィッグが下をのぞきこむと、塔の下から三分の一のところにつきだした見張《みは》り台に、ルークが立っていた。いっしょにいるのは……。トウィッグは息をのんだ。まさか、背中《せなか》の曲がった白髪《しらが》のあの老人が、かつての愛弟子《まなでし》カウルクエイプだというのか？　あんなに痛々《いたいた》しく、老いさらばえて……。

「乗船の用意だ！」

トウィッグは下に向かって呼《よ》びかけた。

ルークは顔を上げて、大きく手をふった。スカイレイダー号はなおも降下を続ける。見張り台がせまってきた。

「ウーメル！　ワフ、ウィーラ、ウー（カウルクエイプをひきあげてやってくれ）」

「博士《はかせ》、飛び移《うつ》ってください」

ルークはせきたてるようにいった。

「飛び移る？　昔ならできただろうがな」

年老いた博士はかすれ声でいった。

「お願《ねが》いです。やってみてください」

見上げると、スカイレイダー号は真上にいた。なおも高度を下げるのを見て、ルークはカウルクエイプの後ろに立ち、両肩《りょうかた》をつかんだ。

スカイレイダー号は目の高さになったが、速度が落ちない。

「だ、だめだ。わしにはできない……」

カウルクエイプはぶるぶるとふるえている。下を見たとたん、長の年月、奈落《ならく》を見おろす牢獄《ろうごく》の棚《たな》にとらわれていた記憶《きおく》が、どっとよみがえってきたのだ。

「今だ！」

トウィッグがさけんだ。

ルークは、見張り台からカウルクエイプをつきとばした。同時に、ウーメルが両腕《りょううで》を広げて身を

のりだした。力強い腕《うで》でカウルクエイプを抱《だ》きとめたウーメルは、そのままそっと甲板《かんぱん》におろし、やさしくいった。

「ワフ、ワフ（もう安心）」

トウィッグは調節レバーを固定すると、よろこびのあまり友を出迎《でむか》えに前部甲板に駆《か》け下りていき、両手を広げてカウルクエイプをしっかり抱きしめた。

「カウルクエイプ、カウルクエイプ。こうしてまた会えるとは！　これほどうれしいことはない」

トウィッグは感きわまった声でいった。

「わしもだよ、トウィッグ。わしもだ」

カウルクエイプはいった。

そのとき、飛空船が大きくかたむいた。

「つかまっていろ、友よ。まだ安全ではないからな。だが、おそれることはない。わしにまかせておけ」

トウィッグが体を離《はな》しながらいった。

舵輪《だりん》にもどると、トウィッグは調節レバーの固定を解除《かいじょ》して、かたむいたスカイレイダー号を必死に立て直そうとした。

「あと少しだけ持ってくれ」

その声はふるえてうわずっていた。

「ワフ、ワフ（浮遊石《ふゆうせき》がこわれる）！」

モリーンのさけぶ声が聞こえた。

トウィッグはもう一度舵《かじ》と調節レバーを固定すると、手すりに駆けよって、下に向かってどなった。

「船首錘《おもり》だ、ウィーグ！　それから、船尾錘《せんび》も！」

「ワフ、ウッラ！」

ウィーグはどなり返した。二つともとっくに切り落としてあった。

「ならば、ネベン錘《おもり》だ。ネベン錘を落とせ——大中小全部だ！」

ウィーグからの答えはなかった。しかし、次の瞬間《しゅんかん》、スカイレイダー号ははじかれたように急浮《きゅうふ》上《じょう》を始め、あっという間に見張《みは》り台を通りすぎ、トウィッグの熟練《じゅくれん》の技《わざ》で、塔《とう》をまわりこむようにして雲のたれこめる空へと上昇《じょうしょう》していった。

目の前を通りすぎていく飛空船を見ると、最高守護者《しゅごしゃ》オービクス・ザクシスは精密無比《せいみつむひ》の強力ないしゆみをかまえ、飛空船の舵輪《だりん》にねらいをつけて発射《はっしゃ》した。

見張り台のルークは、アラシバチの係留《けいりゅう》ロープをほどいて、座席《ざせき》に飛び乗った。そして、あぶみの上で立ち上がると、姿勢制御《しせいせいぎょ》ロープを右にひいて、空中に舞《ま》い上がった。ところが、次の瞬間《しゅんかん》、ロープがぴんとはり、機首がぐいっとはね上がった。

「うわっ！」

座席の前に飛び出しそうになったルークは、思わずさけんだ。

アラシバチはふわりと舞《ま》い上がるかと思いきや、凧《たこ》のように係留ロープにつながれて空中に浮《う》かんだままだ。ふり向いたルークは、自分の軽率《けいそつ》さをのろった。あわてていたせいで、係留ロープをきちんとまきあげる代わりに、たらしたままにしたため、ロープのはしが見張り台の手すりにひっかかってしまったのだ。

ルークはふるえる手でロープをつかむと、ゆらしたり、ひっぱったりしてみた。しかし、ロープはしっかりとひっかかったまま、びくともしない。こうなれば、もう一度着地して、はずすしかない……。

「止まれ！」

とつぜん、声がナイフのように空気を切りさいた。ルークの心臓《しんぞう》は止まりそうになった。必死にロープをひっぱると、わずかに動いたものの、逆《ぎゃく》に前よりもしっかりとひっかかる結果になった。

そのとき、見張り台の扉《とびら》から、いしゆみをかまえた男が姿《すがた》を現《あらわ》した。男は、いしゆみの照準《しょうじゅん》をのぞきこみながらいった。

「止まらないと撃《う》つぞ！」

ルークは、黒い長衣を着た、ほっそりしたその人物を見つめた。頭こそ、前に見たときよりも短く青々とそり上げられていたが、見まちがえようもない。

「ザンス」

ルークは驚《おどろ》いていった。

ザンスはいしゆみをおろした。その目が細くなる。

「ルーク？　ルーク・バークウォーターなのか？」

ルークがゴーグルを上げた。二人の目が合った。

ザンスの背後《はいご》では、重たい長靴《ながぐつ》の音がしだいに大きくなってくる。ルークの胸《むね》ははげしく躍《おど》った。ザンスが一歩ふみだした。

「頼《たの》む、ザンス。友情《ゆうじょう》に免《めん》じて見逃《みのが》してくれ……」

ルークは静かにいった。

長靴の音はなおも大きくなる。今にも衛兵《えいへい》の部隊《ぶたい》が飛び出してきそうだ。

ザンスはいしゆみをかまえて、ねらいをつけた。ルークは目を閉《と》じた。

ビンと弦《げん》が鳴り、発射《はっしゃ》された太矢がうなりを上げてアラシバチに向かって飛んできた。ルークは凍《こお》りついた。次の瞬間《しゅんかん》、かすかなバシュッという音とともに係留《けいりゅう》ロープが断《た》ち切られ、はずみでアラシバチは空高く舞《ま》い上がった。

なんとか飛翔機《ひしょうき》のコントロールをとりもどしたルークは、一気に上昇《じょうしょう》してうずまく靄《もや》のなかに飛びこんだ。姿勢制御《しせいせいぎょ》ロープを左にひくと、アラシバチはスピードを上げた。ルークは肩越《かたご》しにチラッとふり返った。坊主頭《ぼうずあたま》が、昇《のぼ》ってきた太陽の光にピカリと光る。そのまわりには、衛兵の集団《しゅうだん》が駆《か》けつけてきていた。

ザンスはわざと係留ロープをねらって、逃《に》がしてくれたのだろうか？　そう信じたかった。

「ありがとう」

ルークはつぶやいた。

夜の塔《とう》から離《はな》れると、目の前にスカイレイダー号が浮《う》かんでいた。だが、ようすがおかしい。自分を待っていてくれたのではない。スカイレイダー号は大きくかたむいたまま、速度を上げながら進んでいく。地上町をすぎ、崖《がい》の河《かわ》の荷下ろし場をすぎ……。

このまま行けば、つきだした断崖《だんがい》を飛びこえて、虚空《こくう》に迷《まよ》いこんでしまう！

第二十章　帰還《きかん》

ルークは下帆《したほ》を調節すると、あぶみに立ち上がって速度を上げた。はやる気持ちをおさえてスカイレイダー号に近づいていくと、予想以上に深手を負っていることがわかった。係留《けいりゅう》ネットから大きな石のかたまりがぼろぼろ落ちているところを見ると、浮遊石《ふゆうせき》がくずれているのだろう。そのうえ、船体錘《おもり》を失っているため、まるでコントロールを失い、かろうじて乱気流《らんきりゅう》に支《ささ》えられて浮《う》かんでいるというありさまだ。

スカイレイダー号が荷下ろし場をすぎると、オオハグレグマたちが脱出《だっしゅつ》しはじめるのが見えた。手すりから空中に飛び出すと同時に、背中《せなか》にしょったパラウィングのリップコードをひいて地面に向かって滑空《かっくう》していく。浮遊石《ふゆうせき》を見る必要のなくなったモリーン、鋳物《いもの》工場地帯でルークに命を救われたウラーロ、親友のウーメル。最後に飛び降《お》りたのはウィーグだ。甲板《かんぱん》から飛び出したウィーグは、両腕《りょううで》になにかの包みをかかえていた。ルークははっとした。

あれはカウルクエイプだ。赤ん坊《ぼう》のように、オオハグレグマのたくましい腕に抱《だ》きかかえられている。カウルクエイプを抱いたウィーグは、荷下ろし場めがけて降下《こうか》していく。ルークは姿勢制御《しせいせいぎょ》ロープをひいて、オオハグレグマたちめがけてアラシバチを降下させていった。上空のスカイレイダー号は、雲がたれこめてきたために見えなくなってしまった。

「みんな無事だといいんだけど」

ルークはつぶやきながら、荷下ろし場のぬかるんだ岸へと降下していき、太い水抜《みずぬ》き用トンネルのわきに着地した。あふれた水をすてるこのトンネルは、ふだんは水が流れていないため、なかを通って地下下水道にもどることができる。すぐわきでは、オオハグレグマたちが抱き合っていた。

「トウィッグ船長は?」

ルークはアラシバチをもやうのももどかしく駆《か》けつけた。カウルクエイプが、雲の消えかけた空を指さした。ルークは、骨《ほね》ばった指の指し示す方に目を向けた。

断崖《だんがい》をはるかにこえた上空を、スカイレイダー号はまだ飛んでいた——というより、かろうじて浮《う》かんでいた。バランスをとる船体錘《おもり》をすてたせいで、船体は横倒《よこだお》しになり、大きくゆれながら流されていく。錘を失ったロープがだらりとぶらさがり、強まってきた風に帆《ほ》がばたばたとはためいている。ルークは望遠鏡《ぼうえんきょう》をのぞきこみ、舵輪《だりん》のあたりに焦点《しょうてん》を合わせた。

「船長が見えます！　どうして脱出《だっしゅつ》しないんだろう？」

その声は、悪い予感にふるえていた。

気がつくと、ウーメルが横にいた。

「ワフ、ワグ。ウィーラ、ラグ（致命傷《ちめいしょう》を負った。背中《せなか》に太矢を受けた。船とともに死ぬつもりだ）」

ウーメルは頭をたれた。

みなは肩《かた》をならべて立ち、手をかざして日光をさえぎりながら、しだいに遠ざかっていく飛空船を見つめていた。

「勇敢《ゆうかん》な人だった。無欲《むよく》で……」

ルークがふるえる声でいうのと同時に、スカイレイダー号はぐらりとかたむいた。とうとう浮遊《ふゆう》石《せき》が完全に死に、飛空船は石のように落下しはじめた。ぐんぐん速度を上げながら落ちていく飛空船は、やがて断崖《だんがい》の向こうに姿《すがた》を消した。ルークは息をのんだ。涙《なみだ》がこみあげてくる。

「ああ、トウィッグ船長」

ウーメルがルークの肩《かた》をきつく抱《だ》きしめた。

「ワフ、ワフ（ウーメルもとても悲しい）」

ルークは鼻をすすりあげ、服のそでで涙をぬぐった。トウィッグ船長は行ってしまった。永久《えいきゅう》に。

カウルクエイプ、ウィーグ、そしてモリーンの方に向き直ると、ルークはいった。

「行きましょう。下水道のなかで、司書学者たちが待っています。ぼくが案内します」

その場で最後にもう一度断崖に目をやってから、ルークが背《せ》を向けようとしたとき、なにかがちらっと目に入った。なにか大きくて羽ばたくものだ……。ルークは靄《もや》に目をこらした。鳥だった。大きな翼《つばさ》と長く広がった尾《お》を持つ、黒と白の堂々とした鳥だ。

「あれはなんだ？」

「あれは、シュゴ鳥だ。まちがいない、シュゴ鳥だ！」

カウルクエイプはいった。

「りっぱなものですね。でも、ちょっと待って……なにかつかんでる。見てください！」

ルークは、巨大《きょだい》なシュゴ鳥の爪《つめ》につかまれた小さな物体を指さした。

カウルクエイプははっと息をのんだ。

「そうか……まちがいない！　なぜ気づかなかったのだ？　あれは特別なシュゴ鳥だ。あれこそまさに、トウィッグが若者《わかもの》だったとき、誕生《たんじょう》に立ち会ったというシュゴ鳥だ。それ以来、トウィッグを見守ってきたのだ！」

カウルクエイプはうれしそうに笑い、両手をパチンと合わせた。

ルークは目を丸くして、シュゴ鳥を見つめている。

「どこへ運んでいくのでしょう？」

カウルクエイプは首をふった。

「それはわしにもわからぬ」

かけがえのない荷物をつかんだシュゴ鳥は、大きく旋回《せんかい》して深森《ふかもり》に向かって飛びはじめた。そのとき、ルークの頭にトウィッグの話がよみがえってきた。自分を待つ乗組員たちを捜《さが》し求める、あてのない旅の話。

ルークの心は躍《おど》った。

「シュゴ鳥の行き先はただ一つ。大河《たいが》の源《みなもと》だ」

また、あの夢《ゆめ》だ。白首モリオオカミのほえ声、らんらんと光る目、キバをむきだしにした口、逆《さか》立《だ》つ毛。父さんのさけび声、母さんの悲鳴。走る……走る……。オオカミたちから逃《に》げなければ……。奴隷《どれい》商人をふりきらなければ……。

そして、ルークはひとりぼっちで暗くおそろしい森をさまよい歩いている。闇《やみ》のなかで光る目が見つめている。うなり声や、低いほえ声や、血も凍《こお》るさけび声が響《ひび》きわたる。とつぜん、なにか別の音が聞こえる。どこか近いところだ。どんどん近づいてくる……。

ルークは顔を上げる。巨大《きょだい》な生き物がのしかかってくる……。ちょっと待て……いつもなら、ここで目が覚めるはずだ。

ところが、今回はちがっていた。生き物はようしゃなくせまってくる。足音が響き、熱くしめった息が顔にかかる。ルークはどこにも逃げ場がないことをさとり、大声でしゃくりあげながら手をのばす――闇のなかの、得体のしれないものに向かって。

その指が、暖《あたた》かいふかふかの毛皮に触《ふ》れる。心臓《しんぞう》がはげしく打ち、足の力がぬける。低いなだめるような声が耳にささやきかけ、ルークは抱《だ》き上げられ、その生き物の太い腕《うで》にやさしく抱きしめられる。

こけのにおいがする腕は、ルークを暖かく包みこみ、あやしてくれる。守ってくれているようだ。これほど心が安らぎ、ぬくもりを感じたことはないぐらいだ……。

「ルーク、起きているの？」

ルークは目を開けた。この声なら知っている。ルークは小さな居心地《いごこち》のいい部屋を見まわした。書き物机《づくえ》の上の装飾《そうしょく》をほどこしたランプは、部屋のすみずみにまでやわらかな琥珀《こはく》色の光を投げかけ、机《つくえ》の上に開いたままの自分の論文《ろんぶん》を照らしだしている。そして、かたわらのベッドにはヴァリス・ロッドが腰《こし》かけていた。

「自由の森からここへ来てすぐ、闇博士《やみはかせ》からあなたの活躍《かつやく》を聞いたわ。地上町でも、その話で持ちきりよ！　でも、どうしたの？　幽霊《ゆうれい》でも見たような顔をして」

「幽霊じゃありません。夢《ゆめ》です。夢を見てました。今までにもかぞえきれないほど見た夢です。でも、今度だけは……。ヴァリス、赤ん坊《ぼう》のぼくを見つけたとき、ぼくがどこにいたか覚えていますか？」

「あなたを見つけたとき？」

「深森《ふかもり》のなかで、なにがあったんですか？　まだ一度も話してもらってないから……」

「あなた、なにも知らないの？　本当に？　てっきり聞いていると思ってた。あなたのご両親は奴《ど》隷《れい》商人につかまって、あなただけ逃《に》げたの。どうやって逃げおおせたのかは、大地と大空のみぞ知るだわね。そのあとは……ルーク、あれはまさに奇跡《きせき》よ！　わたしが見つけたとき、あなたは健康そのもので、草を編《あ》んだ寝床《ねどこ》ですやすやと眠《ねむ》っていたの……」

ヴァリスはいった。

ルークは目を丸くしてヴァリスの顔を見た。

「寝床で?」

ヴァリスはうなずいた。

「そうよ。主のいないオオハグレグマの寝床。でも、あなたがどうやってそこにたどりついたのかはわからないわ」

そのとき、記憶《きおく》がどっとよみがえってきて、ルークは身をふるわせた。太くてやさしい腕《うで》、暖《あたた》かい息、ふかふかの毛皮、耳元で聞こえるゆったりとした心臓《しんぞう》の鼓動《こどう》。はてしない深森のなかで、大切に守られ、世話をされていた。

ルークはにっこり笑っていった。

「どうやってそこにたどりついたか、ぼくは知ってます」

訳者《やくしゃ》あとがき

長らくお待たせしました。《崖《がい》の国物語》シリーズ第五部『最後の空賊《くうぞく》』がようやく出版《しゅっぱん》の運びとなりました。崖の国外伝『雲のオオカミ』もふくめると、六冊目《さつめ》になります。第四部『ゴウママネキの呪《のろ》い』および外伝においては時代がさかのぼり、トウィッグの父親である雲のオオカミことクウィントの少年時代の冒険《ぼうけん》と、トウィッグの母マリスとの出会いを描《えが》いていました。今回はトウィッグの時代から一気に五十年も飛び、まったく新しいエピソードが始まります。

トウィッグ船長の冒険により崖の国が救われ、新サンクタフラクスが建設《けんせつ》されてから五十年、崖の国は未曾有《みぞうう》の危機《きき》にみまわれていました。なんと、崖の国の生活の礎《いしずえ》ともいえる浮遊石《ふゆうせき》が、「石の巣病」という病《やまい》に冒《おか》されてしまったのです。第四部を読んでくれた方ならおわかりと思いますが、「岩の園」だけでとれる浮遊石は、石でありながら成長したり形を変えたりする、生き物のような特徴《とくちょう》を備《そな》えた不思議な物体です。なかはまるで海綿《かいめん》やヘチマのように細かい空洞《くうどう》や空気穴《くうきあな》におおわれ、そこにはモウリョウと呼《よ》ばれる得体《えたい》の知れない生き物が住みついていたりします。この空洞や空気穴にたくわえられた空気の力で、浮遊石は宙《ちゅう》に浮《う》きあがります。

その浮遊石が病気になったのです。原因《げんいん》は、虚空《こくう》に消えた空賊船長、雲のオオカミに関係があるとか、怠惰《たいだ》になった人々に対する罰《ばつ》であるとか諸説《しょせつ》ありますが、本当のところはわかりません。ただ、その影響《えいきょう》は深刻《しんこく》で、石の巣病にかかった浮遊石はぼろぼろとくずれていき、浮力を失って地上に落ちてしまうのです。その結果、商人連合船も空賊船も飛ぶことができなくなり、崖の国の交通は完全にとだえます。その代わりに作られたのが、地上町から、泥地《どろち》、薄明《はくめい》の森をぬけて深森《ふかもり》のなかの東オオモズ市場へと続く、大湿地街道《だいしっちかいどう》でした。泥地の上に橋のように架《か》けわたされた板張《いたば》りの道です。

しかし、大湿地街道は「夜の守護聖団《しゅごせいだん》」とオオモズ一族によって支配《しはい》され、目の敵《かたき》とされる「図書館司書学会」は通ることができません。それに対抗《たいこう》する形で、図書館司書学会が発明したのが「飛翔機《ひしょうき》」でした。これは一人乗りの空飛ぶ乗り物であり、かつての巨大《きょだい》で優雅《ゆうが》な飛空船とは大きさにおいても、能力《のうりょく》においても比《くら》ぶべくもありませんが、手軽で小回りがきいて深森《ふかもり》の探検《たんけん》にはうってつけです。

この飛翔機の飛ぶ原理は、風変わりな物理法則《ほうそく》に支配《しはい》された崖《がい》の国でも、ひときわ変わっています。ほかの物理法則といえば、浮遊石《ふゆうせき》は熱せられると重くなり、冷やすと軽くなるとか、シズノキやナゲキなどの浮揚木《ふようぼく》は燃《も》えると軽くなって浮《う》きあがる、といったもので、いずれも火や熱が関係していました。飛翔機の機体に使うヌマノキも浮揚木ではありますが、せいぜい浮遊書見台に使われるぐらいで、自由に宙駆《そらが》けができるほど大きな浮力はありません。その表面に、アシナガバッタのトウィーゼルが発明したというニスをぬることで、大きな浮力を得て浮かびあがるのです。このニスは、ネバリモグラの出すモグラニカワという粘液《ねんえき》をベースに、カシゴショウやイモムシの粉《こな》を混《ま》ぜて作ります。ニスをぬることで、どうして大きな浮力を得ることができるのかは、残念ながら説明されていません。おそらくトウィーゼルだけが知っているのでしょう。

トウィーゼルといえば、クウィント、トウィッグの二つの時代を生きぬいてきたおなじみのキャラクターですが、本作にはなつかしい名前がほかにもいくつか登場します。まず、夜の塔《とう》の牢獄《ろうごく》に囚《とら》われている、新サンクタフラクスの元最高位学者カウルクエイプ・ペンテフラクシス。カウルクエイプから最高位学者の地位を奪《うば》いとったものの、夜の守護聖団《しゅごせいだん》に追われて闇《やみ》の宮殿《きゅうでん》に幽閉《ゆうへい》されている、かつての雲読み師《し》ヴォックス・ヴァーリクス。そして、ネタバレになってしまうので、名前は挙げませんが、崖の国になくてはならない重要人物。いずれも、五十年もたっていますから、当然若《わか》かりしころの面影《おもかげ》はありませんが、なつかしい友に再会《さいかい》したような感動をおぼえます。

ほかには、以前登場した人物の子孫の姿《すがた》もみえます。サンダーボルト・ヴァルプーンの息子《むすこ》デッドボルト・ヴァルプーン。サンダーボルト・ヴァルプーンは奴隷船《どれいせん》の船長でしたが、トウィッグの働きにより奴隷は解放《かいほう》され、自身はオオモズたちの手でウィグウィグ闘技場《とうぎじょう》に放りこまれたはずですが、息子のデッドボルトがそんな父親を英雄《えいゆう》だと信じているあたり、時の経過《けいか》を感じさせて興味《きょうみ》深いところです。

聞いたことのある名前は、ほかにも登場します。第二部『嵐《あらし》を追う者たち』で、雲のオオカミがあやつるストームチェイサー号の乗組員に、テム・バークウォーターという料理長がいたことを覚えているでしょうか？　彼《かれ》は迷《まよ》いこんだ薄明《はくめい》の森で、弟の幻《まぼろし》を追いかけていずことも知れず姿《すがた》を消しました。一方のルーク・バークウォーターは、深森《ふかもり》のなかで両親を奴隷《どれい》商人にさらわれ、一人さまよっているところをヴァリス・ロッドに発見されたのでした。ということは、どうやら親子ではなさそうですが、たとえばルークの父親がテムの弟キャルという可能性《かのうせい》はないでしょうか？　物語のなかでは触《ふ》れられていませんが、無関係なのにあえて同じ名字にするというのもおかしな話です。ひょっとしたら、この先明らかにされていくのかもしれません。

しかし、登場人物で忘《わす》れてならないのは、なんといってもオオハグレグマでしょう。今までは、どちらかというとマスコット的なあつかいで、第四部ではまったく登場さえしなかったオオハグレグマですが、本作では非常《ひじょう》に重要な役どころを担《にな》っています。また、今までその生態《せいたい》は謎《なぞ》でしたが、今回のルークの活躍《かつやく》によって、言葉もふくめ、かなりくわしいことまでわかってきました。特に、伝説の「大いなる集会」はまさに圧巻《あっかん》です。あれほどのオオハグレグマが暮《く》らしているのですから、深森にはまだまだかくされた秘密《ひみつ》があるようです。

オオハグレグマの生態のなかでもユニークなのが、ある個体《こたい》の記憶《きおく》は代々ほかの個体と共有《きょうゆう》されるというものです。第一部で、トウィッグと仲良くなったオオハグレグマは、トウィッグから「ト・オダ・チ」という言葉を教えられます。「友だち」のことです。それが五十年の時をへだてて、だれにも教えられていないのに、別のオオハグレグマの口から発せられるのです。

このような、本編《ほんぺん》とは直接《ちょくせつ》関係のない小さなエピソードにもこだわるあたり、作者ポール・スチュワートとクリス・リデルの、オオハグレグマに対する、また崖《がい》の国に対する思い入れの深さが知れようというものです。

さて、めでたく司書勲士《ししょくんし》となったルークとオオハグレグマたちの活躍で、我《わ》が物顔《ものがお》でふるまう夜の守護聖団《しゅごせいだん》に一矢報《いっしむく》いた図書館司書学会ですが、これからの展開《てんかい》はいったいどうなるのでしょうか?

本作では、旧《きゅう》地上町から大湿地街道《だいしっちかいどう》を経《へ》て東オオモズ市場へ、そして深森をぬけて自由の森までの冒険《ぼうけん》が語られましたが、まだまだ解決《かいけつ》されていない謎《なぞ》がたくさんあります。オービクス・ザクシスとは一体何者なのか？　ルークとザンスの関係はどうなっていくのか？　幽閉《ゆうへい》されたヴォックス・ヴァーリクスはこのまま朽《く》ちはててしまうのか？　司書勲士《ししょくんし》に選ばれなかったフェリックス・ロッドはどこに消えてしまったのか？　デッドボルト・ヴァルプーン率《ひき》いる空賊《くうぞく》たちは今後どのような行動に出るのか？　そして、石の巣病の治療法《ちりょうほう》が見つかって、ふたたび飛空船が大空を駆《か》けめぐる日は来るのか？

実は、すでに第六部は手元に届《とど》いています。今後も謎《なぞ》が謎を呼《よ》び、一瞬《いっしゅん》も目が離《はな》せない物語が展開《てんかい》していきますが、一つだけヒントをお教えしましょう。次の物語でもルーク・バークウォーターが大活躍《だいかつやく》しますが、鍵《かぎ》をにぎるのは、幽閉された最高位学者ヴォックス・ヴァーリクスです。

どんな物語が待っているのでしょう？　期待していてください。

二〇〇四年　七月

唐沢則幸《からさわのりゆき》

作者：ポール・スチュワート Paul Stewart
1955年ロンドン生まれ。ランカスター大学と東アングリア大学で創作を学び、ファンタジー、ホラーから絵本、サッカー少年の物語まで、さまざまなジャンルで人気を博している。現在、ブライトンに小学校教師の妻と二人の息子と住んでいる。本書の挿絵のクリス・リデルとのコンビで絵本作品も多数。

画家：クリス・リデル Chris Riddell
南アフリカ生まれ。専門学校でイラストレーションを学んだのち、経済紙のマンガをはじめ、幅広い分野で活躍している。『海賊日誌―少年ジェイク、帆船に乗る』（岩波書店）で2002年のケイト・グリーナウェイ賞を受賞。邦訳作品に『ぞうって、こまっちゃう』（徳間書店）『カモノハシのプラティたからさがしにいく』（講談社）などがある。

訳者：唐沢則幸（からさわ のりゆき）
1958年生まれ、長野県出身、青山学院大学卒。訳書に『ウォーリーをさがせ！』シリーズ（フレーベル館）、『エヴァが目ざめるとき』（徳間書店）、『魔女が丘』（理論社）、『2099恐怖の年』シリーズ（偕成社）、『アウトサイダーズ』（あすなろ書房）、『パイの物語』（竹書房）など多数。

ポプラ・ウイング・ブックス 22
崖の国物語5 最後の空賊
THE LAST OF THE SKY PIRATES
2004年8月 第1刷
作者：ポール・スチュワート
画家：クリス・リデル
訳者：唐沢則幸
装丁：鳥井和昌
発行者：坂井宏先 編集：中西文紀子・浦野由美子
発行所：株式会社ポプラ社
〒160-8565 東京都新宿区大京町22-1
振替：00140-3-149271
電話：編集・03-3357-2216 営業・03-3357-2212 受注センター・03-3357-2211
FAX(ご注文)：03-3359-2359
インターネットホームページ http://www.poplar.co.jp
印刷・製本：凸版印刷株式会社
ISBN4-591-08228-8／N.D.C. 933／548p／20cm

深森《ふかもり》
THE DEEP WOODS
薄明《はくめい》の森
THE TWILIGHT WOODS
崖《がい》の地
THE EDGELANDS
The Edge.
崖《がい》の国